满族口头遗产传统说部丛书

傅恒大学士与窦尔敦

富育光 讲述
朱立春 整理

吉林人民出版社

图书在版编目（CIP）数据

傅恒大学士与窦尔敦 / 富育光讲述；朱立春整理
. -- 长春：吉林人民出版社，2019.5
（满族口头遗产传统说部丛书）
ISBN 978-7-206-16878-9

Ⅰ. ①傅… Ⅱ. ①富… ②朱… Ⅲ. ①满族－民间故事－中国 Ⅳ. ① I277.3

中国版本图书馆 CIP 数据核字（2019）第 293276 号

出 品 人：常　宏
产品总监：赵　岩
统　　筹：陆　雨　李相梅
责任编辑：陈文杰　赵梁爽　金　鑫
装帧设计：赵　谦

傅恒大学士与窦尔敦
FUHENG DAXUESHI YU DOUERDUN

讲　　述：富育光　　整　　理：朱立春
出版发行：吉林人民出版社（长春市人民大街 7548 号　邮政编码：130022）
咨询电话：0431-85378007
印　　刷：吉林省优视印务有限公司
开　　本：720mm×1000mm　1/16
印　　张：16　　字　　数：262 千字
标准书号：ISBN 978-7-206-16878-9
版　　次：2019 年 5 月第 1 版　　印　　次：2019 年 5 月第 1 次印刷
定　　价：55.00 元

出版说明

满族口头遗产传统说部是具有较高社会价值和文化价值的满族文化的百科全书。整理发掘满族说部的项目工作被文化部列为中国民族民间文化保护工作试点项目，并被国务院批准列入第一批国家级非物质文化遗产名录。

“满族口头遗产传统说部丛书”是千百年来满族各氏族对祖先英雄事迹和生存经验的传述，一代一代口耳相传，保留下来的珍贵的满族遗存资料。经过近三十年抢救整理，从二〇〇七年到二〇一七年的十年间，根据整理文本的先后，我社分四次陆续出版了五十部说部和三本研究专著。此套丛书无论从社会价值和文化价值来看，都是一套极具资料性、科研性和阅读性融为一体的满族文化的百科全书。

此次出版对以下两个方面做了调整：

一、在听取各方专家建议的基础上，对原丛书进行了筛选，选取最有价值、最有代表性的四十三部说部，删去原版本中与文本关系不紧密的彩插，对文本做了大幅的编辑校订，统一采用章回体表述方式，并按照内容分为讲述萨满史诗的“窝车库乌勒本”、讲述家族内英雄人物的“包衣乌勒本”、讲述英雄和历史人物的“巴图鲁乌勒本”、讲述说唱故事的“给孙乌春乌勒本”等，突出了说部的版本特色。

二、保留研究专著《满族说部乌勒本概论》，作为本丛书的引领，新增考古发掘的图片和口述整理的手稿彩色影印件。

特此说明。

吉林人民出版社

编　委　会

主　　编：谷长春

副 主 编：杨安娣　富育光　吴景春
　　　　　荆文礼　常　宏

编　　委：（以姓氏笔画为序）
　　　　　于　敏　王少君　王宏刚
　　　　　王松林　朱立春　刘国伟
　　　　　孙桂林　陈守君　苑　利
　　　　　金旭东　赵东升　赵　岩
　　　　　曹保明　傅英仁

序

冯骥才

任何民族的文学都包括两大部分。一是个人用文字创作的、以书面传播的文学，一是民间集体口头创作的、口口相传的文学。后一部分文学是前一部分文学的源头，是根性的文学。中国作为东方文明的古国，口头文学的历史去之遥远。就像西方文学始于古希腊罗马的神话故事，我国文学史上第一部作品是《诗经》，即民间口头文学集，这表明口头文学是一个民族文学的源头。在漫长的历史中，这两部分文学一直同根并存，相互滋育，各自发展，共同构成一个民族文化与精神的极为重要的支撑。

中华民族有着巨大文学想象力和原创力。数千年间，各族人民以口头文学作为自己精神理想和生活情感最喜爱和最擅长的表达方式，创作出海量和样式纷繁的民间文学。口头文学包括史诗、神话、故事、传说、歌谣、谚语、谜语、笑话、俗语等。数千年来，像缤纷灿烂的花覆盖山河大地；如同一种神奇的文化的空气在我们的生活中无所不在；且代代相传，口口相传，直到今天。

我们的一代代先人就用这种文学方式来传承精神，表达爱憎，教育后代，传播知识，娱悦生活，抚慰心灵；农谚指导我们生产，故事教给我们做人，神话传说是节日的精神核心，史诗记录文字诞生前民族史的源头。它最鲜明和最直接地表现中华民族的精神向往、人间追求、道德准则和价值取向。中国人的气质、智慧、审美、灵气、想象力和创造力，充分彰显在这种口头的文学创造中。

这种无形地流动在民众口头间的口头文学，本来就是生生灭灭的。在社会转型期间，很容易被忽略，从而流失。

特别是在这个现代化、城市化飞速推进的信息时代，前一个历史阶段的文明必定要瓦解。口头文学是最脆弱、最易消亡。一个传说不管多么美丽，只要没人再说，转瞬即逝，而且消失得不知不觉和无影无踪，所以联合国教科文组织把口头传统和表现形式，包括作为非物质文化遗产媒介的语言列为非物质文化遗产之一。

在中国，有史诗留存的民族并不很多，此前发现的有藏族史诗《格萨尔王传》、蒙古族史诗《江格尔》、柯尔克孜族史诗《玛纳斯》、苗族史诗《亚鲁王》。作为满族民族历史和文化传统的重要载体——“说部”，是满族及其先民世代相传的极其宝贵的精神财富。它最初用“乌勒本”（满语 ulabun，为传或传记之意）指称，后受汉文化影响，改称为“说部”或“满族书”“英雄传”。说部最初用满语讲述，至清末满语渐废，改用汉语并夹杂一些满语讲述。在漫长的历史进程中，满族各氏族都凝结和积累了精彩的“乌勒本”传本，如数家珍，口耳相传，代代承袭，保有民族的、地域的、传统的、原生的形态，从未形成完整的文本，是民间的口碑文学。“满族说部迥异于其他文类，不仅涵盖了口头传统，也吸纳了民俗学中多种民间文艺样式，包容性极强。”

我以为，对于无形地保留在人们记忆与口口相传中的口头文学，抢救比研究更重要。它是当下“非遗”工作的重中之重，要清醒地认识到文化和文明于人类的意义。当社会过于功利的时候，文化良知就要成为强音，专家学者要在抢救非物质文化遗产中勇于承担责任，走进民间帮助艺人传承与弘扬民间艺术，这也是知识分子的时代担当。

让人感到欣喜的是，经过吉林省的专家学者近三十年的抢救、发掘和整理，在保持满族传统说部的原创性、科学性、真实性，保持讲述人的讲述风格、特点，保持口述史的原汁原味的基础上，将巨量的无形的动态的口头存在，转化为确定的文本。作为“人类表达文化之根”的满族说部，受东北地域与多族群文化的影响，内容庞杂，传承至今已逾千万字。此次出版的《满族口头遗产传统说部丛书》为四十三部说部和一本概论。“说部”分为讲述萨满史诗的“窝车库乌勒本”、讲述家族内英雄人物的“包衣乌勒本”、讲述英雄和历史人物的“巴图鲁乌勒本”、讲述说唱故事的“给孙乌春乌勒本”四大部分。概论作为全套丛书的引领，从学术研究的角度对乌勒本产生的历史渊源、民族文化融合对其的影响、发展和抢救历程等多方面深入思考。

多年来“非遗”的抢救、保护、研究和弘扬，已取得卓越的成就。但未来的路途依然艰辛漫长，要做的事情无穷无尽。像口头文学这样的文化遗产的整理和出版，无法立即带来什么经济利益，反而需要巨大的投资和默默无闻的付出，能在这个物质时代坚守下来，格外困难。

文化传统和传统文化不是一个概念，我们的终极目的不是保护传统文化，而是传承文化传统。传统文化是固定的、已有既定形态的东西。我们所以要保护它，是因为这些文化里的精神在新时代应以传承，让我们的文化身份不会在国际资本背景下慢慢失落。

现在常把文化自觉与文化自信并提，这两个概念密切相关同时又有各自的内涵。文化自觉是真正认识到文化的重要性和自觉地承担；文化自信的关键是确实懂得中华文化所具有的高度和在人类文明中的价值。否则自信由何而来？

对传统文化的抢救与整理，不仅是为了传承，更为了弘扬。我们的民族渴望复兴，复兴的重要精神支撑在我们的传统和文化里，让我们担负起历史使命，让传统与文化为民族的伟大复兴发挥它无穷的力量。

冯骥才

二〇一九年五月

目录

《傅恒大学士与窦尔敦》采录概述

富育光

在瑷珲古镇的东北约七里之遥，有个老屯叫“窦集屯”。全屯早先只住有窦姓人氏，祖籍河北献县。说起窦姓家族，那可大有来历：相传，二百六十多年前的清乾隆年间，有河北献县、河间一带渔民起义，打出“杀贪官、抗渔税、有饭吃”的旗帜，顺天府管辖之下的高阳、任丘、信安、雄县、容城、霸州、固安、静海等地民众迅即响应，怒火直逼天津总督府。

当时大清国正处于鼎盛时期，举义旗者就是风云一时的少林奇侠窦尔敦。他石破天惊地在京畿紫禁城下、皇上卧榻边挥戈闹事，极大震慑和惊惧了颐指气使的乾隆皇上和朝臣们。为平息民怨，苦于奔命，耗时两载有余，窦尔敦终遭清廷诱擒，义军瓦解。乾隆帝传旨：一定要面见这位“奇侠”窦尔敦。窦尔敦被押上金銮殿，面不改色，视死如归，历陈“白洋淀、大清河，自古颐养生民。而今官税如虎，一国之君，不恤民怨，颠倒黑白，罪在皇上”“民皆无罪，肇事者唯我尔敦一人也！吾愿以血荐轩辕！”

窦尔敦大义凛然，深深触动了乾隆帝。恰逢黑龙江沙俄东渐，兵部急募戍边强将。偏巧赶上孝贤皇后之弟、大学士傅恒奉敕主持编绘大清国边民服饰、故俗图谱《皇清职贡图》，钦命甚紧，黑龙江省瑷珲副都统衙门等均膺此任。傅恒知窦尔敦有少林武技，便力陈劝阻乾隆帝：“败子回头金不换。施仁德，鲜杀伐。化敌为友，天下归心。请皇上恩准，招抚窦尔敦，发配黑水瑷珲，改弦更张，为北疆勠力。”乾隆皇帝采纳了傅恒大学士之谏，才有了后世窦尔敦戍北的佳话。

窦集屯的窦姓族人，皆窦尔敦的后裔子孙。窦氏族人，今日问及其事，亦毫无隐饰地言说先祖窦尔敦到漠北充军，因代远年湮，早淡忘不详。随着社会发展，窦集屯庄户扩大，人烟日繁，迁入关里家来的几户外姓，但是窦集屯始终以窦姓为主。这在瑷珲当地，自清康熙朝以来，周围原筑多处旗民官屯，窦集屯为唯有之汉屯，宛若众星捧月，倍增乡情。窦姓家族早年自有祭礼，村东古有祠堂，俗称“窦尔敦庙”，早年春秋忌日香火旺盛，前来瞻仰与拜庙者不绝。民国以降，堪称塞外一景。可惜如今仅余遗址。当年先人围庙植栽之老林，尚留几丛残枝，令人怅然。窦尔敦庙在“文革”时期遭毁，已难复修，实为憾事。窦氏子孙，至今供藏窦尔敦子孙传袭之窦氏家谱一轴、兰花瓷拼盘一件，传为窦尔敦传下来的遗物。

正因为窦尔敦事迹生动、离奇、感人，故事不胫而走，成为有清以来，小说戏剧中炙手可热的素材。在文坛、戏坛、书场上，处处描写和传颂着一位头戴英雄壮帽、身披御风如意氅、手使护手双钩，并涂抹有三块瓦脸谱的盖世豪侠形象。为世人所熟知之公案小说《施公案》《彭公案》和武侠小说《三侠剑》中，都极力渲染窦尔敦反抗贪官、不畏强暴、救民出水火的英雄壮举。京剧并由此创作出脍炙人口的《盗御马》《连环套》等著名折子戏，脍炙人口，百看不厌。中华人民共和国成立后，国内仍有新著《窦尔敦传》和《窦尔敦传奇》问世。除此之外，《金镖黄三泰》等图文并茂的“小人书”更是不可胜数，足见窦尔敦在民间的深广影响。窦尔敦故事得以广泛传播，表现了弘扬公平正义、鞭挞邪恶的社会理念，彰显着中国农民数千年来救困扶危、不甘凌辱、大丈夫敢作敢为的浩然正气，具有强烈的人民性和典型意义。

我本人就是窦尔敦故事的热心追随者。童年时候我就常听奶奶、父母及族中长辈们深情地述说邻村窦集屯有窦家庙，供奉窦尔敦牌位，夸赞大英雄窦尔敦感人肺腑的动人故事，深深刻印在脑海中。及长，又长期在外县读书，直到一九五一年，我调至瑷珲完小任教期间，与窦集屯接触方便，有一种探求历史的欲望，曾会同曹文仪、孟晓光、孟幼光、王文杰诸师友徒步多次去窦集屯，与窦姓族人攀谈，后来也曾率学生在秋季野游时去窦集屯等地参观。

满族自古深受萨满教祖先崇拜观念的熏陶，各氏族萨满与穆昆注重随时记载本氏族或部落的英雄事迹，特别是在漫长的社会生产生活中，在本氏族身边曾经发生或出现过的某些人、某些事，都易于留存在民间口碑文化中，成为本氏族一定时期的重要历史记忆，被族人传颂着。满族说部“乌勒本”就是这样形成的。每有说部的讲述，一般多在氏族中恰逢婚丧嫁娶或祭祀等大型活动的余兴，由穆昆达将阖族长幼召集一堂，按辈分坐好，请出族中德高望重的妈妈、玛发、色夫们，讲唱满族说部

"乌勒本"故事，寓教于乐，活跃气氛。我记得故乡大五家子的长辈中确有人能讲窦尔敦的故事。因窦尔敦二百多年间与黑龙江满族融为一体，已有亲戚情谊，必然在记载黑龙江满族的开发史中占有一定文字。世人仅知有清以来在一些小说作品中描述的窦尔敦，很少听说黑龙江当地满族"乌勒本"说部中有关窦尔敦的传闻。

满族说部，犹如鄂伦春"莫苏坤"，赫哲"依玛堪"，蒙古"乌力格尔"，都是本民族、本部落往昔生存历史记忆和史诗，是教育后世子孙的百科全书。窦尔敦被发配北疆瑷珲的往事，也必然会在当地满族说部中有所评述或反映，成为诸多满族口承文学说部中一株别具一格的古卉。

这里追记整理的满族说部《傅恒大学士与窦尔敦》，出自我二姑父张石头的讲唱。张石头，满族，大五家子乡兰旗沟村人，农民，大约生于清光绪三十四年，中华人民共和国成立后去世。他性格爽朗，记忆力好，又是土生土长的当地老户，是一位能歌善讲的人。据父亲在世时回忆，张石头是满族著名故事家。当地还有一位著名讲述人，是大五家子乡的杨青山老人，与张石头是好友，都是同时期人，一九五四——一九五八年前后相继去世。张氏和杨氏所讲述之《傅恒大学士与窦尔敦》，富有厚重的史学可信度，与我们所知之窦尔敦的其他故事截然不同。《傅恒大学士与窦尔敦》所述历史背景，不是在清康熙年间，而是事发于清乾隆十一年前后，堪称窦尔敦原型故事中另一范本。

据先父在世时回忆，他二姐夫张石头与杨青山所述《傅恒大学士与窦尔敦》，完全是于民国年间听当时富察氏家族穆昆、富希陆阿玛富察·德连讲述，富察·德连听他阿玛伊朗阿向族人讲述的。富察氏家族祖居黑龙江省宁古塔（今宁安市），清康熙二十二年为抵御沙俄东侵，其先人奉旨跟随第一任黑龙江将军萨布素北戍瑷珲，已有三百余年的历史。富察氏家族在瑷珲的先人都是当年亲历者，留下著名的满族说部《萨大人传》，经过几代访问、充实和修润，形成现在洋洋大观的非凡英雄史传。故此，传说窦尔敦与将军萨布素曾在补丁屯等地一起抗俄，是不足信的。另外，又据先父富希陆先生生前讲述，他曾听他阿玛德连老人讲，德连祖父吉屯保（发福凌阿）和德连父亲伊朗阿在京时，就与兵部给事中韫琦交友甚好。韫琦，满洲富察氏，镶黄旗，其玄祖便是乾隆朝大学士傅恒，兵部给事中韫琦向吉屯保和伊朗阿讲述傅恒很多治国安邦的故事，其中就包括傅恒和窦尔敦的一段缘分。这些都是《傅恒大学士与窦尔敦》说部成书的核心内容。

特别值得提及的一个历史事实是，自清末以来谈及瑷珲历史文化者渐少，史料缺失，后世亦难追述其详。考其因，主要是瑷珲经历一九〇〇年庚子俄难，沙俄血洗海兰泡，并跨江用一场凶恶的大火烧尽了北方固国锁钥——瑷珲古城，将其自康乾以来精心积蓄百余年的关于北疆全部珍贵舆地、文物、户籍、档册化为灰烬，焚成历史盲区。更可悲者，沿黑龙江两岸居住的满、达、鄂、汉等土著乡民，兵火中啼饥号寒，罹难奔逃，栖身于省城卜奎（齐齐哈尔）、嫩江、辰清及诺敏河流域等地求生，一直躲至两三年之后的一九〇三——一九〇五年，惊魂方定，陆续返回残废的家园。民国动乱，日寇铁蹄，多难的祖国，多难的岁月，人们很少再去追索那令人悲愤难抑的往昔。尤其是随着老一代人逐年谢世，早年历史知情者驾鹤西归，很多遗事久成悬案。尽管如此，众多文化人士，自清亡后并没有遗忘故乡曾遭践踏蹂躏的历史，扬国威，唱英雄，励精图治，特别是中华人民共和国成立以来，尤其是近些年，欣逢盛世，党和国家付出极大努力，大力倡导民族文化遗产的挖掘、抢救与整理，濒临消失的满族古老的“乌勒本”说部艺术焕发新的青春。被国务院批准的首批国家级非物质文化遗产名录满族说部，其中就包括《傅恒大学士与窦尔敦》，得到抢救、保护与整理，从中获得清乾隆时期一些有关黑龙江沿岸及瑷珲副都统衙门等社会史料，填补了许多空白。

一九七八年秋，我有幸正式投入吉林省社会科学院民族研究工作。著名历史学家、省社会科学院佟冬院长是我大学时的老校长。“文革”后，为加强东北史地与文化研究，组建队伍，他把我从省政府要回省社会科学院，专门从事中国满族等北方诸民族文化挖掘、抢救工作。我们在宁安、阿城、依兰及瑷珲等满族聚居地区，有计划地访问著名满族耆老和民族文化知情人，系统采录满族濒临消失的满族长篇说部、神话故事、歌谣和民俗轶闻。其中，《窦尔敦传》，即《傅恒大学士与窦尔敦》或《双钩记》，也列入调查项目。为调查与核实有关资料，我曾于一九八一——一九八五年，赴河北献县、武强、河间、任丘、文安查阅县志史料，访问当地文化馆和众多农民，赴北京市及天津市遍访民间群众并翻查清代乾隆朝顺天府档案和天津总督府等有关文史资料。在顺天府史料中，有关于窦尔敦的零星记载，标注有“窦尔敦受斩刑”，没有“北戍瑷珲”的记载。不过，这证明窦尔敦确是乾隆时代人，至于“窦尔敦受斩刑”的记载，亦可理解，清廷为了稳定社会，严守机密，不愿意暴露窦尔敦被押解北疆的真相，而采取了隐饰手段，是可以理解的。

在河间、献县等地民间访问中，收获还是很大的，间接获得许多珍贵信息。当地许多中年至老年人，虽然已进入二十世纪，但对窦尔敦还是很熟悉，视其为同乡，感到格外荣耀、自豪。你只要引个话题，都能向你说出不少当地故事，热烈异常。我问众位："窦尔敦真有武林功夫吗？能不能是文人后来艺术创作的？"我的话当即被众人反驳，大家异口同声："你不晓得我们河北地方，自古心向少林，绝非诓语。明清以来，冀鲁州县和乡镇习武成风，皆有不少大小的武馆。习武被看作是壮身护庄的必备常技。俺河北紧贴着河南，早些年人们除就地拜师外，不少人还虔诚徒步南下少林。好在当地人均水性好，都是水鸭子，日积月累便踩出一条专走水路的密道，不走旱道，披星戴月，很快能到嵩山少林。此举曾得少林老方丈称道，虔心向佛，善走亦是少林功夫，后来这条水路密道被称为少林道，相传至今。"为使我了解"少林道"，他们还给我绘图显示，一目了然：原来循子牙河支流老盐河南下清河、金滩、卫河、汲县，泅渡黄河，进入河南，直奔荥县、密县，即可抵登封嵩山少林。

我在讲述满族说部《傅恒大学士与窦尔敦》时，讲述窦尔敦善竞路并在少林寺拜名师习武的具体情节，多数是我到河北调查记录中充实补充的。后来因种种原因，满族文化挖掘与抢救工作停滞下来。直到二〇〇二年，吉林省成立"吉林省满族说部集成编辑委员会"，此项工程得以顺利启动。我便与荆文礼先生多次赴黑龙江省黑河地区瑷珲，专访窦集屯窦姓族人，与窦尔敦后裔窦胜祥、窦胜金及其家属座谈，实地踏查窦氏家族旧有祠堂遗址，调查了解窦尔敦历史故事的流传和传承状况，决定整理满族说部《傅恒大学士与窦尔敦》即《双钩记》。

二〇一〇年夏，我与社科院朱立春所长再访窦集屯，与窦氏族人洽谈整理说部事宜。同年八月，朱立春所长再邀窦胜祥先生来长，进一步探讨和征求对整理满族说部《傅恒大学士与窦尔敦》的意见。整个过程深得窦氏家族和窦胜祥先生的大力支持，并热心参与合作，深致谢意。二〇一一年秋，将讲述稿交付朱立春先生，经他热诚修润整理，出版问世。

二〇一二年十月二十五日

雅鲁顺（引言）

各位阿古[①]、阿沙[②]、玛发[③]、妈妈，远道划船的舟师、商贾师爷，行旅的谙达，众位达爷们啊，还有那些身穿尊贵肥衫大袍、身佩金银骨饰护身灵物的八方贵胄，朱伯西[④]我在这儿给众位施礼啦！欢迎众位师爷、色夫[⑤]远道来咱瑷珲，又能到我的“正义坊”书斋饮茶落座，听我们阿浑德的乌勒本，这可是阿布卡恩都力[⑥]赐给的缘分啊！

听吧，我朱伯西拿此桌案上这把老辈人们传下来的二弦琴，这可是咱们老满洲的家传宝物，蟒皮鼓、鹿筋弦，桃梨的红木放清香，拿在手上转悠悠，弹起弦音犹如河浪波涛，东海的祖母阿布卡奥木赫赫都被美妙的弦音所吸引，来到了我们“正义坊”，要不我朱伯西怎么能够这样精神百倍、耳聪目明、喉音嘹亮，传东海、震八方哪！纵情歌唱勾起了我思绪的波涛、情感的波澜，古语言之：“生当作人杰，死亦为鬼雄”，随着激扬的二弦琴，引来了瑷珲百年间的护国英灵，就让他们来倾诉瑷珲的往昔风云变幻，演讲他们昨日的依恋、希望和寄托吧！

尊贵的各位听者，今日里我朱伯西又弹起了激昂慷慨的二弦琴，禁不住豪情满怀、思情澎湃，情感的波涛就如同萨哈连江水，再也无法阻挡，就像万马奔腾，彩云追月，把时光推到了瑷珲这座古城初创的年月……

啊哈依呀——瑷珲古城——

啊哈依呀——妈妈、玛发生息的故居。

---

① 阿古：阿哥、哥哥。

② 阿沙：嫂子。

③ 玛发：爷爷或老翁的尊称。

④ 朱伯西：说部讲述人的自称。

⑤ 色夫：师父。

⑥ 阿布卡恩都力：满族神话中的“天神”。

你说她古老也古老，说她年轻也年轻。

说她古老，是因为此片沃土早期埋着达斡尔人祖先的遗骨，托尔加霍通，是她古老的名称！

说她年轻，是因为连年战火焚烧，使血迹斑斑的古战场变成了今日的小渔亮子，土名叫“尼玛哈霍通”。早在圣祖爷康熙佛爷的时候，这里就是抵御外族入侵、驱逐虎狼的疆场。那是康熙二十二年的春末夏初时节，大清国彭春公奉命统领着玛拉、萨布素、瓦里祜众八旗将领，率领着北方各民族的兄弟壮士们，从京师、盛京、吉林、宁古塔，水陆并进，会聚到瑷珲，沿着数十里的江岸丘陵修筑隘口和长堤，抵御和驱赶残暴凶狠的沙俄人。这些壮怀激烈的勇士，白天敲起咚咚的皮鼓，喊杀震天，夜里高挑起百盏灯笼，枕戈待旦，驱赶熊罴狼豹。当年，北戍的将士并没有修筑固定的兵营，而是平地挖掘起许多一人多深、一庹多宽的长沟，砍来兴安岭的枯枝树干，搭起了一座座地窨子，为了在漠北防潮取暖，众将士剥鹿皮、剥野猪皮，拢篝火，这种搭建的居住样式，满语称为“它坦包”。

水兵顶着藤牌收复了雅克萨，奉圣祖爷之命，辟建“尼玛哈霍通”这块达斡尔人的故乡，打罗刹，剿雅克萨，雄兵进驻额苏里，可叹黑水屏障，江波难渡，军情甚急，不能时时与京师联系，只能劳费舟楫往来，万分不便。彭春公决意，在江东仍保留八旗立足之地，命萨布素前往江西寻址。萨公经过一番调查，终于在额苏里对岸不到七十余里的托尔加古城一带选到宝地，发现一马平川沃土，渔耕皆宜，可谓漠北江南。康熙二十二年冬至这一天，杀三头野猪，两条八百斤鲟鳇鱼，白酒十罐，祭奠江神地祇，牲血浇灌。陈年无人问津的荒古塞域，鼓号喧天，将军炮轰鸣，竖大清龙旗，八旗飘扬，遍地篝火熊熊。从此这里的松林、桦林、柳林有了人烟声息，骑兵的骏马声嘶旷野，唤醒了沉睡千年的古林，从此这里成为大清国最北的军事要冲。这便是历史上赫赫有名的黑龙江江城——瑷珲古城。

当时这里还没有街道房舍，新建了一条十字大街，八旗将军的家眷便在这十字大街中搭棚而居，渐渐有了房舍，又来了商贩，开起了各种大小店铺，还有了各种好看的大幌子，迎风招展。

当时的八旗军营就在城东一片松林中开辟而成，四周有柞木、槐木条，原木一根根埋地竖立起来，形成栅栏，四周设城门，从此就有了八旗的行辕驻地，称“黑龙江将军衙门”，这几个字当年是由萨公亲笔在杨木大板上（此杨木取自额苏里，是将一棵四搂粗的钻天杨锯下来，破成两掌厚、半米宽的大长方木板）用笔墨写成。而且为了防雨，萨公命兵勇又用尖刀镌刻，又用红色野花汁染在凸起的字上面，非常耀眼醒目。黑龙江将军衙门由江东迁到江西，也把这个刻有将军衙门的大匾额运了过来，据说，这块大匾额一直悬挂到将军衙门迁往墨尔根和卜奎，因来回运送不便，就留在了瑷珲副都统衙门，存放在库房中留念，直到咸丰年一场大火，才被焚毁升天。

瑷珲这个名字来历很有意思。瑷珲之称，民间传讲，源于当地有条河称“爱呼”，也有写成“艾浒”“艾虎”的，达乎尔（达斡尔）语，意为“可畏”的意思，自黑龙江将军在此地设立了将军衙门，被称为“黑龙江城”，正式在清史文献中使用“瑷珲”一词。建城后，经过不断修葺完善，呈四方形，排木为重垣，内充以土，四门皆有城楼，高丈八尺，西、南、北三面，排木为外廓，方十里，南一门，西北各两门，东临浩浩黑龙江。

将军衙门为正一品，将军下设副都统为正二品，协领为正三品，佐领为正四品，防御为正五品，骁骑校为正六品。将军衙门后来迁入卜奎即齐齐哈尔，瑷珲当地便成为副都统衙门所在地。

各位听者，瑷珲副都统衙门在大清国的北疆治理中占有重要的位置，素称“北门锁钥”“东国屏藩”。

瑷珲因其所处的地理位置，显得至关重要。瑷珲位居黑龙江畔，恰在黑龙江中游，在海兰泡西部有黑龙江主要支流精奇里江，流域长达千里，北与鄂霍次克海相连。由瑷珲逆水而上千余里，可达黑龙江源流额尔古纳河，那里就是中俄界河石碑，由瑷珲顺江而下，在同江处又有松花江汇入，一泻千里，到达伯力城（现为俄罗斯所占），再向东北流经千余里，便来到了黑龙江入海口鞑靼海峡，隔海相望就是大清国的海滨巨岛、东海明珠苦兀[①]岛，又称库页岛，该岛与台湾岛大小相当，但其深居东海，北与俄罗斯相连，南与日本海岛相邻，战略地位相当重要。因此，瑷珲就是大清国在北疆的中枢，军事的前哨，战略的咽喉要地，这里控制着北疆的一切风云变幻。特别是自从罗刹不断南侵北犯，有了瑷珲，就像一把匕首插在寸关之上，限制了敌人的猖狂肆虐，迫使罗刹不敢妄自逾越犯边。自从康熙朝开辟了瑷珲这个前哨，才使得北疆有了百余年的安宁。

黑龙江历任将军皆以瑷珲为重，筑城防、建城堡、训水军、兴武备、

① 苦兀：满语音译，意为熊。

征兵员，不敢片刻松弛懈怠，所以，瑷珲武备从康熙年间以来一直到雍、乾两朝，都是北方诸副都统衙门中最强盛的。

瑷珲副都统衙门在城东松林间专门设有“正义坊”，凡为戍边捐躯将士皆可英魂入坊，匾额上面的“正义坊”三个大字还是康熙二十二年，彭春公在额苏里城亲笔书写的呢，字体苍穹，笔锋雄健，抒发了八旗劲旅卫国之豪情，也道出了满洲军民行正义之举，义薄云天，驱敌廓清，扫除恶势的炽热情怀。数年间，正义坊上面镌刻的英名不下百人，皆为康熙年间起为驱逐罗刹而献身的勇士，上至将军、都统、副都统、协领、参领、佐领、骁骑校，下至拨什库、领催、马甲，他们有的魂归故里，亦有魂在北疆，至今尸骨无存，无法安魂入葬，痛兮悲哉！

在这些英魂中，最为我朱伯西崇敬者，乃是大清乾隆年间为巡哨北疆，终未凯旋，虽经数次探查，然仍无结果之人。此人对北疆建树颇丰，对瑷珲水师营的建筑、对中华尚武精神的传扬，尤其是对瑷珲黑龙江流域的哨卡建设和疆域山水舆图的勘察绘制功不可没，留下了赫赫美名，被誉为“一代宗师”，赢得了后世无限敬仰，这位大英雄便是窦尔敦！

在清代许多武侠小说中都塑造了窦尔敦[①]的故事和形象，可惜大多是不符史实，主观臆造，其中亦有蔑视和误传之作。此乌勒本则与清代话本小说的人物截然不同。那可是：

英名刻在正义坊，千古流传美名扬！

下面，我朱伯西要讲述的《窦尔敦后传》，那可是地地道道的历史风云人物。他生于清乾隆元年癸卯，乃直隶河间府献县窦乡町人氏，《顺天府志》曾有记载，记述其：“乾隆年间受伤被俘，在押送途中卒于永清。”此实为伪佞托故之词。事实上窦尔敦白洋淀起事失败后被俘，最后被发配至黑龙江瑷珲充军，而他之所以能够来到漠北要塞瑷珲，却是当时形势所迫促成的。当时沙俄罗刹频繁犯境，北疆急需擅武功之人，时为黑龙江将军的傅尔丹游说朝廷，朝廷大学士、军机大臣傅恒从中斡旋，也是为了替北疆瑷珲重镇物色英武盖世、正义超群之能人来巩固北疆效力，加强戍边力量，以抵御罗刹侵犯。

窦尔敦乃雍正朝乡试秀才，文达誉世，然几经乡考举人皆落第，便弃文习武，加之自幼受到乡间尚武之风熏陶，当地有大小武馆教堂十多间，习武之风蔚然，只要缴上银两，便可拜师学艺。直隶地方江河纵横，

① 窦尔敦本书中也称窦二冬、二冬。

河间府北有永定河、大清河，大运河由京师通县而南下，经河间府献县南下，其中子牙河上游有滹沱河、滏阳河两条支流，以及清宁河等，每年汛期经常泛滥成灾。也正因为水系丰沛，该地民众皆习水性，个个都像《水浒传》里的阮小二、阮小七那样，水性极佳，深潜入水，一袋烟的工夫不必出水换气。窦尔敦就是在这样一个环境里成长起来的。还曾经多次南下嵩山少林寺，拜师学艺。他又善交天下英雄，广结人缘，因此，在当地，他不仅武功超群，而且闻名遐迩。他后期到达瑷珲之后，留下了许多诗作，抒发壮怀激烈，以及报国豪情，当时曾结集为《黑水诗钞》，但流传至今已寥寥无几。

朱伯西我特选几首，吟与诸位共赏：

塞下曲

——步唐王昌龄五言诗韵

催舟渡秋水，水寒风似刀。
苍山日未没，黯黯见斜阳。
千里龙江水，一泻含汹涛。
黄尘笼鹿帐，征人砺鸾刀。

望江原

飞瀑岩林响惊雷，鼙鼓声声龙旗营。
万里寒光生积雪，江原曙色喧晓鸭。
溪流匆匆叩界石，烽火云山拥固城。
横刀立马守寒疆，敢退凶顽请长缨。

诉衷情

当年解枷应圣诏，
匹马戍边关，
黑水梦断何处。
烽火煴征裘，
凭任狼豹腹饿吼，
英雄惧否？
心系龙江，
身老志坚。

第一章　富察格格进京

（古城喜事·白洋淀怒火·囚车抵瑷珲）

各位阿哥、听众们：

朱伯西我现在就开讲《窦尔敦传》。这可是一位大英雄，俗话讲：“金龙摆尾响惊雷，猛虎下山地生风”，据传这位大英雄属虎，有万夫不当的虎性，横扫世间的邪恶，还天下以清白世界。

论起英雄，那还要从头说起。

“水有源，树有根”，说起窦尔敦的名号，恐怕大人、孩子都耳熟能详，过去传统京剧有一出戏，就叫“窦尔敦盗御马”。窦尔敦也成为京剧中的脸谱化人物，他的脸谱是“净角儿”，也就是咱们平时所说的“花脸”。脸谱上不同的色彩能够显示出不同的人物性格。红色表示忠勇义气，如关公；黑色表示粗犷直率，如张飞、包公；白色表示多谋狡诈，如曹操；蓝色表示勇猛侠义，如窦尔敦；绿色表示倔强执着，如程咬金。此外还有神鬼形象，多勾金银色，如玉皇大帝是银脸，二郎神是金脸。

可若说窦尔敦那些惊心动魄的详细经历，还得从老英雄传世的故土——大清国乾隆年间，他在那里充当武师的北疆瑷珲古城说起。因为老英雄本不是黑水瑷珲人氏，也不是咱们满洲旗人，而是汉家兄弟。祖上原是山海关内直隶顺天府献县窦家町人氏，那么，咋又到了千里之外的漠北瑷珲城哪？这可有一段非常惊险传奇的经历呢！

各位阿古、阿沙、玛发、妈妈，请你们不要着急，不要心躁，先把你的家事琐事都撂下，仔仔细细静耳聆听，必会让你跟随我的琴弦话语，一直追索下去，让你崇仰，让你怀恋。这可是千古难有的一大奇闻，代代传讲不衰！

话说，那还是清高宗乾隆十二年九月重九日前后的季节，北边瑷珲古城早晚已经开始寒冷了，阵阵冷飕飕的江风袭来，吹得江岸渔夫们阵阵打战，江中心的几个大网船正在紧张忙碌着，都在收获黑龙江上的秋汛，捕捞又肥又大的大马哈鱼，一般江岸渔夫们大都用铁钩大弦放入江心，像一道道铁蒺藜，锋利的铁钩就可以钩住逆水而上的大马哈鱼。它们来自东海，经过千余里巡游，进入黑龙江，雌雄追逐，一直逆水冲向黑龙江上游的呼玛、漠河，再一直游向洛古河，游到上游尽头，河流狭窄的地方，它们便完成了雌雄交配，猛然跃向岸上死去，雌性大马哈鱼死前将受精的卵播撒在江心，待鱼卵长大后，再顺江而下，直入东方大海，到海中长大，成年鱼第二年再到黑龙江逆水而上，重蹈它们祖先的覆辙，如此循环往复，数千万代，生生不息。正是这种奇特甚至带有几分悲壮的自然奇观，才造就了北疆连绵不绝的沃壤和茂密葱郁的原始森林，因为大马哈鱼是在海洋中长大，富含大海的各种营养元素，随着跃跳上岸而亡，也把海洋的丰富营养带给了大地，最终才有了大兴安岭地区的茂盛和丰沛。

很长时间以来，北疆的渔夫们就在沿岸守候着，等待着每年的鱼汛一到，便争先恐后地捕捉肥美的大马哈鱼，这种鱼的鱼子如黄豆粒大，殷红殷红的，非常清香可口，营养价值极高，是瑷珲八旗人家的美食之一。

眼下，虽有寒意，然而，江畔的八旗子民们都兴高采烈、欢欢喜喜、竞相捕鱼，因为瑷珲城呼鲁吐嘎珊[①]要迎来一个最神圣、最喜庆的日子——新选的满洲格格要进京面圣，侍奉圣母皇太后，这是瑷珲今年的一桩大喜事。

在清代有一个传统，年年都在旗人家选秀女，多是皇亲、王爷、著名的公爵家族才能享此殊荣。秀女大多身为满洲八旗世家子女，才貌双全，品格兼优。届时，由宫中委任遴选官到八旗官宦、将门之家族选秀。因有皇上旨意，任何人家不得隐瞒抗拒或从中作梗。说来皇家选秀乃是八旗人家莫大的殊荣、恩典，备受各八旗名门望族看重，争先献女，以表忠心。此次选秀是乾隆皇帝通过内务府下派，特在瑷珲、宁古塔、阿拉楚克三处，选十一岁至十三岁秀女三名，圣旨发至黑龙江将军傅森，命其按旨办理。说来，这是皇家钦点的三名秀女，进宫后专门做圣母皇太后身边的御前答应，经一两年的考察试用，再正式命名赐牒，封为皇太后侍从、侍女，朝夕陪奉皇太后。

各位听者，此次能钦点瑷珲副都统奉选秀女，可谓殊荣，这可不易啊！说起来这都是乾隆皇帝身边的大学士傅恒的功劳，正是他在皇太后面前推荐保举的结果。说到傅恒，可非一般人物，其为满洲富察氏，镶

① 嘎珊：满语，意为村屯。

黄旗人，其祖上是康熙朝的大学士米思翰，先世世居沙齐[1]，曾祖旺吉奴，清太祖时率部来归，父哈什屯侍奉太宗，官至太子太保，康熙初年卒。米思翰为其长子，圣祖钦政时授礼部侍郎、户部尚书，列议政大臣，米思翰之子李荣保，其女为清高宗乾隆帝皇后，死后奉孝贤皇后，即傅恒之姊，傅恒累晋户部尚书、太子少保、太子太保，后升为兵部尚书，大学士，死后追谥“忠勇公”，深得乾隆帝的宠信。其几个儿子在乾隆朝中均为高官，手握重要权柄。

说到这里还有个秘密，当年老罕王清太祖努尔哈赤在初创满洲劲旅时，是黄、白、红、蓝四旗，其中黄旗由努尔哈赤直接管辖统帅。后来兵力壮大，人员日众，原四旗增扩成八旗，其次分为正四色和镶四色［即在原四色正（读zhěng）旗之外又增添了镶黄旗、镶白旗、镶红旗、镶蓝旗，终成八旗］。最初满洲的军队主要在老罕王努尔哈赤手中掌握，八旗最后为管理方便，努尔哈赤将兵权分给最亲信、最喜爱的将领或儿子手中，太宗皇太极主掌镶黄旗和正白旗，额驸扬古利主掌正黄旗，称为“上三旗”，其他五旗由老罕王另几个儿子掌管，称为“下五旗”。富察氏家族最初都归入正黄、镶黄两旗，特别是富察氏所居住的长白山二道白河讷殷部附近的原始部落，主要分布在泉源沟、沙齐岭一带。最初均随大贝勒褚英麾下，都属正黄旗，后来统辖于努尔哈赤，后来又分属于八贝勒皇太极麾下，再后来又有一部分归于额驸扬古利大将麾下。

富察氏家族历史悠久，早在金代属于女真黑水靺鞨，氏族人口众多，后因惧怕氏族内通婚，部族几经分化，分布于长白山二道白河河源广袤地带，一直发展到依秃河（伊通河）河源一带。归入努尔哈赤父子后，富察氏家族后来又分拨为两旗，但氏族人口始终密切往来，关系甚为密切。大清立国后，富察氏家族主要分布于京师和吉林两地，后来吉林的满洲富察氏家族又分出一部分迁到宁古塔，后来又有迁徙，但基本形态不变。富察氏祭祖两旗之中都属于同一根脉，都有血缘关系，有的支脉就是一个家族被分到两个旗属，分别管理各驻在地的生产与军事。宁古塔富察氏正黄、镶黄两旗的人口在康熙二十二年北上戍边。在京师的富察氏家族在顺治以来主要是镶黄旗的人口。傅恒大学士便是镶黄旗的，但他与住在宁古塔、吉林的富察氏族人始终保持着密切联系，相互提携关照，甚有兄弟手足情义。

---

① 沙齐：长白山下二道白河一个古代部落讷殷部的一个村寨。

乾隆帝与皇太后选秀女一事，便是找傅恒商议。傅恒左右思忖，便首先想到在故乡瑷珲、宁古塔的本家族子女，便禀奏太后与皇上，得到恩准。随后命其子福隆安速速北上，并急函传至北疆，告知宁古塔副都统巴尔绰（镶黄旗富察氏）、瑷珲副都统阿思哈（正黄旗富察氏）与阿勒楚喀副都统巴拜（正白旗吴札拉氏）三地选秀之事，遴选官、宫内太监随后即到，请务必大礼迎接，切勿怠慢。傅恒时任户部尚书，又因自己姐姐是当朝乾隆帝的皇后，深受宠信，除此他还监理大理寺总管和领侍卫内大臣等事务。皇太后和乾隆帝处理皇家之事都找傅恒商议，传谕秘事。皇太后一直期盼寻找几名年轻俊俏、性情贤淑、聪明伶俐、才思敏捷的秀女来陪伴身边，曾经多次嘱咐傅恒留意选拔，但又怕太张扬，传出宫外弄得沸沸扬扬。多少宗亲王侯都希望自己的女儿选入皇宫，陪奉皇太后身边。俗话说“近水楼台先得月”，谁都想千方百计攀上这门喜事，那可是一步登天啊！所以皇太后叮嘱傅恒不可过于张扬，暗中小心运作为好。

于是，傅恒便悄悄进宫，叩见皇后姐姐，想请姐姐帮助拿个主意。皇后便告诉傅恒说：“太后对身边侍女要求甚高，已更换过数名，都不称心如意。你最好还是在本姓家族中挑选，入宫虽荣，必择优而献，上报皇恩，下给家族增辉。”最后傅恒与姐姐商议，还是委派福隆安亲自去一趟瑷珲。福隆安是傅恒的次子，很能干，也很聪明，又是乾隆帝钦点的佳婿，将心爱的和嘉公主许配给他，也是皇上的额驸，而且这桩婚姻得到皇太后的赞许，和嘉公主最受皇祖母的疼爱，她也最熟知皇祖母的脾气秉性，福隆安去选皇太后的侍女，和嘉公主必会暗中协助，此事必定办得圆满，讨得皇太后和皇上的欢心。傅恒又认真叮嘱儿子福隆安一番，福隆安便欣然受命北上。

福隆安和他的两个弟弟福康安和福长安，自幼就得到皇后的喜爱，几个侄儿个个聪明伶俐、一表人才、识文达礼，乾隆帝也非常喜欢，都被特别恩准与众皇子一同在宫中读书习武，凡优异者将来都被授予侍卫衔，有机会建功立业、飞黄腾达。在傅恒的举荐之下，家居瑷珲的满洲正黄旗、康熙二十八年瑷珲副都统耿额（嘎哈）之子、康熙四十七年瑷珲副都统成泰（嘎泰）之子、瑷珲副都统阿思哈（达思哈）都是被调入宫中习武，予做侍卫，后外派授命从二品副都统北戍边陲的。说来，瑷珲的阿思哈与福隆安既是富察氏同族兄弟，又是同一师门的师兄弟，他们的武林恩师都是曾在宫中传授武林绝技的少林名僧皈依长老。多年在一起，相濡以沫，可谓莫逆之交。福隆安接受此命当然兴奋，阿思哈去年进京禀奏边关要事，曾见过一面，一晃又一年没见阿思哈了，此次，前往瑷珲办差，更是难得的机遇，与阿思哈合作办此重任，定会让皇上和皇太后满意。

说来，阿思哈祖籍宁古塔，其祖上在康熙二十二年奉旨北上瑷珲，其先祖数代最初跟随黑龙江将军，在瑷珲、墨尔根、齐齐哈尔任武职，从马甲、拨什库、骁骑校、佐领干起，后来有的升任墨尔根副都统、齐齐哈尔副都统和瑷珲副都统，均为八旗劲旅中的重要成员。阿思哈少有壮志，从小便跟随父兄骑马巡查黑龙江流域，无事时与族众一起从事渔猎、农耕，父兄均称其“达思哈”[①]，因他非常勤快，从不偷闲，他家中仓库里总是堆满獐狍珍禽，院中挂满了大马哈鱼的鱼干，周围邻里一旦有人生病，无力去治，阿思哈总是从自家院中拿来各种猎肉和鱼干、鱼子等接济人家。他身材高大、臂力过人，曾用弓箭射穿过大兴安岭中的大棕熊，也曾用弓箭驱赶走了兴安岭中的狼群，保住了屯寨里的牛羊群和牲畜。雍正十年夏，将军派人来瑷珲地方选拔健锐营后备武生，入选后可加入齐齐哈尔巡查马队，并可能被选拔进入京师皇家健锐营。

那年，阿思哈不到十七岁，刚刚提拔为马甲候补兵勇。那些已经列入选拔的都是正式有功绩的记名马甲，阿思哈年龄尚幼又无记名军功，荐选考官根本对他不屑一顾，可是阿思哈就是有股韧劲，朝夕苦磨荐选官，一定要给他一次机会，与那些候选者一试身手。在瑷珲副都统衙门后的松林中搭建出三个大帐篷，所有被荐选的武生生员都在各帐内静候，凡叫到自己名字便入场比赛，竞比的内容有握杆比力、百米剑法、穿梭骑术、布库（摔跤）。仅瑷珲地区荐考者足有近百名，他们分别是来自瑷珲、墨尔根、洛古、富锦、豆满江等各地的优秀壮士，个个奋勇争先，互不相让。阿思哈终于打动了荐选官，加之瑷珲的同族候选者帮他说情，终于破例允许他参考，可是令荐选官万万没有想到的是阿思哈竟然力拔头筹。首先竞比的是握杆比力，双方静坐地上，双脚相顶，双手紧握一柞木圆棒，待荐考官一声令下，双方只能靠臂力向自己一方猛拉，最后看谁把对方拉起来为胜。阿思哈别看年龄小，可是由于平时刻苦磨炼，发起力来，能拔出整棵小柞树，能拉住牦牛双角，不让它后退。比赛中，

① 达思哈：满语，意为无所畏惧的猛虎。

他一口气打败对方三十几人，众人都惊奇地称他是“安班木哈善”[①]。接下来，在剑法、摔跤和马术各项中他也是技压群雄，最后如愿入选为齐齐哈尔将军衙门巡查马队兵勇成员，并破例选入京师健锐营丁勇。阿思哈从此不仅有蛮力、擅摔跤，也有幸学到了正宗的少林武功，学会了使用刀枪剑戟等兵器。特别是刀法技艺非凡，故得到个“神刀将”的美名。

乾隆四年，阿思哈被调往黑龙江将军衙门，出任团练巡查马队，任骁骑校衔。乾隆九年，授命参与平定“青海回人叛乱”，表现神勇，俘敌百名，受赏赐黄马褂和“卓尔浑巴图鲁”称号，授佐领衔。乾隆十年春，调瑷珲副都统衙门，任副都统。

阿思哈自到任瑷珲副都统以来，勤于练兵习武，闲暇时就率众伐木筑建副都统衙门官舍。康熙年以来，衙门的房舍皆为土坯草房，年年修葺，阿思哈并未动用朝廷官银，而是在本家族“呼鲁吐拖克索”“托阿拖克索”“刷迎色固山拖克索”中征集人力，牛马运力，自己脱坯，锯木筑造，建起了三幢二十七间，外镶木制，内筑土坯，木板瓦楞。就连仓房、马厩、鹿苑皆用松木修筑，焕然一新，颇有气派。过往行人无不驻足称道，也深得黑龙江将军衙门傅森的赞誉，并颁令墨尔根等地一应效仿。说来，黑龙江地区的诸副都统衙门由泥草抒拉哈的土坯建筑改为木质结构的外涂黄油的明堂瓦舍始于乾隆朝。

话说阿思哈一个月前，就先收到福隆安快马急送的官帖，是分别发给傅森老将军和瑷珲副都统阿思哈的。傅森老将军是章佳氏人，满洲镶黄旗人，康熙十二年授一等侍卫，在淮、浙、豫任副都统，雍正朝冀、鲁、宁波府副都统，乾隆朝时调任盛京将军衙门副都统，现任黑龙江将军，是一员著名的武将。阿思哈是傅森将军身边的得力干将，深受老将军的信任。傅森收到福隆安之父户部尚书傅恒发来的皇帝御帖，得悉皇太后选秀女的喜讯，他同时收到的还有急调黑龙江八旗劲旅马队千名入关剿匪的谕令，这是军机部大臣来保发来的火印官帖，凡火印官帖即命各地州府、将军衙门按谕命火速办理，不得有误。这次收到的军机部密帖上面烙有三条火印是极为少见的，说明朝廷谕命黑龙江将军衙门收此密帖后必须在十个时辰内当作压倒一切的公务办理，不得延误。

傅森同时收到两道京师谕办的火急大事，一个是选秀，一个是整兵入关剿匪。好在选秀之事朝廷已定入选秀女，即时只需恭送即可。不过

① 安班木哈善：满语，意为老牤牛。

整兵入关这是甚急甚重之事，思来想去，能征善战为朝廷赏识者莫过于瑷珲副都统阿思哈的铁骑马队，清一色地使用镔铁大砍刀，个个是英勇无敌。瑷珲铁骑马队曾几次应招征战，都得到朝廷的褒奖，这个光荣家族传统说来可追溯到康熙三十五年皇上亲征噶尔丹，命萨布素领兵同行，大将费扬古兵出西路，萨布素领兵扼守东路，皆获大胜。萨布素当时的兵马就是现在这支使用镔铁大砍刀的铁骑马队，所向披靡，这个传统一直传到乾隆朝，瑷珲历任统领都注意强驯马队，屡有建树，深受各路兵马的崇敬。到阿思哈时代，这个传统一直延续下来，他本人就是一员虎将，他率领马队转战长城内外，战功卓著，此次京师发来军帖调兵，傅森老将军当然首先想到了爱将阿思哈，命令他速速整兵应招南下，勿使朝廷和军机大人焦急等待。所以他收到密帖后决定亲赴瑷珲走一趟，于是旋即启程，由省城齐齐哈尔直奔瑷珲而来。

乍开始，阿思哈还以为是老将军惦记朝廷下来遴选秀女之事，因为关系到选定皇太后身边的侍女，将军关怀重视，以表对皇上、皇太后的忠心，他还不知道傅森将军另有其意。所以，还恭敬地劝说老将军道："将军，阿思哈一定会办妥选秀之事，无需劳将军大驾亲到瑷珲，一路鞍马劳顿，待晚生办妥此事后，定当禀报将军，然后再奉送秀女进京师。"

老将军傅森在马上笑着说："老夫公事繁杂，还没向你们阖府祝贺，我猜测皇太后所选秀女落到瑷珲，想来这秀女必是你阿思哈的小格格诺伦了，对吧？"阿思哈忙说："老将军真是料事如神啊！本想待福隆安来时再详细禀告此事，没想到大人已知底细了。"傅森说："那年，傅恒大人来省城，我陪他同去瑷珲，乘大帆船去下江海口巡查，那次我和傅恒大人都见过诺伦格格。格格聪颖，才貌过人，武功甚好，又擅水性，当时我就看到傅恒大人非常喜爱。瑷珲重美女英才，还有哪家姓氏可与富察氏家族相比啊！"话说到这儿，阿思哈才意识到老将军急着到瑷珲必有其他要事，这件事是他心里最牵挂之事。

老将军遇事一向沉稳，按例，他本应留在省城齐齐哈尔，等到京师福隆安大人到后再一起来，如今他托付给副都统绰尔多将军，命他在省城迎接京师来人，然后亲自赶到瑷珲。刚才没有细想老将军的心理，只是一再强调说他先回瑷珲安排好一切事务恭迎将军，陪同福隆安额驸来到瑷珲。老将军执意要来，其中必有缘故，阿思哈这才恍然大悟，肯定是有大事由瑷珲副都统衙门办理，什么事呢？这么紧急，难道又有了战事不成？阿思哈眼前一亮，头脑突然清醒，老将军想得很细，因为朝廷下旨选秀，这秀女落到阿思哈家族中，而且又是阿思哈的亲生女儿，必然感到家族的荣耀，责任重大，何况朝廷特委派额驸福隆安亲自到瑷珲，阿思哈能不全力以赴办妥此事吗？老将军怕我分心，所以还有更重要的秘事没对我传达呢。

想到这儿，阿思哈便说道："老将军，您老此番提前来瑷珲，把迎接朝廷奉旨命官之事都交给了绰尔多将军，您老一定还有大事瞒着我吧？老将军，你我之间情同父子，我敬您老如父，平时您老凡是大事小情从不瞒我，一向委以重任，我阿思哈就是赴汤蹈火在所不辞。此番我承蒙皇上圣恩，在我家族选奉秀女进京侍奉皇太后。可是我心系边陲大事，瑷珲粮草齐备，战骑充实，兵勇操练，从未停辍，阿思哈随时愿为老将军分忧，您有什么军情要事就告诉我吧！"老将军微微点头说："是啊，朝廷军机处发来密帖，确实有重要军情，此番不同以往，事关重大，匪患出自京畿重地，要火速派兵及早剿灭，以免匪患日盛，危及京津，后患无穷！"阿思哈闻言惊骇不已，同时也暗自摩拳擦掌，跃跃欲试。

傅森将军、阿思哈及众随从一路策马前行，大队人马卷起滚滚尘土，惊起林中成群的野鹿和乌鸦、喜鹊。他们风驰电掣，穿林越岭，当晚便连夜赶到瑷珲副都统衙门。早有兵卒出来迎接，将军和阿思哈跳下马，众兵丁接过马匹，牵到后院，有专人上前卸下鞍蹬，还有人过来擦洗马身上的尘土和汗水，然后，又分头牵着马在院中溜达。马经过长途奔跑，不能让它马上静止不动，饮水喂食，那样最容易受风或坐病，要溜达一阵子，马才能平静下来，慢慢恢复体力，然后再牵入马厩饮水、吃草。

傅森看阿思哈急于知道朝廷中的军情大事，便与他直接进入上房正厅，早有侍卫奉上清茶，退下。两人分宾主坐下，傅森老将军便从行囊中取出三道火印的军机密函，阿思哈接过密函，只见上书：

黑龙江将军傅：

顺天直隶突嚣獗匪，京畿圣地岂容盗匪滋衅。

圣躬震怒特谕盛京、吉林、黑龙江备选劲骑三百，会聚黄庄，统由顺天府府尹和直隶总督兵马辖制，戡剿逆寇，缉拿归案，还我燕歌乐土，切勿迟误。

速速传晓照行。

乾隆十一年六月初十日急令

兵部尚书来保

阿思哈看过来保大人的手书，心想，顺天直隶地方出现匪患，那里可是大清的心脏，岂能容得叛匪的猖獗！

说来令人震惊，自康熙朝以来，直到乾隆年间，国力日盛，外邦来朝，从未听说过有什么匪祸。身为满洲八旗将士，时刻心系国家安危，想到这里他心中打定了主意，这项任务瑷珲必然冲在前面，一定要向将军请命，为国分忧，为将军争光。老将军所以数日来未将此令早早告知他，是让他安心迎接额驸，做好选秀之事，事毕后再与他商议。阿思哈说："老将军，我完成选秀大事之后，我瑷珲副都统衙门必定承担此大任，请将军放心！"傅森将军说："阿思哈，你还是先做好迎接福隆安的事，这是当前需首要完成的大事。"

再说福隆安额驸在绰尔多将军陪同下，从省城赶到瑷珲的时候，与傅森、阿思哈到达的时间相差不过半天。双方在瑷珲副都统衙门惊喜会合了。傅森将军非常高兴地说："昨天傍晚，我就听到院里的喜鹊喳喳叫，这准是有喜事临门，果不然，卢公公和额驸大人光临我地，实乃我们的殊荣啊！我昨命绰尔多将军在省城恭候您的大驾到来，我与阿思哈正在商议迎接您的事情，没想到您这么快就来了。这样咱们就不必在此逗留了，阿思哈早已安排妥当，富察氏家族的上上下下，都在恭候额驸大人的光临呐！"此时，阿思哈将军走来，向福隆安躬身打千施礼，说："恭迎额驸大人，阿思哈向您问安了。"

说来，这是福隆安头一次到瑷珲。前几年，其父傅恒大学士来瑷珲，随同来的是其弟福康安，所以阿思哈对福隆安不是十分熟悉，只闻其大名，这还是第一次见面。不过，双方都有富察氏家族的世代情谊，互相又都早有耳闻，惺惺相惜，可谓一见如故。福隆安说："阿思哈将军，我从京师来时，家父嘱咐我，眼下，太后选秀和直隶军情均甚急，此次差事必得速行速办，不可耽误，以解皇上的忧虑。我急匆匆从京师赶来，见到绰尔多将军后，未敢停留，便火速赶来瑷珲与傅森将军和你会合。依我愚见，就在瑷珲一同商议军情与选秀之事吧，更要以军情为首办大事。"傅森和阿思哈两人一听这番话，知道此乃圣上的意思，兵部尚书来保也必定是这个意见了，两人都齐声点头称赞说："对，额驸言之有理，那就在此议事吧。"

于是，阿思哈副都统便引领众人来到停靠在江边的三艘大型扎卡铁板船上议事。江岸早有瑷珲将军衙门的两位佐领，率领众八旗兵护卫江岸，巡视四方，不许闲杂人等经过。福隆安、宫中卢公公、傅森、绰尔多和阿思哈等五人上了船，进入船舱内一间雅静的指挥舱，舱内很洁净，船舱内的圆窗上都挂着窗帘，舱里有桌椅，还有床铺，众人依次落座后，由专门的水师营兵士护卫，送茶倒水。阿思哈关好舱门说：“凡有军情要事，我们均在江上议事，不易被人察觉。此番接到朝廷密帖，又恰逢额驸大人和将军到来，我已吩咐下去，议事之后咱们就在这大船之内共饮美酒，我已派人在江中捕鱼，现在正是清秋时节，是大马哈鱼最肥之时，鱼肉、鱼子都相当鲜美，今晚就请大人们品尝一下黑龙江的鳇鱼宴。”说着又向傅森大人说：“先请将军示下，可否现在就商议尚书大人的手谕？”

傅森坐在船舱内一把披着熊皮的太师椅上，放下手中的茶杯说道：“阿思哈，如今京师上差光临我黑龙江属地，身为黑龙江将军，首先欢迎当朝额驸和卢公公的到来，前几天收到了京师选秀圣谕，昨日又接到朝廷兵部的火速密帖，已知朝中军情甚急，还是先请福隆安大人细说下朝中究竟出现了何等匪事，是何方三头六臂的人物，怎敢如此胆大妄为，竟在天子脚下班门弄斧，真是猖狂至极！让我们早知内情底里，以便选精兵剿匪助阵。”阿思哈也说：“对啊，还是请额驸大人先向我们通报一下吧，以解我们的疑虑。”福隆安想了想说道：“众位大人，临来前，家父并未详细说直隶匪患之事，只是命我速来瑷珲迎接富察氏秀女入宫，将军和阿思哈提到了匪患之事，出京之前我也略知一二，想必你们也定是接到了兵部尚书来保大人的加急军机书信。既然大家都是一家人，我就说几句，一切要以兵部尚书密帖为准。说来也够煞风景的，我这一路走来正逢秋高气爽，一路风光无限，颇有雅兴，谁想京畿一带竟闹出如此惊天大案，弄得人人自危，鸡犬不宁。目前京师军队日夜巡逻，所有的馆驿茶楼、饭店商铺都不敢按时开张，只是晌午开门迎客，到了下午就早早摘幌，关门闭户，生怕有匪盗混入，酿成灾祸。”

说着福隆安从背囊中取出一卷纸来，向傅森、阿思哈他们打开，让众人仔细观看。原来纸上是一张人物画像，画像中有一排六七个人物，全身素像，穿着不同的服饰，特别是每个人的面孔画得十分细腻，从相貌上可以辨出人物的脾气性格。这些人物中最突出的是中间的一位中年男人，他一身武生打扮。“这就是朝廷缉拿的首犯！”福隆安指着他对众人说道：“诸位，这人就是直隶顺天府一带起事反叛的贼首，他叫窦尔敦。现在他已经聚成二百余人盘踞在白洋淀的芦苇荡中，经常骚扰周围的府县州衙，日夜不宁。眼下，进入京师的所有关卡，都由八旗军队严加盘查，风雨不漏，水泄不通，严防匪患进入京师。”傅森仔细端详着画像中每个叛贼的面貌长相，说：“真应该好好地认一认，过些日子到了河北之地就得盯住这些盗匪，也不知道他们都是何方人士，有何武功能耐，务必要早日一网打尽，为皇帝分忧，保国家康宁！”

福隆安说：“听家父说，这为首的贼寇就是直隶献县人士，自己报号窦尔敦，也是少林派的俗家弟子，武功高强，尤其是轻功和水上功夫了得。身边聚起一伙奇人，也都是江湖中的高手，武功甚绝，像什么燕子功，什么探穴蝎子功、偷梁换柱、大小搬运等等，神不知鬼不觉，不可轻敌大意。其他匪众并不在话下，大都是平民百姓，不少是因为当地官府横征暴敛，又加上年年水患，百姓流离失所，故窦尔敦等一声呼唤，众人便揭竿而起，虎狼一般，烧杀抢掠，尤其见到旗人、满洲官员，更是杀戮泄愤。论武功皆为乌合之众，只要擒拿住匪首窦尔敦，这伙叛贼必会树倒猢狲散。阿思哈，你也是少林派弟子，与我兄弟福康安都曾经在少林圣僧皈依长老门下习武，这回你可遇上对手了！”阿思哈说：“好啊，不打不相识，有了功夫却不务正途那可是祸害无穷啊，说不定我们还要收降一个少林派的迷途忤逆，以正佛门哪！”

静坐一旁的卢公公已年近七旬，是一位慈祥的老人，长时间在太后身边伺候，是皇太后最得意的心腹，并深受太后身边的大小宫女的敬重，把他看成是自己最亲近的老公公、老爷爷。只要老公公一个眼神，她们就懂得怎么做。所以，许多宫女称他为活菩萨，宫中的规矩实在太多了，稍有闪失差错，轻者被逐出宫门，重者便不知下落，悲惨得很啊！卢公公听了众位大人都一直在说匪患之事，一直都没有谈起老人家的此番行程是迎接皇太后可心的秀女，就有些坐不住了。临来前，太后可是叮嘱他：“你此去瑷珲就是要给我接来阿思哈的小格格，那可是一个有模有样的小人精，那是傅恒大学士去年北上亲自为我选定的。你速去速回，一路平平安安的，可别让小格格遭罪受惊吓啊。”卢公公从到宫中侍奉雍正皇后直到乾隆朝侍奉皇太后，已经足足有二十年了，大小选秀之事也经历多次，像这次太后和皇上如此重视，千里之外选定，又由宫中大公公亲自陪额驸大人迎接，这在乾隆朝还是第一次。卢公公当然十分重视，现在他满脑子就是秀女入宫之事，至于直隶叛民之事，那可不是他所关心的。

于是，卢公公轻咳了一声，郑重地向众人说道：“我说驸马爷、傅森将军和阿思哈将军啊，我从迈进齐齐哈尔到瑷珲，满耳朵灌的都是匪患之事。这俗话说，在其位谋其政，咱家我受太后懿旨，逢迎秀女入宫的差事，不知都筹办得怎么样了。眼下就要到秀女的家了，是否一切逢迎事务都安排妥帖了？皇太后平日里都是咱家在身边伺候，别的丫头我还不太放心，所以归程可不能耽误，更不能让皇太后、皇上惦记啊！”

卢公公这一路上跟着额驸福隆安没有说几句话，傅森等人也知道卢公公在皇上、皇太后身边的地位和影响，久慕其名，十分敬重。那可是当朝天子身边的红人，一般人很难见到卢公公，见到那就等于见到皇上、皇太后了。于是阿思哈赶紧说：“老公公爷爷请您放心，我们富察氏家族早在一个月之前就接到傅恒大人的急函，都在上上下下、日日夜夜地忙碌着，我和太奶奶、太爷爷及众位奶奶、玛发，都为家族这桩喜事操劳着。哪个家族摊上这样的喜事能不感到荣耀啊，我们家门前喜鹊整天鸣叫，我们族人也整天兴高采烈，都在张罗着帮格格选彩衣、彩裙、彩鞋和披肩、斗篷，太奶奶和众位妈妈们还言传身教，教格格一些宫廷大礼和接人待客的大小礼仪。格格年龄小，总是笑，很淘气，奶奶们要求甚严，几次都把格格训得直哭鼻子，这可不能有一点含糊大意，您老人家到我们家一看就会高兴了、放心了！我们家族是大家族，在京中有不少我们同族的官员和将军，皇上也是知道富察氏正黄、镶黄两旗，都是皇上身边忠实的奴才，历代忠心，办事一丝不苟。”傅森老将军向福隆安说：“额驸大人，看来卢公公是有些着急了，咱们这军情也商议得差不多了，不如现在就乘船而下，直接到阿思哈的呼鲁嘎掩克索①，先办秀女的喜事吧。”福隆安、阿思哈、绰尔多等均点头称道。

于是，阿思哈一声令下，船上的几位水手早已解开江边的缆绳收回船中，大船开始缓缓驶离，只听水师头领高声喊道：“扎卡扎凡哈②！”船上的八名水手也在舵工的指挥之下，整齐划一地摇摆大桨，船开始驶入江中，顺流而下。瑷珲城紧靠着浩浩的黑龙江，这里有十里长江之称，江面非常笔直，传说能出十个将军，大清历史上在瑷珲真出了九个将军。

阿思哈将军的家乡在瑷珲下游的十五里之外的呼鲁嘎掩克索。最早称“给孙扎音掩克索”③。因为最早在康熙二十二年抗击罗刹，随黑龙江第一任将军萨布素来到抗俄前哨瑷珲，当时有五大姓氏住在这个新建八旗兵勇的官屯，这五大姓分别是傅(付)、吴、葛、祁、臧，后来便称此村屯为“大五家子”。如今又增加了许多姓，人口也更加兴旺了，但仍沿用

① 呼鲁嘎掩克索：满语，意为骏马之乡。
② 扎卡扎凡哈：满语，意为开船。
③ 给孙扎音掩克索今大五家子屯。

了过去的叫法。呼鲁嘎掩克索是塞北很大的官屯，驻有万余户人家，都是满洲八旗官兵的家眷宅地。

福隆安等一行人在阿思哈的陪同下，乘坐的是水师营专备的扎卡船，这是一艘中等的大木船，是双层指挥船，有一根大桅杆。总共配备四道十名桨手，两个舵工。桨手都在下层，分两排座，各把一柄大桨，由一人站在前边，从下舱的窗口可以瞭望前方江面。根据上层舱内指挥水师的号令，统一向水手喊号：划、停、小划、大划、左划、右划……各船工统一号令，统一动作。这些划桨水手很是辛苦，因为舱内很热，虽有通风口也会感到很闷，一划就是满身大汗，所以舱内还要有同样数量的水手轮流替换。这种船最初的设计也是在长期的水战中逐步总结摸索出来的。下舱是水师桨工，隐身在船内可防敌箭和敌兵的袭击，而且高度与水面一致，划桨时最省力，也能更大地发挥木桨划水的功效。上层为指挥官兵所在，便于瞭望观察，以便发号施令。这种扎卡船航行很快，逆水行驶也不会迟缓。瑷珲水师营的战船分几种，扎卡船一般作为指挥船，也可作为客船。再大型的扎卡船，则装有远射炮、近射炮和大小口径的红衣将军炮数尊，除了数十名水手，另有弓箭手、铁杆射筒手等。

此次为迎接京中福隆安额驸和卢公公的到来，阿思哈早就选定了去年新打造的大扎卡船。上面的船舱共有四大间舱房，分别用作客厅、卧厅，还有供行船时使用的船用餐厅，非常的洁净、舒适。船顺流而下，两岸风光掠影一般从两面窗中闪过，风光旖旎，水波泛起涟漪，令人心旷神怡。众人在饮茶中不知不觉就听见窗外传来了人群的欢乐呼喊声，阿思哈将军站起来说："众位大人，下官的家乡呼鲁嘎掩克索到了，请诸位下船吧。"说着，走过来几个青壮年的水手，先打个千请了安，然后分别上前搀扶着众位大人。这时候船已经开始靠岸，福隆安、卢公公看见岸上早已站满了满族男女旗民和八旗将士们，岸上摆着四顶大轿，还有一些骑兵牵着骏马，有的人还欢乐地燃放起鞭炮来，唢呐、锣鼓也跟着响了起来，江岸地面上还用鹿皮铺起一条甬道，这是怕江岸的河卵石太硬，怕京师的大人们穿着皮底官靴硌着脚。福隆安不禁感慨，当地人真是好客，想得真周到啊！

众人陆续下船，卢公公久居宫中，还是头一次来到北疆，更是头一遭在黑龙江见到这么多陌生的满洲旗人，所以他看什么都新鲜、都觉得奇怪，眼睛不够用了，结果一不小心，脚踩在甬道外的一块大石头上，身子一趔趄，好悬跌倒在地，还是阿思哈眼疾手快，一把把老人家给扶住了。他嗔怪地对旁边的两个水手说："你们怎么这么不小心！"这时从岸上跑来一个穿着青缎长袍的俊少年，忙帮助从阿思哈手中搀过卢公公，说："老玛发，我来搀您老，阿玛，您去照顾众位大人吧。"这时又过来几个穿戴差不多的年轻人，分别搀扶着众位大人上了岸，他们被热情的旗民迎进一乘乘轿内，几个小伙子一声呐喊，便抬起轿子，往屯中走去，锣鼓喧天地一路走来，进入屯寨。

阿思哈和绰尔多都是当地将军，他们骑着马跟随着轿子。福隆安边走边欣赏着两旁的房舍，大多是泥土坯、苫房草的民居大院，有的院落四边是用柞木夹成的篱笆墙，也有的院落是用泥坯砌成的，院中家家都有索罗杆[①]，上面还挂着新春佳节时的小红灯笼，每户人家几乎都养着一两条狗，客人一来到门前，狗也欢乐地窜来窜去，也和主人一样高兴，欢迎远方贵客。此时，最前面的轿子是卢公公的，引导轿子的就是刚才那位年轻俊美的书生，他转身向旁边的人群喊道："阿玛，是不是把客人直接领进老院大太太那间正房啊？"正在和绰尔多将军说话的阿思哈应声答道："对，对，直接迎进太奶奶的大正房。"

迎接的队伍络绎不绝，一直走向屯寨中，来到绕着一排大杨树内的气派的大院。院外站满了迎宾的男女老少，都穿戴得非常整齐，门楼两侧两面大台鼓，敲得震天响，唢呐也在嘹亮地吹奏着，大门楼已经四门大开，富察氏家族的男女老少身穿旗装，站在两旁以满洲迎宾大礼半跪着打着千，口中齐声颂道："安班哈今富克多莫阿离亚哈！"[②]"安班玛发西塞吟！"[③]众族人施礼一直从院外延伸至院内，中间分出一道客人进院的甬道。几顶大轿都在门前落轿，早有人掀开轿帘请出福隆安、傅森将军、卢公公等诸位大人，阿思哈和绰尔多也跳下马，将马交给身旁的侍从。

绰尔多虽在齐齐哈尔，因常来瑷珲，对阿思哈的呼鲁嘎拖克索非常熟悉，屯寨中不少人认识他，所以他和阿思哈将军一道尽地主之谊。他俩急匆匆走了几步来到福隆安等诸位大人面前说："诸位大人到家了，快请进吧！"这时院里正房的门已经打开了，从屋里涌出一群女眷，众人簇拥着一位拄着拐杖的老妇人迎了出来。众女眷均身着红绿长衫，配着珠穗披肩，头上梳着小镜面头。拄拐杖的老妇人说："福隆安大人到了，我家奶奶说了，前年傅恒大人来了一回挺想他的，他身体可好啊？"福隆

① 索罗杆：满族人院子里立的祭天神杆。
② 满语，意为恭迎大人。
③ 满语，意为尊贵的大人好。

安、卢公公等在阿思哈的陪同下正往屋里走，忽听见阿思哈的太奶奶提到了自己的父亲，忙紧走几步上前，来到正堂。只见上面挂着一幅南极仙翁图，手拄神掌，旁边立着神鹤、神鹿，膝前三个童男童女在献寿桃，左右两副对联写着“福如东海，寿比南山”的行书，笔走龙蛇，遒劲有力。大红松原木制成的丈余长的宽幅大桌案上，摆满了明瓷、清瓷，各种花卉的大胆瓶，也有的上面绘着各种人物图案，这些瓷器都是产自苏杭一带，都是阿思哈父祖们在京师关内转战各地凯旋时带回的，都不是当地满人的普通摆设。大案上还有几尊硕大鎏金的罗汉坐佛、观音菩萨和文殊菩萨等佛像，室内燃着紫檀香，烟雾缭绕。

卢公公和福隆安、傅森老将军在侍女的服侍下依次坐在两位太夫人和老夫人的两侧，阿思哈这才恭敬地向卢公公等介绍说：“额驸大人、卢公公，这上座的太老夫人就是我的祖母，我们家人都称她活祖宗，今年已经有九十六岁的高寿了，五世同堂。老夫人的亲妹妹本嫁到后拉腰子屯满洲吴氏家族，可是就愿意跟我太奶奶住在一起，我们也把她老人家当成自家人了，我们都称她二太奶奶，也是我们富察氏家族的活祖宗。旁边这位老夫人就是我的母亲，今年七十二岁，我们兄弟五人，我排行老三，长兄、二兄现在一个在京师健锐营，一个在尚书房行走，四弟、五弟在拖克索操持家务，家中全靠他们主事了，我因副都统衙门公务繁忙，平日根本顾不上家里事务。”

阿思哈说着把站在身边的两个弟弟叫过来说：“这就是我的两个弟弟，这次选秀大小事情都是他们一手操办的。”其中大弟弟向众人躬身施礼说道：“我叫塔琴，我的五弟叫塔库。我兄长阿思哈是我们家族的总穆昆达，我们兄弟俩是他的助手，其实我们都是按照他的吩咐去办理的。”

这时太夫人说：“孩子们别说了，上差大人光临我们家，喜事临门！阿思哈，快快向我们娘们儿介绍一下，我也好说几句啊。”阿思哈连声称是，忙转过身来，走到福隆安、卢公公、傅森身边说：“众位大人，按我家规矩，请先拜过我们富察氏家族的太老夫人。”福隆安深知富察氏家族一向很重视礼仪，一应会见、拜会、相访，都必须先叩见该姓氏的老主人，之后，方可办理其他一切事务。在京师的富察氏家族，也是如此。于是，他首先来到两位老太奶奶身前叩拜施礼说：“太老夫人，万福金安！我受父命迎接格格入京，并向你们阖家恭贺，特代表家父家慈赠献上江南丝绢百丈、太上老君筑钟一尊、红铜玛瑙玉雕洞庭湖垂钓翁一尊、白玉观音玉露祥云白鹤一尊、福寿松鹤寿服两袭。恭祝太老夫人姊妹福寿绵长！”

卢公公叩拜老夫人说：“咱家受皇太后懿旨，迎新格格入宫。恭贺富察氏阖族祥瑞临门！皇太后、皇上命奴才赏赐老夫人黄马褂一套，福禄寿喜桃木雕刻，还有全套暖阁饰件，这是皇家宫廷御制。特赏赐老夫人，在您老人家暖阁中安放，就如同在皇太后的房中居住一样，这也是皇太后的一片慈心，感谢您老家族养育了如此美丽聪慧的格格，您府功劳大焉，方得享此皇家御用的设施。”卢公公说着招手命随从众人抬上来暖阁饰件。阿思哈等人都慌忙跪地磕头，就如同皇太后和皇上驾临，卢公公过去搀扶起太夫人说：“您老人家不必跪拜，站起来说话就可以了。”这时满屋子的人齐刷刷地跪了一地，口呼：“吾皇万岁、万岁、万万岁！”这时阿思哈的弟弟塔琴受太老夫人之命跪在地上，向着卢公公转赐来的皇家御用桃木四喜暖阁焚香、祭酒、叩拜，禀奏道：“奴才满洲正黄旗富察氏阖族上下三百余人，恭迎皇太后、皇上，恭祝皇太后、皇上万福金安，万岁、万岁、万万岁！自受浩荡皇恩，选定我族诺伦格格入宫陪侍皇太后，这是阖族的福祉，也是我们富察氏全族的祥瑞，是光耀千秋万代的大喜事。我等叩谢皇恩浩荡。”

拜见之后，按照福隆安的吩咐，在室内重新摆好香案，摆上供品，此时福隆安站起身来，郑重地整装、担袖，首先面南向着京师方向叩拜，来到桌案面前，由随从捧上来圣旨，福隆安恭敬地接过圣旨，大声宣读：“黑龙江将军傅森并瑷珲副都统阿思哈将军麾下富察氏家族听旨。”这一声喧喝，屋内自太老夫人、二太老夫人及阖族人等全都一排排跪下，傅森将军、绰尔多将军和阿思哈将军也都跪下，卢公公陪着福隆安一起宣诏，只听福隆安朗声宣道：

> 奉天承运，皇帝诏曰：
>
> 皇恩浩荡，万立北疆，吉祥万福，兹尔富察氏阿思哈之女诺伦格格天资俊秀，聪颖绝伦，堪称满洲倩英耀世，朕遴选为寿康宫答应，侍奉皇太后陛下，康颐万福。
>
> 钦此。
>
> 大清国乾隆四十一年秋　吉旦

福隆安诵读完圣旨，交予阿思哈供奉在香案上。按规制，圣旨从此便要恭放于富察氏家族总穆昆达家的正厅，另与历代皇帝朝廷赏赐颁发的功牌、赐品、衣饰及兵器摆放在一起，并配有专门的神龛。平时存放在松木箱中，每逢重大节庆或族内特别的日子，都要陈列出来，供族人叩拜瞻仰，以此光宗耀祖。满洲家族凡大姓家族都皆有圣物，均按节庆供奉，以耀门庭，激励子孙。而能得到这种象征着殊荣的圣旨更是一件荣耀，阿思哈将军必会小心恭敬地保存，世代承祀不衰。卢公公也接着大声说道："恭贺富察氏家族万寿吉祥，快快叩头谢恩吧！"太老夫人再次率众人虔诚跪拜叩谢。众人将老太太搀起，只见老祖宗笑着说："不累，不碍事，这是老身八十多年来头遭喜事，磕一个头，能再活九十岁！"福隆安说："太老夫人，富察氏家族穆昆达阿思哈副都统，按规制请皇太后皇上遴选的诺伦格格出闺阁，叩别太老夫人与众同族长辈、兄弟姊妹，也要拜别祖先神像、祖坟、墓地，故乡山川，然后乘轿进宫面见圣上，叩见皇太后，本差和卢公公也就能完成此次圣命交旨了。"

这时，太老夫人向老夫人说："快去把我的宝贝玄孙女小顿顿唤出来，她就要远走高飞了，让她来叩拜一下众位大人，也跟族中长辈们道个别。"听到太老夫人的吩咐，阿思哈的母亲连忙起身说："谨遵祖奶奶命，我这就去唤她。"于是，老夫人拄着拐杖，在众儿女的搀扶下进入内堂。不大工夫，伴着二弦琴弹奏的音乐声，众才女翩翩而出，引出一位娇秀的美少女来。只见顿顿格格踏着红毡，大大方方走来，她满脸笑容，头戴小镜面头装，满头珠饰金玉彩簪，身披红艳艳的百鸟朝凤紧身旗袍，上面镶嵌的金珠，闪光耀眼，外披珠玉披肩，身系彩带，腰间挂着荷包彩穗，内穿紧身管裤，脚穿鹿皮绣花小鞋，鞋面上还各绣着一个小红色绒球，走起来小球突突地蹦跳着，别有一番情趣。

傅森将军笑容可掬地看着格格，老将军知道她是富察氏家族的掌上明珠，常常跟随阿思哈参与八旗练武，小丫头武功还很闻名，不在男儿之下，常常在一些比武演练中夺魁，颇有男儿气概，她从不自视为女儿之辈，有股从不服输的劲儿。今日因朝中选中自己为入宫秀女，所以穿了一身旗人女装，若是平日里，这丫头总喜欢穿八旗武服，一身男儿装扮，若不仔细看，就会误认为是哪家的俊男儿。顿顿格格一出里间，卢公公、福隆安两人都惊呆了，这位格格不仅长得如此俊美，而且看上去还有几分眼熟，再细看，这不就是方才与我们从瑷珲同船来的那位英俊的男侍从吗？卢公公因船上行走不便，一路上都是由她殷勤照顾，搀扶着，竟没看出她是一位女儿身，殊不知竟是当今皇上选定的瑷珲秀女。

福隆安更是高兴万分，他是见过大世面的人，又是当朝额驸，什么样的美女没见过？眼前这位格格长相、装扮、举手投足，都不是一般的美女、才女，而且浑身透着干练爽利劲儿。这可真是富察氏家族的奇女子啊！他临走时听父亲讲过，此去北疆将会见到一位北疆女杰，文武双全，才貌过人。能够把当朝大学士折服并得到赞美，而且是由他亲自推荐给皇上和皇太后的，肯定是不同凡响的女子。今日见面果然是一个不俗的女子，福隆安也不禁赞叹父亲阅人的眼力！

说起这诺伦格格，说书人朱伯西在这里要向各位多说几句。这位格格确实非同一般，她乳名叫顿顿，因小时非常好动，淘气顽皮，别看是个女儿家，可是打小就喜好骑马、习武、舞刀弄枪，穿男儿装，尤其是箭术高超，百步穿杨，能百发百中。再加上有个武将父亲，从小耳濡目染，到十二岁的时候就学得一身好武功，就连同辈的男孩都甘拜下风。阿思哈是在京师富察氏家族中随同傅恒大学士的几个儿子一起蒙皇上恩准，在宫中与皇子们一同习武，都拜京师著名武师、乾隆皇帝的御前大武师、少林嵩山武僧皈依长老为师。

皈依长老年八十余，长得慈眉善目，行走如飞，武功高绝，就连蚊蝇飞过都能抓住。阿思哈有幸得到皈依长老的点化亲传，武功自然炉火纯青，回到北方瑷珲成为当地武林高手，他还在军中招收了很多弟子传艺，深得傅森老将军的喜爱和信任，将瑷珲这块抵抗沙俄的前哨重任交给他管理。阿思哈正因如此，对他的两个弟弟和自己的儿女要求甚严，每天除忙政务外，都必须习武打斗，常常练得汗流浃背，气喘吁吁，才让他们稍事歇息。他有一句口头禅："我们祖上萨老先生说过，面对虎狼只有握紧利器，懒惰孬种只会被虎狼吃掉。"小顿顿格格就是在严父膝前长大，也像她的长辈父兄那样喜欢舞刀弄枪，从小不离开马背，她还练过一些武功绝学，像轻功、燕子功、蝎子倒爬墙、松鼠爬树功等，五花八门。老祖宗看她一时也闲不住，到处乱飞，当时就顺口管她叫顿顿，满语意思是蝴蝶，于是，小顿顿也就变成了她的乳名。

格格长到十岁的时候，心想，这个名字不好，说小蝴蝶只会乱飞，不会像父亲那样去照顾别人，她喜欢像满族谚语说的那样："像天上的彩虹，光耀天下。"于是就天天缠着老祖宗央求改名，老祖宗也被她给说笑了："好，好，你个小人精。人往高处走，水往低处流，你能有志飞上天，超过你阿玛、你祖先，老祖宗我就更高兴了，改吧，就叫诺伦格格吧。"从此以后她就叫诺伦格格了。

诺伦格格在众人的簇拥下，缓步来到太老夫人及众族亲长辈面前，先行满族最尊贵的半蹲式捋鬓大礼道：“诺伦拜见老祖宗，拜见众位妈妈、长辈、姐妹。”然后转身来到以卢公公、福隆安、傅森将军为首的男性长辈叔伯面前，再行叩拜大礼道：“诺伦感激圣恩，皇恩浩荡赐予奴才选入皇宫伺候太后，为皇太后福寿齐天，诺伦定会忠贞不贰，鞠躬尽瘁，在所不辞。”完成接见大礼之后，卢公公特意从怀中取出一串系有金质雕成的如来佛祖神像的佛珠翡翠链，恭恭敬敬地挂在诺伦格格的脖子上，说道：“格格，这个佛珠串链是皇太后命咱家带来送给格格的吉祥物。你戴上定会保佑你万事如意，百灵相助，一路平安。”

按照清代选秀传统，程序甚为繁复。一般皇上先下旨到各州府、县衙及满汉文武官员晓谕，各地初步选定后，再由朝廷委任选秀官遴选，再交内务府总管大人核定，然后呈送皇上御前裁定或者由皇太后亲自询问文采、风姿、口齿答对，最后选中的还要查看祖上的资历、功绩，然后方能下旨钦定。此番，福隆安、卢公公到瑷珲迎接诺伦格格可谓特例，是皇上、皇太后早已钦定，只是让卢公公好生接待诺伦来京，不使其沿途受到劳顿之苦，安安全全接进宫中就算万事大吉了。

这时只见塔琴、塔库两兄弟来到老夫人面前，低声耳语几句，又来到阿思哈身边禀告一番，阿思哈便与傅森将军耳语商议后，起身说道：“众位将军，我们家族为了筹办这次喜事，迎接京师上差，特别到依拉卡渔场捕来千斤的鳇鱼三条，都养在鱼圈里，今天早上才拉回来，专由名厨制作鱼津宴。这道宴共有二十多道菜，炸、烹、蒸、炖，生拌鱼片，黄鱼饺子，阿济格饽饽，特别要感谢大学士傅恒大人。还让太原知府孙大人长途运来了阳曲陈醋十坛，用这种阳曲陈醋调制的生拌鱼片味道鲜美无比，最适合酌酒大宴，今日是我们富察氏家族的大喜日子，所有客人都要入席参宴，现在锅头[①]们已经准备停当，请大家入席吧。”

阿思哈是呼鲁嘎掩克索富察氏家族的总穆昆达，非常有威望。全噶珊目前已有二百多户，除了富察氏家族以外，还有其他姓氏，像葛勒氏、佟氏，还有从黑龙江上游迁过来的锡林氏，全村人和睦相亲，像亲兄弟一般，都知道富察氏家族有这般喜事，都亲来祝贺道喜，送礼饮酒。塔琴就专门负责接待周边村屯划船、骑马过来道喜的人并挽留他们参加鳇鱼宴。这样在全村摆出了三百余桌的酒席，到处都是饮酒欢聚的人，人们跳起马克辛舞蹈，鼓乐喧天，一片欢声笑语，特别是附近村落的锡林

① 锅头：满族祭祀和办红白喜事时负责宰杀牲畜、准备菜厨的人员。

人、索伦人、赫哲人，也来助兴，各献歌唱舞蹈布库技艺，人人上阵，争先恐后，狂欢的人们载歌载舞，直到深夜不愿散去。夜深了，圆月升空，但全嘎珊仍然人声鼎沸，欢声一片，大家都对富察氏家族和诺伦格格由衷地祝贺！

在这欢乐的人群中，最高兴的莫过于阿思哈将军了。他感激皇上、朝廷和傅恒大学士对自己家族的宠爱和信任，这是阖族莫大的荣耀啊！更令他不能平静的是，皇上除发来选秀圣旨之外，还发来征调八旗丁勇赴直隶剿匪的谕命，这可是一件非同一般的大事，瑷珲八旗兵勇历来受皇家信任，每每建树奇功，此番必须组成南下劲旅，拱卫京畿一带的安全，克敌制胜，以安圣念。阿思哈最担心的是诺伦格格知道此事会使起性子来，她从小深受阿思哈教诲熏陶，文武双全。阿思哈将军为了锻炼她，每次率兵征战时都把她带在军中，女扮男装随军征战，逐渐养成了她临危不惧，勇往直前的性格。此次被选为秀女，只能安心地随卢公公进京，不能同去直隶剿匪了，阿思哈知道以诺伦格格的性格，她是绝对不会答应的，为使她安心入宫，便与傅森将军、福隆安额驸、卢公公等人商定，切不可让诺伦格格知道剿匪一事，以免影响入宫路上的行程。阿思哈还嘱咐了两个弟弟塔琴、塔库务必告诉家人，不能让诺伦格格知道朝廷征召南下的事情。

小顿顿是这场酒席宴会中光彩夺目的主角，大家都喊着她的名字，为她祝福道喜，特别是与诺伦格格年龄相仿的同族姐妹们，大家都感到无比的羡慕、敬佩和自豪。诺伦在整个嘎珊里不单单是家族的掌上明珠，而且她的祖辈在朝中都是大清历代著名的良臣名将，是黑龙江首任将军萨布素的后代。诺伦格格本人为人正直、善良，不论贫富、贵贱她都平等地尊重、爱护，帮助人解危救难，她还常常把一些关外流民安置在家中，嘱咐长辈父兄们善待他们。特别是诺伦格格武功好，无论是男孩女孩和她交手，从未赢过，所以，族中不少青年男女，也包括外屯嘎珊的青年男女都很仰慕她，都想找机会和她切磋武艺，因此她的名气很大。

此次诺伦被皇家选为秀女，此事已像春风般传遍了整个邻里乡村。欢送的人群中有许多人都是和她一起长大的知心朋友、师兄弟、好姐妹，大家都想与诺伦格格话别，所以今天诺伦格格也是最忙碌的、最激动的。只见她一会儿哭、一会儿笑，眼泪总是止不住，直哭得两眼红肿。她把这几年平时做女红所积攒下的小玩意儿都分发给了兄弟姐妹，像鹿茸小衫、鱼皮小褂、天鹅绒的小帽，还有荷包、围巾等等，足有两大箱子，嘎珊的众姐妹都说："可爱的诺伦格格，我们真舍不得你走，可你这是福星高照，能到皇上、皇太后身边，这可是千载难逢的好机会，我们祝福你啊！就要分别了，你还是给我们表演一次你最拿手的剑术吧。"诺伦格格对众姐妹感情深厚，从小一起网鸟、捕猎、采药、习武，情同姐妹，此刻就更显得难舍难分，众姐妹的这个请求怎么能不满足呢？她让丫鬟取来银钢双刃锋宝剑，换上了习武的紧身衣服，就舞起了令人眼花缭乱的剑法，在众人的一片喝彩和掌声中收招亮式。

此时，她准备回房中更换衣裳，正往回走着，忽然他看见卢公公一个人在石亭院中漫步，正站在海棠树前观景，诺伦格格心中觉得奇怪便走上前问道："公公，怎么剩您一人了，我阿玛和众叔伯哪儿去了，怎么也不陪您老啊？"卢公公回头一看，见是诺伦格格，便慈祥地笑着说："他们正忙着哪，格格你都收拾好了吗？明儿一大早咱们就要启程回京师了。这一路坐轿车可能要十天半个月的，舟车劳顿，格格你可要好好休养身子啊，可有漫长的路等着你啊。"诺伦格格忙说："公公不必担心，我跟阿玛征战巡视到过齐齐哈尔、萨哈连出海口等好多地方，每次都是骑着马，我们满洲女孩子最喜欢骑马了，在旷野中飞奔，感觉就像大雁在飞翔，或者我们就乘船，再大的浪潮我都不晕船。可是我最不愿坐什么轿子、爬犁之类的，就像憋在木桶里一样，喘不过气来。公公咱们能不坐那玩意儿吗？"

诺伦格格一席话可把公公急坏了，连忙说："不中，不中。如今格格可不是一般人物了，可不能随随便便地抛头露面啊！公公我可不敢坏了皇家历来的规矩啊，坐轿车，坐轿车，格格啊你明天必须坐轿子！这一路上沿途要经过吉林乌拉、叶赫、盛京、山海关，各个州府官员都要远迎近送，有好多的规矩礼仪呢。格格你不懂，就说这轿车也是选秀女的专备轿车，里面侍奉的人到驾车的人都是由女官来担任的，轿车内设备一应俱全，就连盥洗用具、溲溺器[①]都是格格专用的。此外还有护卫骑兵，你阿玛他们的兵马队亲自护送……"卢公公还在喋喋不休地说着，此时，诺伦格格突然想到一件事，从瑷珲来的一路上，就感觉到阿玛和傅森将军、绰尔多还有福隆安老将军，在背着自己商谈什么机要大事。以往每遇军机大事父亲从不避她，而且有意让她参与历练。可是这次不同，阿玛和几位叔伯议事时总是先把她支开，所以诺伦格格猜测，福隆

① 溲溺器：便盆。

安此次从京城来，必另有重要公务。

诺伦格格天性聪敏，长期跟在父亲身边，养成了凡事总是从大局考虑，以边关的安危为重，这也是富察氏家族的历代传统。诺伦格格心中早已打定主意，反正早晚我都会知道的，只要是与国家安危有关的大事，我诺伦绝不含糊，一定随父上阵，女儿家也不能输在众沙通哈哈①身上。

她看见远处西厢门开了，塔琴四叔匆匆忙忙地走出来，她便拜别了卢公公，急急地迎了上去，一把拉住塔琴的袖子说："额其克②，您这急匆匆的是去干什么啊？"塔琴一见是诺伦格格便说："我正忙着去召集各村的穆昆达来这里议事，众位大人还在等着我呢，我先走了。"诺伦一听更证实了自己心中所猜测之事，便径直闯进了西厢房的上屋。

屋里正坐着阿玛和众位叔伯，阿思哈见诺伦格格闯进来，上前拦住说："诺伦，别任性胡闹了，阿玛正在和几位大人议事，你已经是皇太后选定的秀女了，明天就要启程了。我因有要务在身，可能也不能去京师送你去了，明天就让你四叔陪驸马和卢公公带你去京师。"诺伦格格一听急得快哭了："阿玛你每次有军机大事都会带我出征，此次我不管是什么事情我都要和你同去。"阿思哈将军非常疼爱他的小格格，看到她伤心地哭着，知道她很任性，要起性子来谁也拦不住，知道再想瞒也是瞒不住她，于是就拿出朝廷缉拿匪徒的画像给她看，说道："此次额驸大人来北疆确实带着兵部尚书发来的皇上另一道谕旨，要抽调瑷珲八旗兵勇千名，迅即赶往直隶，参加剿灭匪患，因军情甚急，怕你分心，所以没告诉你。再说这帮匪患可不是一般的杀人偷盗的强盗，而是起事的叛军，武功甚高，十分猖獗，要是让你去了，万一有个三长两短，上对不起皇上、皇太后的恩典，下对不起家里的老祖宗……"诺伦不等阿玛说完，便抢先说道："我不怕，我习武练功就是听老祖宗的话，仗义杀敌，扫荡恶事，这不也是您常教导我的吗？！"

此时卢公公也从屋外赶了进来，听了诺伦格格这番话，大吃一惊，急得直搓手跺脚，忙说："诺伦格格万万使不得啊！公公我专程北上来接你入宫，皇太后还在那儿等候你呢，你不跟我回京，皇太后、皇上见不到你，这乱子可就大了，别说我们无法交差，就连傅恒大学士、你阿玛，还有你们整个富察氏家族也承担不起啊！"卢公公有些焦躁起来，他转身

---

① 哈哈：满语，意为壮小伙。

② 额其克：满语，意为叔叔。

对阿思哈说："你可务必把诺伦格格如期送到京师啊，其他的军情大事你们自己安排，我不掺和。我就一句话，诺伦格格必须按时抵京，要不然就是抗旨的大罪啊！"傅森老将军也说："诺伦哪，圣命不可违啊，你还是进京叩见皇上、皇太后，其他的事情你不用牵挂，你父亲会办好。"阿思哈急得不知说什么好，暗自懊悔平时太娇惯诺伦了，凡事由着她性子来，不知事情深浅，才闹出这尴尬的局面。

正当大家急得不知所措的时候，还是福隆安额驸冷静，遇事沉稳，他慢声低语道："诺伦格格心系大清国的安危，临阵不惧，这么年轻就有此大志，要与父兄抗敌驱寇，这是你们富察氏家族教子有方啊！这无可非议。我看这么办，诺伦哪，你先跟我回京师，拜见皇太后之后，我带你去叩见当今皇上，把你的一腔炙热的爱国情怀如实禀奏皇上。当今圣上也是马背上的皇帝，对一片赤诚报国忠心的满洲儿女一向赞赏，必会龙心大悦！我再与我父亲傅恒大人从旁说和，皇上听后或许就会答应你先随父上阵杀敌，驱除贼寇后再回宫侍奉皇太后。此事只要皇上恩准了，皇太后必会答应，皇太后也是最喜爱忠于大清的贤臣志士。"福隆安的一席话头头是道，句句是理，把满屋子的人都说通了，把卢公公也说笑了，满屋子的愁容也变成了欢声笑语，大家都拍手称道："还是驸马爷想得精明，太好了！就这么办吧。"

第二天清晨，阿思哈调动军马护送诺伦格格及卢公公一行，同到齐齐哈尔，与在那里集结的墨尔根部和齐齐哈尔将军衙门会合，当夜启程赶回京师。傅森将军留在齐齐哈尔总理将军衙门事务，阿思哈、绰尔多等率兵同行赶赴直隶。途中经二十余日，晓行夜宿，州府各地沿途护送接待，殷勤周到。

闲言少叙，一路走到直隶天津地界时，两路人马分开。阿思哈、绰尔多率领瑷珲健锐营前往直隶总督府报到。福隆安额驸、卢公公、塔琴等护送车轿人马奔往京师。抵达京师后，先到傅恒府中拜见，傅恒见了诺伦格格分外高兴，已经有两年没见到这丫头了，诺伦格格已经出落得越发的标志可人了。傅恒大人又问了诺伦格格的诗文与武功，诺伦一一禀报，傅恒也都非常满意。

晚饭后，便领进宫中，先去叩拜他的皇姐皇后娘娘。皇后见到了自己家族中的晚生俊才也格外高兴，赏赐了一套绢丝百卉宫装。次日清晨，傅恒大学士、福隆安又带着诺伦格格进宫叩见皇上。傅恒已知诺伦格格的一片报国心愿，就向皇上启奏，希望皇上能圆诺伦格格这份爱国之心。

乾隆皇帝听完禀奏，果然龙心大悦，对诺伦格格的这份赤诚和浩然英气大加赞赏，慨然应允，并亲自带领众人到康宁宫给太后请安。皇太后见到诺伦格格不仅人长得聪明伶俐，而且一身的英豪之气，甚是喜爱，尤其听到她那不让须眉要报效朝廷的雄心壮志，更是由衷地高兴，便答应了诺伦格格的请求，并嘱咐她一切以国事为重，尽速擒敌平叛，早日回师，再进京陛见。

傅恒见皇上、皇太后龙颜大悦，便禀奏道：“诺伦格格自幼学得少林剑法，闻名北疆，太后、皇上何不在御花园欣赏一下？乾隆皇上也一向喜欢少林功法，他的皇子们也都是自幼学习少林功夫的，论起来他们还都属于同一师门呢。”于是乾隆皇帝与太后移驾御花园，还传来几位皇子，一同观赏诺伦格格的少林剑法。诺伦格格此次来京还带来了四位从小一起长大的姐妹作为贴身随从，平素她们都习练同一剑法，被人们誉为“五锋剑”“五姊妹”“五枝花”。

说到剑法，剑法可单练也可群练，练剑生光，单剑剑法光环单一，群剑剑法光环成片，别有一番生气、凛气和寒气，惊心动魄。此次在御花园中，诺伦格格向皇上、皇太后请求与她的四姐妹一同表演群剑剑法。只见五锋齐挥，剑声如风，剑气袭人，舞剑到高潮时，竟看不见舞剑人的身影，也听不到舞剑人的脚步声，只觉得眼前是一团团的白光闪烁，忽远忽近，忽密忽疏，仿佛人在剑光中也随着剑光在游走，美妙绝伦，令人心旷神怡。看着如此炉火纯青的剑法剑阵，可把皇太后喜欢得连声叫绝：“这路剑法可是有生以来头一次瞧见啊！都是巾帼英雄，女中豪杰啊！定让匪徒胆战心惊，束手就擒！”乾隆皇帝也一时兴起，命太监取来文房四宝，在一块白绫子上面书写“双锋艺绝，巾帼女杰”八个大字，从此诺伦格格便被封为大清国的巾帼女杰，名扬天下。

一切都如预想中那样顺利，诺伦千恩万谢，拜别了皇帝、皇太后，也顾不上留恋京师美景，次日凌晨便随塔琴赶往天津直隶总督府与阿思哈会合。一路上有顺天府府尹派兵护送，当晚便在天津总督府馆驿与阿玛、绰尔多将军见面。她先禀告了京师叩见皇上、皇太后的经过。阿思哈将军听后十分高兴，承蒙皇上、皇太后恩准，先赴阵杀敌，建功立业，早日清除匪寇，为民生谋福祉。

第二章　白洋淀怒火

各位阿哥，我在此述说众英雄剿灭匪患之前，还是先介绍一下我要讲述的京畿之地。此处自古属幽燕，乃商周以来的燕赵故土。物产丰富，人口稠密，山川秀丽，江河纵横，密如蛛网。河里生长着肥美的鱼虾、天鹅、大雁，还有各种说不出名字的珍禽鸟兽，更有苍鹰翱翔，这里还养育着鹿、狍、野兔、狐狸等各种动物。在此地也有闻名天下的京师水系——永定河、南北大运河。大运河由京师通县而南下，经河间府献县南下，其中子牙河上游有滹沱河、浔阳河两支，滹沱河发源于山西省五台山北侧，沿途在山西河北境内接纳清水河、浑河东流至献县与浔阳河汇合，称作子牙河。在西北就是白洋淀，方圆六十多里，在河北安新县南交猪龙河之水，更是一片富饶的芦苇荡，天然的渔猎圣地，千百年来养育了燕赵儿女。

说来很有意思，在康熙皇帝早朝之时，圣祖爷就几番谕旨，昭告所有临朝的文武百官，京畿之地除了京师东西城和辅弼京师四周的所有州府知县之外，还有与京师联系最密切的天津府卫，两地两百余里，自周秦以来就是顺天直隶掌控之所，特别是金元明清以来，这里是皇朝重地，历来都是重兵护卫。所有周围民众都必须严格管控，清入关以来，由满洲八旗两位分别掌控，厉兵秣马，严阵以待。俗语称："皇家卧榻之侧，岂容叛逆异象。"顺康以来，有些功臣官宦盘剥民脂民膏，中饱私囊，鱼肉乡里，致使民怨日盛，而各方官员不知居安思危，仇箭待发之事，甚可悲也！故在康熙、雍正以来，这一带还是勤政爱民，安定太平的。然而，到了乾隆朝中期后，随着生活安宁，官府已放松警惕，以致酿成隐患，特别是京畿四周，多聚集着与皇家有关的名臣名胄，最易滋生贪逸腐败。

乾隆九年前后，祸起河间、文安之患，便是源出河间府丞刘老拐。初如野火燎原，渐成不可抵御之事，直接危及京师皇廷大内，才引出"顺天之难”。此事最初起于河北南部献县一带。献县在历史上颇有名气，自古就多出仗义疏财、救危扶难的忠义之士。献县北靠京津，地理条件优越，夏商时属蓟州，春秋时属燕国，战国时属燕赵，秦两汉时属河间乐城县，汉高祖六年设置河间郡，隋朝时改为万寿县，金元时更为献州，洪武八年降州为县，始称献县。清沿明制，隶属河间府。祸起贪官霸占江河物产，民不聊生，民怨漫布顺天府九州十九县，声势浩大，震撼京师，惊动了朝廷。

说来话长，刘老拐是如何惹起这祸端的？请听我细细道来。河间府府丞刘斐，长乐县人，绰号老拐。这一年其小女莺儿出嫁，嫁入文安城靖安王蒙古都统鄂沐肯之子、子牙河水系总督办莫都勒。莫都勒的父亲在雍正朝因平定克尔孜族人叛乱，立功而封为靖安王的头衔，家族权贵显赫，在大清朝属名门望族。

河间府府尹长期空缺，几年来皆由府丞刘斐总理河间事务。刘斐是个善于经营仕途之人，他早已觊觎府尹位置，也煞费苦心，算计着如何攀缘富贵，以达目的。他思来想去也没找到朝中有可依附的熟人，突然间，他想到了子牙河总督办莫都勒，他知道其家族世代都在朝中很有威望，与京师、天津、直隶总督交往甚密，这可是一个登天的梯子，大树底下好乘凉，巴结上这位王爷就错不了。可是他凭什么本钱去巴结王爷呢？他搜肠刮肚也没想出个辙，最后他总算想到了自己待嫁的小女儿莺儿，如果能用这联姻之策搭上王爷这棵大树，他的问题就好办了。于是他托媒人去说和，莫都勒其实已经有了两房太太，女儿嫁给他也是三房了，嫁就嫁吧，反正俗语说小的吃香，女儿嫁过去也不会吃亏，他还请媒人带去了许多贵重礼品做彩礼。莫都勒听到莺儿刚年方十六，颇有姿色，就满口答应，请来蒙古博给看的日子，定下了结婚的日期。莫都勒因碍着前两位夫人，不想大操大办，可是刘斐一是为了巴结讨好王爷，二是想借机出出名气，为自己铺开升官之路，所以执意要大摆酒席，而且提出一切费用由他来负责。他还别出心裁地要办一次天鹅宴，莫都勒也只好同意。

天鹅肉是世界上最美味的肉食之一，不是有句俗话“癞蛤蟆想吃天鹅肉”嘛，说的就是天鹅这种珍禽。天鹅肉不肥不腻，不柴不硬，鲜嫩可口，不伤胃口，又有补心、润肺、旺血之功。从前凡老少、孕妇和病人都以天鹅肉调养身子。辽代国王就曾设天鹅宴款待百官，金以后历代延续此习俗。刘斐深知天鹅宴的文化掌故，心想他为女儿婚事操办天鹅宴必会讨得王爷欢心，扬名天下。刘斐办的天鹅宴名目繁多：

清蒸天鹅脯	鹅舌银耳枸杞汤	鹅翅捧月（珠）
鹅肝龟血饮	白雪仙姑（白斩鹅肉）	酱烤鹅掌
乳鹅涅槃	鹅馅饺子	

刘斐这个婚宴办下来可就坑苦了河间的黎民百姓，所有官府衙门、八旗兵将、县城主事，都被派到各地征收天鹅，刘斐还严令必须是两斤以上，不许有伤有病，还必须是新捕获的新鲜天鹅，可以以鹅代税，以鹅代租，必须限时限期完成征收数量。除此之外，为配合天鹅宴，还要征收野生雉鸡千只，雌雄成对，各地推托搪塞征收不力者，一律入狱，严惩不贷。河间百姓可遭殃了！

子牙河是京师一带五大河流之一，位于直隶南部，全长一千四百多里，康熙朝以来，子牙河沿岸人口一年比一年多，主要靠耕地、网鱼、捕鸟维持生计。由于子牙河一带物产丰富，珍禽水鸟种类繁多，故出现了许多珍馐佳肴，成为子牙名菜，也出现了众多以烹饪水产珍禽而出名的厨子，在京畿一带享誉盛名。莫都勒、鄂沐肯父子依仗着家族势力和管辖水系的权力横征暴敛，每日白花花的银子像流水一样流入他们家的银库，仅在子牙河沿岸设立的各种苛捐杂税，像什么船税、河工税、渡口税、疏通税、网税、采捕税、鱼税、芦苇税、过桥税等等，不一而足。百姓本来就不堪重负，此番因刘府丞的千金小姐出嫁，便又增添了许多科目。说起来，这个刘府丞的家史也是靠贪佞和巴结逢迎得来的。他原来本是河间老靖安王府的一个马童，老靖安王曾追随康熙皇帝平定“准噶尔之乱”，俘敌三千，后被封为靖安王，世袭罔替。这个马童曾在征战中英勇救主子，在一次军中大火中救出了熟睡中的老靖安王，靖安王很感激。回朝后，便奏请皇帝为其求得功名，皇帝圣心大悦，赐其入旗，入汉军正黄旗，封六品骁骑校，后又不断升迁，历任河间通刺、治中，后升为河间府丞，官至正五品。此番如能如愿升为府尹，那就是正四品了。民间流传着他的升官经就叫：“刘老拐是真能拐，拐来拐去把马童甩，先当河间通刺，再当河间治中，身罩靖王伞，不单拐来河间府，还拐来了子牙河财富任他揣。”

眼看喜期临近，刘斐命河间府总管、铁臂阎王苏天城带一帮耀武扬威的喽啰兵，在子牙河沿途盘查渔夫、猎人，收缴天鹅及盘查各种没有纳税的人，对渔船上捕到的红赤鲤鱼、水鸭、大雁、天鹅等水产珍禽一律装入苏天城早已打造好的大铁笼，苏天城还说：“靠山吃山，靠水吃水，靠着子牙河就得按时纳税。”凡有抗拒藏匿者，不是被暴打就是被砸船，剪渔网，甚至逐出子牙河。如有敢偷偷潜回的，一旦抓住，阴险歹毒的苏天城竟下令断指或者刺字。因他身高体大，臂力过人，故此得了个“铁臂阎王”的恶名。

单讲原来住在献县王家町的顾老夫妇，年近七旬，儿子瘫痪在床，全仗老夫妇朝夕伺候，今年顾老翁患中风症，也腿脚不利索了，所以一家人全靠老妇人，她每天到子牙河畔用自编的小葫芦鱼篓网一些小鱼虾，拿回来熬个汤或炸个酱，就着苞米面糊糊勉强充饥度日。

这一天，顾老太婆跟往常一样，蹒跚着来到江边，见河水猛涨，河边的柳塘全被淹没了，老妇人本想找个水浅的地方放置鱼篓，这种葫芦形的鱼篓放入浅水中，会有一群群的小鱼虾钻进去，就像进了迷魂阵，就再也出不去了，几个时辰就能网到几大碗新鲜的小活鱼。可惜今天不行了，水又深又急，根本无处摆放小鱼篓，老妇人正在四处寻摸，突然看见上游冲下来一只白天鹅，看来是被哪家的猎人打伤了，但还没有死，在水中挣扎着抬着头，扑棱着两只大翅膀，顺水而下，偶尔还能听到天鹅轻微的嘶叫着。顾老妇人一把拽住了漂到自己身边的这只天鹅，心想，这是老河神怜悯我这老太婆啊，赏给我一只白天鹅，这总比一篓小虾鱼能填饱肚子。

她上了岸边，不顾两条裤脚都已经湿透，赶紧找来一根麻绳，把天鹅的双腿绑上，拎起来就要往回走。可她刚起身，却没有注意到，从旁边跑来三四个手拿木棒的恶人，上来不由分说，一把夺过白天鹅，抬腿将老太太踢倒在地，破口大骂道：“你个老不死的！竟敢偷我们府丞大人征集的猎物。”几个人像恶狗般扑向老太婆，将老妇人踢的踢，踹的踹，骂的骂，老妇人早已被他们打得气息奄奄，昏迷不醒了。见到老妇人昏了过去，其中为首的那个头戴瓜皮帽、手拿利剑的恶徒，还在骂道：“老东西，还敢装死。”说着还要抬腿踢过去，就在这时，不知何处突然传来一声震耳的怒吼之声：“住手！光天化日，还有王法吗？欺压一个老太婆，你们算什么本事！”

随着话音，早有一个河卵石像流星一样闪过，正打中那个人的腿部，只听到哎呀一声，这人便腿一软瘫倒在地上，妈呀妈呀地号叫着。众人都愣住了，不知所措。只见一个人旋风般地来到面前，先是俯身将老太婆搀了起来，用手指掐住人中穴，让老妇人苏醒过来，然后只见这位壮士纵身一跳，站了起来。此时那几个歹徒也缓过神来，他们都是欺压别人惯了，哪能咽下这口气？几个人围住这个壮士，竞相亮出兵刃利器，想要七手八脚剁死这个不速之客。那个被壮士用飞石打倒在地的匪徒也站了起来，像疯狗似的举着鬼头刀扑了上来，骂道：“从哪里蹦出来的胆大蟊贼，也不问问爷爷是哪路神仙，竟敢触犯我们，你找死啊！”说着，冲他的一伙人喊道：“上，快把这个人给我拿下！”还没等那几个人举刀来砍，那壮士早已来个鹞子翻身腾空而起，身子一摇一摆，使个连环脚，身子一扭一摆，早把这几个人的刀踢得飞了起来。几个歹徒手一麻，人也被顺势打翻在地，其中只有那个戴瓜皮帽的人，虽然刀被踢飞，但人并没有被壮士踢倒，他反而顺势双脚点地，拔地而起，躲过了壮士的连环腿，而且在落地时顺势狠狠地抬起腿踢向壮士的头。如果被这一脚踢中，这股寸劲力道凶狠，瞬间就可能把壮士的头踢碎。武林中称这招为“摘脑壳”，也是最阴险歹毒、最不易防范的招数。

这人本想一招制胜，直接要了这位壮士的命，哪想到那壮士可非同一般，见脚风突然袭来，心中早有提防，心想，既然你出恶招，那就别怪我不客气了。只见他双腿一缩，身子往后一仰，来了个罗汉仰望月，双手顺势抽出两把锋利的钩剑，冲着对手落下的方向直刺过去。那个戴瓜皮帽的歹徒，就觉得一道寒光划过，钩剑从他的胫骨一直划到腰骨，因为速度太快了，他还没有感到疼痛，就一命呜呼了。剩下的几人，见势不妙，撒腿就跑，可是壮士岂能善罢甘休，一不做二不休，他冲过去，手一扬，连发出去数枚石子，其中一人被击中后脑，倒地毙命，那两个也都被击中了腿部和臂部，打翻在地，连声求饶道：“壮士饶命，我们萍水相逢，不知高人尊姓大名。”壮士说：“你们怎么能跟那可怜的老妇人动手，真是仗势欺人，我倒是要问问你们是何许人也，竟如此野蛮。”那两人便说：“我实话告诉你吧，我们都是河间府的巡官，奉府丞之命，为筹办喜事和天鹅宴，正在捉拿犯人和收缴天鹅珍禽。”壮士说：“你们这群败类，狗仗人势，鱼肉乡里，百姓被你们逼得都没有活路了，不清除你们这帮官府的看家犬，难平民愤，今日就是你们的死期，拿命来吧！”说完，手起刀落，杀了这两个恶徒。

壮士返身回到老妇人身边，这时老妇人已经苏醒过来了，由于受到惊吓，惊恐万状地看着眼前的一切，不知所措。壮士把她扶起，然后将那只从歹徒手中抢过来的白天鹅交给老妇人说：“您老人家快快离开这是非之地吧，说不定一会儿还会有官府的兵丁赶来。”老太婆感激地拉着他的手说：“感谢你的救命之恩哪！你姓什么啊？是哪里人哪？我老太婆后半生也不能忘记你的救命之恩哪！”壮士说：“老人家，不必谢，我姓窦，叫窦二冬（窦尔敦），我是献县窦乡町人，祖祖辈辈都在子牙河上打猎、捕鱼。这次因父亲有病，本想打几只雁到集上卖了给父亲抓药，没想到遇到了您老人家遭歹徒欺负。路见不平我怎能不管！老人家您还是早点回去吧，免得家人惦记，也防备歹徒再追来。”壮士送走老太婆，想到自己的雁还没有打到，父亲重病在床还等着我去抓药呢，于是他背起自己的行囊，继续到河边寻找猎物。

窦二冬是这一带有名的“地行仙”，两只脚板行走如飞，他从小就跟随父兄在河北大平原上、江河湖海中穿行，不像北方民族，是马上民族，惯于骑马征战。中原的人全凭水上功夫，讲究绑腿带，把腿肚子绑得紧紧的，感觉全身轻松，迈起步来犹如腾云驾雾一般，边走边跑，一天能走上二百多里地，不费吹灰之力。窦二冬就是这样练就的功夫。河北燕赵之地，因与河南相邻，受嵩山少林武术传统的影响，村村习武，屯屯练功，乡民们都有拳脚功夫，二冬自幼就练习少林拳脚，尤其是少林轻功在当地非常有名。二冬身上背的行囊看似平常，里面的东西却并不寻常。

他来到了子牙河畔，沿河寻找猎物，他来到一片沼泽地，还真是老天有眼，他很快就听见天鹅的鸣叫声，循着声音，蹑手蹑脚地拨开蒿草芦苇，潜了过去。子牙河这一带的湿地水草丰盛，水面平静，一般水深刚刚过膝，最适合大型水鸟栖息孵化产蛋。窦二冬从腰间解下弓箭，边往水中探行边从腰后箭囊中取出他自制的磨得锋利无比的铁丝箭，这箭约有一掌长，箭尖非常锋利，只要是射中猎物，必会穿进骨肉，百发百中，手到擒来。

他拨开芦草丛，只见河面上游动着十多只悠然的白天鹅，有的头插水中觅食，有的在水中相互追逐嬉闹，有的在用尖尖的嘴梳理着洁白的羽毛，华丽雍容，怡然自得。常年在河边生活的窦二冬都被眼前这动人的景象深深吸引了。他静静地观察了一会儿，忽然觉得不妥，二冬是武林高人，常年习武，练就了他眼观六路耳听八方的能耐。此刻他已察觉到，周围还有不少隐蔽的身影，至少有八九个猎人也在暗处观察着白天鹅，等待时机出手捕杀。

在当时的集市上白天鹅的价钱是最高的，天鹅羽毛、天鹅绒都是上等的织衣材料，天鹅肉肥美鲜嫩，也是招待上宾的佳肴。更何况这些日子，河间府丞刘斐正在全力收集白天鹅，为女儿的婚事筹备天鹅宴。所以白天鹅的价格也在飞涨，快成了河间府一带的天价宝物。窦二冬知道这些猎人也是为了捕获天鹅的，他是个慈善心肠的人，虽然因父亲患病，急着捕猎到集市上换钱抓药，可是像今日这样的情形，能在湖面上看见这么多天鹅，还是难得一见的景象。

他自信，凭自己的箭法和功夫，一口气打上四五只白天鹅是没有问题的，可是二冬并没有马上出手，他惦记着隐藏在周围草丛中的那些猎户，也都指望着能捕一两只天鹅到集市上换点银子，度过苦难的日子，说不定其中也有像自己一样的，家中也有患病的长辈，或待哺的幼儿。想到这儿，二冬就静静地观察四周的动静，他准备等他们先出手捕到猎物后，剩下的几只飞起来的也是最难打的，他再出手捕获。正在等待之时，他忽见河面上微微泛起一条水波线，他知道，这时一定是有人潜到水下了。

这也是当地的一种抓捕白天鹅的高超狩猎方式，天鹅群只顾在水面嬉戏时，猎人们悄悄地潜到天鹅的水下面，突然伸手捉住天鹅那带蹼的大脚，猛地拉入水中，另一只手紧紧卡住天鹅的脖子，使天鹅叫不出声来，很快就会窒息昏迷。这样水面上的天鹅便不会受惊扰飞起，猎人再潜到隐蔽处，钻出水面将已昏死的天鹅拴好挂在高处的树枝上，以防止被其他动物叼走或被河水冲走。然后再憋足一口气潜游回去，如法炮制，这样就能继续抓捕更多的天鹅。这种潜水捕获方式在子牙河一带许多乡民都很熟悉和掌握。二冬也有这个本事，他暗暗地观察周围的动静，以防有别人来打扰。

就在此时，二冬忽觉草丛中又出现异样的动静，他仔细定睛一看，忽在草丛中忽隐忽现出一顶红顶戴来，“不好，准是有官兵来了！”他心中一惊，心想，如何让这些猎户既能捕到猎物又能安全离开？他心中已有了主意。只见他噌地一声蹿了出去，这个动作很突然，动静也很大，天鹅被惊得嘎嘎叫着，在水面上拍打着翅膀，向天空中飞去。二冬瞬时连续甩出了一串石子，那一个个小石块比利箭还厉害，伴着嗖嗖的声音，分散着射向升空乍起的天鹅群。此时因白天鹅身形硕大，飞升得很慢，大都被石块击中，许多天鹅的翅膀被穿透打折，天鹅鸣叫着，纷纷落到河面上，挣扎着漂在水面上，再也飞不起来了。二冬高声喊道：“众乡亲们，快！快！快！快抓住天鹅赶紧离开，有官兵来了。”二冬这么一喊，藏在草丛中和潜在水里的猎户们一拥而上，分别抓住水中的天鹅，然后四散分开，逃之夭夭。

再说，那五六个官兵正猫腰在草丛中搜索，他们也看见了天鹅，正暗自庆幸，准备一网打尽回府衙邀功领赏。他们正准备拉弓射箭，还真没想到在四周的草丛中隐藏着这么多猎人，二冬突然间蹿出，并使出他的甩石绝技，击落了大半天鹅，这情景把他们震得呆住了。待听到二冬高喊的话语声，他们才缓过神来，刚要起身，却发现一群猎手早已抓捕了天鹅，逃得无影无踪，等这群官兵跳出来，河面早就人影皆无。这下可气坏了这帮官兵，满腔怒火全都撒向了窦二冬，嚷道："快抓住那个抢天鹅的人！"窦二冬看见乡亲们带着猎物已安全逃离开，心中十分高兴，总算帮助了苦难的乡亲，此时突然蹿出来的官兵早已把他围住，为首的那个头戴红顶戴、手握鬼头刀的官兵，怒目横眉，脸都气青了，一看窦二冬，大声吼道："好你个混账东西！怎么又是你，屡屡和官府作对，你是吃了熊心豹子胆了！给我上，快给我拿下！"说着，率众官兵冲了过来，这个为首的官兵正是那位河间府总管"铁臂阎王"苏天城，二话不说，他手舞大砍刀，挥刀便砍，十几个官兵也不容分说，手持兵器，杀向窦二冬。

窦二冬本想不和这帮官兵恋战，虚晃几招后，便想脱身而去。可是苏天城急红了眼，大声喊道："不要放走了这个朝廷重犯，统统给我下死手，哪个不卖力，看我回府不收拾他。"兵丁们知道苏天城心狠手辣，说到做到，对敢抗命的兵丁，往往是打得血肉模糊，所以也只有拼了命地去厮杀。二冬一看不能脱身，十几把大刀齐齐地砍向自己，也不敢怠慢，舞动起自己的双钩剑左挡右搪，只见刀光闪烁，刀剑相击，声声震耳，火星四溅。苏天城这帮虎狼越杀越狂，二冬知道下了狠茬子，不想让他走，他一时难以脱身，只好寻找机会再做打算。正打时，二冬大喊一声："来得正好！"这一嗓子可把众官兵吓了一跳，苏天城也愣了一下，以为二冬来了援兵，手中的兵器也迟缓下来，二冬乘机左手从背囊中抽出五只绣花箭，随手一扬。

这绣花箭是江湖中的一种暗器，如女人的绣花针般大小，不过这绣花箭尖都有道沟，箭尾部还绑着羽毛，起着稳定方向的作用，绣花箭甩出去，像一道道白光，射中的官兵像被蚊子叮了一下，只觉得一阵痛痒，由于箭尖都是用毒药酒泡过的，所以扎入体内后药液渗入体内，奇痒无比，很快便会丧失战斗力。此刻苏天城大部分兵丁的脸上、额头、胸前被绣花箭刺中，纷纷扔掉手中的兵器，倒地抓挠着。二冬趁机转身跳出，一闪身蹿入旁边的柳林草丛之中。

那苏天城也是武林中人，江湖经验丰富，上次与二冬交手便吃了大亏，知道二冬武艺高超，非等闲之辈，此番因二冬放走那么多抢走白天鹅的人，恼羞成怒，一边呼喊着众官兵抓捕二冬，一边也在暗自防备。听到二冬炸喝一声，扬手飞出暗器，他心知不好，赶紧身子向下一缩，挥刀打飞了向自己飞来的绣花箭，赶紧带着未被射中的几个官兵冲进柳丛中，搜寻窦二冬，找了半天踪迹全无。苏天城大发雷霆，又从府衙叫来数十个兵丁，沿河各处仔细搜查。苏天城一想到那十几只白天鹅被刁顽的乡民抢跑，此事要是让府丞刘大人知道一定会怪罪下来，唯有抓住这个闹事的才交得了差，于是他率兵一路搜索，径直来到了献县府衙。

献县县丞郭熙臣听到府丞身边的大总管来了，忙跑出县衙大门迎接，还没等郭熙臣叩拜行礼，苏天城便怒冲冲地边走边说："别啰嗦了，快率领你县里所有衙役兵丁，随我去捉拿民贼。"

原来窦二冬在苏天城追杀中，躲进了河岸边不远处一家用苇草搭成的仓房里面，而这家主人方才也是在子牙河边捕白天鹅的猎户。一见跑来的人正是那位义士，他不仅救了大家，还让大家捕到了白天鹅，而他却只身与官兵搏斗，让大家有机会逃脱，这份侠义令人敬佩感动。所以他们把二冬藏匿在仓房的苇草中，苏天城率兵搜查走后，这家主人便将二冬请进屋内，这时候屋内还有几位乡民，都是分得白天鹅的那几位猎人，见到恩人二冬齐声道谢。二冬舍身救乡民的事很快就传开了，都知道他是附近窦乡町的后生，为人仗义，扶危救困，于是众乡亲给他起了个绰号，管他叫大侠窦二冬。

献县县丞郭熙臣早就知晓了河间府丞办天鹅宴之事，也在拼命地收缴白天鹅，只是数额远未达到府丞大人的要求，正在焦急万分。初见苏天城以为他是来催缴"喜贡"的，见他怒气冲冲地命他派兵剿贼，知道事关重大，赶紧下令全县衙的兵丁上下人等全部随苏天城出征，捉拿逆贼。苏天城率众官兵挨家挨户地搜查，询问抢走白天鹅的猎户和那个放走众猎人的窦二冬。这一路搜来，凡见到猎物，不管是天鹅还是其他野鸭、大雁或者是各种咸鱼、野兔等，一律收缴。乡民们与他理论，痛斥他们是强盗，还遭到殴打。献县一带的黎民百姓，就靠江河之利谋生，河间府以各种苛捐杂税压榨百姓，日久天长，百姓早已恨之入骨，又新增设天鹅贡，更使百姓苦不堪言，这次苏天城以捉拿判民为借口，在村寨搜刮掠夺，更加激起民怨。

说起献县的县丞郭熙臣，他本是河间府府丞刘斐的小舅子，原在刘府内做护院家丁，因占了姐姐的光，刘斐替他捐了这个献县县丞的肥差，初到任时就开始大肆搜刮民脂民膏，这次听说姐夫刘斐家办喜事，他便全力逢迎，用尽所有手段，变本加厉地搜刮民财，早已引起献县百姓的深仇大恨。

献县之地习武传统历史悠久，武馆中的同门弟兄都好学三结义之礼，只为求得相互照应，救危扶困，常常焚香叩拜，歃血为盟，为朋友两肋插刀，在所不辞。窦二冬便是在这样的文化氛围中长大的，他就是子牙河上的一条硬汉子，自小跟自己的父亲窦老太爷是一个秉性，好较个真讲个理，哪有不平事，便会挺身而出，扶弱救困，所以谁家遇到不平事，都愿意找他家来说理求助。那时窦家町大多是窦姓人家，本都是同族同根同一血脉，而且窦老太爷的祖辈们从康熙朝以来就很有名气。据说窦家的五代祖先曾随康熙御驾征讨过噶尔丹，因立过功而得到过功名，因其武功高超，在当时康熙朝著名满洲大将彭春公的麾下任八旗武师，深受彭春公的赏识，因此西征归来后，彭春公奏请朝廷在子牙河一带封赏了一块田产。这是一片临近河水的水浇良田，窦家在这附近选了一片高岗地，搭建了土围墙，修建了房屋，建起了窦家町。也正因此，窦氏家族在直隶一带颇有影响，追随他们的百姓也就多了。近些年来，窦家町屯落规模越来越大，人口也更多了，除了窦姓之外，还有齐姓、张姓、高姓、辛姓和付（傅）姓等，但大家都推荐窦姓的家人为村屯首领，到了窦二冬的父亲窦老太爷的时候依然如此。

大概雍正八九年时，滹沱河下游子牙河一带因连年暴雨泛滥成灾，河堤全溃，所有的村庄农田、低洼地区的一百七十多大小屯落全是一片汪洋，不仅鸡、鸭、鹅、狗等家畜都淹死了，就连大人、小孩一夜之间都被洪水冲走了不少。灾情严重，百姓叫苦连天。献县府衙的官员们却在兵马的护送下，携妻带子逃到了河间沧州天津一带避难，全然不顾百姓的死活。这时，灾民就公推出窦氏家族的七代传人窦老善人，也就是窦二冬的爷爷，来主持抗灾事宜。窦老善人当时也是乡董，为人很正义，常接济穷人。在灾难之时，大家都想请他帮忙找活路，尽管当时窦家房舍也被大水冲毁，损失惨重，但总比那些被大水冲得一贫如洗的穷苦人家好过些。

窦老善人毅然拿出多年的积蓄，分发给灾民，让他们到附近的武强、沱县等地买些粮食，暂且糊口度日。眼见灾民越来越多，窦老善人便带着儿子和家丁们乘船去河间府，来到公堂，击鼓鸣冤，痛骂府丞，只图升官敛财，不思御水救灾，拯救难民。府尹恼羞成怒，将窦老善人一家人打入了地牢。就在这个时候，全仗一位义士陈吉海出手搭救。陈吉海也是武功高强之人，他只身夜探地牢，不仅救出了窦老善人一家人，还将府尹捉住绑了起来，搜出了府中藏匿的压榨百姓的血汗钱和私吞的官银，足足有三千多两。陈吉海对府尹说，要去京师告御状，向朝廷检举他的恶行和贪腐。府尹为保住自己的小命和官位，连声告饶，好说歹说，起誓发愿答应此事绝不声张，既不追究窦老善人一行的罪责，还答应将这三千多两银子捐给献县的水灾难民。此事就这样平息了，府尹保住了自己的乌纱帽，献县的灾民也得到了救济和安置，总算渡过了难关。因此陈吉海成了窦氏家族的大恩人，也成了全献县水患灾民的大救星，后来有的人家甚至把他的画像和名字与灶王爷供在一起，视为神人，也是为了表达敬谢之情。

说起来，陈吉海也是颇有来头，他也是本书中重要人物之一，朱伯西我还要好好说上一说。陈吉海乃直隶天津卫人士，自幼颇有怪才，十几岁便混迹在天津卫，其父本是书馆教书先生，儿时他也曾随父学习四书五经，但他更大的兴趣还是在那些旁门左道上，像什么奇门遁甲、推背图、诸葛八卦、刘伯温神机妙算之类的杂书，所以几番考举均落第。但他聪明绝顶，从小就学会掌握了河间大鼓词，能讲唱《封神演义》《大五义》《小五义》《薛丁山出征》《岳飞传》，而且还会唱一口流利的河北梆子，父母和邻里都不知道他是怎么学会的，说他是神童，说他是太上老君转世，最后弄得一辈子知书达理的教私塾的父亲都无可奈何，只好长叹一声，随他去吧！

陈吉海的父母还给他娶了一位老成持重的大家闺秀，本是旗人，吴札拉氏，亲家是天津卫镇守使，属京师兵部宾蓓思下驻天津总督的镇守使，领三品衔。因其儿子就在陈吉海父亲的书馆中读书，故对陈老先生甚是敬重，便同意把自己的小女许配给陈吉海。婚后小两口感情甚笃，不久生下一女，陈老先生取名叫红玉，待孩子快长大的时候，陈老先生怕跟着陈吉海学那些旁门左道，便与亲家吴镇守使商量，将孙女送到了天津武馆习文学武。后来，亲家吴镇守使被调往内蒙古赤峰任副都统，数年后因病死于赤峰。陈老先生便将全家接回天津，两家一起过，彼此照应。

乾隆初年，陈老先生亦病逝，此时，红玉已长大成为武功高强的小女侠，为人正直，也爱打抱不平。她慢慢对父亲的为人也越来越理解了，虽然她一直跟随爷爷陈老先生生活，但毕竟血浓于水，父女血脉相连，爷爷死后，红玉便成了陈吉海的得力助手，因母亲和岳母都已年迈不管事了，父女俩联手安排打理家中的一切事务。这样一来，陈吉海可就由着他的性子来了，他就尽力发挥自己的这些奇才怪书，慢慢地在社会上有了一些名声和影响，就被当时的天津总督衙门看中了，被召为幕僚。

天津自古就是江湖文化荟萃之地，说唱艺术源远流长，陈吉海就专门负责这方面事务。那时候京中的贵胄、大佬，乃至皇子贝勒们，离开京师，最爱去的游玩之地便是天津卫了。除了品尝天津火烧、蒸饺、大麻花，还要听听河北梆子、河间大鼓等地方戏。当时天津有很多唱戏名角，还有许多专供听戏的茶馆戏楼，这些都是陈吉海辛苦经营的功劳和成果，因此，陈吉海也深受天津府时任总督的称赞、信任和赏识。

要说到陈吉海和窦氏家族的关系，那更是说来话长了。献县历来主要由顺天府管辖，而天津总督衙门因属近邻，又有大运河之便，来往快捷方便，顺天府如遇到重大事项的时候，常常委于天津总督，便于上下沟通，安抚节制。特别是乾隆朝以来，这一带水患不断，灾荒颇多，所以赈灾和治理都不得不求助于天津府的财力和物力。陈吉海经常奉总督之命，前往河间府献县一带办理公务，因窦氏家族在当地颇有名望，又都是乐善好施、专打抱不平的性子，故陈吉海和窦老太爷、窦氏家族来往甚密，颇为默契。

窦二冬从小就知道陈吉海先生，并知道他是恩公、师傅，凡有难事、急事也都会求助于陈先生，因两家属于世交，所以窦二冬也随父亲常去天津陈吉海家走动。在陈吉海家中做客时，红玉也常来端茶热酒，相处得十分和睦亲近。当时河北直隶武术之风盛行，彼此间相互切磋武艺，乃是家常便饭。大家取长补短，彼此促进，窦二冬对红玉的武艺大加赞赏，小红玉特别敬佩窦二冬的为人和武艺，特别是他的轻功和甩手飞弹石块的绝活。因此每次二冬到家，她都非常高兴，也刻意与二冬交谈、相处。这一切陈吉海自然都看在心里，喜在心上，他曾对红玉说：“闺女啊，我把你嫁给二冬吧，你同意吗？”红玉红着脸跑开了，陈吉海心中有数，知道女儿的心意。有一天便试探着问二冬，说：“二冬啊，我身边只有一位老母、一位岳母，要我为她们送终，但我最牵挂的还是我的小女，我只有把我的小红玉交给我最信任的人，我才能放心。”二冬当时没有直接表态，但也了解陈吉海的心意。他心中非常敬佩陈吉海，虽然名声地位很高，但他为人正直、乐于助人、救危扶弱，有男子汉的血性，这也正是窦二冬最钦佩的品性。

陈吉海在民众中的口碑甚好，世人均称其为陈大先生、陈掌舵。人们看中的正是他为人正义，仗义执言，不为五斗米折腰，威武不能屈的堂堂性格。陈吉海与窦二冬之间在许多问题上都很谈得来，特别是对贪官腐败日盛、百姓生活艰难这些话题上，也都谈得很投机，能够想到一起。陈吉海很赏识窦二冬这个人，不仅武功高强，而且有股侠气，肯于助人，因此也常常提携、指点他，遇事要有勇有谋，不可蛮干，不当黑旋风李逵，要当借东风的诸葛亮。他还曾送给窦二冬三句箴言："炮仗花、探海针、亮子仓。"意思是说，要成大事，必要得到众人的支持，同心同德，就像炮仗一响，四处皆闻，到处都有你的人，俗称：一人好捕，众人难捉；要有探海神针之力，就是要有几位武功高超之人能克敌攻坚，俗称一虎镇全山；要有财富之仓，不可财来财走，两手空空，要像河口鱼亮子那样把鱼网住，要学会积财囤富，才会积聚实力，民心安稳，徐图大业。

话说苏天城追查白天鹅，来到献县各乡镇、村屯大肆搜刮，郭熙臣又为虎作伥，助纣为虐。此时已到乾隆九年腊月，快过小年的时候，虽然家家户户日子艰难，但也要置办些年货。县城里的几个大戏园子也开始搭棚，准备演出一些百姓喜闻乐见的京戏和河北梆子，戏班子都是从河间、沧州、京师请来的，其中也有一些是名角。窦二冬等献县众多武林义士们，打算利用戏园子陈吉海大掌柜的名气，召集各方人士，商议大事，准备在正月初一的晚上，在献县起事捉拿县丞郭熙臣，还有他的三个老婆。他的这三个老婆也是贪财之人，平日经常指使郭熙臣到处搜刮，无所不用其极，民众恨之入骨，称其为"三个吊死鬼"。

众人聚齐后，公推大侠窦二冬为首领，拥戴戏园大老板陈吉海为总舵主。大家向天叩首，焚香明誓。陈吉海因身材硕壮，两耳垂轮，像个罗汉，人称绰号"大和尚"，他不仅武功高，有名气，而且善于卜卦打签，往往很是灵验。众人首先商议着起事具体细节，并用绢布画出郭熙臣的奸臣丑相，并商议了起事的口号："求公理、免苛税、讨饭吃、要活命。"他们的目标是告贪官、杀贪官，声讨刘斐、郭熙臣的罪行。义军里主要以献县、窦乡町、韩乡町、齐乡町和索乡町几屯的武馆为各路盟主，他们都是武功好、人缘好，都被推举为义军的统领和师傅。

午夜时分，大家宰马杀鸡，歃血为盟，摔盏为号，开始了行动。天刚蒙蒙亮，就听响起了二踢脚的响声，震耳欲聋，响彻全县城，响声震天，这是约好的信号，二冬首先率兄弟们爬上了城门楼，点起了火，火光通天，映红了大半个城。各路人马都拿着木棒、铁锤，打着新绣好的“讨贪官，要活命”的旗帜，冲向了街头。这一闹腾起来，可把郭熙臣吓坏了，慌乱之中他竟然藏在自家后院的猪圈里，想躲过这一劫难。可是最终郭熙臣也没有躲过义军的搜查，他被抓了出来，五花大绑，头上插着赐死牌，愤怒的人群沿街举着火把，振臂呼喊。队伍浩浩荡荡，直奔河间府衙，沿途官府的房舍楼台等设施均被人们点燃。早已走投无路、压抑着愤怒的人们，纷纷响应，所以义军人数越聚越多，不少人还呼兄唤弟加入队伍中来。

到河间府衙的时候，义军人数由最初的数百人竟然发展到数千之众。府衙兵丁马队几次想冲散呼喊的队伍，许多人一见到官府衙门满腔的怒火全都发泄了出来，他们高声呐喊着，举着手里的木棒、刀、矛，杀了过来，拥向官府衙，八旗的兵丁们一时也抵挡不住愤怒的人潮，人们呼喊着：“刘老拐快出来！”“刘三拐拿命来”……人们像冲堤的洪水，涌进了府衙，官兵们被砍杀得四处逃亡。起义军一直冲进了刘老拐的内府，连同他的三个夫人全都抓住，绑了起来。愤怒的人群将刘斐生生地勒死，连同他的三个夫人一起吊死在府衙前的几棵杨树上。压抑了许久的愤怒，终于释放了出来。

许多人仍觉得不解恨，人们开始四处放起火来，把刘斐也点了天灯。最后刘斐和他的三个夫人，连同整个府衙都化成了灰烬。此事可闹大了，被传得沸沸扬扬，也很快传到了京师。护卫京师的健锐营，温福大将率两千骑兵火速杀向河间府，途中与管理河道的总督办莫都勒率领的一千马队相会合，一起杀向起义的民众。起义的义军虽然人多，但大都是手无寸铁的平民，根本谈不上组织性和战斗力，对付那些地方官衙们，可以以多胜少，但是在官兵的突然袭击下顿时乱了方寸。尤其是温福、莫都勒率领的是训练有素、有着丰富战斗经验的八旗兵勇，所以义军根本不是对手。官兵开始冲向人群的时候，瞬间血流成河，尸横遍野，义军的队伍全被打散。官兵将捉到的起义民众割下头颅，挑在高竿上示众，河间府一时阴气沉沉，反叛的民众气势也被压了下去。逃散的民众又悄悄地聚集到任丘、文安一带偏远的乡镇，重新积蓄力量。后来又与雄县、信安方向的队伍会合，义军陈吉海总舵主与窦二冬等首领商议决定退入芦苇荡中，暂时避过官府重兵围剿的风头。

进入到碧海蓝天的白洋淀中，这里是一片泽国，方圆有六十余里，到处是茂密的芦苇丛，白茫茫的湖水，义军在白洋淀里选了一处较大的鱼坊，作为栖身议事之处，并取名为“聚义堂”。效仿《水浒传》中的梁山好汉，在这里继续号召民众与官府抗争。他们提出的起义口号“反官府，求生存，要饭吃，要活路”深入人心，附近不少穷苦的百姓和流离失所的人们纷纷投奔而来，经过不到一个月的时间，再次聚集了上千的民众。他们经常组织小股力量袭扰附近的官府衙门，抢夺府衙内的钱财和粮食。到了乾隆十年秋，这股起义的民众实力日益强大，大有蔓延和燎原之势。

直隶总督高斌看着各地衙门的奏报，也不免大吃一惊，坐卧不宁。思前想后，他又担心受到朝廷的责罚，不敢将民变的事情上奏，只是大事化小，轻描淡写地虚报了匪情，称不过是小股叛匪，不足为虑。说到官兵剿匪却是夸大其词，称官兵个个勇武，俘匪数百，不过半月定可剿清，凯奏而归。兵部和户部将此军情奏告皇上，乾隆皇上甚喜，特下旨，封赏高斌加太子太保衔，加封高斌的副将刘钊为太子少保衔。随后不久，高斌荣升入京师为官，刘钊接替担任了直隶总督。

义军在陈吉海、窦二冬的带领下，坚持据守在以白洋淀为中心的苇塘泽国之中，控制了周边霸州、永清、信安、高阳诸地，抢官仓，劫商船，出没无常，令朝廷难以捕剿。起义者势力日渐壮大，便开始北移，慢慢发展扩散到京师附近。由于这一带集镇和官府密集，劫掠起来更为便利，朝廷官兵被义兵杀害的人数越来越多，被劫持的物资数量也日益增加。直隶天津总督衙门很是头疼，几番出兵围剿，都由于义军出没无常和化整为零，像跳蚤一般，清剿大军疲于奔命，所获甚微。

朝廷由于各级官员的瞒报，开始还以为是小股的民变，不足为虑，蚍蜉撼树，闹腾不了多久。那些骄奢淫逸的官员一如既往地过着灯红酒绿、纸醉金迷的生活，只是在各地的匪情奏报上签批而已。因为他们坚信，穷民造反，其奈我何！对民众积怨全不在意，更无心去追究造成民怨的根源。义军总舵主大和尚陈吉海是个足智多谋的人，早已对官场那些龌龊之事极为了解，他也看透了朝廷对他们的这股势力毫不在意的傲慢心态，故抓紧时机扩大势力，利用劫来的财物四处招兵买马，置办兵器。

一天，窦二冬问总舵主：“咱们这么闹腾，官府好像也没什么办法，师父你说咱们下一步打算怎么办？”大和尚陈吉海没有正面回答二冬的询问，却神神秘秘地从怀里掏出一个拳头大小的黄铜罐，罐子上面还刻着老子骑牛图的画面。陈吉海说：“这是我当年到嵩山拜师学艺时，遇到一位老和尚送给我的，铜罐中共有八十一颗黄豆粒大小的铜豆，俗称‘金豆’，也叫‘卦豆’，是用来占卜算卦的，极为灵验。求卦时，只要双手捧住上下摇动，将罐中豆子洒在桌上，铜豆滚动形成各种样式图案，便可从中推断吉凶祸福。”陈吉海曾受过老和尚的点化和传授，可以从豆子滚落的形态中看出一些门道，比如可测定“开门”还是“闭门”，开门的意思就是可以张扬、发挥、据有等态势，闭门则是收敛、藏匿、退出等警示。变化极其复杂，细腻入微。

由于当时的人们都非常迷信，二冬等众人听完大和尚陈吉海的介绍，顿时兴奋了起来。众人一再请求大和尚陈吉海为他们求上一卦，陈总舵主便拿出老子骑牛图的铜罐，先是焚香净手，然后便虔诚地跪拜，众人也都起身肃立，不敢出声，都目不转睛地看着。陈总舵主焚香拜祭后，便在小炕桌上铺上一块黄绫子布，双手捧起小铜罐，双目微闭，口中默诵着祷语，然后猛地将小铜罐往下一倒，罐中的铜豆哗的一下洒在黄绫子布上，铜豆滚动着，互相撞击着，最后散落在黄绫子布上形成了一幅图案。不晓卦术的人只能看见一桌的铜豆，甚至毫无规律地排列着，可是陈吉海大和尚却饶有兴趣地观看揣摩着，不时还用手点数着布上的铜豆，偶尔还会闭目沉思。大约过了半个时辰，大和尚陈吉海终于向众人开口说道：“众位父老姐妹，此卦乃吉卦，可用四句话概括，那便是：众豆相扶持，安然各无恙。逐一吞食豆，惊魂四散消。”

众人听到总舵主字句铿锵地说出这二十个字，都瞪着眼睛相互看着，不知何意，是何征兆。坐在门槛上，吧嗒着小烟袋锅的梁老大，是个急性子，早耐不住了，大声说道：“大先生啊！你说的是啥呀，是天是地，是阴是晴，这下步棋是咋走，你快说句痛快话啊！”梁村来的这位梁老大这么一吵，满屋子的人也跟着七嘴八舌地戗咕起来了。刘各庄的庞大姑是出了名的“一丈青”，女中豪杰，她丈夫大老黑因库粮被盗案，与村里的十几名疑犯一道被屈打成招，入狱三年多了，至今不知死活。庞大姑曾率领一些兄弟夜探铁牢，打算营救丈夫，都因重兵把守甚严，终未得手。这次义军起事，她是带着七十岁的婆母和女儿前来入伙的。庞大姑也是个炮仗性子，此时也高声说道：“这老哥们儿说得对，这些金豆子是什么意思，是死是活痛快点！”

二冬见众兄弟都急着想知道结果，也站起来说：“总舵主，乡亲们都是庄稼地里的泥腿子，种地、打鱼、捕猎、网鸟没的说，可遇到这文字机关，就都是丈二的和尚——摸不到头脑了，你快给大家说一说，解一解，也好让大家眼睛亮一亮，看到奔头。”大和尚陈吉海拱手笑道：“大家莫急，我这是看到此卦，兴奋激动了。咱们就按照这卦相来商议我们下一步的行动。大家看，桌上的这些铜豆就好比是直隶大地，这些密集的豆子就像那些城池、兵马紧紧地相聚在一起，彼此照应，形成铜墙铁壁之势，不可强行攻取，故有众豆相扶持，安然各无恙之说，这就像我们目前面对的处境，各地贪官污吏趾高气扬，对我们起事不屑一顾，认为天子脚下直隶重地固若金汤。大家再看着下边的豆子，散布得就不那么密实了，彼此缺少照应，甚至是孤立无援，这就是暗示着我们要找防范松弛、不能相互驰援的地方，一举攻下，然后逐一得手，稳扎稳打，就会使各地的官府如惊弓之鸟，四散逃亡，大涨我们义军的气势，最后攻无不破，无往不胜！”众人听大和尚陈吉海这么一说，都像拨云见日一样，眼明心亮起来。大家纷纷比照着，把各地情况逐一列出，最终从卜卦的豆子中找到了一条起事攻伐的路线来。众人拾柴火焰高，众人的热情也被点燃了。

眼下清军官府为了急于扑灭起事者的势力，将重兵都调往河间府北部，任丘与安新交界的白洋淀，可是官府没有料到白洋淀水域通畅，河道之间彼此相连，而清军惯于马战，水战是他们的弱项。而义军大多是直隶人，个个都是水鸭子，男女老少都识水性，都有几手水下绝活，况且这几年洪水泛滥，江河日长，义军便可以舟楫之力从水路避开清军的锋芒，出其不意地攻击防守薄弱的乡镇。

于是他们商定，精选年轻力壮、水性绝佳、武功高强的人组成“惩贪劫狱精骑队”，趁着雨夜，悄悄从白洋淀潜出，进入大清河，再走低洼丛林，直奔大清河北岸不远的霸州城，那里有直隶兵马守护的重要粮仓。日前他们已探听明白，京师粮仓的护卫马队被紧急征调到雄县，参与捕拿的行动，目前正是守备空虚之际，官府绝想不到义军会突袭到后方的霸州。精骑队由窦二冬率领，个个身穿适于潜水的紧身衣裤，腿上打着绑腿，为便于利落行动，他们都带着短刀匕首，不带长兵器。仅仅一半天的光景，便神不知鬼不觉地潜入霸州城内，城中留守的官兵大多是在睡梦中丢了脑袋，留守的几个将领，几个笔帖式、骁骑校等都被斩首示众。窦二冬率领众兄弟足足劫走了四万余袋粮食，用船运回白洋淀，深藏在芦苇塘中。

随后他们又来到霸州之东的信安，这里有京师朝廷关押死囚犯的牢狱，凡被大清律条定罪为斩立决的要犯都关押在这里，其中有不少就是义军中起事者的长辈、儿女。大清的牢狱从康熙年间，因国事平安，一直以来防守松懈，所驻兵马数量不多，且不满员。陈吉海和二冬他们早有打算，在挑选精骑队时，特意找来了善于开门撬锁的高人——河间府一带丐帮首领，绰号“神手小霸王”的楚云飞入伙，窦二冬他们更如虎添翼了，为劫信安大狱做好了准备。二冬一行悄悄潜入信安监狱附近，凭借他们出色的轻功，悄无声息地杀死了监狱的巡哨，楚云飞和他的弟子很快就打开了牢房的铁锁，打开牢房，放出关押的所有待斩重犯，其中就有庞大姑的丈夫大老黑。

窦二冬还从牢狱中救出钱王庄的商武、商勇两兄弟。这兄弟俩二冬早就认识，也是同一武馆的师兄弟，因不满朝廷苛捐杂税殴打官员，被押入大牢，没想到竟也被收入信安死牢之中。说起来商家二兄弟也算是二冬习武的领路人，当年二冬就是随他俩南下数百里到嵩山拜师学艺的，所以二冬早就有搭救商家二兄弟的念头，只是苦于找不到适合的机会，今日总算是老天开眼，竟意外地救出了自己的两位好兄弟。兄弟见面，喜极而泣，抱头痛哭。

此番义军在霸州和信安获得大捷，起事的乡民一夜之间便有了充足的粮食给养、大小船只和马匹车辆。而更让他们惊喜的是救出了二百余名关押在死囚牢中的乡亲，他们大多是不满朝廷苛捐杂税，横征暴敛，挺身反抗而获罪入狱的，有的已经奄奄一息。

陈吉海对此次行动的收获极为满意，尤其是救出商家二兄弟，陈吉海知道这可是两员不可多得的虎将。兄弟俩因行动灵活敏捷，而且擅使猿猴意象拳，又总是形影不离，江湖上称其为“大小猿猴”。乾隆九年，子牙河水泛滥，洪水连天，灾民饿殍遍野，缺衣少粮，都在苦难中挣扎，商家兄弟被逼无奈，便率领众弟兄潜水来到河间府西庄粮库，杀死护卫，劫来粮食，分发给全庄各户，才避免了全庄被饿死、困死的绝境，哪知道第二天就来了数千官兵，围住了小商庄和窦家町，捉拿抢粮命犯，又是商家兄弟俩挺身而出，怕连累众乡亲，自缚双手，随官兵而去，从此杳无音信。

窦二冬深深敬佩商家兄弟的仗义所为，便将两兄弟的父母接来，并做了商老夫妇的义子，待两位老人如亲人一般赡养。陈吉海在听到商家兄弟和二冬的这份情义之后，便提议三兄弟歃血为盟，结为兄弟，并亲自主持了三人的结拜仪式。他问过三人的生辰八字，商武、商勇分别生于康熙六十年和六十一年，相差一岁，二冬则生于乾隆三年癸卯，属兔，故三兄弟中商武兄长，商勇排行老二，二冬排行老三。

过了几天，大和尚陈总舵主召集众人议事：“众位兄弟姐妹，如今咱们牢牢占据了白洋淀，粮米充实，刀枪具备，人强马壮。俗话讲凡事都要有个规矩方圆，我们不能成为乌合之众，我们何不也学学梁山泊排座次，立寨规？”二冬接着说道：“陈先生说的有道理，要想成事，就要立几条规矩，人人遵行。要打仗就得军纪严明，才能成为不败之势。”于是众兄弟最后商议立下四大严规：头条就是拥戴陈吉海为总舵主，唯命是从，遵从总舵主的老子小铜罐所示的仙师之路，誓死不辞；第二条是推举窦二冬大侠为总旗主，主掌义军上下人等一切号令，众兄弟还推选商家兄弟为先锋官协助总旗主，刺探军情，负责攻城拔寨，违令者斩；第三条是凡一切劫掠朝廷官府的财产均为全寨共有，任何人不得私自藏匿、转存、侵吞，违者自残；第四条是凡我寨中之人，只许杀贪官、劫官府，不许欺诈、掠夺百姓财物，违者自焚。寨规公之于众之后，大家无不拍手叫好。经过一年多的磨合及大小战事的磨炼，义兵由最初的散兵游勇，逐渐发展成了军纪严明、训练有素、具有一定战斗力的军事团队了。

这一夜，二冬正在带人整理仓廪中的各类衣物和粮食，他打算将最近掠来的粮食运往信安、雄县这些偏远的乡镇，救济那里的乡民。正在这时，商氏二兄弟来了，二冬很高兴，忙让座倒茶。商氏二兄弟对二冬说：“我兄弟俩被你们搭救，加入义军以来，受到众兄弟的信任和关照。我们非常感激，无以回报，昨日我兄弟俩突然想起，在信安牢狱时，结识了狱中的一个骁骑校，可能会对咱们义军有帮助。此人当时患有一种顽疾，浑身长疥癣，痛苦难耐，我们刚好知道一种治疥癣的偏方，便给了他，他照方抓药，没想到真的很快就痊愈了。因此他非常感谢我们兄弟，在狱中也没少对我们兄弟加以关照，我们也因此少吃了不少苦头。”

二兄弟还告诉二冬说：“在与他交谈中，我们打听到，朝廷每月下旬都会雇用镖车，或走运河或走旱路，运送各地征缴的官银。共计有两条线路，一条是从沧州至天津再到京师，另一条是献县经河间府再经青县、文安、大兴，直抵京师，全由八旗劲旅重兵押运。其中第二条线路经过霸州、固安一带，时间多在子夜时分，正适合我们去下手，我们何不劫得这不义之财，每辆镖车上的银子都有万两以上，我们要劫了这趟官银，就能办更大的事了，也能够救济更多的百姓。”

二冬听到这个消息，惊喜万分，当即就带商氏二兄弟去找陈总舵主商议。陈吉海听后，也非常兴奋，认为值得一干，若能劫下镖局的运银车队，我义军的力量就会得到壮大，眼下我们正急需银两去购买兵器，打造船只，商家兄弟送上的这个消息真可谓雪中送炭。陈吉海又召集众位将领仔细商议劫获朝廷官银的具体事项。陈吉海权衡再三，觉得劫旱路官银还是风险太大，一是有八旗重兵押运，二是得手后撤退逃离困难。若是周围县城得到消息后，围追堵截，风险就更大了，还是在运河上下手把握更大，也是义军的优势所在。最后大家一致决定，先打探清楚运河上漕运银船的情况，再做主张。

说到大运河，就是指京杭大运河，有两千五百多年的历史，可以说是世界上工程最浩大、历史最古老的人工大运河。但是由于经久历年，有些河道会出现淤塞，所以历朝历代都将治理和疏通大运河作为一项重要的利国利民的工程。宋明以来，一直到清代，朝廷还曾设有专门的机构治理运河，运河上每天来往不断地运送粮食、棉油、糖茶、桑蚕、瓷器，以及朝廷需要的珍稀木材和奇玩异石等。每年夏季河水水位上涨，也是漕运最繁忙的季节，几乎每天河面上帆船点点，足有数百只，帆樯延绵一望无际。这也是当时世界上最富有的河道，像一条流淌着的金银河。在运河上要想劫获几艘船只，目标不会太显眼，只要细心安排，出其不意，速战速决，成功的概率是很大的，从水路撤离也不易留下蛛丝马迹，官兵即使发现也难以追捕。

陈吉海和二冬决定，先派商家二兄弟前往信安运河附近，再去找他们那位故人，进一步打探朝廷官银船的情况，其余人等在寨中抓紧准备。二冬还严令各路人马，一定要严加保密，不得泄露半点风声，并与商家兄弟约定，后日在杨柳青东山坡的柳林堂会合。商家兄弟奉命即刻启程，他们本就是以小猿猴闻名于世，行走迅捷如飞。他们俩扮成贩鱼的伙计，每人挑着两篓鲜活的小白鱼，一路赶往信安，沿途并没有受到什么阻碍，因为在白洋淀地区每天早晚都有这样的鱼贩，官府也是允许贩卖小鱼，税银也不太重，都是小本生意，官府卡得也不严。他们来到信安，大清早便搭上了一条漕船，这种漕船可运货也可载人，船里设有一个筒舱，有一条大通铺，标着号码，客人可躺卧，还有小贩供应茶水、糕点等。有的漕船上还会有献艺卖唱的，客人只要一两文钱，就可以听上一段戏，以解旅途的枯燥乏累。商家二兄弟没心思喝茶、听曲，两人不动声色，仔细观察着运河上来往船只的情况。

两人在杨柳青的张各庄码头下了船，那位他们曾给治好病的骁骑校就住在张各庄。上岸后，两兄弟便来到一个小客栈，店门口挂着一个小酒壶，上面缀着一绺红布条，沽酒老汉老远便招呼道：“客官，来喝点我家的清河酒吧，保管你耳聪目明，精神爽快。”商勇微笑着向老人打躬施礼，说：“老掌柜，发财啊！我们劳烦您老一件事，可知道信安牢狱巡官骁骑校大人住在哪里？我们是差官，奉命找他。”

卖酒的老人家赶忙说：“噢噢，知道，顺着我手指的方向，沿着那条街走到头，就能看见一个青砖瓦房的院落，那就是巡官大人的府宅。”商家二兄弟道声谢，便直奔老人指点的方向走去。一路上，兄弟俩还在猜测骁骑校是否在家，如果还在信安牢狱巡守，那他们也不便去监狱寻找，以免被认出，就在他的家宅等候。兄弟俩来到门前，向门丁打听主人是否在家，还真巧得很，门丁说他家主人正抱病在家休养。商家兄弟忙让老更夫通报进去，就说有故人相见。不多时，里面走出一位身穿旗装的老妇人说道：“欢迎来访，请随我进来吧。”商家兄弟随着进了大门，宅第很宽敞，还是一个四合院，正房五间，左右两侧各五间厢房，院中有天井花池，颇为讲究。商家兄弟还真没想到骁骑校竟有如此阔绰的家宅。

俩人在老妇人的引领下进入内室，挂着幔帐西暖阁，两个丫鬟正在扶持着骁骑校坐起来。骁骑校一脸倦容地说：“原来是两位恩公到来，未能远迎，还望见谅，快快请坐。”商武忙问：“究竟是什么病，怎么没找医生看过吗？”骁骑校让两个丫鬟退下，说道：“二位师傅，实不相瞒，我这病并没有什么大碍，只是近日来心情不顺，我也正惦记着托人找你们来叙叙旧，可巧你们就来了。”商武说：“可不是吗，我们还真是投缘呢，上次我们被搭救走后，还一直挺挂念你，没连累你吧？”骁骑校苦笑了一声说：“连累倒是谈不上，上次你们兄弟被救后，狱监怀疑与我有隙，但查无实证，最后还是让我顶罪，保他的乌纱帽，把我革职回乡，不再录用，不过这倒是遂了我的心意。”商家兄弟听后倒是觉得万分过意不去，一再致歉、安慰。

骁骑校拉住他们的手说：“两位兄长不必在意，我早就对官场心灰意冷了。我知道你们兄弟都是有志向的人，是干大事的人，今后我也愿意跟随你们去闯荡，不知二位可否收留我。”商武这才明白了他的心意，便说：“兄弟，实不相瞒，我们就是在为天下人打抱不平。这次来也真是有事情要找你，就是上次你跟我们兄弟说起的朝廷镖船押运官银之事”。骁骑校听后，说：“太好了，我熟悉朝廷押运官银的机密，每次押运队伍经过我们地界时，都是我带手下前去警戒护送的。来，咱们坐下来喝酒慢慢聊。”

骁骑校名叫郑孝，刚才那位老妇人就是他的生母。他祖父郑天雄，字文常，安徽宿州人。康熙朝做过安徽提督，因上奏朝廷，同情戴名世《南山集》一案，被贬官罢黜回籍。父亲在宿县做私塾先生，也因爷爷的案子终身未得志。郑孝生性孤傲，也看透了世态炎凉，所以潜心武学，后来竟在乡试中中了武举人，在河南淮阳、河北邯郸做过狱卒，后被升任，调往霸州、信安监狱做巡守，封了骁骑校衔，这才有了与商家兄弟结识之缘。

郑孝与商家兄弟商议妥当后，便拜别了老母，一起前往杨柳青的柳林堂，与正隐藏在丛林中的窦二冬相会。商家兄弟将郑孝介绍给窦二冬，二冬抱拳作揖道："早听商家兄弟说起过你，我可是久慕大名啊！非常欢迎郑义士加盟入伙。"郑孝见二冬为人谦和厚道，又见商家兄弟及众位武林高手都在二冬麾下听候调遣，便也猜到二冬也定是个武功高强、出类拔萃的侠义之士。又听得他们说起河间府一带举义旗、杀贪官、劫官府的轰轰烈烈的壮举，不由得从心里佩服。他意识到，这是一伙除暴安良、扶危济困的正义之士，所以他也毫不犹豫地挺身加入其中。他对二冬说，感谢二冬旗主和各位师傅的接纳，今后肝脑涂地，万死不辞！

他对二冬建议，此番要想成功劫获朝廷的官银，还需一个关键的人物，就是跑镖的船老大。我刚好认识一个这样的人，可能对旗主有用。二冬忙说："郑义士，咱们一家人不说两家话，今后咱们大家都要抱成团，一个心眼办事，你快详细说来，不管有没有用，咱们眼下正需要结交天下各路英雄。"郑孝听了忙说道："我在信安牢狱做了几年巡守，认识不少这方面官府的头面人物。我看你们来到杨柳青，这里是南运河的起点，莫非你们是计划在大运河上做什么大事吗？"二冬一听，兴奋地用手拍着他的肩膀说："好兄弟，你可真有眼力，这可真是苍天有眼，天助我们啊！"商家二兄弟也忙追问："郑孝，你快说说你认识的运河上的船老大到底是个怎么样的人！"

郑孝说："运河你别看它仅仅是一条河道，河上的船只每天每夜川流不息，南来北往做什么的都有。在那里，黑道白道、漂流子、沉底子，都有各自的行规。我认识的这个跑镖的船老大，他因私运朝廷通缉犯而被朝廷捉住，就曾关在我那个信安监狱里，因为仗着他是船主，家里有点势力和积蓄，因此花了不少银子买通官衙和刑部官员，才被提前释放。此人在运河上经营多年，专门给京师大户运送货物，也经常给一些地方官府运送朝廷的贡银，所以在运河这一带威风得很，各方势力都让他三分。”二冬没想到郑孝对朝廷运银官船了解这么多，这真是老天佑护，大吉大顺呐！于是二冬就把他们的计划简略地告诉了郑孝。说道：“看来这次我们算是找对人了，你能不能想办法让我们尽快认识一下这位船老大？”

郑孝说：“这没问题，不过这个人是专吃‘沉底子’的，就是走黑道的。在运河镖局混饭吃的人，分为两种，一种是吃‘漂流子’，就是指从事航运上正常生意的。做光明正大的生意，所运货物没有什么特别值钱的，因此风险相对较小，规矩也没有那么多。另一种吃‘沉底子’饭的就不同了，这些人大多都会武功，在市面上吃得开，大事小情都能打点，连官府都拿他们没办法，有的甚至手眼通天，经常替一些王公贵臣私运货物。要见这位船老大，咱们得好好商议一下，要能压得住他，要不然他根本不会理睬你。”

二冬说：“一切全由你来定夺。”郑孝说：“那我们先去良王庄认识两个兄弟，一个叫钱刚，一个叫钱强，他们在运河上经营了几十年，其祖先是康熙年间在大运河上名震八方的雷光福，后因得罪朝廷，被直隶府丞所杀。雷光福当时有一个得意门徒，叫钱串子，接过来雷光福经营的生意，一直发展到钱刚、钱强两兄弟这代，势力很大。所有在运河上跑船的都不敢得罪他，也正因为这样，官府的运镖船业都与他们有联系，包括租运船只，雇用搬运苦力，都要经过他们兄弟的允许和同意，甚至包括船只运行的日期这样机密的事情，也要和他们兄弟通气，这样船只才不会遇到什么刁难。”

二冬等人听后连声说：“好好，我们倒要会会这个人，看看这兄弟俩是个怎样三头六臂的人物。”于是，郑孝带路，二冬和商家二兄弟等一行人连夜直奔良王庄而去。

良王庄在杨柳青以南，不到二十余里地，是个风光秀丽的地方，大清河由西向东，穿过良王庄，正好与南北走向的大运河形成十字交叉，因此这里也格外的热闹。良王庄约有百十户人家，大多都是使船人家，家家都有一两条船，平日女人在家做饭、织网、操持家务，男人大都在船上从事漕运。郑孝以前曾来这里办过案，对这里相对比较熟悉，他领二冬们首先来到一个叫丘贵的人家里，他常年给钱氏二兄弟当护院管家，因人实诚、勤快，深得钱家人信任。郑孝告诉二冬，这个人当年我帮过他，也算有恩于他，此番找他帮忙定不会推托。

那还是几年前郑孝刚回到家中，门人来报，说良王庄有几个庄民求见。郑孝来到大厅，见那几个痛哭流涕的人跪倒在地，郑孝忙扶起问：“众位兄弟有何难事，尽管说，看我能不能帮上你们。”几个人中为首的中年男子说道：“我叫丘贵，我们都是钱氏兄弟手下的用人，这次在护送镖船途中，丢失了京师靖安王妃的一个玉宝匣，里面的五件玉器，都是价值连城的宝物。靖安王闻讯大怒，限期让我们找回宝匣，捉拿盗贼。钱氏兄弟便把我等的妻儿老小都抓了起来，做了人质，如不能找回，不但要没收家产，还要把家人卖做奴隶，以此抵债。我们几个万般无奈，便想到了骁骑校您是位正义的侠士，平日里乐于助人，远近闻名，请大侠您一定怜悯相助。”郑孝觉得此事确实关系到这几大家子几十号人的生死，不能袖手旁观，便慨然答应相助。郑孝对雄县、霸州这一带百余里的盗匪情况都很了解，他马上命手下人详查那些经常作奸犯科人的踪迹和疑点，结合丘贵他们的船行路线和日期，经过周密盘查，果然找到了运河上偷玉匣的疑犯。在夜深人静时，他悄悄地摸进藏匿在林间的盗贼窝点，将五个贼匪一网打尽，经过仔细搜查，终于在地窖中找到了那个玉匣，盗匪们还没有来得及脱手，里面的五件玉器一件不少。丘贵等人带着五花大绑的盗贼和失而复得的玉匣回到钱府交差。钱刚、钱强高兴万分，当夜派人送到京师靖王府，并得到了靖王爷的奖赏。今天，郑孝来到丘贵家中，说明来意，丘贵满口答应，说：“恩人的事，没的说，我一定会全力帮忙，不过钱刚、钱强那是有名的吃肉不吐骨头的主儿，人们背地里称他们兄弟俩一个是‘鲶鱼头’，一个是‘狗鱼嘴’，向来是六亲不认的，上回你虽帮他们兄弟俩找回了靖王爷的玉匣，他们千恩万谢地说要报答你，可如今真有事求他们，可就难了。”商家兄弟忍不住说：“有什么难事，我们还真就不信邪了，这次来就非要整治一下钱家兄弟，看他敢不配合。”丘贵说：“恩公等莫急，你们这次来的还真是时候，我这儿还正有一难事发愁呢，你们要是能解决了，就能十拿九稳地把钱氏兄弟制服住。说起这件事来，这又是钱氏兄弟造出来的一笔孽债。”

原来，钱府上有很多像丘贵这样老实巴交勤勤恳恳的用人。钱府家大业大，在良王庄有一个很大的院落，四周有青砖砌成的围墙，四角还有炮楼，四周共有八个大门，每门都有持刀荷枪的守卫，戒备森严，有专人掌管各门钥匙，称作“门官”。现在的门官叫王顺，他的父亲原来就是钱府的门官，所以王顺称钱氏兄弟为大太爷、二太爷，视为亲祖宗一般，极为忠诚，深得主人的赞赏，平日里也经常会得到一些赏赐。王顺早年从刘各庄娶来一位漂亮的媳妇，人也很贤惠，他们生有一个女儿。

一家人日子本过得还算美满，可不知道从何时起，钱氏兄弟看上了王顺的媳妇，几番调戏，多次逼她卖身，王顺媳妇誓死不从，最后硬是让钱家兄弟用药酒灌醉给霸占了。她几次想寻死，都被钱家的女佣救了下来，又不忍将此耻辱告诉王顺，知道丈夫是个老实人，也是个大好人，要是让他知道了，他可怎么活啊？再加上孩子还小，就这样忍辱偷生，熬着日子。终于有一天，王顺媳妇特意给全家人包了饺子，家人吃过饭后，王顺媳妇对他说："你领着孩子好好过吧，我梦里梦见我母亲找我去，我走了。"王顺大吃一惊说："你这是胡说什么，好好的怎么走啊？"王顺媳妇说："你心眼太实太好了，可惜老天对你不公，我也对不住你，饭前我已喝了一大碗砒霜，夫君你好自为之。"说完，便含恨死去。

王顺大惊失色，想到近几年媳妇经常以泪洗面，心事重重的样子，又想到，钱氏兄弟总是找她到府上做针线活，常常半夜才回来，钱氏兄弟还常常赏给她一些碎银子和布匹，让她做些衣服。王顺越想越觉得不对劲，便找来府中和他媳妇一起做针线的女佣，想问个究竟。他把女佣叫到屋里，开始女佣一再推托，王顺急了，老实人被逼急了，那更凶狠，王顺一把拽过女佣的发髻，一手拿着一把牛耳尖刀，对着她的胸膛说："你快告诉我到底是怎么回事，发生了什么事，不然我一刀宰了你。"女佣还从未见过王顺那么凶狠，两个红红的眼睛瞪着，像要冒出来似的，知道王顺是急疯了，要是再不说，难免真的杀了她，便苦苦哀告说："王顺兄弟，有话好好说，实不相瞒，咱们家那两位主子确实霸占了你的媳妇。这还不算，又见你家女儿出落得漂亮、苗条，便也动了邪念，还逼着我去说合，可是你家姑娘死不同意，要死要活的。咱家主子就想了个损招，在后花园里，将她绑在树上，剥去了衣服让蚊子叮咬，逼她答应。可怜的姑娘，宁死不从，被叮得全身是包，没一处好地方，我实在看不下去眼，就弄了些草药敷上。孩子不忍告诉你，整天就想寻死。王顺兄弟我说的句句属实没有谎言，你若是不信，就把我杀了吧。"

王顺听了这些，头涨得像大箩筐，真是欲哭无泪，欲喊无声，一股急火攻心，扑倒在地昏死了过去。女佣忙喊来众家丁，又是掐人中，又是拍后背，总算把他救醒。此后王顺几天卧床不起，目光呆滞，满脑子都是夺妻之辱，害女之仇，一想到这些他便浑身冒冷汗，心如刀绞，真恨不得千刀万剐了钱氏兄弟，这两个人面兽心的家伙。

丘贵说，前几天，王顺来找他，让他给出出主意，怎么报仇雪恨。我曾劝他，要想报仇必须从长计议，那钱氏兄弟很有实力，弄不好你仇报不成，还把命搭上。可巧你们来了，这可真是及时雨啊，也是王顺兄弟的造化，王顺的杀妻害女之仇，非得你们这些绿林侠士才能帮他报仇申冤。二冬说：“天怒人怨！钱氏兄弟做下如此伤天害理、残害百姓之事，我们一定要为民除害。”商家兄弟也对钱刚、钱强的所作所为恨得咬牙切齿，恨不得马上就去抓来这两个败类，给他们点了天灯。

二冬说：“大家不要冲动，仇是要报的，可是别忘记我们的主要目的是要截获朝廷的帑银，首要的目的是要控制住镖船，所以我们暂且让钱氏兄弟多活几日，他们还有利用价值。”二冬这么一说，商家兄弟也觉得过于草率，说：“旗主，你说得在理，你说怎么办，我们大家听你的安排。”二冬首先让人找来王顺。随后，丘贵将王顺引荐给二冬、郑孝及商家兄弟等，说：“你不是让我帮你想办法报仇吗，我给你引荐的这几位可都是大英雄，又都是白洋淀义军的首领。”王顺说：“各位恩公，那钱氏兄弟与我有血海深仇，我家祖辈几代都效忠他们家族，可也没落好，只要你们能帮我报仇，让我做什么都行。我可以告诉你们钱氏府院的详情，他们兄弟的生活习惯和规律。对了，还有各门的钥匙，都交给你们，有了这一切，你们保管能抓住钱氏兄弟。”二冬等人详细听了王顺介绍的情况，并根据王顺的描述，将钱府的各个房舍、庭院、库房，甚至茅厕都画了出来，尤其是钱氏兄弟居住的那两个院落，都弄得清清楚楚，了如指掌。

这一夜，星光满天。二冬等一行人在王顺的带领下，悄悄来到钱府。王顺用钥匙打开西角的一扇小门，大家都换上了钱府用人穿的皂布衣衫，头戴扇形的鬃毛小帽，径直进入府中。看门的仆人，见是王顺领着几个用人，以为是他们几个人出门办事，也没怀疑。他们一行人来到一个僻静的地方，在一棵老槐树下，二冬他们脱下了钱府的用人服，换上了他们早已准备好的夜行服。王顺告诉二冬说：“钱氏兄弟生性多疑，一些机密事情，都是他们兄弟自己去办，我们下人根本靠不上边，尤其是府中有五间青砖瓦房，非常机密，他们不让任何用人接近，好像里面关着的都是一些重要的人物。对了，最近我听说有一个朝廷官员，是掌管漕运火票的，也被钱氏兄弟劫来了，囚禁在那里。”

二冬弄清了府里这些情况后，便嘱咐王顺悄悄地回到住处，要是发生打斗你不要管，我们都会自行处置。王顺点头示意，闪身离开。老槐树下就剩下二冬和商家兄弟，他们互相用耳语悄悄地商议了下一步行动计划。因天色尚早，他们便施展轻功纵身一跃，爬上了老槐树，老槐树浓密的枝叶像个大伞盖，任何人不仔细看，根本发现不了他们。他们躲在槐树中，继续商议着下一步的行动，因为钱府院落非常庞杂，关键是如何尽快找到钱氏兄弟的准确位置，然后想办法将他们制服，让这兄弟俩乖乖地配合我们。

二冬告诉商家兄弟，从东往南搜索，二冬从西向南搜索，分头行动，每个房舍都不要落下，包括仓房、库房都要仔细搜查，并嘱咐他们，一般不要轻易惊动府中人，若是发现有情况，相互用鸟鸣声联络，会合后再统一动手。商议完毕后，二冬透过槐树枝叶，仰望天空，见已是星斗满天，再看脚下的钱府也是一片寂静，不少房屋都亮起了灯火，只有几个更夫还在四处巡视察看。接近子夜时分，二冬三人纵身跳下老槐树，开始分头搜索。二冬飞身纵上高墙，一跃便来到了西侧的青瓦房顶，就见一道黑影隐入夜空。商家兄弟也攀上了东侧的青瓦房顶，个个身轻如燕，很快便消失在夜色中。

先说窦二冬这边，只见他半猫着腰，轻轻踩着房脊，身形弓缩得很低，行动非常敏捷，脚下几乎一点声响都没有，这全是靠的武林中的轻功，否则正常人在房顶走动，一定会弄出很大的响动。二冬就像树叶掠过，他凭着长期练习的轻功，挨个房舍探查，每到一个房舍，他便身子下探，用脚尖钩住瓦脊，头朝下细听屋中的动静，判断屋内的是什么人，在做什么，若觉得有什么疑点，他便轻声落地，走到近前仔细打探。就这样一路搜索着，从北往南，发现大都是府中的家人和仆人居住的房屋，并没有发现钱氏兄弟的住处。最后他来到府内的一处较大的宅院，看起来很是特别，这是一处很精致的院落，周围是青砖围墙，门上已经上了锁，这里会不会就是钱氏兄弟的住处呢？想到这儿，二冬决定进去探查。

二冬首先翻身爬到旁边的一棵树上，想察看院内的动静。他刚探头往院内寻看，便发现对面闪过两个背影，正蹲在影壁墙的背阴处，二冬便连续学了几声鸟叫，对面也很快传来了鸟叫，二冬便知道商家兄弟也摸到了这里。二冬便轻轻走过去，三人仔细向院内观看，虽已是深夜，但借着微弱的月色，他们还是将院内的轮廓大致看了清楚。院子呈正方形，中央布有花池和假山，里面有一排青砖瓦房，很规整、幽静，院内一点灯光也没有。这不会就是王顺说的那五间神秘的瓦房吧？外面还上着锁，肯定有蹊跷。二冬便向院里指了指，用两个指头点了点自己的眼睛，示意他先去观察，让商家兄弟在原地留守观望。二冬便向院内扔下一块小石子，在夜色中，石子在地上的蹦响声很清晰，见半天没有动静，二冬断定，院内没有人和守夜的狗，二冬穿过花池假山便径直来到五间青瓦房门前，他悄悄地在每个木窗前仔细聆听，在东侧一间房前窗下，突然听见里面有动静，便停下脚步，再仔细听，里面传来女人的哭泣声。

二冬非常警惕，难道这里还囚禁着女犯？从哭泣的声音中听出，好像还不是一个人，还有低语声。二冬回头向商家兄弟招了招手，示意让他们过来。二冬他们几个都是侠义之人，见人有危难之时，不会袖手旁观，他们便决定进去搭救这几个人，把事情弄个水落石出，说不定还会打听出钱氏兄弟的藏身之处。想到这儿，二冬便从腰间抽出一把牛耳尖刀，插入木窗的框内，猛地一撬，用手顺势往上一端便将木窗卸了下来，商家兄弟随即从窗中跳进屋内，二冬也随后跳了进去，三人正好跳进屋内的炕上。这可把屋内的女人吓坏了，连声尖叫，二冬忙用手掩住她们的嘴制止说："众姐妹，不要叫，我们是来救你们的。"借着月色，他们看到有四个女子，都被绑着双手，连在一起，用一根粗绳子吊在房梁上，人只能蹲在炕上。商家兄弟忙过去给几个人解开绑绳，四个人便一下子瘫倒在炕上，泣不成声。二冬忙上前询问，她们告诉二冬说："我们已经在这里被绑了两天两宿了。"她们都是运河岸上的良家妇女，被钱氏兄弟掠来，因不屈服其淫威，便被囚禁在这里。二冬问，府中没有看守的人吗？其中一个女子说："这个院子很少有人来，平时都是上着锁，所以没有专人守卫。那边的西屋里，好像有什么地牢，里面还关押着人，白天能听到有人走动的声音，那边有卫兵把守着，你们要是过去可小心点。"

二冬和商家兄弟听后，顿时警觉起来，不知道刚才的声音是否惊动了他们，再仔细屏声敛气观察了一会儿，见西屋那边并没有什么动静，二冬对四个女人说："你们先待在这里，不要出声，我们先去救那边的人，然后带你们一块儿出去。"二冬和商家兄弟便摸索着向西屋那边走去，来到门口，见门已被从外面顶住，根本推不动，进不来也出不去。这点小小障碍根本难不住二冬他们，三人跳上了屋顶，卸下了顶棚的门板，钻进了棚顶，在天棚里顺着梁柁来到西屋的房顶，他们的脚步非常轻盈，犹如狸猫一般，尽量不发出声音。他们顺着棚板的缝隙观察，听到屋内有打鼾声，断定是钱府家的守卫，听动静大概是五六个人的样子，其他房间并没有动静。

二冬用手比画着，示意先分头擒拿住几个家丁。他们悄悄地把天棚板掀起几块，突然纵身一跃，一起从房顶跳下，每人手执牛耳尖刀，动作麻利地各自捉住一人，将他们击昏过去，五六个家丁本来就在熟睡，一点防备都没有，另两个被声音惊醒后，也被二冬他们用刀逼住，俩人被从天而降的不速之客吓得瑟瑟发抖，连声叫道：“爷爷饶命，爷爷饶命。”二冬用脚踩着他们说：“不许叫，再叫割掉你们的耳朵。”吓得两个家丁捂着耳朵不敢出声。二冬说：“钱氏兄弟叫你们在这里看守的是谁？人关押在哪儿？快带我们去。”两个家丁此时也不敢隐瞒，便按动一处开关，打开了地窖的门。

顺着地窖口有一个长梯伸到地牢里，他们点起蜡烛，押着两个家丁顺梯而下。里面阴森森的，下面一共是两个地牢，一个是旱牢，用木栏围着，里面关着两个人；另一个是水牢，是用铁条围成的囚笼，放在水中，里面困着一个白发苍苍的老者。二冬命两个家丁取来钥匙打开了两个牢笼，商家兄弟将旱牢和水牢中关着的三个人搀了出来，已经被折磨得奄奄一息。二冬把东屋那几个人叫了过来，让他们照看这三个身体极为虚弱的人，找来被褥，让他们躺下，又给他们喂了点水喝，“你们相互照看一下，我们还要去找到伤害你们的仇人钱氏兄弟，待我们捉住他们后再带你们离开这里。”几个人都是一迭声地称好说：“我们会照看好这三个人的。”

二冬转身来到两个家丁面前，详细问清了钱氏兄弟住的府宅院落，便将二人捆绑起来关进地牢。原来钱府真的是超乎寻常的大，仿佛就像一个大的城堡，大院套小院，各个房屋仓房足足有百十来间，各房老夫人和大小妻妾各有各的院落，还有他们的子女，包括亲眷还有数十间，简直像个迷宫，钱氏兄弟也是因为自知平日作恶多端，怕有人来寻仇加害他们，便故意将府宅设计得非常复杂。钱氏兄弟住的是单独的两套房子，隐在院落之中，也是青砖瓦房，山墙上各悬挂着两个砖雕海棠花，门口是个朱红门楼，所以熟悉钱府的人都说，要找钱氏兄弟，“先找红门楼，再望海棠花”，便能径直找到钱氏兄弟的住处，钱氏兄弟非常狡猾，他们兄弟居室也经常变换着住，就连府中的人也说不准在哪个房间。

二冬按照家丁说的，很顺利地在众多青房瓦舍中找到了红门楼。此时，时辰已经进入了后半夜，塔其布离亚已经闪在西北部的天空，这说明再过两个时辰，天就要开始放亮了。二冬他们知道必须抓紧行动了，要赶在天亮前找到并制服住钱氏兄弟。他们决定不管是钱刚还是钱强，从东边的这个宅子先下手，三人施展轻功，像蝎子爬墙那样上了房顶，然后从东房山墙的月亮窗扒开个口子，进入天棚之内，在房梁内一边摸索，一边侧耳聆听下面房屋的动静，很快发现在东厢房的暖阁中似乎有动静，二冬他们打算探查清楚后，还是像刚才那样突然撬开天棚板，纵身跳下，擒拿住钱氏兄弟。

天棚下面的人，果然就是外号叫“狗鱼嘴”的钱家老二钱强，此刻他正抱着两个小妾躺在被窝里酣睡。不过你可别小瞧了钱强，他与他的兄弟“鲶鱼头”一样，鬼灵鬼精的，即使他们在睡梦中也从不放松警惕，可谓是睁一只眼、闭一只眼睡觉。那钱强在睡梦中，忽然觉得隐隐有种奇怪的响动，竖耳细听，是在棚上发出的声音，乍开始他还以为是耗子在追跑，可再细听，忽觉得不对，他的直觉告诉他，仿佛有种什么东西在窥视他。意识到这一点后，他整个人便猛地惊醒过来，仿佛汗毛都竖了起来，但他并没有慌张，也没有叫醒搂在怀里的妻妾，而是静静地睁大眼睛，观察着天棚顶上的动静，从轻微的响动中，判断他们有几个人，猜测着他们的一举一动。钱强心里盘算，不能这样等下去了，他们一旦判定了下面的情况，便会冲下来置自己于死地。

他一边假装打着鼾声，一边把手从女人身下抽出，悄悄地摸到了枕头下的一个绳索，原来这是钱氏兄弟两人夜间互相联络通信的一个装置，一根绳子两边分别系着一个小铜铃。夜里一旦有什么紧急情况，就拉动绳索，对方房内的铜铃便会响起来。两人还约定，铜铃响一两声，是预告有事，需提高警惕；铜铃不断地响，那便是屋内有紧急情况，需要即刻赶来帮忙。此时，钱强摸到这根绳子仿佛抓到了一根救命稻草一般，连续不断地扯动，钱刚屋子里的铜铃果然不断地响动，钱刚睡梦中被铜铃惊醒，匆匆地披上衣服，抓起一把刀，便冲向钱强的房间。

钱强扯动铜铃报警后，便一骨碌翻身起来，叫醒两个夫人，让她们穿好衣服躲进炕琴里，钱强也站起身，准备到屋角去拿自己的随身兵器——大板斧，而此时钱刚也拎着刀冲进了门内。兄弟俩还没来得及打招呼，说时迟那时快，就听天棚上咔嚓一声，随之三个身影纵身而下，就在从天棚跳下的一刹那，二冬便使出了他的撒手锏，一口气甩出了十几块小鹅卵石块，石块瞬间射向四面八方，砸得屋内的器物咚咚震响。原来二冬他们在房上早已经听到了屋内的动静，特别是听到远处传来急匆匆的脚步声，他们就意识到已经被发现了，对方可能已有所防范，此时多耽搁一分一秒都可能带来意想不到的后果，所以他们果断地趁乱之中，破棚而下，打对手一个措手不及。

这招果然奏效，钱强刚跳起来，正要拎起地下的大板斧，那可是他的拿手兵器，镔铁锻造，足有六十多斤重，磨得锋利无比，夜色下熠熠闪光，可是当他刚刚抓起板斧，手上便中了二冬的石镖，不偏不倚，正砸中他持刀的手。那石镖力道惊人，将他的手背生生地给击穿了，手里那把板斧也飞了出去，他号叫着，捂着手倒地，翻滚着。四射的石块还击中了未来得及躲进炕琴的小老婆，正砸在她圆滚滚的后腚骨上，力道好大啊，直接把她砸进了炕琴里了，里面传出杀猪般的号叫声。

与此同时钱刚也冲进屋来，见有身影飞下来，便抡锤迎上。二冬利用自己灵敏的腾挪之功，双脚点地之时，见有人冲进屋内，便运劲将身子提起，向外一跳，躲过了钱刚挥舞的双锤，随即身子一转悠，在躲开锤子的同时，随势来了一个马踏荒郊，双脚猛地朝对方踢去。钱刚本来以为两把重锤这么一抡，跳下来的人根本无法躲过，即使不被砸中，就是刮到也会被打残。哪想到跳下来的这人，武艺竟是如此超群，不但就势躲过，还能旱地拔葱，纵身跃起快如闪电。更让钱刚不可思议的是，这人竟以马踏荒郊之势踢出连环脚，用连环脚直直地踹向自己的后脑，钱刚根本来不及反应，双脚踉跄着直接撞到青砖墙上，只听得噗的一声，钱刚脑浆迸裂，身子一缩，连叫声都没有，便一命呜呼了。

钱强被石子击中后，正捂着手大叫，就被商家兄弟给五花大绑了，顺便也把躲在柜子里的小老婆揪了出来，命她们穿戴整齐，听候发落。二冬走过来说："你们兄弟俩作恶多端，天怒人怨，你哥哥'鲶鱼头'死有余辜，何况是他先舞动双锤，想置我们于死地，结果自己撞在墙上粉身碎骨，这是他恶贯满盈，自作自受。钱强我们给你一条生路，你必须按照我们说的去做。"那钱强本是狂妄无比的地方一霸，从来不把别人放在眼里。可是，骤然间，被二冬等人拿住，不但自己兄弟命丧黄泉，眼下这三位武功高绝的人要想自己的命易如反掌。所以此刻钱强虽是万分悲伤，充满怨恨，可一时也无可奈何，混迹多年的他深知"识时务者为俊杰"这一江湖中的金科玉律。

想到这儿，只有将满腔悲愤的情绪一概隐去，转而痛哭流涕，连连哀求，装出一副可怜的样子说："三位大英雄，我与哥哥钱刚不知何处得罪了众位，因何找到我们府上寻仇，我们兄弟也是在运河上混饭吃的人。这些年来运河水量不足，通航受阻，有的地段要靠人力和马力才能过得去，因此生活得也十分艰难，不过你们想要什么，只要我府里有的，你们尽管拿去，只求你们不要滥杀无辜，饶过我们一家老小，我会知恩图报的。"钱强凭着他的如簧巧舌不停地说着，简直把自己说成了一个靠运河自食其力的规矩商人。

窦二冬打断他的话说："你和你哥哥在运河上是什么人大家谁不知

道，你说得天花乱坠也不能蒙混过关。这些年来，你们兄弟俩杀了多少行商做贾的人，祸害了多少良家女子，这么多冤魂，都在向你们兄弟俩讨债。远的不说，就现在你府中旱牢、水牢中关押的人，都是无辜之人，你们兄弟俩简直是作恶多端，罄竹难书，难道还想让我们饶了你吗？”此时，商家二兄弟把关押的几位女子和关押在地牢中的两个人也带到这屋子里。窦二冬说：“钱强你必须老实交代，这是怎么回事？必须从实招来，倘若隐瞒，就让你和你哥哥一样粉身碎骨，你的绰号不是叫‘狗鱼嘴’吗？号称吃人不吐骨头，我今天就让你尝尝我这把牛耳尖刀，先把你的黑心肝给挖出来。”说着，拔出右腿上的牛耳尖刀，在钱强的胸前画了一个圈，顿时把钱强吓得脸色灰白，浑身是汗，看到哥哥被他们弄死的惨状，他知道，这些人是说到做到的。他赶紧跪在地上，大呼饶命，并痛哭流涕地说：“三位爷，我和我哥确实是罪大恶极，确实该死，这几个女子是我们前几天抓来的，我们向来是不管大姑娘还是小媳妇，只要我们喜欢，就抓到府中，他们家人来向我们要人，也经常被我们痛打或关进地牢，官府和衙门我们都用银子和田产买通了，所以没有人能奈何得了我们。在地牢和水牢中关押的人，旱牢这位是沱县的一位船主，我们兄弟想收购他的船，可他死活不同意，说我们出的价格太低，我们兄弟便把他捉住关押在此，想让他屈服。至于水牢里面关着的这个人，是这两天我哥哥刚刚抓来的，究竟是谁，我也不太清楚。”

此时被搀进来的那位被关在水牢中的老者，听到钱强的话，便大喝一声说道：“钱强你不要耍滑头，别以为你哥哥钱刚死了，你就想蒙骗下去，我只要还有一口气，就把你们这强盗的罪恶都抖搂出来。”这位老者转身对窦二冬说：“感谢你们的救命之恩，眼下我们先把该放的人都放了，把该救的人都救出来，然后再坐下来，我把钱府的事情一五一十地讲给你们。”

二冬和商家兄弟觉得老人提醒得对，于是就让钱强叫来府中管事的人，把钱刚的尸体抬出去埋了，再把关押的所有犯人都安顿好，先安排好吃饭，每人发了一些银两盘缠，又备好车将他们一一送回家乡。二冬又把钱强暂时关押到东屋，上好了锁，然后吩咐钱府的人端来温水，给水牢关押的这位老者沐浴，又吩咐人到厨房，做了可口的饭菜，让老人吃了些东西。然后，把老者搀到钱府的正厅，又在太师椅上铺上了兔皮褥子，安顿好这一切，请老者坐在太师椅上讲述钱府的内幕。

原来这个被关押在钱府秘密地牢中的人叫齐玖，他祖籍在风光秀丽的太湖南岸的长兴县，那里也是个鱼米之乡。齐玖在雍正年间考取了进士，官至通州及天津漕运使通刺，乾隆朝以来，由于重视漕运，连年运河繁忙，除了漕运粮食、油盐、杂货之外，沿途府衙的税捐、税银有时候也用舟船运至京城。当时的漕运都由兵部的专船护运，省时省力又有安全保障，押运时一般由户部和兵部签发的火票作为通关验证的凭据，一路验行，十分方便。

特别是从乾隆九年以来，负责朝廷帑银的镖局大都选择走水路，一是因今年的运河水量很大，远比走旱路护镖更方便，省去了人吃马喂、大小车辆的开销，二是避免了沿途遭到匪盗的袭扰和劫掠，在水路上只要水师护卫充足，盗匪很难得手。当然水镖船是极为保密的，只有少数几个人知道详情，有的沿途官府都不知详情，只是查验火票后，按规定迎送护卫，因此火票在当时是极有权威的特别通行证，是朝廷官府的权力象征，甚至带有皇家的威严和象征。一般上面要盖有兵部大印，兵部尚书要在兵部大印之上亲笔写上一个“行”字，沿途便会畅通无阻，任何关卡、军哨不得刁难迟误，必须见票放行，有违抗者，不管任何级别的官员都要被摘掉顶戴，押往兵部问罪。

窦二冬问道：“那么你是怎么被关押到钱家的地牢里的呢?”齐玖叹息道:“这都是钱家兄弟犯下的滔天大罪，眼下顺天府还不知道我被关押在此，如今他们还被蒙在鼓里，只是知道我失踪了，不知道下落。钱氏兄弟整天命他府人严加看管，口风很严，这水牢又极为秘密，就连他府中的人也大都不知，因此只要他们不说，世上没人知道我的下落。我知道他们的险恶用心，就是想用我手中的火票为他们提供方便，用官府的火票为他们的强盗勾当保驾护航。哦，对了，壮士，请问你们是何方人马，为何会到了钱府，又把我救出水牢?”窦二冬说：“齐大人，不瞒您说，我们就是白洋淀的义军，是刚刚起事的。都是因连年水患，官府欺压，百姓实在没有活路了，官逼民反，我们就想向朝廷讨个公道，向官府要饭吃，要活命。不过你不要怕，我们也是仁义之士，从不滥杀无辜，只是专门惩治那些贪官和恶人。”齐玖也深有感触，对二冬等人的行为也多了几分理解和赞佩。齐玖对二冬等人说：“你们不要延迟，速速审问钱强，问出火票的下落。你们有了火票，对你们义军的行动有很大的帮助。”

齐玖的话当即点醒了窦二冬，他们三人便来到东屋，追问钱强火票的下落，钱强只是一个劲儿地叫屈：“天老爷作证，这一切都是我哥哥操纵的，我是什么也不知道啊，你们也杀了我吧，我也想到阎王爷那儿和我哥哥相见哪。”商家兄弟看见钱强要起泼来，知道他是心中有鬼，便一把将他像死猪一样抬了起来，一个抱头，一个抬腿，将他高高地抬起来，然后手一松，那钱强原本是个大胖子，这手一松，只听扑通一声，这将近二百斤的体重结结实实地摔在地上，疼得他妈呀妈呀地吼叫，商家兄弟又走过来拿起手中的尖刀，三下五除二便把他身上的衣服挑了下来，商勇拿着刀对准他的胯下说：“你再耍泼，我就把你这玩意儿割下来喂狗，省得你到处祸害人！”说着，举起刀便要动手，这下可真把钱强吓坏了，他根本没想到这几个人会下狠茬子，要是真把自己传种的家伙给丢了，那可真是要去阎王爷那儿找他大哥了。其实钱强也是个怕死鬼，他原本是装疯卖傻，想蒙混过关，只要这几个人不要他的性命，府中的金银财宝任由他们拿，待他们走后，他再去官府，告发他们，让官府捉拿他们。哪知道这几个人早已看穿了他的诡计，根本不吃他这一套。钱强无计可施，便只好认输，乖乖地配合，说道：“各位爷，这回我可服了，你们让我干什么我就干什么，你们有什么要求就尽管说吧。”这时，只听齐玖在旁边大声喝道：“钱强别耍把戏了，你们把我的火票藏到哪里去了？赶紧把它交出来！”钱强听见这句话，顿时呆住了，他根本没有想到他们会知道火票的事情，这火票可是他们兄弟的命根子，也是他们来钱的宝贝，何况他们知道盗用朝廷兵部的火票就是一个死罪。完了，这下全完了，钱强半天不吱声，眼睛发直，窦二冬走过来对他说：“实话和你说吧，我们并不是寻常的强盗匪徒，我们是白洋淀的义军，专杀地方的贪官污吏和豪强劣绅，你们钱氏兄弟也是我们要为民除害的对象，所以你不要抱有侥幸心理，杀掉你们那是天经地义的事，你要见你哥哥那我就成全你，是死是活你就自己选吧。”钱强这时才如梦方醒，原来这些人并不是来寻仇劫财的，人家是有计划有组织的义军，看来这次不彻底交代是过不去这道鬼门关了，再有价值的宝贝也没有命值钱啊。想到这儿，钱强就像霜打的茄子一样，蔫声说道：“我要活，我要活，火票交给你们，只求你们饶我一命吧！”说完，钱强指着自己的前胸说：“火票在这里。”商家兄弟不容分说，上前扒开他的上衣，发现用一个细绳拴着一个小竹筒，挂在他的胸前，便一把拽了下来，将竹筒一端拧开，从里面抽出了一个白绢裹着的纸张，展开一看，正是朝廷兵部的火票，大小有一尺见方，只见上书：

运钞火票

兵部

兹命沿途官卡，凡见此绢印鉴，大小州县一律放行，不准刁难、勒啃，无权查验。若有违犯等情，任何人可察告官府，着即擒拿兵部，裁夺治罪。

望速速周知。

乾隆五年正月廿一日发

兵部大印

这枚堂皇的火票看起来格外的气派、威严，是用大红朱砂木刻行文印成，四周镶有大红框，内文用蓝字写成，字体苍劲有力，笔风流畅，最下方还有一方兵部朱砂大印。

窦二冬、商家兄弟拿到了火票，如获至宝，喜出望外。那位老者齐玖经此磨难，也看开了很多事情，加之身体衰弱，便萌生了退隐之意。他对窦二冬等人说："我也不想再为官了，以后就隐姓埋名远走高飞了，这枚火票可能对你们义军有所帮助，你们就拿去用吧，什么时候朝廷发现了此票丢失，再行商议吧，这之前你们用是很安全的，而且用此火票能够得到国库的帑银，也能够救多少穷苦人的命啊，这也算是我做的一点功德之事吧！"窦二冬等人非常感激齐玖对义军的帮助。见老人家去意已决，便命管家王忠在钱府银柜中取一些银两给齐玖做路上用的盘缠和安置费，并找来只快船，派来几个人护送齐玖，沿运河南下，回到他的故乡，从此隐居。

随后，窦二冬又命丘贵、王忠等人重新收拾了钱府，安葬了钱刚，对外界和钱府的人就宣称钱刚因误食有毒的河蟹暴病而亡。钱强见窦二冬等人的所作所为果然是行侠仗义，不仅安葬了自己的哥哥，对钱府的所有财富也没有强占，还宽大了自己的罪行，没有过多地难为他。钱强知道窦二冬他们都是直隶起事义军的首领，势力日渐强大，也不敢得罪他们，更不敢有丝毫报复心理，只好顺水推舟，一切听从窦二冬他们的安排。那钱强原本也是属于混世的人，最会见风使舵，巧言令色，他对窦二冬说："过去我做了很多对不起百姓的事，今后我愿跟随旗主，将功补过，在义军的旗下，效犬马之力。"二冬眼下也是用人之际，虽然说钱强属于那种混世魔王，劣迹斑斑，但好在他熟悉官府中的漕运之务，耳目众多，在江湖上也很吃得开，便顺水推舟，将计就计，让他在义军中做些事情，以观后效。就这样，钱强将钱府的一切事务都交给了王忠和丘贵管理，任命他们为钱府两院的总管家。自此便跟随二冬等人加入了义军队伍中，为义军效劳。

自从二冬和商家兄弟缴获了钱氏的镖船火票，就截获了不少朝廷各州府、县衙上缴国库的税银，朝廷一时尚不知情，被蒙在鼓里，这可大大帮助了义军，使义军在很短的时间内，财力充足，不仅在白洋淀里修建了兵寨等建筑设施，还为义军购置打造了一批称心如意的兵器，他们还请来一些能工巧匠，为义军首领们锻造上好的镔铁利器。陈吉海铸造的是一对双锋刃剑，商家兄弟重新铸造了足有二百斤重的双锤和双斧，而二冬则铸造了两把八十多斤重的护手双钩。这护手双钩是十八般兵器中最锋利难敌的武器，双钩剑锋锐利，可以砍、刺、挑、钩，能防住各种兵刃利器，不过使用这种兵器不仅需要力气大，而且要求手腕机敏灵活，必须是武艺高超之人方能驾驭此种兵器。此种兵器在陆地和马上均可使用，不拘泥于形式套路，可以灵活运用，变换万千。如果是武功高超的人，便会与这种兵器融为一体，练就成出神入化的功夫，有万夫不当之勇。

二冬自幼习武，勤于钻研，对于各种兵器都精心研磨，自成一家，此番有了如此神兵利器，更使他如虎添翼。义军经过这次的充实整顿，更加英勇无敌，令官府闻风丧胆。乾隆十一年冬，兵强马壮的义军势力已经从白洋淀地区扩大到廊坊、香河和大兴，不断有各地的小股起义队伍加入二冬的义军当中来。这样便直接威胁到了顺天府和京畿一带的安宁，此时，朝廷才真正地意识到这股义军势力的强大，原来兵部向朝廷禀奏的只是直隶、献县、河南有不轨者犯事。

大清国自顺治定鼎北京到康熙雍正朝始终是国泰民安，很少出现杀人越货、聚众叛乱之事，更没有匪患之虞。所以朝廷初闻民众犯事的奏报，皆以为不过是各地州府官员虚张声势，小题大做，意在向朝廷讨要银两资费，均未在意。而各地官府因惧怕朝廷怪罪办事不力、无事生非，也均不敢如实上奏，只是命所属官兵镇压剿灭而已。可是经过两年多的时间，匪祸日盛，波及的州县越来越多，义军占据的地盘也越来越大，大有燎原之势，待到各地方官府已无力应对义军的起事，才惊动了朝廷。乾隆帝得知兵部、礼部、户部的奏报，觉察到了事态的严重。特别是兵部和户部收到各地州府上缴的例贡税银中，空缺很大，一直找不到原因，各部经过核查，竟然发现掌管镖银火票的官吏不知去向，方知出了大事。

兵部尚书派员严查，发现齐玖已经失踪有一年之久。顺天府尹统领都尔喜郎寝食难安，知道惹下滔天大祸，不敢再隐瞒，急报皇上。乾隆闻听，龙颜震怒，臣子如此荒唐苟且，竟然出现大清建国以来的奇闻，在朝堂上乾隆怒斥："朕自承维世宗先王大宝，万民欢悦，国泰民安，怎么霎时竟在皇廷卧榻之地滋生反叛，还出现了镖银火票和掌管官员一同失踪达一年多的荒诞不经之事。究其何因？速速详查，禀奏。"

于是乾隆皇帝命大学士傅恒亲自过问，会同兵部尚书、顺天府尹商讨圣意，发兵讨逆，不可迟缓，贻误战机。于是，傅恒率兵部尚书、顺天府尹商议，这时顺天府的都尔喜郎自告奋勇，胸有成竹地说："此事，由顺天府发兵惩治刁民即可。"他认为此股叛逆无非一些小民，不足挂齿，兵部尚书也坚信都尔喜郎统帅大军定能平定叛逆。傅恒将此奏报皇上，便由都尔喜郎将军统率三千八旗军讨逆，并由镶蓝旗协领六保和佐领巴祥为先锋官，大队清军直奔大兴而来。

第三章　血染白洋淀

二冬和义军很快知道清军来疯狂剿杀报复，为避其锋芒，决定向南撤退。来到固安，又退至雄县的茂密森林中，总舵主陈吉海为安稳军心，又以“金豆”问卜探查吉凶，他将小铜罐摇了摇，往桌布上一洒，端详了半天说：“众位兄弟，莫要惊慌，此卦相揭示只要我们向南进发，进入白洋淀地区，我们便可无恙！那里满目汪洋一片，柳林苇塘茂密，最适合隐蔽和伏击，我们就在那里撒下大网，让清军有来无回，束手就擒。”

此时，清军在六保和巴祥的率领下，一路穷追猛打，义军顿时大乱。这些义军都是平日的平民百姓，只因生活无着落才投入义军旗下，基本上没有太高的军事素质，听到朝廷派军马来剿，杀声震天，便有些慌乱。义军在陈吉海总舵主、窦二冬、商家兄弟的带领下，勇敢拼杀，抵挡清军，边打边撤，一路上也是伤亡惨重。二冬很快根据战情发现义军在清军马队的冲击下很难正面抵挡，便和陈吉海总舵主商议，分别率兵向左右两个方向分散突围，然后向白洋淀方向撤退会合。因为义军大都擅长水性，到了白洋淀才能发挥义军的优势。

话说窦二冬率领着义军在向东撤退的时候，正好与巴祥率领的清军遭遇，二冬挺身而出，迎面挡住巴祥将军，见巴祥策马冲了过来，二冬便从腰中的百宝囊中抓起一把小石子，如飞雨一般向清军抛去。巴祥也是武功高超之人，见有暗器飞来，迅即用刀拨开飞石，可是他的坐骑却被石子击中。二冬的飞石暗器功夫非常了得，有千钧之力，竟然贯通而入，战马顿时痛得暴跳乱纵，一下子把巴祥将军抛出很远，任凭巴祥如何喊叫，仍不顾一切地玩命扬鬃逃窜而去。更可怜的是那些马甲兵丁，不少人都被二冬的飞石击中，那真是飞石击头，脑浆迸裂；飞石击胸，穿膛而过；飞石击腿，骨碎断裂。片刻之间，兵丁们一片片瘫倒在地，许多人当即毙命。

窦二冬正在抖擞精神，一把把抛出石子击打敌军，忽见得敌军阵营大乱，只见两员猛将冲入敌阵，手舞兵器，左突右杀，往来穿梭。敌军一边哭喊着“快跑啊！母夜叉下凡啦”，一边东逃西散。二冬定睛一看，原来是闻名遐迩的女中豪杰、绰号“一丈青”的庞大姑和被二冬救出的大老黑，这夫妻俩从侧面杀入敌阵。庞大姑手使足有二十多斤重狼牙棒，上面还镶有上百根狼牙般的利刺，砸在人或马身上就会撕扯下一大片血肉，像是被虎狼撕咬过一般，要是被砸上两三下，简直跟受了凌迟酷刑一样，血肉横飞。大老黑也是一位不好惹的蛮人，手使一把大砍刀，人长得又很凶恶，半边脸长满黑痣，像个阴阳脸，和他照个面就会吓得直哆嗦。大老黑浑身有股蛮劲，双手扯着牛尾巴，能把牛拽得直往后退，他抡着大砍刀就像剁饺子馅似的，在清军中一顿乱砍滥杀。霎时间，许多兵士不是没有了胳膊就是没了肩膀，更惨的是连脑袋都搬了家，见了阎王。

窦二冬有这两员猛将助阵，真是如虎添翼，数千清兵顷刻间伤亡过半，剩下的便四散而逃。陈吉海总舵主和二冬很快又重新聚合，他们根据形势判断，知道清军这次绝不会轻易善罢甘休，一定会重新调集人马，卷土重来。于是，他们重新整顿好义军队伍，进入了白洋淀。先是把伤员、老幼和妇女藏在白洋淀深处的苇塘茂密的地方，而将义军的主力由商家兄弟和庞大姑夫妇率领，埋伏在进入白洋淀必经的路上，准备伏击清军。大和尚陈吉海总舵主下令说：“我们是义军，不是匪盗，这些清兵也是百姓家的子弟，所以，只要我们杀掉清军的首领，其余的尽量活捉，争取让他们站到我们义军这边来。”

正如陈吉海、窦二冬所预料的，那六宝和巴祥两人率领清军在白洋淀一战吃了大亏，三千多人马在逃回固安的路上，一清点人数，不到一千人，许多人还受了重伤，一路上不停地哀号呻吟着。六宝、巴祥也骑着受伤的马，狼狈地回到驻地。这次也让他们知道了义军不是好惹的。他们回到营地，见到坐镇在大军帐中的统帅都尔喜郎，将被义军击败的情况如实禀报。都尔喜郎闻听不由得大怒，他本以为在中军大帐中会静待捷报，而且，在战前他也曾向皇帝和兵部等夸下海口，准备一战击溃义军，为朝廷解除后顾之忧。没想到刚刚与义军交手，便被打得溃不成军，这将如何向朝廷交代，有何面目向兵部复命！想到这儿，都尔喜郎便拍案而起，大声斥骂道：“六宝、巴祥，你们都是四品以上堂堂的朝廷武将，论战功，无论在云南还是在四川剿灭叛匪贼寇中都屡立战功，此番却败在一群乌合之众之手，简直岂有此理！”六宝、巴祥赶紧跪地磕头请罪，只求都统大人杀掉自己，以死谢罪。都尔喜郎发完心中怒火，心想也不能只怪这两名先锋官，他们俩跟随自己转战南北，功勋卓著，这次剿灭白洋淀失利也怪自己有些轻敌了。想到这儿，他平复了下心情，命六宝和巴祥起身，共同商议下一步该如何剿灭叛匪。

六宝、巴祥谢过主帅不杀之恩，叩头站起，伫立在桌案两旁。见都尔喜郎问起下一步的剿匪之策，六宝上前一步禀奏道："大人，末将此番与义军交手，发现这股叛匪并不仅仅是一群乌合之众，他们有旗号，有主帅，纪律严明，其中还有许多武功高超的人，我们不能小瞧啊！"巴祥也禀奏说："这些叛民约有两三千之众，他们提出的口号很蛊惑人心，各方响应的甚多，势力甚大，仅靠我们顺天府的兵力，恐怕难以清剿，大人应速速与天津总督、河间府衙门共同商议，合力共剿叛匪，方能平息此乱。"都尔喜郎想了想，觉得有道理，便让军中师爷额勒泰取来纸笔，向天津总督高斌大人禀报军情，并且详细陈述目前的危机局势，请求发兵助剿平叛。否则，匪患日益严重，其害无穷，一定会伤及京畿一带的安危，如此各方都很难向皇上交差。都尔喜郎当即命人用八百里加急送往天津总督府衙门。

高斌收到都尔喜郎的急报，也是急得满头大汗，方知直隶等地的民怨沸腾，这样闹下去不但会影响自己的乌纱帽，也会直接威胁到京畿一带的安危，绝不可小觑。于是当下命令召集总督府各位统领、协领、佐领共议军情。众将听到军情通报，也都大惊失色，众人皆知都尔喜郎和他手下的六宝、巴祥将军均非等闲之辈，战功显赫，屡受皇家褒奖，此次连他们都败在义军手下，可见这股叛民非同小可，必定有高人相助。直隶总督高斌也是久经沙场的老将，他不仅精通水利漕运，也曾多次率兵剿匪，经验丰富。他反复思量，要想平定这股叛匪，必定要找到智勇双全的高人，方可奏效。他马上想到了一个人——当朝大学士傅恒大人，他是皇上最宠信的忠臣，自己与他交情很深，请他出面帮忙，这才是万全之策。想到这儿，他吩咐众人退下，命人备好车轿，当即直奔京师，去见傅恒大学士。

傅恒听说太子太保天津总督高斌亲自到访，便知必有要事，忙命人迎进府内，大礼相待。高斌拜见傅恒后，便开门见山地说："尚书大人，此番我高斌惹下了杀头之祸，望求大学士救我一命。"傅恒大学士说："这是从何说起啊，您在朝廷中位高权重，享不尽的荣华富贵，何来杀头之祸啊？"高斌便将都尔喜郎近来剿匪惨遭失败之事告与傅恒，并称叛匪日益嚣张，大有进犯京师袭扰皇廷的危险，叛民若真是侵犯京师，危及圣上安危，我高斌作为拱卫京师的门户、直隶天津的最高长官，也只有一死才能谢天下之大罪啊。

傅恒了解到这些白洋淀的叛军情况，方知问题的严重，高斌来府上求助，也是迫不得已。高斌也是皇上的爱臣，在治理漕运上颇有功绩，也是傅恒的知己好友，理当竭力相助。他沉吟片刻，便说："右文兄（高斌字右文），我向你举荐一人，保管你大功告成。此人名叫策楞，不仅文武双全，而且勇猛过人，曾任乾隆御前侍卫，也是满洲镶黄旗人，钮祜禄氏人。此人极善谋略，很有才智。待我与兵部尚书来保商议，由他统兵前往，协助你们平叛匪患。不过右文兄我也要提醒你，要善待民众，对那些贪婪妄为的官员要严惩不贷，只有为政清廉百姓才能拥戴朝廷和官府，起事叛乱者才会成为无水之源，这才是平乱的根基啊！"

傅恒在取得兵部尚书的同意后，便亲自带领高斌来到策楞将军的府邸相见。策楞热情相待，他对傅恒大学士也是非常敬重，对高斌在朝中的影响也是早有耳闻，便客气地说道："原来是大学士和高总督大人驾到，在下十分有幸。"傅恒将来意详细告诉了策楞，策楞说他曾在直隶和雄县一带训练过清军，所以，他对白洋淀一带的水势地形十分熟识。至于说到这股叛民，策楞认为："我想首要的是擒贼先擒王，大学士和高大人，请你们放心，明日我便拿出平叛剿匪的章法策略，请你们审阅定夺。"高斌已经喜出望外，忙说道："结识策楞将军真是老夫的幸事啊！"

第二天，策楞果然拿出了平叛剿匪的章法策略，呈给高斌，高斌阅后非常满意。策楞在平剿章法中提出要打造铁板快船五十艘，秘密运往霸州的大清河畔，那里是白洋淀的北部入口，那里柳林茂密，可以藏住这些铁板船，然后命直隶总督的健锐营兵马稀疏驻扎在白洋淀北部，要偃旗息鼓与铁板船一同隐蔽，深藏不露，届时，策楞率水师营兵马直扑白洋淀，这些快船和兵马就是奇兵，定能重创叛匪。策楞还要求将义军的几位首领画影图形，传令每位士兵熟悉知晓。随后，在朝会上，兵部尚书来保在乾隆皇帝面前举荐策楞将军为平叛剿匪的统帅，率精兵五千，即日启程，直奔直隶总督府与高斌总督府和都尔喜郎的余部会合，组成直隶平叛剿匪劲旅，由策楞为兵马总帅，高斌为军总督帅，共计六千余人，一路浩浩荡荡，直奔白洋淀杀去。

沿路各州府县衙早就四处张贴安民告示，宣称朝廷雄兵百万，意在一举剿灭直隶叛匪，各地百姓凡藏资助叛匪者一律格杀勿论，希望失足之罪者早日浪子回头脱离叛匪弃暗投明，朝廷既往不咎。凡是能够悔过者，只要签署忏悔文书，与叛匪一刀两断永不再犯，朝廷便可赏百两白银，耕田者赏牛和牛具各一份，打鱼人家则赏渔船用具。

高斌此招甚毒，一下子动摇了许多义军的军心。高斌绝非等闲人物，上次在傅恒府中傅恒的一席话点醒了他，一定要设法将直隶民众的民心争取过来。自己身为直隶总督，所管辖区域发生叛乱，说明自己失掉了民心，而当今皇上最恨的就是地方官员不爱惜百姓，失去民心。乾隆皇帝曾说过："为官者要有民心，民心高扬，其乐融融，此乃最完好的官吏评鉴。"傅恒这番话也是在暗示自己要不惜一切代价，把民心争取过来。于是高斌首先从自己的积蓄中拿出万两白银做笼络人心的资费，并打造声势，要求下属官员如此效仿。

此招收效甚大，一些地方贪官污吏见总督大人动了真格，便都有所收敛，一时间使得顺天府、河间府的苛捐杂税减轻了许多，各地的渔猎、农田买卖也不像以往那样刁难和限制，百姓有了喘息的机会。一传十，十传百，义军中很多也得到了这样的消息，不少义军和那些难民悄悄地离开了白洋淀，到了后来，仍坚守在白洋淀中的义军也仅剩千八百人了。不仅如此，高斌让策楞等人每天只是忙于操练兵马，并不急于向白洋淀发兵，并四处放出风声说，总督大人体察民心，不忍杀戮平民百姓，都是手足兄弟，何必兵刃相见，任何人只要迷途知返，便既往不咎。

二冬和陈吉海非常清楚，这些都是高斌和策楞等人的计谋，目的是为了瓦解和削弱义军的力量，最后再将他们一网打尽。必须时刻保持警惕，随时应付他们的最后反扑，绝不能束手就擒。虽然不少义军中的百姓辞别了他们，但他们也没有强留，让他们来去自便，只要百姓有了盼头，就随他们去吧。于是，乾隆九年，直隶一带起事的义军在与清军的最后较量中，充其量也不过是七八百人，而当时围剿他们的清军则有七八千人，人数相差十倍，所以最后义军的失败也是在情理之中的。

陈吉海、窦二冬、商家兄弟、庞大姑夫妇等仍在相互照应、坚守当中，在一个风雨交加，电闪雷鸣的夜晚，清军征缴大军从四面八方驾驶着一艘艘铁板船疾驰而来。为首的旗舰高挂着统帅策楞将军的旗帜，另一艘指挥战舰上则是督帅高斌，两船左右一字排开，两翼无数的战舰向白洋淀冲了过来，船上的炮火击中炸毁了义军的忠义堂和十几处兵站，顷刻间火光四射，变成了废墟，数百名义军被俘，他们被用铁索套在一起，押回雄县牢狱，白洋淀里血流成河。

天亮时分，只见白洋淀上面泛着血红水波和漂浮的义军尸体，十几艘义军的战船被清军焚毁，半沉在水中。现场十分的惨烈，清军的损失也是十分的惨重。黎明时分，策楞和高斌命令清理战场，寻找他们早已通缉的义军首领陈吉海、窦二冬、商家兄弟等，八旗兵将们拿着这些人的画像，结果一无所获，高斌、策楞不免大失所望。原来陈吉海总舵主早在战前就曾与窦二冬等主将商议，对他们千叮咛万嘱咐，不可麻痹大意，即便晚上睡觉时也要睁一只眼，要和衣而卧，手不离兵器，要做好一切最坏的打算。

陈吉海叮嘱完众兄弟以后，还特意把窦二冬拉到一边说："二冬兄弟，目前的形势十分危险，敌众我寡，高斌这次是压了重宝，下了大血本，朝廷不剿灭我们，他是不会善罢甘休的。我过去曾经在高斌的总督府当过差，对高斌这个人十分了解，这次我做了义军的军师，他是无论如何不会放过我的。所以，万一我有不测，你要带好兄弟们，遇事不可冲动，更不要轻举妄动。一旦我被捉住，高斌一定会拿我当诱饵，逼迫你们就范，你千万不可感情用事，不要率兄弟们来救我，那样就中了他们的奸计，我们就会全军覆没的。俗话说，留得青山在不愁没柴烧，一切要从长计议，你要带领好义军的兄弟们，继续与其周旋抗争。另外还有一件事，我的女儿小红就托付给你了，你俩青梅竹马，打小就在一起玩，她对你十分中意，你要好好待她，她会成为你的得力助手的。"说着陈吉海从腰中拿出一个绣花的小荷包交给二冬说："一旦我有不测，你拿着这个荷包信物去找她，她便知道我的情况，一切都会听你的安排。"

窦二冬心中十分伤感地说："陈总舵主，你不会有事的，我们大家会保护你的安全，不会让你落入清军的手中，你可是我们义军的精神支柱，你绝对不能有三长两短啊。"陈吉海笑着拍了拍二冬的肩膀说："一切自有定数，放心吧，我会小心的。"于是在总舵主陈吉海的叮咛提醒下，众位头领都打起了精神，加倍提防。所以，在清军来袭的那个夜晚，炮火雷声一响起，他们便率领义军潜入白洋淀深处的芦苇荡中。白洋淀绿草茵茵，丛林叠嶂，茂密的芦苇荡中要想发现或寻找藏匿的目标那是十分的困难，所以，尽管清兵火炮齐发喊声震天，但那只是虚张声势，根本无法找到具体目标。而不论是二冬还是庞大姑夫妇，他们都是自幼在子牙河和沱沱河畔长大的人，水性极好，都有长时间在水中潜游的能力。平时摸鱼抓天鹅，他们还学会了在水下通过手势动作表情等传递信息。他们潜入水中后，发现清军的铁板快船就在头顶上，而这些铁板快船是用并不太厚的硬铁皮包成的。于是，他们潜入水底，用事先准备好的铁钻给那些船钻了不少的窟窿，水便迅速灌满了船的底部，船很快就沉入水中。他们用这个办法，很快就弄沉了清军的五六艘船。

高斌、策楞等见事不好，忙命清军迅速后撤，暂时退出白洋淀。二冬等浮出水面后，一面命人赶紧扑灭山寨的大火，一面清点了一下义军的伤亡情况。发现损失惨重，特别是留守在山寨中的老幼和女人，都没来得及撤出，惨死在清军的炮火之下。二冬召集剩余的义军将士，将他们潜水凿沉铁皮战船的战术传授给大家，鼓励士兵，与清军抗战到底。高斌和策楞撤回军营后，也在商议如何应对义军的潜水战术，策楞胸有成竹地对高斌说，我已想好办法对付义军。他命人准备了几张大型的渔网，只要义军潜入水中，他们便将九米多长的大渔网撒向水中。此招数果然起效，他们用大渔网俘获了近百名的义军。

二冬和商家兄弟急忙命令其余的义军向白洋淀深处撤退，暂时避敌锋芒。他们撤到一处茂密的苇塘里，暂时躲过了清军的追杀，可是却没发现陈吉海总舵主。二冬急忙问商家兄弟是否看见陈总舵主，大家都在忙于撤退，不知陈总舵主什么时候脱离了队伍，二冬忙派出人马四处寻找打探总舵主的消息。就在大家焦急等待的时候，突然一个水寨中的伙夫满身带伤地跑过来说："二冬，不好了，陈总舵主为了救我们，被十几个清军包围，让那个策楞将军俘获抓走了！"二冬一听，顿时惊呆了，忙问总舵主现在何处。伙夫说他们现在正押着总舵主往霸州方向走去。二冬顿时觉得眼前一阵眩晕，他最担心的和最不愿意看见的结局还是发生了。他在想陈总舵主之前和他说过的话，心里不由得嘀咕，难道陈总舵主真有预感，算出了他此番会遭到不测？

原来，高斌和策楞再次杀入白洋淀，他们首先想到的是捣毁义军在白洋淀中的粮仓，这样义军的生路就给斩断了，义军就不会坚持多久了，这也是高斌想到的一条毒计。所以，他们一部分人按照策楞将军的计策撒下渔网捕捉义军，另一部分人直奔义军的水寨和粮仓袭来。当时，陈吉海正率领一队义军人马在水寨和粮仓附近，发现清军的意图后，陈吉海立即调集人马，想把清军引开，避免粮仓被敌军破坏，丧失坚守的保障。于是，陈吉海率领众位义军拼命地与敌厮杀，边打边向西边撤去。陈吉海见清军船队纷纷围拢过来，想把他们剿灭，粮仓暂时是保住了。陈吉海告诉众兄弟沉着应敌，互相配合，此处的白洋淀水很深，敌人的船只都聚到一起，他们的渔网战术派不上用场了，我们乘机潜入水底，凿漏敌船。众兄弟便都潜入水底，随着船只纷纷漏水，敌人便都慌乱起来。陈吉海正在聚精会神地指挥着义军人马与清军周旋着，冷不防一个人影飞身跳过来，伸手将他搂住压到水里。陈吉海的水性远不如二冬他们好，而且又冷不防被敌人偷袭，被这人身子重重地一压沉入水中后，脖子被那人用胳膊紧紧勒住，立即呛了几口水，渐渐失去了意识。

那人双手托住陈吉海，顺势把他扔到了船上，立刻有清军围上来将陈吉海五花大绑捆了起来，等陈吉海醒过来时，已经不能动了。他抬头一看，捉住他的不是别人，正是清军统帅策楞将军。只见策楞冷笑着说："陈总舵主，咱们有缘啊，我早就盯住你多时了，纵然你乔装打扮，还贴上了胡须，也瞒不过我的眼睛。"说着策楞走上前，将陈吉海脸上的胡须扯了下来，"陈先生，露出你的庐山真面目吧！"此时，义军兄弟发现总舵主被俘，他们拼命地冲向策楞，想把总舵主抢回来。策楞曾是皇上的御前侍卫，武功高强，耳听六路，眼观八方，别看他正在与地上捆绑着的陈吉海说话，当义军兄弟冲上来时，只见他纵身一跃，伸腿猛地一扫，几个义军便被踢倒在地，随后策楞便借势自上而下猛力砸下来，几位义军兄弟立时断了气。这时，那位义军的伙夫抄起一根大棒，向策楞袭来，没想到策楞早有防备，身子一转打了个旋，来了一个旱地拔葱，平地跃起，伙夫由于用力过猛，自己也一个趔趄摔倒在船板上。

此时策楞因为抓到了义军的重要头领不想再继续恋战，担心义军援兵到来，再生变故，便提起陈吉海纵身一跃，跳到另一艘船上，命清军赶紧开船，撤回营中。大和尚陈吉海就这样被清军所俘获，义军听到这个消息，不少人掩面痛哭，一片哀叹声。商家兄弟对二冬说："二冬旗主，现在不是悲痛的时候，我们得赶紧去营救我们的总舵主啊，你是咱们义军的主心骨，你说现在我们该怎么办？"庞大姑也说："商家兄弟说得对，陈总舵主被清军抓走那是凶多吉少啊，咱们快去救出我们的陈总舵主。"二冬沉痛地说道："众位兄弟，我怎么能不知道陈大哥此番被捉十分凶险，可是总舵主事前反复嘱咐过我，不论遇到什么事情，都不能乱了手脚，要临危不乱，处变不惊，不能学黑旋风李逵，拼命蛮干，要将计策预先想好，才能险中求胜。现在，我已有了主意，首先要打听到总舵主的关押之地，再考虑如何救人。总舵主特别嘱咐过，一旦他被捉住，兴师动众地前去营救，必定会中敌奸计，全军覆没。打探消息，我和商家兄弟就足够了，你们其余人整理军务，收拾被焚毁和破坏的营寨，收拢军心。"

众人听了二冬的一番话，都纷纷点了头。就这样，二冬与商家兄弟拜别众人，前去打探消息。一路上他们边走边商议对策。商家兄弟中，商武是很机敏有头脑的，他对旗主说："高斌、策楞他们虽然对总舵主恨之入骨，视为眼中钉肉中刺，但是他们眼下一时半刻不会对总舵主怎么样。他们为弄清义军的情况，一定想方设法从总舵主口中探知详情，所以，暂时总舵主不会有性命之危。"二冬点头称道："你分析得很对，眼下最关键的是，他们会把陈总舵主关押在什么地方？我想我们应该重点探查高斌的府上，清军绝对不会将总舵主和其他被俘的义军关押在一起。这次我们一定要让高斌这个老狐狸张开嘴放掉逮到口中的猎物。"

窦二冬也曾经在高府中安插有眼线，那就是巴占师爷。巴占师爷的原名叫巴兴，和二冬都是直隶献县人，他从小读过几年私塾，学习很勤奋，写得一手漂亮的楷书，街坊邻居写个契约文书什么的，都愿意找他，因此他的名气越来越大。巴兴自幼丧父，是母亲将他一手拉扯大的，后来母亲有病卧床不起，巴兴为了给母亲治病便四处游走找活干，而二冬便将巴兴的母亲接到家中由自己的父母照顾，巴兴从内心感激二冬一家人。在外面挣了钱便及时地让人捎回给二冬，让二冬给母亲抓药治病。逢年过节的时候他都要回来，除了探望母亲，也和二冬一样，给二冬的父母请安。二冬的父亲窦老爹是窦乡町出了名的大善人，他也不图巴兴什么，乡里人就图个穷帮穷，大家快快乐乐地过日子，因此，他对待巴兴也像对待自己的孩子一样。

巴兴在外四处打工，帮人抄抄写写，正赶上这一年高斌的府上招用一个笔帖式，见巴兴人很厚道，颇有才华，便录用了他。后来，因他为人热心，办事稳妥，渐渐地成了高府中的红人，府中大事小情都找他，就如同大管家一般，深得高斌的信任。府中人见高斌如此器重巴兴，便也都尊称他为"巴占爷"①。

这次二冬等人悄悄地来到高府，想通过巴兴打探陈总舵主的下落。巴占爷虽然没有打探到任何关于陈吉海总舵主的下落，但却告诉了窦二冬另外一个重要的消息，那就是高斌府上最近正在张罗一桩喜事，高斌最疼爱的小儿子高崇准备迎娶当朝重臣史儆弘的小女姣姣为妻，此事可是惊动朝野上下的一件大事。这史儆弘可非一般人物，他是江苏溧阳人，名讳史贻直，字儆弘，康熙三十九年进士，时年才十九岁，是闻名天下

① 巴占爷：满语，意为文墨，是师爷的尊称。

傅恒大学士与窦尔敦

的才俊。曾任检讨、侍读大学士，雍正年间，官至上书房行走。乾隆朝以来深受皇帝宠信重用，历任工部、兵部、吏部和刑部尚书。乾隆七年，任直隶总督，后改任征召协办大学士，说起来也是高斌的前任和前辈，因此高斌敬称他为老恩师。世人皆知，他高斌与史僦弘结亲家，那是为了攀枝折桂，利用史僦弘在当朝的声望为自己捞取资本，钻营仕途。

巴兴还把高府最近的大小事情都详细告诉了二冬，二冬嘱咐巴兴要小心行事，千万不要让高斌知道他与自己有任何来往，以免事后受到牵累。巴兴也是贫苦人家出身，为了谋生才在高府靠卖手腕子赚钱赡养母亲。他坚守一个信条，一辈子绝不做为虎作伥、违背良心的事情。他深信窦二冬他们做的事情是正义的，是为穷苦百姓谋福祉，他愿意帮助义军。更何况他与二冬还有同乡兄弟般的情分，所以他决计要想方设法帮助二冬打探义军首领陈吉海的下落。

除了高府准备张罗娶亲之事，巴兴还告诉二冬最近府里来了一位神秘的特殊人物。这位可不是一般人物，是从京师来的，据说是刑部正堂的属下督捕司主事，大家都称其为“大奶奶”，不过他并不是女的，而是长相酷似老太太模样。此人可妖道了，行事也总是婆婆妈妈的，喜欢刨根问底，所以大家用这个绰号戏称他。窦二冬听到巴兴说起这个人的情况，立刻引起了格外注意，这说明高斌已经将抓捕总舵主的消息上奏朝廷了，刑部派下人来了，而且行踪诡秘，肯定与关押审讯总舵主的事情有关。

想到这儿，二冬感到事不宜迟，必须早做打算，否则陈总舵主肯定凶多吉少，难逃魔掌。告别了巴兴，二冬火速回到客栈与商家兄弟会合。他嘱咐商武、商勇兄弟二人先在馆驿中留守，不要走动，今夜由他去高府打探虚实。晚上，一直等到星辰漫天，约莫到了寅时前后，窦二冬换好夜行衣，披上他的夜行黑斗篷，头上戴着类似渔翁一样的防雨罩纱绢大帽。从外面只能看到一块黑纱罩，但是从里面看外面却是很清楚，这样可以保持隐身隐蔽和主动的状态。身上也是穿着一件紧身小袄，腰上系着大幅宽缎绣花英雄壮带，右边垂下来一条彩带，看上去非常的英俊洒脱。背上插着一对拿手兵器护手双钩，腿上还插着匕首，腰带上还带着各种夜行兵器，其中最中意的还是斜挎着的飞石包囊。这是他最擅长、最得意的暗器，百发百中，名震八方。

装束完毕，窦二冬辗转腾跃，不知不觉中已经隐入高府森严壁垒的高墙院落之中。他几乎是在房脊上穿梭而行，好在高府的宅院房与房之间都是相连的，四周有一些相隔的青砖高墙形成的独立院落，很多都是四合院，在京畿一带的贵胄府邸大都是这种建筑格局，显得幽静雅致。一般是正房三间为主人所居住，左右两侧厢房为子女和下人所居住。像高府这种构造都是大户人家，儿女亲戚很多，都是独立成院，分别开伙。只是逢年过节大伙才共同在大灶房起宴，平时就根据自己的喜好和习惯生活起居，各得其乐。所有一应所需用品，都由下人去总管门房领取。

高斌府邸的结构复杂，房屋众多超乎想象，这下子可苦坏了窦二冬，他必须认真分辨每个房屋布局设置和里面传出的说话声音来辨别他们的身份。窦二冬闯荡多年，见过各种世面，阅人无数，有着丰富的生活经验，所以他仅凭院落的结构和说话内容就能辨别出里面居住的是什么人。窦二冬身轻敏捷，在房顶急行，他尽量蜷缩着身子，头压得很低，他的装束简直就像是一个布球一样在房上快速闪过，他还尽量控制着，让身影隐入房脊的山墙中，避免被人发现。地面上虽然有更夫和府中的用人来回走动，但是他们根本察觉不到房顶上有什么异样，更想不到会有人侵入。

夜行侠通常也会利用月光、星光照射物体的阴影来隐蔽自己，这也是夜行人最高超的夜行术。不能在任何情况下发出声响，惊动地面上的人和牲畜，那是最大的危险，甚至引发最悲惨的结局，不但前功尽弃，也会引来杀身之祸。窦二冬依仗他高超的夜行术，将高府前前后后搜行个遍，却没有发现任何可疑之处，更没有发现关押重要犯人的紧张气氛，并没有重兵把守、如临大敌的迹象。许多房中虽然亮着灯光，但是仔细听来，都是人们在闲聊或小夫妻的窃窃私语。

窦二冬越来越觉得奇怪，难道老陈大哥没有被高斌和策楞将军关押在高府？他打算继续往后府方向搜索，当他来到一处高墙院落屋舍时，他发现这里的房屋建筑结构明显不同，院落宽阔敞亮，还布有花池假山和喷泉，四周的院墙也较前面的高出许多，房屋都是六间正房，有门柱、抄手游廊和台阶，更显得阔气。窦二冬眼前一亮，不用说，这就是高斌居住的核心院落了。窦二冬心想，你可知道我窦二冬这次不请自来，可要好好地会会你总督大人了。窦二冬倍加小心，他先躲在暗处，仔细地聆听周围的动静，并不见什么护卫和兵丁活动，四周显得很安静，看来高斌他们并没有想到刚刚抓到陈吉海，这么快就有人来营救他，更想不到会有人敢夜探重兵把守、机关重重的高府大宅。

窦二冬在暗暗嘱咐自己，越是容易的时候，越不可轻敌大意，高斌是个老狐狸，对付他可不是件容易的事情，我这次来，目的就是要营救陈大哥，一定要避免节外生枝，谨慎行事。窦二冬经过一番冷静思考，观察到像这种规模建筑的院落一共有三套，其中中间的这套院落最壮观，也最讲究，这必定就是高府的正房，而左右两套院落构造比中间的院落略小些。据巴兴说，高斌除了正房夫人外，还有两位小夫人和子女及父母一起居住。那两套院落必是高斌小老婆们的住处了，高斌平日多是居住在两个小夫人的房舍中。

面对着众多的房舍院落，窦二冬也有些犹豫犯难，不知道从何处下手，心想，看看老天怎么安排吧。要是冤家路窄直接碰到高斌的居室更好，我还真想直接面见一下这位高总督，当面向他讨要我的哥哥陈吉海，若是胆敢不给，那就得看看他到底是不是一个贪生怕死之徒了。如果碰到的是他的两个爱妾，据说他的两位夫人都是京师的名媛，出身豪门望族，年轻貌美，有赛西施之美貌，如果抓住她们，便可以此要挟，向高斌要人。到时候看你高斌是要美人还是要功劳。如果碰巧正好捉到正在操办婚事的高斌爱子，也可擒住其子，想那高斌更不敢不答应了。如果碰到巴兴所说的那个妖道的大奶奶，那不就是真正地找到债主了吗？窦二冬想得非常仔细全面，把一切的可能都做了周全的判断，并且做了周密的准备。他向来就是这个样子，遇事冷静，就是凭着这些才能够在江湖上从容应对，声名远扬。

各位阿哥，我说书人虽然说书的节奏有些慢，但这些想法在窦二冬的头脑里只是转瞬即逝，不会费时很久。他想明白后，果断地开始出击，他先选择了正房后面一个亮着灯光的房间。此时，大部分人已经在酣睡之中，时间已是午夜时分，此房仍有灯光必有蹊跷。这证明那里的人还没有熟睡，是不是那个大奶奶正在夜审我的陈大哥呢？窦二冬一边想着，一边疾步窜行，从旁边房脊翻身来到这个亮灯的房脊之上。他敏捷地用脚钩住房檐，来了个倒挂金钩，头朝下探身细听房屋的动静，只听屋子里的人说话的声音很大，并没有防备。他先是听见一个女人正在娇声娇气地说："你真是一个吃了熊心豹子胆的小馋猫，都这光景了，明儿就要娶新媳妇了，现在竟然还敢来招惹我……明天你娶了新媳妇，肯定就把我给忘了。"接着就是一个青年男人的声音："姐姐我心里就有你啊……"

这时，窦二冬一个鹞子翻身，从房顶上无声无息地跳了下来，来到地面，他近前便推开了木扇窗（当时京畿一带的窗户分为上下两个木扇，下扇为固定的格栅式窗户，上扇可以向上推开，可用钩子挂住，便于通风和采光，东北俗语“打开天窗说亮话”即源于此）。窦二冬纵身蹿进屋内，正见一个男子正要抱其身边的女子，被突如其来的窦二冬惊呆了，刚要高声呼喊，就被窦二冬用匕首抵住喉咙：“你敢喊我现在就要你去见阎王。”男子喊了半声又生生地咽了回去。这时那个女子一头钻进被子里，顾头不顾腚了，在被子里还妈呀妈呀地叫着。窦二冬用脚踢了一下说：“再喊也送你见阎王。”那个女子果然没有了声音。

窦二冬看着全身颤抖还光着身子的男子说，赶紧把衣服给我穿上，那人胡乱穿了件衣裳，战战兢兢地跪在炕上，连声求饶：“好汉爷饶命！好汉爷饶命！你只要不杀我，要啥给你啥行吗？”窦二冬说：“你给我老实点，说，你是什么人，胆敢有半句谎言我割掉你的舌头！”那个男子见明晃晃的匕首在眼前晃来晃去，早吓破了胆子，唯有一念，只求活命。便磕头如捣蒜，在炕上带着哭腔说：“这是报应啊！我来欺负我的婶娘，这是遭报应了。”窦二冬厉声喝断：“什么婶娘，说清楚，究竟是怎么回事？”那男子哀求道：“爷爷，爷爷，我全说。”

原来这个男子正是高斌的小儿子高崇，今年方二十，心术不正，总喜欢干一些风花雪月之事，他已和高斌的第二个小夫人勾搭到一起了。其实两人年纪相仿，相互间也是郎情妾意，高崇经常背地里趁着高斌不在偷偷溜进小夫人房间里，行苟且之事。高斌在京城给他找了位大户人家的美女，明日即将成亲，而这高崇却仍恋着他的婶娘，想在新婚以前再会一次他的美人，因为这个小夫人也早已因为这门婚事醋意大发，骂他无情无义，并扬言要告发他，高崇今晚的这个约会也是向她赔罪。

窦二冬知道了他们这个龌龊的秘密，也就掌握了高斌的重要把柄，他心中忽生一计，便叫高崇赶紧穿戴好，又把藏在被子里面的小夫人叫了出来。威胁她说，我可以不杀你，但是你必须听话，我带着高崇走，你要装作若无其事，不能承认我们来过，高斌就不会杀你，你要将今天的事情说出去，不用我动手，高斌也不会放过你。这个小夫人早已吓得魂飞胆丧，磕头如捣蒜，满口答应。站在一旁的高崇闻听要把他带走，吓坏了，他知道要跟随这个猛汉走，一定是凶多吉少，他是宁死也不会离开高府半步，可是想想这位壮汉手中的匕首也不会答应啊，于是就开始装疯卖傻耍起泼来，死活赖着不走。

窦二冬见高崇开始放赖，便厉声说道：“高崇，只要你肯听话配合，我保你平安无事，绝不会伤害你半根汗毛，我大丈夫说到做到，你要是赖着装怂那你就死定了。”高崇见无计可施，只能乖乖顺从，他问窦二冬："那我们怎么出去啊？"二冬告诉他："我就扮成你的仆人跟着你出去，谅别人也不会起疑心盘问。"两人都穿戴好后，便大摇大摆地走出府门，府里巡夜的人都知道府里的大公子是出了名的花花公子，见他深夜外出早都见怪不怪了，所以他们见了公子个个都打千施礼，连问都没问一声就打开大门放他们出去了。就这样，二冬很顺利地就离开了高府。

窦二冬把高崇带回到他们在杨各庄新设的密宅，这时天还没有亮，公鸡也没有报晓。窦二冬干了这么一件漂亮的活，可把众位兄弟乐坏了。各位兄弟高兴得手舞足蹈，齐夸窦二冬勇武超群，不但夜闯高府，还带来直隶总督的大公子，这可是一个最有价值的人质，用高崇的小命来换咱们陈总舵主，这下陈总舵主的命可就有希望保住了。

单说次日黎明，高府可就乱了套。高斌还没有睡醒，就有下人来报，说府中大夫人亲自带着侍女有要事禀奏老爷。高斌昨晚因捉到叛军首领陈吉海万分高兴，心想这回我高斌可干了一件惊天动地的大事，这是皇恩浩荡，策楞将军有勇有谋，擒贼有方，而我亲自指挥，终于擒住了匪首，此举必会得到朝廷的重赏，当今皇上乾隆爷必会龙心大悦，满朝文武也必会肃然起敬，自此以后，我必会官运亨通，宏图大展，前途无量啊。整个一宿，他就是在这美梦中度过的，没想到甜美的梦还没有做完就被人给叫醒了。

高斌非常生气，披着睡衣坐起来，正要破口大骂，一听是大夫人来了，他知道大夫人平常从不轻易到前堂来，此番必有大事发生，所以赶忙收敛心气儿，请大夫人入内，并命左右退下，说："我的鞠卿啊，这一大早的，什么风把你给吹来了，难道是崇儿的婚事还有什么不妥之处吗？"前面说过高斌有三个夫人，一个是正房大夫人，高斌称大夫人为鞠夫人，高崇正是他与大夫人所生。她虽已近天命之年，却仍风采不减，风韵犹存，而且是位才女，精通诗文，况且鞠夫人性情温顺，对高斌后来娶的两个美妾彬彬有礼，视如姐妹，故深得高斌的喜爱，也得到两个美妾的敬重。高斌的两位美妾，一位是雍正末年高斌在浙江嘉兴任职时结识的洞庭美女，称为梅卿，二人生有一女，另一位是傅恒府中的侍女，名叫兰儿。

乾隆三年，高斌曾在京师拜傅恒大将军为师，并自谦为晚生学生，实际上高斌与傅恒年龄相当，高斌此举只为巴结权贵，曲迎奉承。傅恒念及高斌的礼遇，也常请他到府中品茶对弈。兰儿不仅年轻貌美，而且弹得一手好琵琶，竟然被高斌看中，再三恳求，傅恒便割爱，将其赐给高斌为妾，这就是高斌最疼爱的小夫人，高斌称其为兰卿。平日里大夫人住在正房后堂，两个小夫人梅卿和兰卿分别住在东西厢房，高斌通常都是住在小夫人兰卿处。昨夜因陪策楞将军饮酒庆功，喝得酩酊大醉，便在正堂的西暖阁睡下了，和衣而卧。谁知一觉竟睡到天亮，在梦中都是如何被皇上夸赞和赏识，被侍卫唤醒方知是南柯一梦。

这会儿大夫人来见，他刚问完话，见大夫人满面泪光，脸色煞白，哭着说:“老爷可了不得了，我们的崇儿失踪了！”高斌大惊:“怎么会失踪，到底是怎么回事？慢慢说来。”鞠夫人说：“今早我带着几个丫鬟去崇儿房里，想帮他整理他的穿戴，并嘱咐他一些娶亲的事，可老用人鲍爷爷说他一宿没回来。我忙去询问，并命丫鬟四处去寻找，可都说没有见到。我又唤来夜里的更夫王三，他禀报说昨夜好像看见崇儿去了兰儿婶娘的房间，可我到了兰儿那里，她还在睡觉，说昨夜崇儿根本没有到她那里去。后来我命全府上下都去寻找，最后打听到，黎明时分，崇儿带着一个贴身用人出府了，当时门房不敢细问，也不知道去了哪里。更蹊跷的是那个用人是个穿着蓝大衫的高个子，众家丁们都说不认识，从未见过此人。我这才觉得事情好像不对头，忙来向老爷禀告。我们的崇儿是不是让人绑走了？我可怎么活啊！呜呜……”

高斌是何等聪明的人，一听大夫人哭诉完，顿时便惊得满头冷汗。他知道这是有歹人做了手脚，崇儿定是被人绑架了！这是想搅我的局啊，这还了得！他对鞠卿说：“夫人你先回去，放心吧，我自有安排。”此时高斌心情虽万分紧张，但他把这些情绪压在心里，不让鞠夫人看出来，以免担心。鞠夫人也知道老爷一向沉稳持重，虽然知道事情严重，也没敢细问，大夫人说：“那好吧，我相信你，你可一定把崇儿给我带回来啊！”说完便带着几个侍女回到后堂。

大夫人一走，高斌也顾不上梳洗(清代的官员每日早晨都有清洗打理的习惯，要将发髻修饰编排好，这是很讲究的，也是一种礼数)，便叫用人备了一顶小轿，直奔后府西花厅的居仙楼。这是一幢二层小楼，是高斌平常与人谈经论道的地方，一楼供有太上老君的神位，楼上是会客厅，而会客厅里间是高斌养身练功的地方，也是最为机密的地方。一般人不准进入，就连他的三个夫人也不准进入，在这里他收集了各种名贵的药材，命人炼成丹丸。所以进入这个房间，便可闻到奇香，如今他将这里变成了他与策楞将军商议军情的密室。而捉到的陈吉海也正是被吊绑在这间屋子的地下密室的顶梁之上。头朝下，绳子勒得很紧，由策楞将军亲自率领十几位武功高超的军士看守，他们的饭菜都由专人去打来。此地非常机密，就连昨夜窦二冬夜探高府都没有发现这个地方。因为巴兴根本不知道高府中还有这样的地方，在向二冬介绍高府情况时也就没有提起过。

策楞等人按照高斌的嘱咐，一边仔细地看管着，一边严加审问。高斌心里清楚，很难从陈吉海口里问出些什么，而此贼首不可久留，否则必生变故。高斌原打算第二天将陈吉海秘密杀掉，埋入地下，让叛匪再也找不到此人。只有让陈吉海在这世界上消失，他才能高枕无忧，叛民们才能群龙无首，失去斗志，最终树倒猢狲散。策楞也甚感此事关系重大，他带领众军士几乎一夜没有合眼，生怕有劫狱的生出意外。好在一夜平安，总算熬了过来，可天色刚刚放亮，就见高斌匆匆来到，策楞赶忙迎了上去，说："大人怎么这么早就过来了？"高斌眼睛里冒着凶光说："策楞将军你赶紧安排布置一下，马上就地审判陈吉海，只要录出口供证词在，画押完毕后，速速依法斩首，绝不可耽搁。"

各位阿哥必定会觉得奇怪，高斌把自己的儿子都丢了，他应该想到这其中必有缘故，为什么还要这么凶狠地速速斩杀陈吉海？按常理想，这不是把自己儿子往火坑里推吗！而这恰恰是高斌性格中让人难以理解的地方。自从高斌当了直隶总督，不知道残害了多少黎民百姓，他有一句口头禅："以刑求安，以刑求静"，在朝中甚为流行，深得许多高官的赞赏。其实高斌心中早已有数，从早上大夫人向他禀报儿子失踪，高斌便心中有了盘算，儿子的失踪必定与捉拿陈吉海有关。

他费尽心思将陈吉海秘密囚禁在府中最机密的地方，为了掩人耳目故意制造假象。他特意命府中用人不必加派人手巡守，要像平常一样，只有这样，才能让打探下落的人感觉到陈吉海不在高府，只有这样陈吉海才会万无一失地关押好。可他万万没有想到，这些探查的人会将自己的儿子捉了去。高斌判定这个穿蓝衣大衫的肯定是陈吉海的同伙，也必定是一位武林高手，此人夜探高府，就是为了查找陈吉海，营救此人。也正是由于全府上下一如平常不设防的假象，使他产生了怀疑，放弃了进一步查找陈吉海的念头，只是抓走了崇儿作为人质，以为这样就能十拿九稳来要挟我，以为拿崇儿就可以换人了，真是岂有此理！高斌是个心肠狠毒的人，不论是谁，只要触犯了他的利益，他都会六亲不认，绝不含糊。

高斌先是布置策楞将军速审陈吉海，尽快处斩，然后他便开始详查自己儿子崇儿的事情。他经过仔细思虑一番之后，终于理出来一些头绪。俗话说得好，“知子莫若父”，他深知自己的小儿子从小娇生惯养，生性顽劣，净干些风流荒唐事，府中丫鬟们没少被他招惹，有的甚至还上吊自杀，只是家丑不可外扬，高斌和大夫人只是拿些银子息事宁人。后来高斌也发现了自己的小儿子与自己的小妾兰儿有暧昧关系。一次，他在兰儿的房间看到过大夫人给儿子绣的手帕，问兰卿，说是丫鬟捡来的。后来他经常看见兰卿与儿子暗自眉目传情，更加确认了此事，这使高斌十分恼怒。为此，高斌才决定赶紧给自己的儿子娶个家室，希望能拴住他的风流心，切断儿子和小夫人的关系，避免让府中下人传出闲话，也保住了高斌的老面子。这次听大夫人禀报说，崇儿失踪，兰卿还没有起床，并矢口否认高崇曾经去过她的房间，这不是不打自招，此地无银三百两吗？

高斌越想越气，想到昨夜自己未到兰儿房间去，一定是那个小混蛋趁自己昨晚未归，溜到了兰儿的房间，与兰儿胡混了，结果撞上了劫匪，才惹出了这个大乱子。高斌决定前去兰儿那儿查证一番，便大步径直闯入兰儿的房间。兰儿正在梳妆，见高斌进来，忙起身施礼相迎，高斌由于心绪大乱，一改往日的温情，怒火中烧，他一把抓住兰儿，提了起来，狠狠地将兰儿摔在了红绒地毯上。兰儿嚎啕大哭起来，这可是她有生以来头一次被打，可她也是个聪明人，知道自己做的丑事败露了，硬闹下去是个死，不闹也是个死。兰儿性格也是个刚烈的女子，她一直对这个依仗权势和金钱强迫自己的老家伙心怀不满，只是和崇儿有了隐情之后，情感上才有了些安慰。她心里清楚再遮遮掩掩也无济于事了，于是她便不顾一切地疯狂哭喊着说：“高斌告诉你，我压根就不爱你，我喜欢的人就是崇儿，你也不照照镜子看看，你个糟老头子除了有权有势你还有什么……”高斌原来并没有想把她怎么样，只是心中一时没有压住怒火，才发了脾气。此时见她要起泼来，竟然不管不顾，这样闹腾起来自己脸上也无光，高斌不是一个为感情可以牺牲自己前途的人。想到这里，他不顾兰儿在地上大哭大闹，甩袖离开了。

他回到居仙楼，打算看看审问陈吉海有什么结果，只是到了那里才发现陈吉海已经死了。原来策楞等人在审问陈吉海时，陈吉海早已暗里将反绑他双手的绳索弄断，他故意破口大骂，激怒了这些官兵，他们扑上来殴打他，陈吉海趁机从怀中掏出他的金牛小铜环，射向他们。策楞毕竟久经沙场，机灵地躲开了，可是后面的师爷和两个兵丁却被暗器击中，当即一命呜呼。外面的守兵听到屋内大乱纷纷涌进来，随后陈吉海趁乱抢过一个兵丁的腰刀，反手刺向自己的心窝，众人慌忙前去拦住，可是为时已晚，陈吉海已经双目圆瞪，没有了气息！

策楞心情忐忑地说道："总督大人，这都怪手下无能，办事不力，眼下该如何是好？"高斌见陈吉海已死，顿然心中一沉，心中暗叹：这下完了，我的崇儿必定是凶多吉少了！原本他想让策楞速审陈吉海，公开处决只是想做大声势，牢牢掌握主动权，根据叛匪提出的条件再相机行事。这样，既能保住儿子，又有可能将劫匪一网打尽。这下陈吉海自尽，如意算盘落空了，设的局便无法继续下去了。事已至此，别无选择，他狠狠地紧握双拳对策楞说："人虽已死，还是要震慑一下叛匪的心，命人把头割下来，将其悬挂于总督府的旗杆之上。再发布一告示，历数其罪恶，以儆效尤。"

第四章　虎穴抢头颅

再说窦二冬与众兄弟好吃好喝地招待着高斌的儿子高崇，只等着高府传来信儿，好与他们换回陈总舵主。就在此时，有一探子带着哭腔回报说："不好了，陈总舵主已经被割下头颅，挂在总督府的旗杆上了！"二冬等人闻听此言，既悲又恨，他们想不到高斌竟然如此绝情，竟然连自己亲生儿子的生死都不顾，断然下此毒手。二冬他们连忙化装打扮，出去打探情况。来到总督府门前，只见旗杆上铁笼里面挂的确实是陈总舵主的头颅，下面还有一个告示，上书：

直隶刁民，陈逆吉海，罪大恶极，惑民谋反。本督依大清律条，严鞫重讯，核其罪愆，押赴刑场，削首示众，以儆效尤。

直隶总督　高斌印

乾隆十年九月二十二日　发签

十字路口，正对着总督衙门前两对大石狮子，挂着陈吉海头颅的高杆就在石狮子前面矗立着。高杆下面已经围了不少南来北往的人，有的抬头仰望着杆顶铁笼中的人头，有人悄无声息念诵着官府的告示。目睹着眼前的一切，窦二冬的肺腑都要气炸了，商武、商勇赶紧扯住窦二冬，生怕他一时冲动发作起来，四周可都是清兵勇士，还有不少暗探耳目在留心观察着人群中是否有陈吉海的同党，一旦发现就会毫不留情地擒拿住。窦二冬此时也冷静了下来，他悄悄对商家二兄弟耳语了几句，商家兄弟明白了窦二冬的意思，两人相互使了个眼色，转身冲出人群。一边跑一边喊："衙门的老爷们啊，你们快看啊，在那边街口有叛民在逃跑哪，快来人啊，他们手里都还拿着大砍刀哪！"商家兄弟这么连跑带喊的，果然吸引了众人，高杆下的人们，包括手握刀枪的总督府巡兵们都朝这边涌来，这一乱起来，人们的注意力都不集中在高杆这里了。窦二冬抓住时机，以迅雷不及掩耳之势，就像猿猴般连蹿五六下，纵身爬到杆顶，一把摘下来铁笼紧紧系在腰中，双手紧扣杆子，双脚抵住发力，施展出轻功绝技，纵身飞蹿到十米开外的帽墙上，紧接着又跳到不远处的屋顶之上，连续不停地辗转腾挪越过了几幢房顶，又跳到地面急速跑出几条街道，便隐入一片杨树林中，早已消失得无影无踪。

再说那帮追出去的官兵跑了半天也没看到叛民的踪迹，正在疑惑间，商家兄弟也趁机混入乱哄哄的人群之中溜之大吉，等回过神来的清兵发现上当了，慌忙往回跑，可是高杆上的人头早已不知去向，几名骁骑校赶紧四下带人沿街搜索，一边还高喊着："快快捉拿抢走人头的叛匪……"一时间杀声一片，尘土飞扬，清兵马队穿街过巷四处追杀寻找，结果都无功而返，灰头土脸地回到总督衙门前，不少兵丁累得蹲在地上大口喘着气。

高斌、策楞听见人头被劫，当即气得雷霆暴怒。随之快马传令，调动天津总督府、顺天府的兵马加上河间府的兵马，总计万余八旗兵将，打算对义军展开大规模围剿搜捕。高斌气急败坏地下令："不论是谁，凡是可疑者，一律拿来拷问。"霎时间各地风起云涌，各地官兵分别在各自驻地开始大肆抓人掠物。大兴、固安、霸州、雄县、信安、义安、任丘、高阳、泾县、青县、河间各地，凡是有叛民活动过的地方，都开始发兵清剿，并且广布告示，凡是窝藏叛匪者一律满门抄斩。不到一天工夫就足足抓了两千多人，按照画像逐一审问，戴枷上锁，打入监牢。

窦二冬没料到高斌如此穷追不舍，大动干戈，凶残无比。许多州县受此牵连，黎民百姓苦不堪言。他先是躲在廊坊一处密林中，抱着陈吉海的头颅痛哭了一场，后来又跑到静海一带的运河林莽中，把陈吉海的头颅藏匿了起来。商家二兄弟逃到霸州与策楞率领的清兵遭遇，终因寡不敌众，被乱箭射杀。

在清军剿杀白洋淀时，庞大姑也战死在大清河的拖船上，唯有大老黑凭借水性好，深潜在水底躲过一劫。当他满口泥沙快要憋炸的时候，终于浮出水面，一边大口吸着气，一边四处观察，发现清兵早已撤走。此时已是深夜，他随意抓了些虾蟹蝼蛄充饥，上来一看，到处都是义军兄弟们的尸体，他费了半天劲才终于找到了庞大姑的尸首，满脸热泪地在大清河畔掩埋了老伴儿的尸体，摆了三块砖算是碑了，心里悲凉地暗暗说道："老伴儿啊，等将来有了着落，我一定好好埋葬你，先委屈你了，我还得去找窦二冬他们啊。”他打定主意先去霸州方向，因为霸州是义军的根据地，也是商家兄弟的老家，他估摸着商家兄弟也应该在霸州吧。

霸州在大清河以北，也就二三里的路程。他来到霸州，此时天还没亮，他来到霸州府衙广场，只见到处尸横遍野，血流成河，显然这里曾经发生过一场恶战和疯狂的大屠杀。大老黑拼命地辨认一具具尸体，却没有发现商家兄弟的尸骸。他将众位兄弟尸体背到了大清河畔，找到了一个采沙的大坑，面积不大，还很深，大老黑心想，这是老天赐给众兄弟的一处葬身之地啊！他满怀悲愤地把遇难的众兄弟陆陆续续背了过去，足足有百余人，他将众人尸体都整整齐齐地堆放到坑里，覆盖上一层芦苇蒿草和树枝，再用大衣襟兜沙子将其掩埋，在上面还插上树枝作为记号。直到数月后，窦二冬东山再起，带大老黑等人专程来这里，运来许多沙土，垒起来一人多高的沙丘坟，因怕清兵毁坏，便没有立碑，只在上面栽种了一些核桃树，后来这些核桃树长得郁郁葱葱，茁壮苍翠，后人便称这里为“核桃山”，此是后话。

这就是“九月二十日大血案”，后来留下了不少传说：一是说陈吉海的铁笼人头在眨眼间便不见了，民间传闻是高斌诛杀大和尚，丧尽天良、天理难容，老天气不过，卷起一阵狂风，把陈吉海的人头接回天上去了，现在陈吉海还在天上，已成为神仙了；再是说大老黑在大清河畔兜沙掩埋众兄弟，后来据说在大清河畔出现了荒冢坟，每年遇到雷雨天时，炸雷声特别响，那是埋葬在这里的冤魂在痛骂高斌，在向他声讨血债。

话说那一夜，大老黑往返县衙和大清河边，背了百余位兄弟的尸首，最后他累得筋疲力尽，昏死了过去。后来一位云游的僧人在大清河畔发现了他，见他还有一丝气息，便从身上的葫芦里掏出了几粒丹药，给他吃了下去。大老黑苏醒过来后，僧人说道：“无量天尊，施主可否愿意随我参禅修行？”大老黑此时正是万念俱灰，便叩头拜师，随僧人出家了，此后便一心跟着师父诵经修行去了。

单说窦二冬逃到运河莽林中一处房子里，这里他过去曾经来过，原来是运河上渔民过往歇息之处，有几所简陋的茅草房，还有两口深井，只不过正逢乱世，民不聊生，鲜有人到此，故而这里才显得十分的荒凉、偏僻。他把陈吉海的铁笼人头暂时沉入井中，井里凉爽，能够使人头存放得久些。他心里暗暗寻思：“把陈大哥的头颅暂时存放在这地方，官兵也不易发觉，将来寻得陈大哥全尸，也好日后让大哥身首相合，方可安葬，也不枉陈大哥一世英名。我还得赶紧去寻找众兄弟，这次官府兴师动众，几乎倾巢而出，来势十分凶猛，恐怕兄弟们也是凶多吉少。事先秘密押解到霸州的高斌的儿子也不知现在情形如何，眼下我必须尽快找到商家兄弟。”

窦二冬在深井中安放好陈吉海大哥的首级，爬出枯井，又在上面盖了一些枯枝杂草，然后起身整理好自己，将身上的血迹洗干净，又找了些野果充饥，便启程奔霸州而去。一路上他心情十分压抑，真没想到，当年陈大哥率领众义军热火朝天轰轰烈烈地起事，短短数年，便遭此变故。随之陈大哥被捕，高斌率重兵围剿，结果一下子就败落下来，兄弟们被打散了，死的死，逃的逃，如今就剩我孤身一人。想到这里，他不禁流下两行热泪，使劲咬了咬牙，暗暗告诫自己，要挺起腰杆，要给陈大哥和死去的众兄弟姐妹报仇，要让高斌血债血还！

窦二冬一路向西疾走，各个要道驿站到处都是朝廷的八旗兵在严加盘查，看来高斌的兵马还在抓捕逃散的义军。二冬来到河边，用黑石粉抹在自己脸上，经过这几天的奔波，脸上的胡须也长得又长又密，人也几乎瘦了一圈，他看着水中自己的模样，真的是变化很大，连他自己都认不出了。于是，他直奔霸州西崴子的松树林中，去寻找同伴。这是数日前他和众兄弟准备营救陈大哥时约定好的碰头地点，现在官兵抓捕得严，四处寻找也不是个法子。

到了西崴子松树林，他决定暂时在这里留守，等待和众兄弟碰头。他还惦记着关押高斌之子高崇的地点，也得去察看下，也不知道钱强是否还守在那里。也许通过审问高崇，能打探出陈吉海大哥的躯体究竟放在哪里，以免夜长梦多。思来想去，需要处理的事情还真是不少。

窦二冬心中忽然隐隐有不好的感觉。自从他到了这里，连一个人影都没看到，他又到处寻找，树上、草丛和石堆里，看是否有兄弟们留下的暗号，可是经过仔细搜查，什么也没找到。看来此次义军损失重大，肯定有不少兄弟罹难逃散，想到这儿，又是一种悲凉感袭来，再加上经过几天的奔波跋涉，二冬也真是累了，两腿发麻，浑身无力，加上心中的巨大悲痛，真的是精疲力竭了。他躺在一棵老松树下，枕着一块大石头，不知不觉就睡着了。

窦二冬在沉睡之中，觉得有人在轻轻拍他的肩膀，在耳边呼叫他：“旗主大侠，醒醒，醒醒。”他吃力地睁开双眼，见到眼前一个身穿袈裟的和尚，他不禁一愣，问道：“请问师父是何许人也？”那位和尚说道：“旗主，你怎么不认识我了？”窦二冬闻声坐起身来，听着说话声音似乎很熟悉，他揉了揉眼睛仔细打量，原来是大老黑，便吃惊地说："黑大叔，你怎么一身和尚打扮？"大老黑就告诉二冬他如何掩埋众兄弟，最后累昏倒地，就在他痛苦无助的时候，正好来了一位云游老僧，将他救起，知道了他的处境后很是同情，便有意收留他出家，劝其远离世幻红尘。大老黑继续说道："旗主啊，当时我真的是万念皆无，真想青灯古佛之下了却残生。可是我去了没几日心里便焦躁万分，我还是放不下众位兄弟啊！好在尚未剃度，师父见我心事重重，便知道我还有未了尘缘，就嘱咐我去西崴子就能与你一见，没想到还真应验了！"

"我在这里转了一阵子谁也没遇见，今天一大早便从店房出来，竟然鬼使神差地进了这片红松林，没想到老天有眼，终于见到旗主了，咱们总算相遇重逢了！"说着，这堂堂男儿汉的大老黑竟然忍不住呜呜痛哭起来。窦二冬连忙站起身，拍了拍大老黑肩膀，替他擦去脸上的泪水，说："黑大叔别难过了，咱们从长计议。怎么就你一个人？庞大姑和众人都哪儿去了？"大老黑哽咽地说："她在大清河边让清兵给杀死了！还有好多兄弟也都遇难了，我把众位兄弟都掩埋在河畔附近的一个大沙坑里面了，总算是给他们找了一处安息地儿……"说着大老黑禁不住悲从心来，又嚎啕大哭起来。窦二冬虽是江湖刚强的武侠，听到兄弟们的悲惨遭遇，也被大老黑的悲恸之声所触动，不由得抱住大老黑也大哭起来，接着两人一起抱头痛哭起来。一时间是天昏地暗，万物同悲！

可能是哭声太大的原因，竟然将附近蒿草丛中一位昏死过去的人给唤醒了，这位也开始在蒿草丛中呜呜痛哭起来。二冬和大老黑两人正在这儿哭得一塌糊涂，忽然听到附近又传来哭声，两人大吃一惊，忙四处瞭望，发现哭声是从后面不远处山坡的蒿草丛中传出来的。两人赶紧悄悄摸了过去，拨开草丛一看，发现草丛里躺着一个浑身是伤、满身鲜血的人，仔细一辨认，竟然是商勇。两人赶紧抢上前去，抱起商勇一连声地问道："商勇兄弟，你怎么在这里啊？你是什么时候来的啊……"商勇刚才被他们俩的哭声唤醒，已经听出来是二冬和大老黑了，只是因为伤势太重，动弹不得。商勇见到了二人，顾不上浑身伤痛，止住了哭泣说："旗主，黑大叔，我总算见到你们了！"二冬一边帮他清理、包扎伤口，一边急切问道："你怎么伤得这么重啊？你兄弟商武哪？你们也走散了吗？"商勇说："旗主，说起来真是一言难尽啊！那天我们抢陈总舵主首级，我们兄弟想引开清兵，给你制造机会。我们吸引官兵追过来后，趁乱混在人群里脱身，然后就打算赶往西崴子这里与你们会合，没想到沿途在霸州一带，策楞狗官早就埋伏了许多官兵，各个路口也都是严加盘查，稍有可疑便绑了起来。我们在清兵眼皮子底下夺了陈总舵主头颅，官兵们恼羞成怒，见到男丁不容分说就抓，足足抓了一千多人，稍有反抗的当场就砍头，砍下的人头被他们把辫子一个个拴在一根粗绳子上面，用两匹马拉着扯起来，足有二十多尺长，鲜血淋漓，尸横遍野，真是太惨了！我们兄弟俩就在附近草丛里猫着，可后来实在看不下去了，我们俩就跳出来冲进清兵里，一连砍杀了二十几个官兵。清兵闻讯蜂拥而至，策楞也率大批清兵赶到，我们被围困住了，拼死抵抗。凭借我们兄弟的武功总算杀出一条血路突出来，策楞率领数百官兵拼命追杀，我们俩由于鏖战太久，又都身负重伤，没能摆脱他们，这时策楞看无法活捉我们，就命清兵放箭。瞬时间箭矢如雨，我俩使出浑身解数拼死抵挡箭矢，最后还是顶不住了，身上都中了数箭，最后关头，兄长为了救我将我压倒在地，用他的背替我挡箭。清军掩杀过来，战马就从我们身上踏过，清军见我们浑身是箭，口吐鲜血，以为必死无疑，便又去追赶缉拿其他人去了。

等清军走远，我缓了半天才醒过来，起身一看，兄长浑身射满了箭矢，就像刺猬一样。我强忍悲痛将箭一根根拔了出来，然后把兄长背到大清河畔一个山坡上掩埋了，之后我的右腿就不能动弹了，可能是脱臼了。我不敢停留，就连夜朝西山坡西崴子松林爬行，足足爬了两天，终于爬到这里，就昏死了过去。也不知道昏睡了多少时间，刚才是你们俩的哭声将我唤醒了。”

二冬两人听着商勇的讲述也是唏嘘不已，一听到商勇大腿脱臼了，大老黑连忙起身，让窦二冬抱紧商勇的腰，他坐在地上，拉紧商勇大腿说：“兄弟，你忍一下，我给你端上去。”商勇摁着右腿说：“黑大叔，不行啊，太疼了，我真受不了。”大老黑艰难地咧嘴一笑说：“亏你还是个顶天立地的英雄好汉，这点疼都受不了？你看你大嘴咧的，都能吞下个癞蛤蟆了，呵呵。”商勇疼得龇牙咧嘴哭丧着说：“黑大叔，这工夫了，你还拿我取笑哪，是真的疼啊！”此时大老黑一边说着，手上可是没闲着，只见他找好了角度，使劲一拉、一掰、一推，就听见咔吧一声，大老黑抹了一把汗说：“行了，端上去了。刚才我不逗你分散你注意力，能这么顺利吗？”

窦二冬赞许地看着大老黑说：“商勇身上的箭伤、刀伤还在流血，你速去采些止血的草药来给他敷上。”不一会儿，大老黑就在四处草丛里采来一些大青秧、蝴蝶花、老母猪草等草药，他放在嘴里咀嚼成一团团的，然后敷在商勇的伤口上面。商勇觉得一阵凉丝丝的感觉，很舒服，不但止住了血，感觉伤口也没那么疼了。大老黑说：“这些药能止血化瘀，消肿止痛，过一段你的伤就会没事了。”忙活完这一阵后，窦二冬说：“这段日子我们过得都很艰难，你们也都饿了吧，我去附近弄点吃的去。”大老黑、商勇知道窦二冬的本事，在野外找到新鲜美味对他来说不算是什么难事，况且他们也确实饿得难受。刚才都沉浸在悲痛之中，二冬一说起吃来，肚子都忍不住咕咕叫起来。

不一会儿工夫，窦二冬便在苇塘里用他的神器飞石子打了一只野鸭和一只花雁，回来路上还顺手逮到一只山兔。他快步如飞地往回赶，连来带去也就用了不到半个时辰，他把猎物交给大老黑，说：“黑大叔，做饭是你的拿手活，我们不能在此久留，吃完后赶紧到钱家庄去找钱强。”这会儿，商勇右腿端上去后已经行动自如了，身上伤口涂上草药后不那么疼了，加上与二冬、大老黑重逢之后，精神头也足了，心情也似乎轻松了许多。他给大老黑打起了下手，和大老黑一起把山禽野味撸毛开膛，用河水清洗一番，捡来些枯枝干草，在河滩石头上笼起篝火，用树枝挑着山兔、野鸭和花雁燔烧起来。大老黑还真行，居然像变魔术似的，从兜里掏出来一个小纸包，里面装的是从寺院带的调味料酱块。僧侣游方时经常自带着干粮袋和这种酱块，讨口水便可以充饥填饱肚子了。现在这酱块还真派上用场了，他一边将山禽野味烤得外焦里嫩，一边不停地往上面涂抹着酱块，弄得还真的喷香扑鼻哪，他们又在附近采些野菜、野果子，就着香喷喷的烤肉都饱餐了一顿。

第五章 火烧高斌府

闲言少叙，三人饭后简单收拾一下行囊，便出发直奔运河边杨柳青下嘴的良王庄而去。在那里窦二冬有一些相识的老朋友，其中信安监狱巡官、骁骑校郑孝就是一位，还有良王庄钱府管家大马勺邱贵、王忠，当然还有钱府的钱刚、钱强兄弟二人。钱刚早已故去，钱强自打跟随窦二冬后，也是幡然悔悟，对义军和二冬忠心耿耿。此番他受命将高斌之子高崇关押到钱府秘藏起来，严加看守，并且打探总督府抓捕陈吉海后的动向。

前些日子，他探听到陈吉海大师已经遇害，惨死在高斌手上，又悲又急，因为受命看管高崇，责任重大，他也不敢轻举妄动，又没有窦二冬他们几个人的任何消息，正在急得团团转。这一天，忽然看到窦二冬、大老黑和商勇三人悄悄来到钱府，不禁又惊又喜，赶忙安排人手张罗饭菜。二冬将义军这一阵子的遭遇简单向钱强说了一下，众人又洒泪痛惜了一番遇害的陈吉海大师和兄弟姐妹们。然后草草吃了口饭，赶紧随钱强去地牢，押出高崇，准备仔细审问，看看能不能探听出关于陈吉海的更多详细情况。

高崇自从押在钱府后，钱强按照窦二冬的吩咐，并没有虐待他，而是好吃好喝地看管着，因为这是义军原打算向高斌讨要陈吉海的重要筹码。高崇也不知道外面发生的一切，包括陈吉海已经被他老爹杀害，清军大举清剿白洋淀，义军遭受毁灭性打击，等等。所以他一见到窦二冬等人，慌忙叩头施礼，感谢义军对他的厚待和关照。窦二冬不动声色地问道："高崇，你如实告诉我们，你知不知道你父亲把我们陈吉海师父关押到哪里了？"高崇连忙说："我确实一概不知。"窦二冬又问："那你知道府里高斌最秘密的房舍在哪儿？"高崇想了想说："我倒是注意到在府衙后街有一趟房舍是家父专用的私宅，平日里家里任何人不得靠近，他一般接待重要来客、办理公差就在那里，只有身边的师爷、笔帖式才可出入。我长这么大还一次没进去过，母亲总是叮嘱我们姊弟不能擅闯那幢宅子，否则家父打折我们腿她都求不下情来。”高崇又好像想起来什么似的说：“那次你们抓到我时，我去兰儿婶母处，刚好听到婶母说家父晚上要审什么重要犯人，晚上不会过来了，她就要我陪她一宿。接下来的事情你们都知道了，我可没有半句隐瞒。”

窦二冬他们听后，确认了陈吉海师父死前确实关押在高府，而且一定就是在高斌那幢神秘的宅子里遇害的。清军将陈吉海头颅割下后，那么躯体也应该在那里，或者是从那里搬运出去掩埋的。眼下必须亲自到那里查看，也许能够追查到陈吉海遗体的下落。正值大热天，不能久拖，必须尽快找到遗体，好让陈吉海师傅能够合体下葬，这样才能使陈吉海大师九泉之下闭上眼睛啊！

于是，当晚，窦二冬四人决定密访高斌府衙，一探究竟。他们趁着夜色，押着高崇直奔天津直隶总督府所在地而去。一路上，几个人策马疾行。窦二冬脸色焦急严峻，什么都不说，只是在心里暗暗惦记着无论如何都要找到陈吉海大师的遗体，要对得起陈吉海大师的在天之灵。商勇负责看管高崇，而大老黑和钱强两人却是一路边走边攀谈着。高崇心里暗想：“什么事情让这些人这么急急忙忙犯险前往直隶总督府呢？肯定是有什么重要事情，是去找我爹报仇？还是去找什么重要人物呢？”所以他表面看起来老老实实、规规矩矩的，可一直是在竖着耳朵，仔细用心地探听他们的谈话，在大老黑和钱强的交谈中，他断断续续地探听到高斌、策楞率大军已经清剿了白洋淀，义军损失惨重，总舵主陈吉海、庞大姑、商武等义军重要头领都已毙命，清军现在已经把直隶总督府管辖的各个州县都围困住了，全力搜捕缉拿叛军余党。各个交通要道、路口都有清军把守，他们一行只能走小道或穿过林地绕行。高崇得知这些情况后心中暗暗窃喜，看来窦二冬他们义军已经四分五散，穷途末路，变成丧家之犬了，我何苦还替他们卖命啊？何不趁机逃脱，虽然在兰儿婶母这件事上对不起父亲，可是虎毒不食子，我只要逃脱掉，找到我父亲，告知窦二冬旗主的踪迹，帮助父亲剿灭这股逆贼的最后几个余孽头领，那可是名垂青史的大功一件啊！父亲还不得重重奖励于我，怎么还会计较兰儿婶母的事情呢？高崇越想越美，心中暗自得意着……

众人见高崇百依百顺得像个小绵羊似的跟着，都没在意他会打鬼主意，也逐渐放松了对他的警惕。此时，来到杨柳青的一条土路，眼前有一片果树林，大红枣艳红艳红的，甚是好看。暮色笼罩着四周，田间地头，孩子们在嬉戏玩耍，一群群羊儿在咩咩地叫着回羊圈，鸡鸭也在欢快地鸣叫着……正当大家被眼前田园般景色陶醉的时候，忽然商勇高呼一声："不好了，高崇那小子怎么不见了！"这时大家才发现高崇趁着暮色和大家疏忽，悄悄地溜走了，而他骑的马还在。窦二冬一惊，说道："刚才还在一起，这会儿估计跑不远，大家赶紧四散寻找，要是让他跑回去向高斌通风报信，我们就被动了。"商勇深深自责地说："都怪我疏忽大意了，刚才我看到他盯着那片枣林看得挺入神，准是趁乱跑进去了，旗主，你们从两边包抄过去。我进去把他抓回来。"说着飞身跳下马，疾步冲入枣林去追高崇。

各位想啊，窦二冬几个人都是久经沙场的武林高手，脚力敏捷，眼力也好，只见商勇快步如飞，目视四周，仔细辨认，很快就发现了高崇的踪迹。像高崇这样一个纨绔子弟，整天养尊处优的，根本跑不动。他跑出去没一会儿就听到后面有人追赶，赶紧慌不择路地藏在一堆荒草中。商勇老远就发现了前面草丛里面有动静，定睛一看，差点没气乐了。原来这个高崇光顾得把头藏起来，屁股还露在外面哪。商勇上前去一把拎出来，喝道："你小子往哪儿跑？你真是想作死啊！"高崇被捉，索性一拼，心一横，他仗着清军得势，顿时嚣张起来，高声喊道："你们这些叛匪余孽，快点投降吧！我回衙门跟我父亲求情，饶你们狗命，要不然，你们一概都别想活！"高崇一通乱叫，引来附近屯子里人们的注意，纷纷朝这边赶来。

窦二冬几人也闻声赶来，正要制止他，没想到高崇还来劲了，舞动双手，跳着脚地高声喊起来："抓贼啊！快来抓朝廷的通缉要犯啊！"这还了得！钱强见高崇疯了似的叫喊着，怕引来附近搜捕叛民的清兵，也顾不上那么多了，抡起手里的大铁锤便甩了出去，只听"嗖"的一声，大铁锤不偏不倚正好砸在高崇的后腰上，那力道可是太大了，高崇闷哼一声，扑倒在地，吐血而亡。

窦二冬赶来，见高崇已死，钱强有点懊悔地说道："旗主，情急之下，有点失手，没破坏了你的计划吧？"窦二冬说："他死有余辜，都是自找的！"说着走过去，用匕首将高崇的头颅割下来，在草棵中擦了擦，又找了块包袱皮儿包好系在马鞍上。几个人又在果园里寻了一块空地，把高崇尸体草草掩埋了。他们这一系列动作相当麻利迅速，收拾停当，山坡下面村屯里来了两个人问，听到喊叫声，究竟何事啊？二冬说："哦，没事，我们一个兄弟走散了，大家呼喊他呢。"村屯乡民一听，没再说什么，各自散了。

窦二冬看了看马鞍上悬挂着的高崇头颅，说道：“这叫一报还一报。高斌杀害了我们总舵主陈吉海，我们就杀他的宝贝儿子，也还他一颗头颅！这都是他高斌作恶多端的报应！”大老黑一拍拳头接道：“对，我们干脆一不做二不休，找到陈吉海大师尸体后，一把火烧了那高斌老儿的府宅，闹他个鸡犬不宁！”

窦二冬、大老黑、商勇和钱强四人马不停蹄地赶到天津直隶。夜深人静的时候，他们悄悄翻过总督府外围的高大坚固的围墙，躲过巡夜人员，他们潜在夜色中，四处观察着一幢幢鳞次栉比的青砖大瓦房。这高斌的总督府建得特别讲究，非常阔绰，简直就像一座古代城堡，围墙上面还建有女儿墙，人员可以在上面行走。四角建有角楼，方便观察周围情况，里面可以容纳两个人。

他们一边观察，一边隐蔽着慢慢向后街摸过去，此时天已是二更时分，人们都开始进入酣睡，府院内也几乎没有人行走了，非常适合突袭行动。他们四人猫着腰往前走，发现前面出现了一个大院落，中间还有个演武场，非常开阔，贸然穿过很容易被巡查兵丁发现。他们纵身跳下，顺势一滚，隐身在一片灌木花草里。高府除了栽种了大片的花木林草外，还种了许多果树，有海棠、梨树、枣树等等，这给他们创造了方便的隐身条件，但是前面的演武场却是一片开阔地，一点隐身的东西也没有。大老黑刚要硬往前闯，窦二冬一把摁住他，朝右前方努了努嘴，大家顺着往上一看，发现演武场右侧有一个二层小木楼，借着月色可以看到至少有两个人影在晃动。此时如果硬闯，肯定会被上面的哨兵发现，敲起警锣，屋内的兵勇必会蜂拥而出，将他们几个团团围住，到时就麻烦了。大家暗暗嘘了一口长气，幸亏窦二冬机灵、眼尖，才没有出现大闪失。窦二冬用手往下按了按，示意大家先隐蔽好，然后又用手势告诉大家，他先摸上去收拾楼上的哨兵，大家再相机行事。

众人会意，只见窦二冬身轻如燕，身子往上一蹿，双手抓住小木楼下层的木沿，借势将身体一提，双腿倒扣，一个鲤鱼打挺翻了上去，双脚蹬住二楼地面木板，一个羊跳便悄无声息地钻进了二楼屋内。没等屋内哨兵反应过来，二冬手起刀落，手中的鬼头刀就结束了一个哨兵的性命。另外一个哨兵惊恐万状，刚要喊叫，只见二冬一个箭步，趋身向前，一个锁喉，掐住了哨兵的脖子，掐得他脸色发青，喘不上气，眼泪都出来了，身体也顺势跪了下去，刚刚的喊叫声还没发出来，就生生地给掐了回去。窦二冬看见这个哨兵已经奄奄一息了，就松了手，低声说道："听着，只要你老老实实地配合，我就留你一条性命！"瞬间同伴一命呜呼，自己被掐得几乎毙命，那个哨兵早就被眼前情景吓得魂飞魄散，听见可以饶自己一命，忙磕头如捣蒜地说："谢谢好汉爷爷饶命！多谢大爷不杀之恩……我一切都听你的。"窦二冬便问他："你们这里有多少人？领头人是谁？"哨兵战战兢兢地说道："小人名叫李宝，我们头领是杜参领，他就在下面那座大青砖瓦房的上屋里，正和他小老婆在一起。下屋有一位牛录，是他小舅子，外号'白蘑菇'，率领六个拨什库，他们都是正式的满洲八旗兵。我们是高府的家丁，都住在对面的一溜房子里，约莫有百八十号人。"这个哨兵一点也没敢隐瞒，把实情全抖搂出来了。窦二冬见他还算老实，就收起了刀，将小楼里用来报警的大钟绳扯断了把他捆绑起来，带下楼拴在一间小仓房的柱子上，嘴里也塞了一团棉布。他走出去挥手示意大老黑他们三人悄悄过来，把情况和自己的下一步打算简单跟他们一说，就带着他们朝着那栋大青砖房摸了过去。

大老黑和钱强负责解决东面下屋的八旗兵，两个人悄悄进屋，见七个人在大炕上睡得正香，先把他们每个人被窝旁边搁的兵器收了，然后挑开了油灯，手执利刃，低声喝道："都起来吧！"清兵迷迷糊糊地被惊醒，意识到情况不对，顺手想抄起兵器，却发现兵器都不见了，这时大老黑厉声喝道："不许乱动！谁敢吵吵就剁了谁！全部都给我下炕蹲到地当间儿去。"

这边二冬和商勇用匕首悄悄拨开上屋门插，闪身入内。这位杜参领正在和小老婆风流快活哪，忽见闯入两个手执利刃的壮汉，顿时惊呆了。杜参领缓过神来刚要喊叫，一把明晃晃的匕首已经抵住脖颈，他的小老婆也是吓得花容失色，一头扎进被窝里头，不住地筛糠。杜参领毕竟久经战阵，故作镇静地喝问："你们是什么人？竟敢私闯总督府！"窦二冬说："我问你，策楞现在哪里？"杜参领说："将军奉兵部尚书之命，回京述职去了。"窦二冬又问道："你们把陈吉海尸体藏到哪儿去了？"杜参领这时见一直打听陈吉海的下落，心中明白这是叛匪的同伙报仇来了。他就佯装糊涂地说道："我不知道你说的是什么人，从来没听说过啊！"二冬见他是不见棺材不落泪，一把将他从被窝里拎了出来，寒光匕首在他鼻子尖晃了晃说："姓杜的，你放聪明点，别耍花样，要是不老实，我现在就阉了你！"杜参领曾经在总督府策楞将军那儿见过窦二冬的画像，估摸着眼前的人十有八九就是让他们苦苦寻找的窦二冬。心中暗自思忖，今天落入他们之手，估计是在劫难逃了。他是个聪明人，也很实际，为了保全性命，他便央告窦二冬等人说：“众位英雄好汉，我把你们想知道的事全都告诉你们，要有半点隐瞒，我不得好死！只求你们饶了我性命，我给你们磕头了……”这时，钱强也过来说东屋那边已经制服了所有人，大老黑在看着哪。窦二冬便收起了兵器，坐在炕沿上，说：“杜参领，你还算是个识时务者，那你就说吧。”于是，杜参领便一五一十地把事情来龙去脉都说了出来。

原来事情是这样的。那日，高斌和策楞擒拿住陈吉海后，按照策楞之意，应该立即押解到京师，交由兵部和刑部会审，再请乾隆皇帝裁决。可是高斌却执意不肯，在高斌眼里，陈吉海一直是个心腹大患，陈吉海早先曾经在高斌和他前任的总督府任职当差，了解许多他们的底细，那些贪赃枉法的勾当陈吉海都掌握，把陈吉海送到朝廷审问，保不齐他也会将自己的那些见不得人的勾当都抖搂出来。后来直隶地界出了叛乱，陈吉海也参与其中，与那个江湖英雄窦二冬交往甚密，到后来竟然成了叛军的军师，灵魂人物，这让高斌寝食难安，如鲠在喉。

高斌惧怕越来越多的民众受到蛊惑，在众人协助下，陈吉海的反叛势力迅速壮大。自己身为直隶总督，这股烈火如果在自己的地盘燃烧起来，朝廷一旦怪罪下来，自己就可能被烈火焚身。所以他急不可待地跑到京城找傅恒大学士求助，经傅恒大人举荐大将军策楞，搬来了朝廷救兵。没想到果然不负厚望，旗开得胜，一举摧毁了叛军在白洋淀的大本营，还活捉了陈吉海，这让他喜出望外。他担忧把陈吉海押解到京师会审会对自己不利，就坚持说当前叛民余党尚未肃清，匪首窦二冬仍然在逃，押解途中风险太大，一旦被截获，那不前功尽弃了吗？而自己的总督府宅高墙壁垒，十分坚固，还设有机关密室，加上武功高强的众多护卫将领家丁，可保万无一失。在他的坚决要求下，策楞也只好作罢，先将陈吉海暂且羁押在高斌的总督府衙。高斌还极力说服策楞大将军，就在总督府内审讯陈吉海，一旦招供，就地正法，以儆效尤！

没想到，在审讯陈吉海的过程中出现了意外。陈吉海大义凛然，痛斥高斌之流的恶行。他知道落入高斌之手绝无生还的机会了，窦二冬等众兄弟知道消息后必然会不顾一切地营救，如果那样就会给义军带来更大损失，弄不好就是个全军覆没。所以他一心想与高斌、策楞同归于尽，尤其是这个从京城来的策楞，久经沙场，心狠手辣，诡计多端，义军兄弟包括窦二冬恐怕都不是他的对手，此人可是义军的心腹大患啊！他暗自打定主意，就是弄不死策楞，也要把他激怒让他杀了自己，免得拿自己当作诱饵，捕捉住窦二冬和幸存的兄弟们。于是，在审讯时，他弄断了捆绑的绳索，伺机夺了卫兵的朴刀，见守卫的兵丁一拥而上，没机会杀死策楞，就果断地自行了断，将刀刺进了自己的胸膛。高斌闻讯暴跳如雷，气急败坏，原打算审讯后定罪，把陈吉海当众游街斩首，震慑下叛军和民众，也可以当作诱饵，引诱窦尔敦等余党来劫法场，再设下埋伏将他们一网打尽，可谓一举两得！

如今，陈吉海自行了断了，他的下一步计划都破灭了，高斌一怒之下，割下了陈吉海的人头，装入铁笼子，悬挂在衙门府外的高杆上示众。

高斌早已经知道窦二冬他们抓了自己的儿子高崇，也知道他们肯定会拿高崇要挟他放了陈吉海，所以他从一开始压根就没打算和叛军谈判。他是一个为了自己利益什么都可以放弃的狠毒之人，谁挡了他的道都要诛杀，如果需要，他甚至连老婆、孩子都可以放弃。他一面让手下官兵在衙门外重兵看守陈吉海的人头，并且设下重重埋伏，预防叛军来抢夺人头，一边暗地里连夜将陈吉海遗体从总督府的密道偷偷运往大清河下游的芦花汀，焚尸灭迹！所以陈吉海的遗体早就被毁尸灭迹，已经无影无踪了。

高斌处理完这一切，他打算把与自己儿子高崇私通的小老婆兰儿带来审问，想法儿打探绑架高崇的叛军情况，进一步确定这些人里面是不是有窦二冬。可是去后府传唤的兵丁却慌慌张张回来禀报说，兰儿夫人已经在自己屋内悬梁自尽了！高斌为了掩人耳目，避免家里的丑事败露，保全自己的面子，对外说兰儿夫人突染绞肠痧暴亡，故意大办丧事，还请来了僧侣念经超度，全府上下沮丧出殡，一直闹腾了七天。

窦二冬听完这一切，既愤怒又伤心。愤怒的是高斌害死了自己最尊敬的陈吉海大师，这个仇一定要报！悲恸的是陈吉海大师死了却没落下全尸，心中觉得愧疚，对不住陈大哥的在天之灵啊！想到这里不禁热泪满面。商勇、钱强也是内心充满了悲伤，商勇见二冬沉浸在无比悲痛之中，又一时找不到劝解宽慰他的合适话语，担心二冬身体承受不住，就过去替换大老黑过来，让他劝劝二冬，毕竟大老黑年纪长，又深得二冬信任和依赖。大老黑过来劝慰道："二冬兄弟不必过于悲伤，我倒是有一个法子，能够让陈总舵主安葬！"二冬一听，抬起头急切问道："什么办法？"大老黑说："我打小学过木匠，我那师傅不但木匠活做得好，还会木雕技艺，我也就跟着学了些。我选上好木料给总舵主雕一副躯体，这样把头颅连上，就可以给总舵主隆重下葬了！我听说书的说过，古人就用这个办法下葬那些身首异处的人。”二冬和几个人一听，都觉得这是个不错的办法，心中也略觉宽慰。

话说乾隆十年冬月，高斌奉调回京，协理治理淮河漕运诸事，直隶总督府大小事务由高斌助手、总督府府尹、乾隆初年进士李玉义代理。窦二冬从杜参领口里得知策楞返京述职，高斌也回京办差，觉得这是个好机会，一定要让高斌老儿尝点苦头。就和大老黑等人商议如何报复高斌，给死去的陈吉海大师和众位兄弟报仇雪恨。他们听完杜参领的供述，觉得这家伙知道的内幕很多，应该带走，看看能不能从他嘴中再多掏出点东西，根据情况制订出报复高斌的办法。于是就把他的小老婆捆绑起来，嘴里堵上棉花，塞进了炕柜里面，又把东屋的几个拨什库捆在一起，打晕放倒。然后，带着杜参领，趁着夜色悄悄地离开了总督府。

四人带着杜参领来到大清河附近茂密的林子里，找了处歇息地点，就开始你一句我一句地像拉家常似的向杜参领问起了高斌府中的详细情况。其中，杜参领说到的一件事情引起了二冬的兴趣，那就是高斌的正堂夫人鞠卿是直隶天津杨柳青鞠员外之女。说起来这鞠老员外还颇有些来历，在直隶河间府一带可是赫赫有名的望族。他祖上是明朝的礼部侍郎，很有才华，家里资产殷实。当朝虽然不再为官，但因其先人累积功德，故很有名望，世人都称其为“员外世家”。到了雍正、乾隆朝代，鞠家开始由文改商，经营豆脂生意，从苏杭鱼米之乡购进苏子和黄豆榨油和副产品销往直隶，生意很红火。雍正末年创办了商号“鞠家油坊”，几乎包揽了直隶、河间府一带的食用油供应，也因此一跃成为清代著名商贾。

听到这个消息，窦二冬眼前一亮，他心里的复仇计划也有了眉目。他把大老黑等人叫到身边说：“我心里想到一个报复高斌的法子。我们不妨借助火神爷给他来个火烧连营，让高斌这老小子吃顿‘火鸡’。我原先还愁怎么放这把火哪，刚才说到鞠家油坊，启发了我，我们就借用鞠家油坊的油来放这把火怎么样？”大老黑听后连连点头称赞。大老黑这个人社会阅历丰富，各种行当包括黑白两道的事情都知道一些，便说：“二冬，这个法子不错！现在市面上很乱，人心惶惶，咱们起事这档子事被朝廷压下来，高斌又造谣放风说我们是直隶一带的匪患，我们就趁机闹他一把，就扮作土匪的样子，先抢了鞠家油坊的油，再想办法混进高斌总督府放火烧府。”

二冬一听拍手称赞说："我看就这么办！打劫鞠家油坊的事情就交给商勇、钱强你们两人去办，我和大老黑去附近找木料给陈大师雕刻身躯，眼看天也热了，我们得抓紧给大师安葬才好。"商勇问道："直隶这么大，我们上哪儿去找鞠家油坊的人哪？"大老黑经验老到地说："商家就要吆喝生意，只要到集市上去找，肯定能发现线索。你俩记住要精明点，勤打听，多留心，功夫不负有心人！"二人领会，与二冬约好联络地点，就匆匆告别，往杨柳青而去。

直隶往杨柳青的大路宽阔平坦，贩夫商贾往来，这段时日路上行人也开始逐渐多了起来。沿途有一些小酒店、小摊点也开了张，都是路边临时搭建的木板房，客人点了酒菜，就在木板房里歇脚吃喝，还可以照看自己的车马货物，方便自在。各位阿哥有所不知，从杨柳青通往各地，西行北上霸州、雄县、高阳、保定，南下静海、青县、河间、肃宁，四通八达，交通便利，十分繁华热闹。以往各类商铺车辆沿途都愿意选可靠的老店，人吃马喂，因此饭馆酒店生意一直很红火。自从高斌上任以来，苛捐杂税，横征暴敛，大小官吏盘剥民众，闹得民不安生，终至民暴，也使得过去繁华的各条商旅路线日渐冷清。

商勇、钱强走了一头晌，感到肚子饿了，就走进一家小酒馆，老板娘热情招呼着，说新到的正宗杨柳青老白干，有三碗不过冈的酒力，两个人便饶有兴趣地要了两壶，老板娘又给切了一大盘子新鲜出锅的、冒着热气、香气扑鼻的焊驴肉和驴下水。两人胃口大开，便狼吞虎咽地吃起来，但是两人没忘了正经事，一边喝着酒一边留心四周，发现靠窗坐着两个人，一看穿着就是有钱人，点一大桌子菜，一边吃喝，一边不时望着路边一挂大马车。这挂大马车可是太不寻常了！是一辆四挂马的大轮车，车上罩着一个黄色大芦席棚子，严严实实的，芦席里面装的什么却看不清。两人又仔细一看，原来跟着后面还停着两辆一模一样的大马车，也都蒙着芦席，几个车老板模样的人正在马车旁边，边闲唠嗑边端着大碗驴杂汤掐着大面饼，吃得正香。

这引起了他俩的注意，这两个人肯定就是这趟马车队的头人，车里拉的究竟是什么呢？钱强打算过去打听打听。于是就站起身，端着一壶酒，摇摇晃晃地走过去，嘴里还哼着小调。钱强本来长得就黑，穿了件光板羊皮坎肩，下身穿蓝土布的宽大裤子，一副伙计的样子，近前说道："几位老哥，眼下可不太平啊！赶着车这是要往哪儿去啊？"两人一听，看了看钱强，见他这身打扮也没起疑心，就说道："我们也是没法子啊！

前一段，官兵剿杀叛逆，闹得鸡犬不宁，我们一直没敢出来送货，商家催得紧，这不看着这阵子消停了，赶紧硬着头皮送趟货。一路上小心翼翼，就怕出事赔了买卖。眼看到晌午头了，马都跑累了，人也乏了，也没有合适的地儿落下脚！"

钱强一听故意提高声音说道："陈家大车店是家老店了，你们可以去那里歇脚啊！"这两个人当中，有一位穿戴整齐，头戴瓜皮帽，上身穿件缎子坎肩，一看就是他们的领头人，他说道："这位兄弟说的陈家老店可是良王庄的那家？我们经过那里了，听说都关铺了。"钱强说道："前阵子，世道太乱，匪徒闹得也厉害，是关张了一段。眼下这不有高斌大人帮助罩着，又重新选地儿开张了。"这些人一听有总督府的兵丁守护着陈家大车店，心想这可是上了保险啊，忙向钱强打听："新开的陈家大车店在哪儿啊？"钱强答道："离这里并不远，往西过了落马坡就是了。你们要想去，我可以带着你们过去。"几个人一听，马上满脸笑容地说："那就有劳兄弟了！"

钱强大声和这些人交谈着，那边商勇早已心领神会，商勇明白这是让自己去给二冬他们通风报信。还提到落马坡，这是暗示他们可以在落马坡设伏。其实，他俩早都估摸出来这些大挂马车肯定拉运的是豆油。如今能够让他们如此小心翼翼，连遮带掩的，一定就是眼下最值钱的豆油了。商勇给钱强使了个眼色，点了点头，就起身找二冬他们去了。

钱强见商勇已经离开，便带领这伙人奔陈家老店而去。大车队一辆辆跟着钱强就上了路，他们走过一片杨树林，又过了一片水洼塘，前面是一片郊野林地。这时有个车老板疑惑地大声问道："我说这位大哥，陈家老店怎么在这么偏僻的地方啊？我怎么感觉好像越走越远，越来越荒凉了呢？"钱强骑着马走在前面，回过头来没好气地冲着他说："我不都说了吗，陈家老店迁新的地址了，这次是重新开张的。原来的那个地方土匪闹得欢，这次全靠高大人出力相助，要不这年头兵荒马乱的谁还敢开买卖啊！你就别啰嗦了，快点赶车，咱们马上就要到了！"那几个车老板听了钱强这番话，也无话可说了，心里就想快点赶到陈家老店，好美美地睡上一觉，明天还要赶路送货呢。就这样，他们又走了一段路，前面来到一片黑森森的古树参天密林，钱强知道这里就是有名的"落马坡"了。落马坡地势险要，布满了沟沟坎坎，马车经过这里都得放慢速度，有的地方坡陡弯大，一个不小心就会弄得车仰马翻。这三辆大马车上面都苫着大大的芦苇席，里面装着盛满豆油的大木桶，不但车载重而且重心高，几位车老板都有些紧张，只能小心翼翼地牵着马，亦步亦趋地向前行驶。

这时钱强心中也很焦急，他不知道商勇和窦二冬他们联系上没有，二冬和大老黑他们商量出劫这些车队的办法没有，若是打劫，这落马坡可是最佳之处啊！他们要是在此隐藏，动起手来，这些马车队可是休想逃脱的。钱强心里正在合计着，突然前边不远处闪出三位蒙脸的壮汉，分别手持着大砍刀、铜锤和护手双钩，其中一位大声喝道："几位兄弟讨扰了！我们就是白洋淀的起事义军，我们不打算杀害你们，就想要你们车上的货，有急用，日后必当偿还，分文不少！"这些车老板和押车的人走近落马坡本来就非常紧张，突然看到跳出三位手持兵器的大汉，顿时吓得惊慌失措，半天都没缓过神来。

这时车队中那位头戴瓜皮帽、身穿缎子坎肩的领头人，壮着胆子走上前说道："我还以为遇到劫匪了呢！我说你们几个人胆子可真够大的，我听说白洋淀的叛军都让高斌大人绞杀了，死的死，逃的逃，就你们几个漏网之鱼还敢在此打劫惹事啊？你们也不打听打听，我们家的货主人是谁？实话告诉你们，我们拉的就是天津直隶鞠员外府上鞠家油坊的货！"

窦二冬听了这人口出狂言，早就怒火中烧，一把扯住他的脖领，想先给他点颜色，好好教训教训这个不知天高地厚的家伙。没想到这位车老板还真有点功夫，见二冬上前不由分说便扯住他的衣领，赶紧身子往后一缩，伸手一挡，挣脱开来，紧接着身形暴涨，猛地蹿了起来，身体随之右转，左腿以雷霆千钧之势横扫过来，直奔二冬的脖子跟耳根，这一招可真够阴毒的，来得也很突然。也就是窦二冬吧，这要是其他人被打到，非死即残。二冬也没有想到这个车老板会直接动手，而且看眼前这位武功还不低哪。二冬不敢怠慢，他一见对方来势凶猛，想躲已经来不及了，便急中生智，借力打力，就地纵身抬腿蹿到半空，在他头顶上悬空扫腿之时，赶紧把头一偏，将将躲过那致命一腿，随后趁势迅即朝上伸出右手，来了一个"探天摘月"，一下子抓住了他的胯下之物，手上一用力，就势一甩，就听见空中一声惨叫，那个车老板一下子被远远地摔在草棵子里，半天没了动静。

大老黑也冲上前来喝道："我说你们几个车老板，谁还有本事站出来！"这几位车老板也都是直隶的穷苦人家的子弟，对白洋淀的起义军也早有耳闻，听过不少他们的传闻，都说他们是武功高超、专杀贪官、来无影去无踪的侠士。这次又亲眼看见窦二冬一招之内就将他们的头领打昏，都吓得战战兢兢地说："我们就是个家奴，也是给人家卖苦力的。"还有一位车老板说道："大侠们，我早就敬仰你们这些人，也想跟着你们干，就是找不到门路，不知道去哪里投奔你们。刚才和你交手的那个人就是我们家掌柜的侄子，在家排行老七，大家都叫他鞠七。他也是总督府高大人大老婆的侄子。"二冬一听，这人和高斌还有牵连，忙细问起来，原来鞠家掌柜有两个妹妹，一个嫁到了顺天府给一个副都统为妻，另一个早年嫁给了高斌做大太太。二冬听后，心中便有了主意。

原来他们这次打劫鞠家油坊的货，目的就是火烧连营，给高府放把火，给诸位兄弟报仇出气。他原来还犯愁弄到油后怎么混进高府哪。真是老天有眼啊！现在有了鞠七这个人，出入高府还不跟走平地儿似的吗？二冬走过去，看着倒在草棵子里的鞠七，还在那里抱着双腿，满地打滚，痛苦地呻吟着。他从怀里掏出一个琥珀小药罐，叫过大老黑他们，让他们按住他，把药给他敷上。

二冬常年行走江湖，这个药是他随身宝物，专治跌打损伤，极其灵验。鞠七上药后，不一会儿疼痛就减轻了很多，也消停了很多。他望着二冬，眼里充满了恐惧，又带着几分感激。便冲着二冬连连说道："多谢好汉救命之恩。"二冬笑了笑："我本来并没有想出手伤你，你们也都是直隶穷苦人家的子弟，我们起事反叛也是为了百姓吃饱饭、要活命。刚才我要真想取你性命，简直易如反掌。你刚才使出那招泰山压顶，旋风扫落叶，当下已经门户顿开，若是被我一指禅击中骨盆，那你就一命呜呼了。"鞠七听后连忙磕头作揖地说："多谢大侠手下留情！多谢不杀之恩！"几位车老板也过来连连点头施礼，都心服口服，感谢窦二冬对他们的宽容大量。

鞠七也暗自庆幸，总算保全了小命，就问道："敢问这位壮士怎么称呼你的名号？日后有需要我也好报答你。"二冬听了笑着说："报答倒不必了，现在我倒是有个小事需要你们帮助一下。"鞠七赶忙说道："有什么事尽管吩咐。"窦二冬就问："你们这趟货是送往哪里的？"鞠七答道："我们这几挂大车，拉的都是新榨的豆油，是给顺天府下兴盛魁、易盛馆、同茂源送的货。平时都是分散着送，前一段官府平乱，弄得鸡犬不宁，也没人敢出来送货，才积压下来这些货。没想到还是栽在了你手下，你大人大量，不计前嫌，还给我用药疗伤。"二冬说："好了，我们这也算不打不相识，这次我就想借用你们的豆油一用。你们也知道我们义军这次损失惨重，我们的总舵主被高斌和策楞杀害，他们杀死我们义军两千来人，都是咱们直隶各州县的百姓啊。我们借用豆油就是打算火烧高府替兄弟报仇，你们同不同意啊？对了，我叫窦二冬，这个人情债日后我来还。”

鞠七和这几个车老板一听他就是闻名的大侠窦二冬，连忙躬身再次拜谢。他们知道窦二冬在直隶这一带可是家喻户晓，他专门帮助天下穷苦人家说话，替贫民撑腰，是义军的旗主，心中非常敬佩，便齐声说道：“你也算是我们的救命恩人，你说让我们怎么办我们就怎么办，能为窦大侠做点事，是我们的荣耀。”窦二冬说：“那我就在这里先感谢诸位了！不过我想劳烦你们几位把这些油都替我们拉回直隶，送到高斌总督府去。”鞠七听到这些，心里顿时泛起了嘀咕，他知道窦二冬等人是要用他们的豆油到高府放把火，可是高府的正堂大夫人鞠卿那可是他的亲姑妈啊，如何下得了手？但是刚才信誓旦旦地说要报答人家，这时想拒绝又说不出口，就扑通一声跪在窦二冬前面说：“窦旗主你救了我的命，我自应当报答，可那是我亲姑姑家，我实在下不了手。这样吧，我把这几车油和这几个赶车的兄弟都交给你发落，他们其中有两人在我们家干了好多年，过去也常去高府送货，高府上下也都认识他们，有他们去了一样管用。”

二冬和大老黑几个人商量一下后，觉得鞠七不去也好，万一鞠七在中途变卦，反倒麻烦，而且他这犹犹豫豫的样子反而容易让高府的人看出破绽，于是便同意了他的办法。鞠七指着其中两位车老板说：“张小狗、刘老歪，你们就替我去高府上送这趟货，给窦大侠带路，一切都要听从窦大侠安排和指挥。”接着又从怀里掏出一些银子塞给他们，让他们日后不要再回来了，去别处讨生活吧。张小狗、刘老歪说道：“七爷，平时你待我们也不薄，这点事我们一定能办好，你放心。”又对窦二冬等人说道：“几位大侠，我们也都经常去高府送油送菜什么的，高府几位守门的家丁护卫也都认识我们，此事我们做我们承担，此事后我们就远走高飞，也没什么可怕的。”窦二冬和大老黑他们听了，都点头赞许，鞠七临走时道别，叮嘱道：“好好赶车，一路平安！”说完一瘸一拐地走进了山里，消失在远方。

窦二冬、大老黑等人帮助几位车老板调转车头，分别上了这几辆马车，押运着径直向天津直隶行去。他们一边赶路一边闲聊，赶车的老板张小狗老家就在献县一个村庄，离窦乡町不远。因为年年洪水泛滥，又加上闹霍乱，父母妻儿相继离世，无依无靠，他便投奔了天津直隶鞠家油坊。刘老歪早年就在运河上靠划桨卖力糊口，但他是个暴脾气，沾火就着，因看不惯船老大欺压百姓，有一次暴打船老大，把船老大打了个半死，怕吃官司，便逃到天津卫，先是在一家纺纱坊做工，后因与人斗殴便离开了纺纱坊，后来来到了杨柳青的鞠家油坊，干起了榨油的役工。

刘老歪脾气虽然不好，心地却很善良，原来也听说直隶闹起过义军，专杀贪官污吏，他那时候就想投奔入伙，痛痛快快扬眉吐气地过日子，没想到今天半路上遇见了义军义士。开始鞠七借势想吓唬他们，用一招横扫腿想先打倒一个，来镇住那几个人。结果没有打倒对方不说，自己却受了重伤。他在一旁看得一清二楚，还真是人家手下留情了，否则鞠七必死无疑。耳听为虚，眼见为实，这次终于见到了这些义士和他们的行事风格，刘老歪打心眼里更佩服他们这些人，他也想为他们做点事，便问坐在他车上的大老黑："这位壮士，你们想过没有啊？这豆油可不是容易点着的。"

大老黑是个粗中有细的人，听他这么一说，心里也在琢磨着，怎么才能让这些油发挥作用，好好地给高府来他个火烧连营，让高斌人财两空，把多年来搜刮的民脂民膏都化为灰烬？大老黑便对刘老歪说道："这位兄弟，我们可没把你们当作外人，我们都是穷苦人家子弟，我们也不瞒你们，我们要你们的油就是想放火烧掉他的衙门府，为咱们的直隶百姓报仇雪恨，让天下人知道作恶多端、多行不义的下场。可是还真没细想这火怎么个放法。"大老黑把二冬也叫了过来，大家一起商议着，这油怎么点燃，到了高府后，怎样放这把火。

这时刘老歪说道："这豆油普通是点不着的，必须得洒到易燃物上面才能烧起来。我过去在棉纱坊干过，我知道那东西可是易燃物，如果再浇上油，那可就烧起来了！我知道高府里有他们自己的大棉花库，只要把那些棉花、布帛弄出来，浸上油，再放到各处点起来，保证能让大火蔓延到高府各个地方。这时节正是天干物燥，高府的建筑有很多木廊，若是烧起来很快便会连成片，根本来不及扑救。"

二冬等人听到后，连连说这个法子好。刘老歪又说："我知道高府看管棉库的总管叫郭大缸，那是个嗜酒如命的家伙，只要你们给他送几坛酒，保管你们能从他那里弄到棉花。"于是二冬和大老黑在路过的镇上买了几坛上好的白烧酒，一起装上了车。

他们顺风顺水地来到了直隶高斌总督府，为避免动静太大，没有走大门，而是走了专门运货的西便门。守护西门的门丁一看是杨柳青鞠家油坊的货，便热情地招呼道："几位老哥辛苦了！这次怎么拉了这么多货啊？"张小狗赶着头车说："前一段不是不太平吗，一直没敢出来送货。"一边说着一边给门丁一坛白酒，说兄弟们，这是犒劳你们的。门丁一看，乐得眉开眼笑，既没有验货，也没有检查车上的人员，大车一辆接着一辆顺利地进了高府院子。高府的油库和灶房都在后街，而储存棉花的库房是在中街，二冬便让钱强、商勇和刘老歪赶着一辆卸了油的空车，到中街的棉布库房去找郭大缸。到了那里，刘老歪把几坛白酒卸下来搬进屋内，说："这是我们掌柜的送给你的。"郭大缸一见飘香的美酒，顿时两眼泛光，急忙打开一坛，倒出来便喝了一碗。这时候钱强、商勇趁机搬出了几大包棉纱布塞进了车里。赶回油库后，几人迅速地把一篓篓豆油洒在了棉纱上面，赶着车将棉纱放在一幢幢房屋的木廊下，然后点燃。眼下正是秋季，风大，火势很快就蔓延起来，火苗一下就蹿了起来。高府上下顿时陷入一片火海！窦二冬、大老黑等人见火势已起，便迅速撤出高府，向杨柳青方向而去。临走时，他们又将高斌的儿子高崇的头颅也挂在了当年悬挂陈吉海头颅的那个旗杆上。

高府这场大火一直烧了三天三夜，大半个府宅只烧得剩下些残垣瓦砾。此时，高斌正在京城办理漕运水道之事。闻讯后，忙三火四地赶回直隶，看见自己经营多年的府邸一片狼藉，府中家人、兵丁伤亡惨重，特别是看到爱子高崇的头颅悬挂在大门外的旗杆上，正是不久前他挂陈吉海头颅的地方。高斌痛惜悲伤，一下子瘫坐在地上。他知道这是义军对他的报复，但他更感到这是一种劫数，这让他有种不寒而栗的恐惧感。过了好一阵子，他才缓过神来，急忙让人清点损失情况，将府中抢救出的值钱家当和贵重物品都送到了总督衙门军营暂时保管。

安顿好一切事情后，高斌便急匆匆赶回京城，他要去朝廷向皇帝诉苦告状。高斌心里明白，只有用朝廷的力量、大清的军队才能让自己报仇雪恨，将这股叛贼一网打尽。这件事情之后不久，高斌便奉旨调任吏部尚书，由那苏图接任了直隶总督，此为后话。

第六章 少林结善缘

话说窦二冬、大老黑等兄弟四人逃出高府后，与张小狗、刘老歪等几位车老板道了别，并拿出从高府劫来的银票一千两，分发给他们作为酬谢，让他们各自远走高飞，找地方安置生计，避免高斌他们报复。然后他们一起来到钱家庄钱强府中，钱强给二冬等人安排了秘密的住所。吩咐手下，闲杂人等不得靠近，就连家丁，也只安排了一两个可靠的人照顾他们的起居。钱强还派人留心打探高斌的近况，当得知高斌不但没有受到惩处，反而还提拔为吏部尚书，众人心情都愤愤不平。二冬心想找机会一定到京城告御状，为直隶百姓诉苦申冤。天下难道还没有说理的地方了吗？如此奸佞臣子必须让他受到惩处！

二冬就是这样一种性格，执拗起来，就连皇帝老子也不放在眼里。大老黑、商勇都为二冬的这种冲动情绪感到不安，真怕他不顾一切地蛮干，万一有个闪失。钱强也时时叮嘱大家，务必照看好二冬，可别让他一时冲动逞强，大老黑也一直劝二冬不可莽撞，要静待时机成熟，俗话说：君子报仇，十年不晚。

这期间，大老黑在钱府的一间仓房里也没日没夜地忙乎着，用了大约一个礼拜的时间，终于雕刻出陈吉海大师的身体木雕。他使用的是一根上好的红松木料，雕刻得非常细腻、逼真。大老黑还用红松木打造了一口棺材，他们兄弟几个选了一个黄道吉日，便准备给陈吉海大师隆重下葬。他们先赶到运河东边松林枯井中，挖出当时埋在那里的陈吉海的头颅，将头颅和雕成的身体躯干装到一起，然后雇了一辆马车，拉到陈吉海大师的老家良王庄。在西北的卧牛坡上，大老黑选了一块风水宝地，入殓下葬，还在墓前立了一个石碑。但为了保险起见，碑上并没有刻上陈吉海的名字，怕被清兵发现砸毁掉，只是请府上的师爷在石碑上刻上“万世师表”四个大字！

下葬那一天，二冬他们特意选在了半夜，搭设了灵棚，还宰杀了一头猪和鸡鸭作为贡品。二冬、大老黑这些人都跪在坟墓前焚香祷告，并立下誓言，一定要让高斌、策楞这些败类受到惩罚，还陈吉海大师一个公道，绝不能让总舵主枉送性命。祭拜之后，兄弟几人一起为陈吉海大师日夜守灵二十一天。到了第二十二天，一大早，钱强从府上赶来一辆大马车把他们接回府中，调养休息。这段守灵的日子他们风餐露宿，又都沉浸在无比的悲痛之中，所以每个人的体力都有些不支了。

回到钱府，休息了几天后，二冬把大老黑、钱强等人叫到一起，神色凝重地说："各位好兄弟，这段日子大家都很辛苦，我窦二冬深深感谢大家的不离不弃！眼下没什么大事了，我打算明天就去嵩山少林寺去见陈大哥的女儿红儿。将陈大哥安葬之事告诉她，免去她的牵挂，也了了她的一桩心事。再看看她今后有什么打算，然后我再回来和你们碰头。这期间，你们各位千万不要擅自行动，各自安分守己，剩下的事等我回来再说。"二冬又特意拉着钱强的手说："这里的事就全靠你多费心了，我就把这儿当成咱们的联络点了，你也多打探咱们失散的幸存兄弟，多多照应他们，二冬我先向你拜谢了！"说着二冬抱拳躬身向钱强施礼，钱强忙扶起他，说道："兄弟情义不必言谢。旗主你就放心去，这边我一定会照顾好大老黑等人，尽可能地寻找失散的兄弟们，妥善安置他们。"

第二天，二冬拜别各位兄弟便往嵩山行去。二冬走后，商勇也回了老家，去给他的哥哥上上坟，处理一下家里的事情，顺便去信安看望几位老友。大老黑自庞大姑遇难后，就剩下他孤身一人，他们没有儿女，父母、亲人也都过世了，现在是了无牵挂。原先他是打算陪二冬一起去嵩山少林寺，还是钱强给劝住了，说："现在官府查得严，旗主轻功好，乔装打扮，一个人行走方便，不易引起注意，老黑哥你若陪同多有不便，你就安心住在我府上，好好养养身子，我们顺便还有时间商量下一步的打算。"大老黑听从了钱强的建议，就在钱府调养身子，等候二冬从嵩山回来。

话说窦二冬一路上运起轻功行走如飞，他也十分想念红儿。他们年少的时候就在一起玩耍、习武，后来红儿去了嵩山，拜自在禅师修学武艺。二冬为了避开官兵的搜查，昼伏夜行，好在去嵩山的路途二冬非常熟悉，他专拣崎岖的山间小路行走，尽量避开官兵的搜捕。窦二冬早年也曾多次去过少林寺拜师学艺，在他的家乡窦乡町的西边有一座城镇叫饶阳城，当年那里也有许多武馆，如"晓阳武馆""传艺堂""少林拳法义师会"等等。当年习武之风很盛，窦二冬少年时，也想学武艺，他的父亲窦大善人就打算把他送到离家最近的晓阳武馆去学艺，交通便利，离家又近，也好有个照应。可是二冬执拗着就是不同意，说要学就学最正宗的，他要去嵩山拜师学艺。

窦大善人无奈只好同意。二冬先是在少林寺跟随武生学习刀枪棍棒、站桩和拳法等基本武功。可是二冬天资聪颖，武学慧根很高，没多日，这些全都掌握了，二冬在少林学艺的俗家少年中很快便脱颖而出。二冬从小性情就憨厚朴实，待人彬彬有礼，很快寺里上下都很喜欢这个聪明又可爱的青年后生。尤其是寺里的高僧和大师父们，更喜欢这位悟性很强的年轻人。他不但武功学得好，开窍快，而且在讲经时，悟性也颇高，很多艰深生涩的经文他都能很快地倒背如流。二冬总有个模糊的意识，仿佛天生就是少林寺的人，到了这里就觉得这里的一草一木都是那样的亲切，觉得自己和少林寺非常有缘。

时光飞逝，转瞬他已长大成人。少林寺的住持对他说，他的俗根未净，尘缘未了，劝他先回到家乡。后来他也很少有机会再南下去少林寺拜谒师父们，但在他心中始终把少林寺当成他的第二家乡。此次南下，重新踏上他熟悉的道路开始，就令他有一种无限的向往之情。毕竟那里镌刻着他多少年的成长和欢乐，现在想起来，这一切是那么的亲切，那么的甜蜜，非常令人怀念！窦二冬走了两天，便来到了嵩山少林寺，进了山门，一一叩拜各寺院，然后走进大雄宝殿叩头焚香。

拜完，他向殿中的一位接待香客的僧人合掌叩问：“师父，请问自在禅师在哪个禅堂诵经呢？弟子想要叩见他，有些俗事打扰他老人家。”那位僧人虽然不认识二冬，但看他举手投足规范老道，心想此人必定大有来头，肯定与寺庙有些缘由。于是便很客气地说道：“阿弥陀佛，施主早年定是在少林学艺之人吧，尤其是能叫出自在禅师的法号，想必更是非等闲之辈。因为自在老禅师这十几年内已经不再收弟子了，平时我们也很难见到他老人家。”僧人又对二冬说道：“你沿东边这条小路走过去，就会看到一个院子。门前有十多棵千年古松，院内还种有一大片丁香树和万年红，那里便是自在禅师的诵经堂和居所。”

二冬谢过僧人，便按照他指引的方向走去，穿过如来大殿，向东走下玉石台阶，拐向东边的小径，经过一片竹林，抬眼望去，果然见到前方有一幢掩映在青松翠柏下的禅房。这栋禅房建得十分精致，青砖绿瓦，红木游廊，走进院落，只见满院栽种着殷红的万年红和飘着清香的丁香花，彩蝶蜜蜂翩翩飞舞，非常优雅清静，简直像世外桃源一般。窦二冬正出神地欣赏着眼前的景色，忽然耳边传来一声问询：“阿弥陀佛，二冬施主一向可好？老僧有礼了！”二冬回头一看，在几棵千年古松树下正站着一位身披袈裟，满面红光的老和尚，正用右手向他打着佛号，问讯施礼，身边一位搀扶老僧人的女僧人正含笑不语地看着他。

二冬一看，心中又惊又喜，赶忙向前行礼，口中说道：“徒儿拜见大师，师父身体一向可好？分别数载，徒儿无时无刻不惦记着师父……”说到这儿，二冬声音有些哽咽，热泪盈眶。自在禅师也走上前来，慈祥地说道：“二冬快快起来，随我去佛堂说话。”二冬又怔怔看向旁边的红儿妹妹，只见她头上戴着一顶僧尼小帽，身上穿着素雅洁净的僧衣，浑身透着干练清爽的气息，也忙向她拱手说道：“红儿妹妹一向可好？我刚打听到师父的佛堂，正要进去叩拜呢，你怎么还带师父出来迎我了呢？”红儿笑着答道：“二冬哥，师父在打坐中就算到，你今日这个时辰会到来，让我搀扶着出门迎你哪。”二冬不禁用敬佩的眼神看着自在禅师。心想独坐佛堂，便知俗中事，真乃一代高僧啊！

二冬、红儿跟随自在禅师进了禅房，小和尚分别给他们斟上香茶，便退了下去。自在禅师端坐在禅房的蒲垫上，二冬走过来，又正式跪下叩拜，说道：“俗家弟子窦二冬与陈吉海大师恨世疾仇，曾立誓荡平世间不平，然自举起事后，屡遭败绩。希望恩师训诫教诲，给我指一条光明之途，扶弱恤民，为天下苍生百姓带来福祉！弟子在此叩谢恩师！”自在禅师沉吟了半晌，说道：“老衲已是垂暮老矣，早已不问世俗之事，念你及陈吉海施主是俗家弟子，我便送你几句谶语，也算助你看破顺天之难的结局。”说完自在禅师手捻佛珠，吟咏道：

其一

大千色色，何言其真？
真假悲喜，适可而终。

其二

菩提本无树，明镜亦非台。
本来无一物，何处惹尘埃。

自在禅师说完后，二冬似懂非懂，认真揣摩了一会儿，又说：“二冬愚钝，请师父明示。”自在禅师微笑着说道：“不过警言开导而已，不必过于在意。老衲与你窦二冬、陈吉海也算是有缘分的啊！老衲虽远在清静的禅林，尔等呼号械声犹在耳边。世上俗事如千丝万结，何期能梳理化一？历朝历代智者贤者也难如登天。万事只求个互解互通，互悯互让，便是千年的造化，百年修得的福祉！大清国正值壮年，生机隆盛，不可盲而与搏，以免卵石之累，囹圄之灾。甚而度之，忠言逆耳也。陈施主亡故，惜哉！二冬，当戒也。老衲念你少林相聚，才与你说此番话，凡事不必太求真，何必枉杀反伤己？多咏心经八百遍，自成佛来万念空。凡事宜解不宜结，冤冤相报何时了。老衲今日所言，不求二冬你即刻了然于心，只求做他日慎思冥想，步步解脱，罢了！罢了！”窦二冬听罢自在禅师的一番话，面色凝重，沉吟半晌，说道：“二冬感谢大师的点拨教告，日后定当慢慢解悟，谨遵教诲！”

自在禅师说道：“如此善哉！现在说说红儿的事儿吧，陈施主生前托你转给红儿的信物，为何还不取出来啊？”二冬听到老禅师的提醒，连忙从怀中取出一个黄色的小荷包，递给禅师。老禅师将小荷包给了红儿说：“还是由你来拆开看吧。”红儿看到父亲留给自己的遗物，顿时泪眼婆娑，用颤抖的双手接过，拆开彩线，只见荷包里有一对精致的玛瑙翡翠手镯，还有一封书信，打开一看，原来是陈吉海留给红儿的遗书：

> 红儿如晤：
>
> 汝母早逝，襁褓育儿何艰难，尔今已成人，师拜禅师，望慷慨济世，以谢祖恩。吾誓捐躯乡党，仓荷为凭！
>
> 二冬仗义可嘉，你二人两小无猜，同结连理，可托终身。永世其昌。

红儿看罢，悲痛不已，失声哭泣。自在禅师劝道：“红儿，令尊命数，自是令人扼腕叹息，不必过于悲伤。今日也是你的大喜之日，你父已将你托付给二冬。今后你二人要相敬相爱，并肩同行，禀父遗示。当年你父送你来寺时，就曾与老衲相约，一为传你武学，再者以黄色荷包为凭，为你主婚。你入寺多年诵经入心，习武精诚。不仅一般武功称雄夺冠，老衲传授的奇门八法，业已悉心。时机已熟，在此我也将你交付给二冬，就算为你们夫妇主婚了！你们即可离寺回俗，去做你们未做之事吧。”红儿拭去泪水，赶紧走到二冬身旁并肩而立，二人同时跪倒在老禅师膝下：“感谢大师为我二人主婚！”老禅师深情地望着二冬和红儿，勉励道：

"常记禅门之法，谨遵律条，且以乐民为己乐，国泰为己安，守一、守心、守节、守志，吾愿足矣。此后你们还要历经苦来苦去，苦无边，黑发长发到白头，大雁北去云悠悠。你们一定要好自为之，多行善举，必会逢凶化吉，遇难呈祥。"

刚才送了二冬几句谶语，再赐红儿几句吧，以示未来：

时乖命桀，白洋怒吼。
见鹤舞锋，遇贵封刀。
黑水涟漪，永世滔滔。

说罢，老禅师并未解释，起身说道："时辰不早了，我们的师徒之缘也算了了一程。为师言尽于此，你们也该双双踏上征程了。红尘漠漠，从来就是来了走，走了来，散了聚，聚了散，妙哉！善哉！老衲我也要云游修行去了。"说罢，老禅师朗声笑了笑。便走进了里面的佛堂。二冬和红儿跪在那里含泪目送着老禅师，他们心中明白，该是他们离开少林寺的时候了，他们不知道这一次离别何时还能再相见。

二冬帮助红儿收拾行囊，又把禅堂里里外外打扫得干干净净，两人虔诚地在众位菩萨神像前面一一拜祭，便离开了少林寺，踏上了回直隶的行程。

他们俩下山后，便往登封县行去，经过几天的行程，风尘仆仆，经过密县、荥阳和安阳等地，走了四五天便来到直隶所辖的磁县。两人找了一个临街的客栈——太白客栈，要了间清静的客房打算休整一下。第二天，二冬、红儿吃罢早饭正要上路，还真是无巧不成书，他们在客栈大堂里竟然遇到了两位旧友——钱强府中的大马勺邱贵和总管王忠。

他们俩怎么来到磁县呢？原来自从二冬去河南嵩山拜见自在禅师和红儿以后，此后不久，大老黑便耐不住性子了，天天磨着钱强问："怎么还不见二冬回来呢？二冬不会在路上遇到什么事吧？"钱强一直敬重大老黑，把他当作长辈看待，特别是大老黑不但武功好，而且手艺特别巧，做什么东西都像模像样，他在钱府待的这段时间也闲不住，帮着修葺了府上好多设施，还有古玩和瓷器等宝贝。钱强知道大老黑惦记二冬，他是想用忙乎活计来转移焦躁的心情。其实他自己也是十分挂念二冬，便让自己的手下邱贵和王忠去到直隶河南交界的磁县，在那里迎候二冬和红儿。

邱贵和王忠受命后，来到了磁县，两人费了不少心，偌大的河南，从嵩山到直隶路途很多，但是磁县是必经之地，所以磁县接待南来北往的客店也非常多，这哥俩走了好多家的大小客栈，他们打听到，从登封少林来的乡客们大多喜欢住在太白客栈。因为那家客栈的老板娘与少林寺有渊源，也信佛，店里的客房都有大大小小的佛像，因此很受香客们的欢迎。两人来到太白客栈，和老板娘说，他们要在这里等两位从嵩山少林寺来的客人，老板娘一听，笑着说："您二位来我这儿算是来对了，我们这可是百年老店，凡是往来直隶和嵩山少林的香客和武士们都爱住在我们店。我这就给您二位安排一间清静的房间，再弄些酒菜，就在这里等候你们的朋友吧。"

果不其然，他们哥俩在这里住了没两天，今天一大早就和窦二冬和红儿遇上了，邱贵和王忠别提多高兴了，连连说："佛祖保佑！佛祖保佑！总算找到旗主大人了。"窦二冬、红儿、邱贵和王忠相遇后，次日清晨，邱贵、王忠租了辆马车，带他们二人上了路。他们由磁县走林间旱路，过漳河、大明府进入山东境内，又奔莘县来到小河庄，这里就是南运河山东段的一个码头。他们在这里上了船，这艘船及其船工都是钱府的，他们卸完货后特意在此等候邱贵和王忠两位船老大。今年运河水势较大，因此船行驶十分通畅，他们昼夜行驶，走了没两天，便抵达了杨柳青，很快回到了良王庄的钱府上。

大老黑、钱强等人见了窦二冬和红儿非常高兴，大老黑上前一把抱住了窦二冬，说道："二冬兄弟，总算是把你盼回来了！红儿妹子，又见到你了，怎么样，在少林寺都好吧？"二冬、红儿和众人一一见过，把在少林寺的事情经过简略地向各位诉说了一下。钱强高兴地说："这可要恭喜旗主和红儿妹子了！总舵主既然有遗言将红儿托付给你，老禅师也为你们主婚了，不过这世俗的婚礼还是要办一办的。事不宜迟，我这就安排下人为你们准备一间新房，再去市上置办一头喜猪和鸡鸭鱼等，给你们二人张罗婚事，这日子就让府上的师爷给你们选定吧。我们大家可都迫不及待地等着喝你们的喜酒呢！"当晚钱强备了酒宴，大家一起开怀痛饮，一来庆贺团聚，二来祝贺二冬和红儿喜结良缘。

第二天一大早，二冬带着大老黑、钱强、红儿以及邱贵、王忠等人，到西山坡的卧牛岗陈吉海的墓前进行祭拜。他们在坟前摆上猪头、供果和各种鲜花，二冬和红儿披麻戴孝，钱强和众人也都身穿孝服头戴孝帽，祭拜陈吉海的陵墓。二冬在坟前一一禀报了嵩山之行，说道："总舵主，我把红儿带回来看您来了，你就放心吧，你的嘱托二冬一定谨记照办，我一定会照顾好红儿的。”这时红儿已经哭得泣不成声，她在父亲的坟前哭诉道：“红儿不孝，没赶上给您老人家下葬，也没同二冬哥为父报仇，今日女儿回来了，投入义军，期望父亲九泉之下安息！庇佑我和二冬与众兄弟重整旗鼓，也保佑我和二冬今后的生活事事如意，岁岁平安。”

第七章　擂台逞英豪

祭拜陈吉海坟墓回来后，过了些日子，钱强、大老黑择一良辰吉日便给他们二人张罗了婚事，大家热热闹闹、痛痛快快地开怀痛饮喜酒，这种无忧无虑的快乐时光他们很久都没有经历、享受了。办完婚事后，他们继续在钱府等待时机。大家都是习武之人，平日没事就在钱府切磋武功。红儿还让钱强弄来一些一人多高的木桩，立在地上，练起了走桩的功夫。这是少林寺的一门绝学，人在木桩上穿行跳跃，甚至倒立，翻跟头，如履平地，还可在桩上两人或多人对打互搏。红儿还向众人传授了自在禅师传授的功法口诀，这门功夫讲究的就是下盘要稳，练的也是腿上功夫，既要灵活又要稳扎稳打，如此方能立于不败之地。

这一天，众人正在院内比武切磋，突然，家丁来报，说商勇从家乡回来了，随行还带来一位客人，想见窦旗主。钱强说："众位在此稍候，我先去前厅看一看再说。"过了一会儿，钱强从前厅回来，对二冬说："旗主，这是从信安监狱的骁骑校郑孝来了，说有要事要面见旗主。"二冬一听，有些诧异，心想，郑孝怎么找到这儿来的？难道我们在钱府的行踪暴露了？这位郑孝当年曾经帮助过义军，也算是义军的外围力量，他从心里也非常拥护二冬等起事的。二冬说："他既然来了，肯定是有什么事，就见见他吧，也好打听一下官府的动向。"二冬等人便来到前厅，商勇看见二冬进来，赶紧跑上前去躬身施礼说道："旗主一向可好？我也听说了旗主少林之行的事，也要恭喜旗主和红儿了。"二冬笑着还了礼，顺便问了些他家中的情况，就来到郑孝面前。

二冬笑着说："郑孝大哥，好久未见，哪阵风把您给吹来了，欢迎欢迎啊！"郑孝赶紧施礼说道："二冬兄弟最近可好？你们的事情我已经都听说了，也正为你们担心着急呢，今天看见你们大家都安好，我这就放心了。"二冬又问郑孝："你是怎么找到我们的？你这次是有什么要事吧？"郑孝说："这段时间我也在到处打探你们的下落，我就猜想你们必定是在良王庄钱强府上，还真让我猜着了。我此次来还真是有一件大事，说来可就话长了，旗主咱们还是找个地方，我详细和您说吧。”二冬看了看钱强，钱强会意，便把二冬、郑孝等人带到钱府后院的一个小花厅。这里曾经是钱强、钱武兄弟平时读书，接待亲近私密朋友的地方，布置得非常雅致，养了不少江南一带的名贵花卉，一进屋就清香扑鼻，令人神清气爽。众人落座，听郑孝讲述事情的原委。大家听完后，个个群情激奋，摩拳擦掌。原来郑孝此番来钱府说的事，正是高斌贼心不死，蓄谋已久，企图将窦二冬等义军一网打尽的一个大阴谋。

众位阿哥，这件事还得往前追述。自从高斌和策楞在白洋淀围剿义军得手后，给义军带来了沉痛的打击，损失惨重。当年起事的义军为黎民百姓说话，因对官府不满，希望得到更多的渔猎权利，免受官府劫掠，因此竖起了义军的旗帜，喊出了“杀贪官，要活命，吃饱饭”的口号，各地百姓纷纷加入。但由于时间短，组织松散，加之朝廷派来久经沙场的策楞将军，给义军来了个出其不意，直接杀入白洋淀义军的大本营，义军招架不住，四处逃散，总舵主陈吉海被擒，最后被枭首示众。高斌和策楞为此受到朝廷的褒奖，也得到了提升的政治资本，高斌很快就被提升为吏部尚书。这一天，兵部尚书来保大人来见高斌说：“皇上知你此次大捷，龙颜大悦，要你不可松怠，更要乘胜追击，彻底平息直隶、顺天之乱。”来保还向高斌透露说：“此次皇上的圣谕都是傅恒大人草拟的。傅恒大人也听说了你府上遭到了火灾，还痛失爱子，特别让我向你转达慰藉之情，现在虽然你出任吏部，可清剿白洋淀叛乱余党之事，你还得用心，莫辜圣命，速速想个万全之策。必要时兵部的兵马可助你一臂之力，我可以给你调拨一支兵马供你调用。”

高斌虽然此次升了职，可是他却没有半点高兴的心情。前不久，他的直隶府衙被人纵火，大部分木屋化为灰烬，还连累葬送了自己的儿子高崇，这口恶气他一直没有出。眼下皇上和朝廷又给自己施压，让他收拾这个烂摊子。万般无奈之下，他又去拜访当朝大学士傅恒大人。傅恒见了他说：“右文兄，此事你还真得当回事来办，前些日子你府上那把大火可是惊动了朝廷，这之前我在圣上和满朝文武面前可是保奏你荡平了草寇，如今这事震慑不住再闹大了，你右文兄可是要吃不了兜着走啊，弄不好就是一个欺君之罪啊！”一番话说得高斌是汗如雨下，忙起身说道：“还望傅恒大人在圣上面前替我周全。”傅恒说：“解铃还须系铃人，事情毕竟是在你曾经治理的地方惹出来的，现如今你虽调往吏部，也是脱不了干系的。我劝你速回直隶，与现任直隶总督那苏图将军商议，让他帮你想办法。切记，一定要恩威并施，不可乱行杀伐，乱了民心，这可是为官之大忌啊！另外，我还要奉劝右文兄一句，对待那苏图将军一定要谦和，那可是我大清三朝老臣啊，连皇上都要称之为师父的国之栋梁啊！”高斌千恩万谢地辞别了傅恒大学士，次日，便动身赶回了直隶总督府，去拜会直隶总督那苏图。

各位阿哥，说起那苏图将军，这里我还要多介绍几句。那苏图是满洲镶黄旗人，姓戴佳氏，是清朝老臣，康熙五十年，便世袭拖沙哈拉职衔，授蓝翎侍卫；雍正年间，历任兵部侍郎、黑龙江将军、奉天将军；到了乾隆年间，升为兵部尚书，后又调任江南总督和闵浙总督，这次又调任直隶总督。那苏图将军在大清朝声名显赫，治政有方。他十分重视民心民意，深受百姓拥戴，朝廷这次把他调回直隶，也是傅恒大学士向皇上力荐的，目的就是用这位德高望重的老臣来安抚直隶的百姓，平息沸腾的民怨。直隶历来属京畿之地。直隶动荡，则朝野不稳。所以历朝历代都十分重视对直隶地区的管辖，多选用治世能臣来担此大任。高斌当年能够担任直隶总督，也是因为他是善治水患的能臣，可惜他只懂治水，不善管民治政，不能充分体恤民情，还居功自傲，贪婪无度，才最终导致酿出民患。

此次，高斌拜见那苏图，一见面，便喋喋不休地斥责直隶民众刁蛮，冥顽不化。那苏图十分不悦地挥了挥手，打断了高斌的话，说道：“高大人，老夫上任之初，还在体察民情，实无计策可出，过段时日，再谈治理吧。”那苏图语气冰冷的一番话，言外之意，你高斌把直隶弄得到处乌烟瘴气，百姓对朝廷心怀疑虑。而且处置民乱时杀伐过重，特别是在追缴叛贼逆党时，滥杀无辜，导致直隶衙门丧失民心。如此局面你高斌还不知自省自检，还在妄谈治理，这不是火上浇油吗？我那苏图治政数十载，讲的就是“民心”二字，我可不能去蹚这潭浑水，还是放一放再说吧。因此那苏图用不冷不热的话把高斌顶了回去。虽然是吏部尚书，又是他的前任，可那苏图一点没有留情面，高斌也尴尬无比，只好悻悻地回到自己府中，生起闷气来。

现在的高府，仍是一片狼藉，许多房屋烧得只剩房架子了，不时传出阵阵烧焦的气味儿，许多家奴也被遣散，因此显得十分凄凉。只剩下前院临街的几幢青砖瓦房没有烧毁，高斌及其家眷和随从亲信暂时住在那里。百姓们暗地里纷纷议论说，这是现世报，害人损人都没有好下场。

高斌回到府上，看着眼前衰败的景象也十分沮丧、窝火，可是他并没有痛定思痛，知错改错，依然绞尽脑汁、一意孤行地想报复窦二冬等叛逆余党，仍然把直隶的百姓看成是自己的死对头。现在直隶新任总督那苏图看来是指不上了，只有靠他自己的力量了。于是，他把府上的大管家梅刚找来商议。

梅刚是他二夫人梅卿的远房表哥，过去在江湖上也曾经是叱咤风云的人物，绰号“群雄豹子头”。年轻时，曾在武当山拜铁臂罗汉学艺。五年之后，学成下山，自立门户。然而，此人心术不正，学武不以救苍生祛邪恶为用，却专好占山为王，欺压弱小。他笼络了黄河上游、下游大小武馆门生几百人，号称“黄河梅宗”，并自称梅中祖师。梅刚有七位拜把兄妹，都是武当派的弟子，武功高超，在江湖上小有名气，这些人因为意气相投，并结义为盟，推举梅刚为祖。在梅刚祖师下面，依次排列为“二师祖、三师祖……一直排到七师祖。”在这七位师祖之下，各师祖又拜师收徒，设立了几位师爷，在这二代师爷下面又招收徒弟，设立了第三代梅派传人，分别为“梅派大师父、梅派二师父……”经过三代相传扩充，人数已达数百人之多，势力很大，一般江湖门派都不敢去招惹他们。

高斌任职直隶总督后，官运亨通，在娶得梅氏为妾后，为了保护高府的安宁，提拔重用梅刚，把这个武当派梅宗创始人聘为了总督府总管。这使梅刚如虎添翼，有了赫赫有名的总督府总管这个头衔，他不论走到哪儿，都吃得开，行得通。所以后来梅刚的梅宗派俨然成了高斌欺压民众商户、搜刮民财的帮凶。当高斌找到梅刚把事情和他一说，梅刚便毫不犹豫地说：“老爷，您放心，我们梅宗在黄河一代名震天下，这个仇我来帮您报！”高斌摇了摇头，心里明白梅刚这伙人都是穷凶极恶、手段残忍的花花太岁，如果给他们权力让他们出马，直隶便永无宁日。高斌倒不是怜悯百姓，而是怕把事情闹大，不可收拾，无法向朝廷交代，特别是傅恒大学士反复叮嘱过，绝不能再闹出更大的民变。

所以高斌沉吟半晌后，对梅刚说：“不要老是想着打打杀杀，我这次是要你用光明正大的手段，名正言顺地办这件事。我想到一个计策，你要给我摆一个擂台，就由你这个梅宗出面，联络南七北六十三省的武林界朋友，广发英雄帖，擂台的擂主就由你们梅派宗师担当。你不也总是想和各大门派比试比试一决高低吗？怎么样，有没有这个胆量，敢不敢接这个碴儿？”梅刚听了有些意外，惊讶地问：“老爷，你怎么忽然想起打擂台了，究竟是何用意啊？设擂台我倒是不惧，但关键是要出师有名。按江湖惯例，摆擂设台要有明确的目的，即有所求之事，有了彩头擂台才有看头，才会引起天下英雄纷至沓来。”高斌说：“我不管擂台由头，也不管你如何引来八方来客，我的目的是让你通过比武打擂，激出窦二冬这伙刁徒，然后将他们打败制服。这样我就能名正言顺地捉到窦二冬，报了烧府杀子之仇！同时又没有忤逆朝廷，骚扰百姓，这不是一举两得吗！而且大清历任皇帝崇尚武功，满族也是个尚武的民族。你比武设擂会聚天下英雄，就是弘扬武学，名扬天下，此举定能获得圣上的赞赏。你若真是有本事守住了擂主，拔得头筹，弄好了你就可以一步登天了！说不定皇帝封你个国师也未可知呢。”

梅刚听后兴奋不已，说道：“老爷，这可是个千载难逢的大好机会啊！此事您就交给我办理，我一定办得风风光光的，招来天下英雄。我有把握守住擂台，击败各路豪杰，擒拿窦二冬等叛匪。”高斌又向梅刚面授机宜说：“我在京师那边事多，且我不宜在此多留，所有擂台的茶食饭宿，一应费用都由府中承担。但是有一条你必须给我做到，就是必须要想方设法让窦二冬那伙人前来参加打擂。我三日后返京，你这些天必须给我个交代，告诉我窦二冬等人是否能参加打擂。”

过了几日，梅刚向高斌禀告说：“老爷，在下通过明察暗访已经知道窦二冬一伙人的下落。”高斌一听忙问：“他们在哪里藏匿？”梅刚说：“具体藏在哪里尚不得知，但是只要找到一个人就不愁找不到他们的踪迹。这人就是信安狱卒郑孝。”高斌疑惑地问：“找到信安狱卒郑孝为何就能牵出窦二冬？”梅刚胸有成竹地说：“老爷，我的五师弟认识郑孝这个人。他是信安狱中有名的巡官，官拜六品骁骑校，义军叛乱时，他曾帮助过窦二冬截获官银，与窦二冬等人来往甚密，关系非同一般。”高斌听后恍然大悟，又问：“那你有什么法子把窦二冬他们请到擂台上呢？”梅刚诡秘地一笑说：“我这次就以武当派传人的身份邀他代表少林前来赴擂，如不来，便是他少林派惧怕我武当派，不敢与武当派对决。这对少林派来说可是奇耻大辱，我量他窦二冬不敢担此大责。”高斌听后，点头称赞道：“此法甚妥！你这次可是捏住了他的软肋。”

高斌离别前又向梅刚交代了借助擂台擒获窦二冬一伙人的具体事宜，又把一支可调动兵部军马的兵符交给了梅刚，说：“这是兵部尚书来保大人调配给我的一支八旗兵勇，就驻扎在直隶境内，届时你可调来使用，以备不时之需。”布置好一切后，高斌便返回京师了。

接下来，梅刚一方面安排自己的五个门徒，魏生、刘泉、马起、范大新和肖美玉，张罗擂台的准备事宜。这五个徒弟被称为五虎上将，都是非同一般的人物，都各自身怀绝技。他们手下都有一伙强人，特别是魏生，在武林中颇有名气，因人长得清秀，待人彬彬有礼，乍一看都以为是一位大秀才，江湖人称"清水剑仙"。他擅长使用长剑，有行云流水、出奇制胜之功。刘泉、马起、范大新这三个人也是武林高手，都擅长使用金镖，百发百中，还各自从师学得偷盗之术，故有"梁上君子"的绰号。他们曾先后盗窃过顺天府里府尹的元宝楼、避暑山庄的玉如意、紫禁城坤宁宫中皇太后所用的八宝荷包，轰动了整个京城和承德一带。许多大内侍卫为此贬官罚俸。此后，梅刚他们又将盗取的宝物送了回去，并且放言说要与朝中侍卫一比高低。因此，梅派神偷之技，在京城人人皆晓。

再说，梅刚手下那位唯一的女师妹肖美玉，年方二九，是武当派第三十六代传人，守一长老的关门弟子。她是守一长老云游捡来的弃婴，抚养长大后聪慧好学，颇有慧根，守一长老十分喜爱。因此被守一长老收为一代传人，悉心传授。她也算巾帼不让须眉，各种刀剑兵器样样学得出神入化。守一长老与梅刚的关系也甚密，梅刚还俗后，年年都要上山给各位长老奉献美酒、糯米、鹿肉等，供养山中众位僧侣，守一长老十分感念，觉得他是位仗义之士。肖美玉既是守一长老的徒弟，同时守一长老也将她视为亲生女儿一般，所以就把肖美玉托付给梅刚，让她与梅刚结为师兄妹，跟随梅刚还俗。嘱咐梅刚将来给她找一个般配的英雄豪杰结成伉俪，以免过着青灯古佛的寂寞生活。因此，肖美玉一直就跟随梅刚也住在高府，肖美玉聪明伶俐，又会来事，高府上下都很喜欢她。

梅刚让手下布置完擂台一应事宜后，便带着几个随从，骑马直奔信安城去找郑孝。到了信安城后，始终未找到郑孝本人，于是梅刚便拿着高斌的手谕面见信安府丞。府丞大人一见高斌手谕，不敢怠慢，赶紧找来与郑孝关系亲近的牢狱监巡，告诉他们高斌总督府的梅刚大人有要事相见，让他们务必转告郑孝，命他即刻来见，不可违拗搪塞。郑孝得到消息后，知道躲不过去了，只好让人将梅刚等人领到藏身躲避的临时院舍。郑孝见到梅刚后，躬身施礼道："总管大人，下官怠慢，实在情非得已，望梅大人见谅。说起来下官还要拜谢高斌大人和梅总管的相助之恩呢。"原来清兵剿灭白洋淀叛乱后，朝廷查知郑孝与叛军有染，并曾私下相助，便下令缉拿郑孝到顺天府，还是高斌为他说情开脱，说此人为人热心，仗义，善于助人，并非与叛匪同流合污。高斌的用意是想笼络下边的官吏，让他们记得朝廷的恩德，只要心向朝廷，安分守己，以此为鉴，朝廷便可既往不咎。

梅刚对郑孝说道："郑大人能记得总督大人的大慈大悲就好。你也是一时糊涂，误帮了歹徒。我此番前来，就是给你一个报答高大人的戴罪立功的机会。"接下来梅刚将高斌打算设擂台之事详细说给郑孝，并请郑孝代为传信儿，希望窦二冬等人参加擂台，万勿食言。梅刚还反复叮嘱郑孝："这次擂台是我武当派门人设立，而他窦二冬是要代表少林派参加的，若是他窦二冬不来，便是他少林门人不敢与武当派对决。"梅刚说着便将署有武当门派黄河梅宗的英雄帖递给了郑孝。郑孝接过英雄帖面落难色地说道："梅总管，我本当尽心竭力报答总督大人的再造之恩，可是自事发后，我已久未与窦二冬众兄弟联络，他们这一段时间也未来找过我。我现在自身难保，也在躲藏避祸呢，实在是不知道他们的下落。"梅刚听后，哈哈大笑道："郑大人，我相信凭你的能力，要想联系到他们并不是一件难事，而且我相信郑大人知道高大人已经升为吏部尚书，如果这次你的表现不能让高大人满意，我想你与私通叛匪的罪名是脱不了干系的，不但你的骁骑校等一切功名都将会被注销，还要连累妻儿老小受囹圄之灾，孰轻孰重你好自掂量吧！我就给你二日为限，你务必将窦二冬等人给我请到擂台来。"说罢，便拂袖而去。

待梅刚一群人走后，郑孝与家人商议，看来能否渡过这次大劫，一是看二冬等义士是否能给我这个面子，二是看他们能否有这个胆识来赴这场鸿门宴，如今首要的是先要找到他们。于是郑孝告别家人，背上行囊去大清河一带寻找窦二冬他们的踪迹。他走访了许多当年义军落脚之地，都没有找到，而且这些联络点都已经遭到了破坏。他颓丧地坐在大清河边，正在一筹莫展的时候，忽然想到良王庄钱府可能是二冬他们落脚之处，便起身沿着大清河向良王庄奔去。结果，苍天不负有心人，正巧他在路上遇见了商勇，刚从老家回来，也是要前往良王庄。商勇知道郑孝当年曾冒死相助义军，也十分敬佩郑孝的为人。听了郑孝把事情来龙去脉说了一遍，沉思半晌说："郑孝大哥，此事非同一般，旗主确实就在良王庄钱府，咱们还是一起去见窦二冬旗主再作商议吧！"就这样，郑孝随商勇来到钱府与众兄弟见了面。

窦二冬等人知道高斌等人名为比武设擂，实为暗地埋伏剿杀他们，个个都气得咬牙切齿，义愤填膺。二冬说："此计谋可谓毒辣，他用设擂下英雄帖这招逼我们现身。高斌等人深知我窦二冬是讲义气之人，绝不会做出辱没少林师门的事，看来这个擂台我们是非去不可啊！”钱强忙接道：“我们可不能上当自投罗网啊！他们肯定重兵埋伏，正等着我们呢。”大老黑深思了一会儿说：“钱强兄弟说得有道理，这肯定是一场鸿门宴！可是咱们若是不去，也肯定给他们落下话柄，蛊惑百姓说咱们义军胆小怕事，不敢堂堂正正地与他们一决高低，正面交锋，如此一来，我们今后若想重整旗鼓可就被动、困难了。”众人七嘴八舌地议论开来，围绕着是否应战，戗戗起来，过了好半天也没议论出个定论。

这时红儿站起来说道：“大家不必议论了，咱们上擂台比赛就是，没有二话可说。”众人都疑惑地望着她，红儿接着说道：“诸位想啊，咱们不是正要寻找高斌这伙人报仇吗？不管这伙人是三头六臂，刀山火海，他们自己找上门来，我们有什么理由不应战呢！而且这次比武擂台是天下英雄的会聚，我们不但可以借着这次擂台扬我们义军的声名，还可以得到各路英雄的理解和相助，向天下武林英雄和黎民百姓昭告高斌等人的恶行。”一番话说得众人顿开茅塞，点头赞许，大家都觉得红儿说得有道理。这时二冬站起来说道：“这段时间我一直思考下一步棋怎么走才好，没想到高斌等人先出招了，也好，我们就来个将计就计，应承他们赴擂比武。我不相信咱们会败在梅刚一伙人手里，他武当虽是天下名门，可是大家也知道武当、昆仑、少林、峨眉等名门正派，历来都是主张正义，德配天下，也都是扶危济困，广爱众生，相信各大门派绝不会任人胡为，助纣为虐的。只要咱们做好万全准备，想好退路就不会吃大亏，束手待毙。”随后二冬对郑孝说：“你回去告诉高斌的总管，我们会准时赴擂，绝不食言！”

此时，钱强已经准备好酒席，便招呼大家一同入席，一为款待郑孝与众兄弟相聚，二来也算英雄壮行，誓师之宴。席散，郑孝不敢耽搁，便匆匆与众兄弟告别，回去向梅刚复命去了。接着二冬与红儿还有众位兄弟便仔细认真地商议起对策来，他们设想了各种可能性，并分别想出对应之策，以防万一。

武林中摆擂设台竞比武艺，自唐宋以来便蔚然成风，到了清代尤为盛行。大清国素有尚武之风，尤其是圣祖康熙年间，为了抵御外敌，康熙皇帝极其重视武功治国，康熙二十一年，冬巡之前，便开设木兰围场，是八旗将勇围猎练兵的主要场所。清朝强调设擂比武，夺魁者可获“巴图鲁”称号，入选御前侍卫。御前侍卫以拳法、剑法、骑术分为一等、二等、三等侍卫，是荣誉显贵的一种官职，也是习武之人的众望所归。当时设擂台比武讲究光明正大，以武服众，以德服人。擂台的规矩也十分严格，比武者不得以积怨伤人，不得使用暗器，更不能借用擂台公报私仇，讲究的是谦恭敬谨，倡导的是青出于蓝而胜于蓝，以此光耀武林。

梅刚得到郑孝的报信，得知窦二冬等人会准时赴擂，自然是如释重负，喜出望外。他一面差人去京城向高斌报信，一面派人抓紧选址搭设擂台。经过一番斟酌，最后擂台选址在静海西的一片树林。这里四通八达，东靠近运河，西通文安县，南临青县沧州，北接霸州直隶，正是行人最集中热闹之地。而且梅刚得到高斌的授意，这一代是白洋淀民众起义最频繁的地区，离天津、直隶很近，调动朝廷兵马也很便捷。高斌临走时，给他留下的那支八旗兵就驻扎在直隶附近。

擂台很快搭建完成，十分的醒目、阔气，用的全是静海附近的青杨木搭建而成。擂台有一人来高，选手可以纵跃登上擂台，台上搭着席棚，可以遮风挡雨，席棚上面用红布做成帷幔，上面用许多彩线绣着各种花卉，当中用白绒球和亮银片镶嵌着“静海擂台”四个大字，十分醒目、美观。擂台台面很宽阔，都是用一掌多厚的松木板拼接而成，非常结实，还富有弹力，可以让打擂的人尽情踢跳、翻滚，施展身手。

时光荏苒，转眼到了开擂的日子。这一天是个艳阳天，静海周围人山人海，所有大小旅店都挤满了观擂和打擂的人。算起来，直隶一带有十几年没有举办设擂比武的盛事了，往年八旗兵营选用武功人员，都是在各个州县衙门里的现成演武场，规模也较小。报考男丁报号入阵，竞比武艺，胜者由主考官抛下红签便是选中，然后再填写档册，上报兵部。这次高斌专门命梅刚设立擂台，虽是有所企图，时间也有些仓促，但好在梅刚手下办事得力，各地武林豪杰也都很久没有经历擂台比武了，所以接到英雄帖后，都跃跃欲试，摩拳擦掌，报名者十分踊跃。而围观看热闹的百姓也都图个新鲜，都赶来看个究竟，而且当地的百姓都明白个中的由来，明眼人一看就知道，这个擂台是专门针对白洋淀起事义军而设的。这是朝廷用设立擂台撒大网，将叛逆余党一网打尽。可是许多百姓是同情义军的，心中憎恨清军的横征暴掠、滥杀无辜，所以都想来看看，一旦有事也尽量出手相助。

眼下，静海擂台已经被围得水泄不通，从天没亮人们就朝着擂台涌来。人们奔走相传：“这次擂台可有看头了”“听说窦二冬等人必定前来打擂，这次可够高斌这伙人喝一壶的了。”商人小贩也不会错过这难得的热闹场面，沿街叫卖吆喝声此起彼伏。有卖麻花的、卖沙琪玛的、卖糖人的、卖羊汤烧饼的，一个挨着一个，就连耍猴卖艺的也来凑热闹，那场面要比当地的赶集还要热闹。

在静海，南来北往的路上，不时走来一队队打着旗号的各派武林人马。个个穿戴整齐，头上裹着英雄巾，身穿各色紧身短袄，腰上系着宽带，打着绑腿，身上背着各式兵器，信心十足，志在必得。擂台前由八旗兵围出了一个宽敞场地，供各路参赛者一字纵向排开，打着各自旌旗、名号。场地内是锣鼓喧天，旌旗招展。众人都在各支队伍中辨认寻找着窦二冬的义军队伍，大家还小声议论道："怎么没有看到窦家兄弟的队伍？"有人说："不会是临阵胆怯，不敢露面了吧？"有人当即反驳说："怎么会呢！那可是真正的英雄好汉！别瞎猜了，等到擂台开张时，就见分晓了。"其实，大家心里都盼着窦家兄弟出面好好教训一下梅刚这伙恶人，为百姓出口气。

台下正乱哄哄地七嘴八舌、议论纷纷，这时，只见台上闪出两个胖墩墩的壮汉，各扯起一端红色帷幔，向两边跑去。大幕拉开，呈现出宽敞威严的静海打擂台，此时，擂鼓咚咚地响起，台下响起一片热烈的掌声和呐喊声。这时一位笔帖式高声宣布："吉时已到，比擂正式开始！"接着笔帖式又郑重宣布了擂台比武规则，规则刚一宣布完毕，各路英豪便摩拳擦掌，争先恐后，比武献艺，那真是你方唱罢我登场，竞相献艺。赢了的兴高采烈，踌躇满志，败下来的则垂头丧气，灰头土脸。

热闹的场面一直持续到下午，登台打擂的人才开始渐渐稀少。这时，台上有一人纵身翻上擂台。只见此人身高体壮，头上裹着方头巾，上身穿着镶着蓝边的红绒背心，露着宽阔的臂膀，结实的胸膛，显得十分健壮。这位大汉向台下抱拳施礼，声若雷鸣地说道："众位武林同行，各大门派师傅，八方宾朋，众位父老乡亲，在下有礼了！本人乃黄河梅宗祖师，梅刚大人同宗师弟，排行老三，也是梅宗七祖之一，武当山栖霞洞主赛罗汉孟东彪是也。日前奉师兄梅刚召请，特来静海擂台助阵，比武会友，敢问哪位请上擂台与我比武过招，孟某在此恭候奉陪！"过了一会儿，见仍然没有人上台应战，孟东彪便不屑一顾叉着手说："怎么着，没人敢与我赛罗汉交手吗？我可是等不及想要活动一下筋骨哪。"孟东彪在台上口气狂妄地叫喊着，早已激怒了台下一个人，此人正是窦二冬的兄弟大老黑。

临来前，二冬与众位兄弟商量好，此次赴擂不打旗号，不结队而行，而是分散开来，乔装打扮，以便见机行事，互为照应，避免被清军设埋伏，一网打尽。不到必要时，尽量不登台挑战，一切都要见机行事。可此时大老黑见孟东彪出言不逊，狂妄自大，便坐不住了。他猛地纵身一跃，跳上擂台，一个箭步蹿到孟东彪面前，一把扯住孟东彪的背心说道："休要狂言，我来会会你，接招吧！"那孟东彪见突然蹿上来一个黑脸大汉，并没有惊慌，而是淡然地伸手挡开大老黑的手臂，退了一步，说道："这位好汉，按擂台规矩，先报上名号，别一会儿我给你打趴下送到阎王殿去，都不知道怎么给你填写生死簿子。"这话说得忒气人，大老黑气得哇哇直叫，怒声吼道："你爷爷我姓李名水，叫李水。绰号叫气死驴！"各位听者可能感到奇怪，大老黑怎么报了这么个名字？原来，事先他们知道官府已经掌握他们的底细，所以为了保险起见，每个人都用化名报号。钱强给大老黑用"黑"字拆分了个名字，上边一个"里"字，下面是个水旁，就叫李水。

赛罗汉孟东彪听后撇嘴笑了笑，说道："这名字可新鲜，有点意思，谁给你起的啊？"大老黑不耐烦地说："这还用你操心！"说着向前猛地一跨，顺势冲出双拳，一招"饿虎掏心"，又疾又狠，来势凶猛。赛罗汉一惊，赶紧往右急转身，让过对方的双拳，顺势也来个旋子步，左腿一个扫堂腿，像老头推磨般朝大老黑后腰踢来，也有排山倒海之势。大老黑不敢怠慢，也急忙收腹转身，退出几步，将将躲过。孟东彪看一击不中，赶紧一个鲤鱼打挺，鹞子翻身，反身跟进追过来，又是一记扫堂腿，他想尽快打趴下这个其貌不扬的黑脸大汉，所以这次使出浑身力气，异常迅猛。大老黑早已防备，知道这招的厉害，一见躲避不开，索性将计就计，深吸口气，身形暴涨，蹿到半空，纵身一跃，落到了孟东彪的身后，就势朝他后腰猛地踹去。那孟东彪把重心都压在那记扫堂腿上，用力过猛，没想到对方如此灵活，一时间后门顿开，弱点尽露，被大老黑如同小山般的身形压过来，这一脚就像岩石般撞在孟东彪腰间，一下子把他踹出丈把远。就听噔噔噔，他一连串的趔趄，再也站不稳了，"吧唧"一下，直接摔下擂台，疼得嗷嗷直叫，再也站不起来了。

台下梅刚的手下赶紧过来把他抬入大帐中休息疗伤。台上，大老黑向众人深施一礼，憨笑着说："承让！承让了！"台下响起一片掌声和叫好声。这时只听一声高叫："你个黑汉子，竟敢伤我师兄！看我来收拾你。"随着声音蹿上来一人，这人个子不高，看上去也就十五六岁的样子，他上来后就不停地在台上又蹦又跳，那机灵敏捷的动作，倒像是蹿上来一只小猴子似的。大老黑年纪较大，本来眼神就不济，被他绕着圈地在身边左右蹦跳，有些气恼，喝道："来者何人？给爷爷我报上名来！"那个小人一时不闲地蹦跳，尖声说道："我乃武当山栖霞洞人，江湖人称金头神猿侯畅的便是在下。我师父赛罗汉宅心仁厚，见你年纪太老，不忍伤你，你却将他打成重伤，我要你吃点苦头！"说罢便一纵身扑了上去。大老黑根本无法看清这个金头神猿的招法，动作十分快速，抽冷子就用他的头撞击大老黑的腰间，完了就跳开，弄得大老黑是有劲也无处使。台下响起一阵嗡嗡嘘声。有人说："这下黑大汉要吃亏了！""这个人足够伶俐的，真的像猿猴哪。"

台下，窦二冬也替大老黑担心起来，开始他没想到大老黑会忍不住冲上擂台，原来是计划商勇打头阵的，如今大老黑被激怒跳上擂台，那个胖子孟东彪也是傲气欺人，疏忽大意，吃了大亏。他本想让商勇叫下大老黑，没想到侯畅抢先一步，不容分说，死死缠住了大老黑，如此下去，大老黑肯定要被动吃亏。所以二冬赶紧对不远处的钱强使了个眼色，让他冲上去替大老黑解围。就在此时，台上侯畅说时迟那时快，在蹿跳之中，冷不防绕到大老黑背后，就像已发射出的冷箭般，急速撞向大老黑，不偏不倚正好撞在腰眼儿上，大老黑疼得有些吃不住劲了，一个踉跄，失去重心，身子往前一倾，跌跌撞撞射向擂台外。钱强早有准备，借着大老黑的惯性，赶紧接住，没让他摔倒在地。钱强扶着大老黑，小声说道："老黑哥，快好好揉揉后腰，化开力道，不然淤了血就麻烦了，让我来收拾这只小猴子。"

说完纵身一跃，来到台上，高声喝道："小猴子，放马过来！我就是专吃你这个猴头的如来佛弟子，金剑大师！"来到擂台中央，拉开架势，站好位置，一只手在前亮出一个手刀姿势，一只手握拳护住腰间，不让对方有机可乘。钱强绰号就叫"铁壁王"，力大无穷，出手又快，金头神猿侯畅围着钱强绕了大半天，也找不到任何破绽，无法攻入，急得吱吱乱叫。钱强心里明白，他的上蹿下跳不过是一种障眼法，只要你不着他的道儿，他便无计可施，相反越急越容易给他可乘之机。我就偏偏不给你机会接触到身体，看你有什么能耐。这样又斗了几个回合，小猿猴仍然靠不到钱强身边，每次刚要冲过来就被钱强的铁壁重重迎头痛击，打得眼冒金星。钱强已经完全控制了场面的局势，心想不必和你耗下去了，换个对手来较量吧。

突然，钱强大吼一声，一个箭步，欺身上来，一把抓住小猿猴的后腰猛地拎起来，抡了一圈，就势一甩，嘴里还喊道："去找你的赛罗汉师父去吧！"钱强力气极大，加上侯畅身子又轻，这一下子把他甩出了足足几丈远，直直地摔倒在十几米外的草地上，头朝下来了个嘴啃泥，摔得是满脸鲜血直流，满地找牙啊。台下是一片欢呼雷动，钱强还没等向台下抱拳致意，擂主梅刚看不下去了，纵身一跳，来到台上。抱拳说道："钱大庄主，别来无恙啊！谁人不知你钱强、钱刚兄弟二人当年可是运河两只虎！什么如来佛弟子，金剑大师的，少在这里蒙人了。说来你兄弟就死在窦二冬手上，你不但不替兄报仇，还认贼作亲。与窦二冬等人狼狈为奸，与朝廷作对。如今来到我这英雄会聚的擂台上，还隐姓埋名的不敢露出你们的庐山真面目！"

钱强一见梅刚亲自出马了，这时真佛现身了，就冷笑道："坛主上来，钱某真是有幸啊！你的这番话是不是要撕开你们的假面具，露出你们的真正嘴脸了？名为比武打擂，实则引诱我们上钩，好替朝廷将我们义军一网打尽，再去领取主子的赏赐啊？你们这就是彻头彻尾的助纣为虐的小人之举。"一席话，说得台下人们交头接耳、议论纷纷。梅刚一听钱强道出了他们的真实目的，触到了他的疼处，有些恼羞成怒，忙掩饰说道："铁壁王钱强，朝廷怎么捉拿围剿你们，与我无关，本擂台早已昭告天下，以武会友，广交天下朋友。凡是光临擂台的所有英雄，都是我梅刚的贵客，一律欢迎，绝不另眼相看！包括你钱大英雄，也包括你同道的所有兄弟。"钱强说："好！梅坛主，就请你出招吧！我也好向黄河梅宗请教几招。"梅刚抱拳说道："此言差矣！你是站擂者，那赛罗汉、金头神猿都是我的弟子，他们既然都败在你手下，我是来为他们出头争雄的，理当由你先出手赐招啊。"

钱强也不和他废话，一声："那钱某失礼了！"说罢，向前迈步顿脚，旱地拔葱一跃而起，双拳早已"呼"地打出，来了一招"双风贯耳"。梅刚早有准备，身子向后斜退，双手护住两耳旁，身子向右一扭，抬起左腿飞旋直击对方右肋之下。钱强一见，双臂抡起格挡开梅刚飞踹过来的左腿，两人霎时你来我往，扭打在一起。两个人越打越快，都想一招置对方于死地。台下人是看得眼花缭乱，目不暇接，真的是棋逢对手，难分高下。两人足足战了四十多个回合，不分高下。此时窦二冬在台下看得真切，从步伐转跳、出招速度可以看出梅刚还没有使出十分力气，而钱强却有些筋疲力尽了，虽然招法上并没有输掉，但动作已经明显不到位了，如果久耗下去，钱强必定吃亏，看来钱强与梅刚的武功还是有差距的。二冬便向擂台右侧的红儿发出了信号，示意她上台接替钱强。红儿一直在密切注意台上的一举一动，她也看出钱强渐渐落在下风，正要上去就看到二冬的信号了，赶紧一步跃上擂台。高声说道："钱大哥，你且退下休息，我来会会梅刚坛主。"

钱强心中也知道梅刚手脚招式神速，自己不是对手，一直在苦苦支撑，听到红儿喊声，正合心意，便一纵身跳到圈外，来到台下。红儿拱手施礼道："梅大师，小女子村姑有幸来此，结交天下豪杰，特向你讨教几招。"梅刚瞅着红儿说道："难道又是一位隐姓埋名者？这位女侠想必也是窦二冬同道中人吧？如不报上名来，恕本坛主概不奉陪。"说罢就要退下擂台。红儿一看便说道："梅刚大师请留步！我就是被高斌、策楞杀害的陈吉海的女儿陈红玉！我知道你梅刚大师是高斌的总管，为他设此擂台，不就是为了要找到我们、擒获我们吗？我这次来就是替父报仇，不但要会会你黄河梅宗梅刚大师，还要会会高斌和策楞，向他们讨个说法！都说当今圣上贤德爱民，我就是想让皇上还我们一个公道，百姓何苦，为达所愿，以血荐之，在所不辞！"

梅刚听到红儿的一番豪言壮语，笑着说道："好样的！在下佩服你的英姿飒爽。本坛主早就知道你了，还知道你和窦二冬新婚，洞房花烛。我本想与你丈夫、献县赫赫有名的大英雄窦二冬切磋一下武艺，既然窦夫人上来了，就成全你一下，让我们武当派守一长老的传人肖美玉与你对决。武当、少林两位巾帼女侠比试武艺，相信现场的父老乡亲一定是热切期盼吧，大家说是不是啊？"台下响起了一片叫好声和掌声，肖美玉也应声来到擂台，走到红儿面前作揖施礼道："陈红玉大师，肖美玉这次献丑了！我们还是来比试兵器吧，我擅使拂尘，不知你的兵器是什么？"红儿说道："好啊，武当山第三十六代传人守一长老是我师父敬佩的德高望重的大师，他老人家的爱徒，一定错不了的。来吧，我就使用青虹剑吧。"

这下子，人们全都沸腾起来，都想目睹两大名派的女弟子斗法比武，这可是千载难逢的好戏啊！肯定大有看头，人们欢声雷动，引来了更多的人前来观看。台上肖美玉从背上解下一个乌木拂尘，足有三尺来长，拂尘须子是用银色鬃毛梳成，阳光下闪亮夺目。拂尘是武当派一种特有的利器，凭借使用者运起功法力道，舞动拂尘，可削断筋骨，其利无比，绝不亚于任何锋利的刀剑。红儿的青虹剑也是一把削铁如泥的宝剑，剑身舞动，使剑锋舞出一道白光，罩住使剑人，令对手很难突进去。

台下一下子安静起来，大家屏住呼吸，看着两位绝世佳人施展武艺，两人开始对打起来，都想尽展平生所学，为本师门争光，两人在台上你来我往，一边是剑花璀璨、密不透风，一边是拂尘舞动、银光闪耀，令人眼花缭乱，台上是双方各显神通，互不相让，台下是看得如醉如痴，意犹未尽。就这样双方大战了六十多个回合，仍然不分高低上下。此时梅刚走上擂台，拦住了还要在大家的欢呼和掌声中继续比试的两位女中豪杰。说道："感谢两位为我们带来了如此精彩的比武对决。时辰不早了，二位以后再找机会切磋吧。现在，我要请出一位重头人物出场！他就是名噪直隶一方，统领数千民众，敢与朝廷分庭抗礼的大英雄窦二冬大侠！既然有如此气魄胆略，就该登台让大家见识一下你的绝世武功啊！怎么还不敢登上擂台哪？窦大侠，难不成你害怕了，不敢上来了吗？"

台下的窦二冬等人早已做好准备。二冬知道今天要想打破僵局，让他们措手不及，无法实现按计划抓捕义军的行动，就必须先下手为强。出其不意，攻其不备，打乱他们的部署。于是，正当台上梅刚还在滔滔不绝地叫嚣着，就见一道人影闪现在擂台上，窦二冬已经站在他面前。说道："何来惧怕？方才登场打擂的都是为被你们杀害的亲人讨还公道、报仇雪恨的！我看怕死的是你梅刚吧，只会做一只看家护院的哈巴狗，为你的主子卖命邀功。我从来不齿与你为伍，你根本没有资格来召集这场比武擂台！我就来成全你，看招吧！"

话音未落，窦二冬便纵身跃起双拳袭来，梅刚立刻迎接，双手护住脑袋，可不想，这只是虚晃一招，窦二冬在身子落下时，旋即一个鹞子翻身，双腿齐出，一个连环腿，力大势沉，正砸在梅刚的天灵盖上。顿时，梅刚脑浆迸裂，扑通一声，栽倒在擂台上，血流不止，当即毙命！

台下顿时乱成一片，梅刚的喽啰们从四面八方蜂拥到擂台上，他们哭喊着："师父啊，你死得好惨，弟子们给你报仇。"魏生、刘泉、马起、范大新和肖美玉等也一起跳上了擂台，将窦二冬团团围住。紧接着外面炮声一响，埋伏在远处树林中的清军也从四面八方冲了上来，这是早有预谋的。大老黑、钱强、红儿见势不好，一起冲上擂台交起手来。最后，经过一场惨烈的厮杀，窦二冬率领众兄弟杀出一条血路，带兄弟们冲了出去，一转眼便跑得无影无踪。

而梅刚的兄弟和清兵损失惨重，魏生、刘泉受了重伤，马起当场死亡，两个骁骑校也死在窦二冬手里，一个左领也被砍断了一只手臂，只能收拾残兵败将，派人去京师向高斌报丧去了。

高斌得知最信任的管家梅刚被窦二冬当场打死在擂台上，自己的清兵也损失惨重，他又悲又惊，便立即赶往直隶总督府，去面见那苏图，请他赶紧奏报朝廷，派重兵去清剿窦二冬这伙叛民余党。那苏图呻吟了片刻说道："老夫早已告诉你，不要屡屡与直隶民为敌，可是你不听我劝，才导致今天这个局面。你自以为聪明，命府中管家摆擂设计，你们趁乱抓人，结果却弄巧成拙，眼下这局势我也是爱莫能助啊。"那苏图不支持高斌的行为，高斌碰了一鼻子灰，只好灰溜溜地回到了京师。他心里知道，事情办砸了，他会遭到训斥，说他此事办得鲁莽、失策。

说来高斌这个人，在朝廷中乃至在皇帝的心目中，当年还是颇为受宠的，认为他是一位有才干的能臣。他在雍正年间，任内务府主事，后升任郎中，并任过织造、布政使等职，治理江河水道，小有成就。从乾隆元年起，他主要负责永定河和大运河上的水利灌溉，向朝廷提出了很多有建设性的奏疏，深得乾隆皇帝的称赞和嘉奖。如今他在朝廷的声誉日益提高，最后乾隆皇帝便委以重任，命他担任直隶总督这一重要官职。但是高斌在执政方面，就远不如他治水来得高明，他总是过分强调严治，而忽略了体恤怜悯，他把治水和治民混为一谈，而且他在实施严治的同时也实施了苛捐重税，他总认为河北一带百姓富足，官府收税也是为了治理水患，有利于民，这是天经地义之事。

因此高斌在任职时，朝廷还是颇为满意的，乾隆十年还授予他太子太保的显赫爵位。但是后期他的严政受到了百姓的抗拒，最后终于导致顺天府的民众叛乱起义，这都是高斌的严政和重税一手造成的。大清国自入关以来，历经三朝四代在京师直隶，还从未发生过民众叛乱起义，直到乾隆初期，发生在直隶、顺天的民众叛乱，让乾隆皇帝感到非常震撼。当得知主要责任在于高斌之后，乾隆皇帝当时说道："此人只可治水疏浚，未有执政之才。"并嘱咐傅恒，速选恤民持重之臣，接替高斌，以安抚直隶、顺天等地。于是朝廷便派康熙朝以来的老臣那苏图接替高斌，出任总督。而将高斌调回京师，仍任吏部尚书之职，同时让他监管全国的水利治理，乾隆十二年还授予他文渊阁大学士之衔，直到乾隆二十年三月去世，此乃后话。

第八章 木兰盗御马

正因为高斌对于当地百姓过于苛刻，激起民怨，却不知改过，反而变本加厉，滥杀无辜，妄开杀戒。经过这次擂台风波后，窦二冬等人决定去京师告御状，让皇帝和朝廷知道直隶百姓生活的水深火热，年年遭受洪水灾害，执政者却不体恤民间疾苦，反而苛捐杂税繁多，民不聊生。窦二冬坚信，天下总有伸张正义的地方。

窦二冬率众人回到钱府后，红儿跟二冬说："二冬哥，这次打擂我们能全身而退，也算是幸运。现在看来，如果去京师告御状，人不宜太多，我看就我们两个人去吧，这样不会引起官府注意，目标不大，我们可以乔装打扮成一对普通夫妻。"因此，二冬和众人商定，众兄弟暂且再次安住，二冬和红儿北上京师，去告御状。这样大老黑就在钱府暂住，商勇仍回霸州老家。二冬不放心，嘱咐他们这段时间千万不要寻衅生事，只要各自安心休养。二冬和红儿告别众人便踏上了去往京城的路，一路上倒也没有引起官兵的特别注意。一天夜里，他们住在客栈，二冬却怎么也睡不着，眼前一幕幕的总是闪现白洋淀里被清军追杀的惨烈场面，多少兄弟姐妹死于非命，情同手足的陈吉海大哥也命丧黄泉……这天半夜人们正在睡觉，突然二冬大喊大叫起来，把红儿也吵醒了，忙叫醒二冬问："二冬哥，你怎么了？"二冬眼含泪水说："红儿，我梦见陈吉海大哥和各位兄弟姐妹，在茫茫的白洋淀中，策楞、高斌等人站在大船上，指挥清兵追杀着我们。又梦到燃烧大火的高斌府，可是高斌却没有被烧死，反而把他烧到了金銮殿，当上了吏部尚书，更加的耀武扬威。红儿你说这是什么世道，好人受气遭罪，坏人却当道称霸。"红儿安慰道："我们这不就是要去京城找乾隆皇帝诉说百姓的苦衷，也让皇帝知道他的手下贪官的丑恶嘴脸，我想皇帝一定会还我们顺天直隶百姓一个公道。"他们俩一路向北而行，昼行夜宿，马不停蹄，终于来到了京城。他们还是有生以来第一次来到京师，觉得格外的新鲜好奇。偌大的京城，把他们二人弄得晕头转向，连方向都搞不清楚了，更别提找到紫禁城了。他们俩逢人便打听紫禁城在哪儿，晌午时分，他们来到一家小饭馆，一边吃饭一边向掌柜打听，这位老掌柜听说他们要去紫禁城，惊讶地问："你们二位是要去紫禁城？那紫禁城可不是咱百姓去的地儿，我家在京城几代人了，还没有人到过紫禁城。紫禁城虽然在京城里，但那可是可望而不可即的地儿，就像天上的月亮，你够得着吗？"就这样，二冬和红儿在京城转了三天，也没有找到门路。后来总算来到紫禁城旁边，就只见到一片威严的城墙和一条护城河，还有里面不时传出报时的钟声。城墙四周有成队的御林军在巡查，有一队队骑马带刀的，也有挂着腰刀步行的，都是重装铠甲，戒备森严。这些御林军也根本不和你搭话，目视前方，旁若无人地走着，问什么也不回答，你若是往前靠近一点，便会冲出几个官兵，将你猛地推出老远，绝不允许靠近半步。他们仔细观察，发现护城河河面宽阔而且水很深，城墙很高，四周也十分的开阔，凭借轻功根本没法子越过去，虽然两人有绝世的武功，纵然有飞鸟的轻功，也只能望向清潭无能为力。他们信步向西走着，突然后面传来一阵吆喝声："快闪开，老爷回府了。"他们俩忙侧身观看，便是一台官轿，大概是哪位封疆大吏下朝回府，这种官轿是四人抬着，十分气派。紧接着后面又来了一顶两人抬的小轿，颤颤悠悠地从他们身边走过，便仔细观看，轿里坐着一位穿着红绒旗袍、梳着刘海、年纪约十七八岁的女子，还冲着他们笑，抬轿子的轿夫也穿戴整齐，粗声喝道："别挡道，快闪开。"二冬和红儿看着眼前的京师繁华的景象，也不免生出许多感慨，这皇城根儿下、天子脚下的人们生活倒是和乡下百姓不一样啊！

二冬他们一路向西漫无目标地走着，不知不觉竟然走出了城，前面是一片茂密的苍松翠柏，山里还隐隐约约传来钟鼓之声，他们一打听，原来这里就是京师的西山，山上有著名的卧佛寺和罗汉堂，两人本就是佛门弟子，红儿是少林佛门弟子，自然要进山去焚香礼拜。在大殿里，俩人手持香烛，暗暗祈祷着佛祖保佑，让他们在紫禁城得偿所愿。焚香祭拜后，二冬又和殿里的僧人攀谈起来，得知皇帝除在紫禁城之外，在承德还有一处别院，就是避暑山庄。大概离北京城八百多里，皇上每年都要去那里避暑，而且皇宫后院各路大臣都要随驾前往，每年都要在那里住上两三个月。

承德的避暑山庄始建于康熙四十二年，历时十年才初具规模，建成了文明的避暑山庄三十六景。现在到了乾隆年间，仍然在继续大规模地扩建，乾隆皇帝也学他的祖父，在扩建三十六景。二冬和红儿合计，既然在紫禁城见不到皇帝，那就去承德避暑山庄吧，也许在那里有机会见到皇上，告上一状。两人便打听好路，准备了不少干粮，向承德方向走去。走了半月有余，终于跨过了长城，来到了塞北，进入承德境内，可令他们万万没有想到的是，承德这里也像京师一样戒备森严，而且除了御林军护卫，还有不少八旗劲旅、健锐营驻扎在这里，保护着皇帝。当下山庄正在扩建中，显得格外热闹，因此从各地州府民间抽调来的能工巧匠和大量民工驻扎的帐篷连成一片，运送建工石料的马队也接踵而至，到处是锣鼓声、马队声，一片热闹的景象。他们在施工的人当中也到处打听，皇帝住在哪里，有人指给他们看，远处走过的一队打着旌旗伞盖和仪仗的队伍，那就是护卫皇帝的御前侍卫兵，他们簇拥着八九台黄龙大轿，后面还有身穿盔甲的八旗军，人们告诉他，这就是皇帝要去围场打猎的队伍。二冬和红儿觉得这是一次千载难逢的机会，便远远地跟随着皇帝出行的队伍，想找个机会面见皇帝。

此刻正是夏月，天气很热。两人在沿途路过一个瓜园，便想歇歇脚，讨口水喝。看瓜的老汉很热情，从地里摘了一个成熟的大西瓜给他们吃。二冬谢过后，一边吃瓜一边和老汉闲聊起来，说："那些马队可真够气派的啊！"看瓜老汉说道："可不是吗，年年如此。那些黄龙伞盖的马队就是皇帝去内蒙古草原的木兰围场打猎的队伍，自然是八面威风了。"二冬又饶有兴趣地问了许多关于皇帝出行打猎的事情。就这样，二冬和红儿远远地跟着皇帝的行銮，走了几天几夜，便来到了温都尔草原皇家木兰围场。草原的夏季，夜晚风很大，蚊子也很多，两人拢起篝火，打了一些山兔、野鸡在篝火上烤着吃，渴了就在温都尔河打水喝。温都尔河水喝起来非常的甘甜，河两岸的柳条也非常的茂密，河里面的鱼也欢快地游动，不时地从水中蹦起，和家乡白洋淀的子牙河一样多。草原的景象让二冬和红儿分外地惊奇，更让红儿和二冬惊奇的是草原的雷声，那声响震耳，能传出好几十里地远，打雷时的闪电也非常的壮观，从天空划过一直到地平线，这是多么美妙奇特的大草原！清晨的大草原笼罩在雾霭中，到处洋溢着清新的空气，令人精神飒爽、畅快。二冬心里感慨道，怪不得皇帝要带领着大臣和嫔妃们到大草原来，这里真是人间天堂啊！

二冬和红儿收拾好行囊，准备继续跟随队伍前行，刚走一会儿，就听见后面有一阵马蹄声，紧接着便是有人呐喊，二冬、红儿大吃一惊，以为被人发现了，赶紧隐蔽在丛林中，仔细观察动静。有人高声喊道：

“都不许放箭，不能伤了皮子，要用网子捉活的。”这时二冬才看明白，原来是一伙草原上的猎人，正在追逐着两只拼命奔跑的金钱豹。这两只金钱豹全身金黄色，带着黑褐色的斑点，动作非常敏捷，后面的猎人也在策马紧紧追赶。两只金钱豹虽然是幼崽，但也非常机灵，遇见土棱子一纵而过，就连小树棵子也能穿越过去，侧面有猎人包抄时，它们也能迂回奔跑，绕过马匹，继续奔跑。

二冬和红儿饶有兴趣地观赏着这草原上难得一见的狩猎场面，骏马和两只金钱豹还在追逐着。这时金钱豹眼看就要接近旁边的林地了，后面追赶的蒙古猎人焦急万分，高喊：“快快拦住，别让豹子钻进林中。”猎人们知道，如果让金钱豹钻进林里，它们就将失去踪迹，猎人将空手而归。两只豹子正朝二冬、红儿隐藏的林子奔跑过来，后面的猎人们急得哇哇直叫。二冬隐藏在一棵高大的杨树后面，正在两只豹子要钻进林子中时，二冬从腰中掏出他的宝贝暗器——两枚鹅卵石，迅速甩出去，只见两道白光，正好打在两只金钱豹的耳根，两只豹子被击中后，摔倒在毛茸茸的草地上，晕死过去。二冬的石子暗器不但打得准，而且力道控制得也很好，两只豹子被击倒晕过去后，还在那儿大口喘着粗气。

这时，后面的蒙古猎人也纷纷策马赶到，他们迅速地把金钱豹拖住，从马背上解下一个小铁笼子，将金钱豹装了进去，众人都围在四周，看着金钱豹。不大一会儿，两只金钱豹便苏醒过来，身子一纵还想逃跑，可已经被牢牢关进铁笼中，两只豹子惊恐地望着人们，呲着嘴，露出尖锐的牙齿，两只爪子也拼命地刨着铁笼，大声地号叫起来。此时后面追赶的猎人和大队人马都赶了过来，其中一位身穿黄色马褂，头戴猞猁大帽，脚蹬豹子斑点长靴的人走过来，众人都手扶胸膛，躬身退让，一看便知，此人应是他们的头领或是王爷。只见他看着金钱豹，用蒙古语询问着什么，大概是问，是谁出手相助，擒住这两只金钱豹的？众人都摇着头，他们也不知道究竟发生了什么事，没有人射箭，也没有人出手，豹子却突然倒在地上了。

经过一番仔细检查，他们才在豹子的耳根后发现了被击中的痕迹，不由得都纷纷竖起大拇指赞叹起来，是谁有这么好的功夫，在草原上狩猎，所打获的猎物的皮毛，没有刀剑损伤的才是最珍贵的，反之，被刀剑损伤的皮毛价值就要大打折扣了。众人正在惊奇地议论纷纷，四处观察，才看见在林子旁边站着两位身穿汉服的人，蒙古猎人们纷纷从腰间拔出刀，将二人团团围住。这时那位蒙古头领走了过来，他意识到可能就是这两人出手帮助他们打倒金钱豹的，他摆手示意众人放下刀，然后走向二冬并指着地上一处倒木说道：“萨古然，萨古然。”见两人浑然不懂，便找来蒙古猎人中一位会说汉语的人当翻译。那位蒙古翻译说：“二位，王爷请你们坐，你们二位是哪里人？为什么到我们草原来？不得隐瞒，要是来历不明的人，我们会即刻把你们交给皇帝的御林军，要是来到草原的商旅，那便是我们的朋友，我们将用好酒好肉款待你们。”

二冬说道：“我们要到甘肃，路过你们这草原，走迷了路，方才正赶上你们狩猎，便冒昧地出手将其击倒，我们并没有恶意。”蒙古头领和众猎人都特别好奇地问道：“你是怎么将金钱豹打倒的？”这时二冬从腰中掏出几枚石子，众人恍然大悟。蒙古头领用蒙语又说了一大串话，众人便将二冬和红儿带回到草原的营地。营地离这儿并不远，占地规模很大，众多大小不一的蒙古包，围绕着一个金色大帐，四周蒙着狐狸皮，用骆驼绒绣着各种吉祥图案，这就是草原上蒙古贵族所用的“金鼎大帐”。

二冬、红儿被带回营地后，被安排住进一间蒙古包。蒙古人对他们很信任，没有捆绑他们，也没有派人看守，还送来一些炒米、肉干、奶酪供他们享用，一直到晚上也无人过问。二冬心想，蒙古人把他们单独放在蒙古包中究竟是何用意？他们感到很纳闷。到了晚饭时间，又有人送来了手把肉和马奶酒，蒙古翻译也跟了过来说：“我们王爷让你们今晚吃好，安心休息，明早再见你们二位。”二冬心中有事，有些坐立不安，这一耽搁，他就跟不上皇家的狩猎队伍了。可在蒙古人营地又不能有丝毫的表露，也不能不告而别，如果贸然踏出营地半步，就会被当作可疑之人捉住交给清兵卫队。

两人吃过晚饭，乘着月色来到帐外散步。草原的夜色也是十分迷人的，天上繁星点点，而且星星仿佛离人特别的近，就像无数双眼睛在眨动。他们见前面有一个敞着的蒙古包，特别好奇，想看看里面究竟是什么样，进到帐包里才发现，有一道梯子直通下面，两人叫了几声，也没有人答应，便顺着楼梯走了下去。让两人大吃一惊的是，这里竟然是装着无数金银财宝的仓库，各种珍珠、玛瑙、玉石首饰。二人赶紧退出来，心想蒙古人怎么那么大意，放那么多珠宝的仓库怎么连门也不锁？看来草原人的生活还真是安宁，夜不闭户，路不拾遗啊。

他们又进到了另一个开着门的帐篷，见里面都是蒙古人喜欢用的兵器，都是镶金嵌玉的，非常美观。他们俩继续往前走，突然听见不远处的帐包里，传出痛苦的呻吟声，他们赶紧循着声音走了过去，原来帐包里面躺着一位老人，鬓发斑白的蒙古老汉仰面躺在鹿皮褥子上，手按腹部在痛苦地呻吟着，旁边是一位蒙古老妇人，正俯身在他旁边说着什么。二冬赶紧走上前去俯身察看，他先是轻轻地翻看了一下老人的眼睛，又仔细摸了摸老人的腹部，发现老人是患了急性胃肠病症。二冬从药囊中拿出专治胃肠疼痛的丹药，这种丹药叫“脾胃通畅散”，他交给老妇人用手比画着，意思是要她赶紧给老人用水冲服下去。老妇人正为老伴儿发病急得手足无措，也顾不上询问，赶紧找水，给老人服了下去。吃了药不一会儿，老人就不再呻吟了，老妇人感激万分，连连鞠躬道谢。二冬走时还给她留了一些药，让她过些时辰继续给老人服用，老妇人千恩万谢地送他们出帐篷外。

两人又往前走，见前面有一条不宽的小河，河边站着一个拄着拐杖的老人，用手指着河对岸，又指着身边流淌的小河，比画着。二冬看了半天才明白，老人是想要过河，让他背过河去。二冬二话没说，脱下鞋子，挽起裤脚，背上老人过了河，老人过河后，躬身用手比画着，向二冬致谢，之后一瘸一拐地走了。二冬转身穿过小河，和红儿一起回到了自己住的帐包歇息。

第二天一大清早，那位蒙古族翻译便来到他们的帐包，说：“二位远方的客人，我们王爷请你们到他的大帐内去坐一坐，请跟我来吧。”二冬、红儿满肚子的疑惑，想早点解开谜底，便一同和这位蒙古翻译去了大帐。大帐外站满了蒙古骑兵卫队，个个挎着腰刀，还有人吹着长长的号角，低沉的号角发出呜呜的声音，显得格外的雄浑、苍凉。这时由帐内走出俩人，向二冬他们鞠躬施礼后，便引领他们走进帐内，过了两道彩色大门，进入内殿大厅，许多穿着艳丽的蒙古姑娘，一边跳着舞一边唱着吉祥的祝福歌。

二冬、红儿看到内殿大厅明亮、宽敞，中间铺着用虎皮、豹皮做的地毡，正中有一个非常大的香炉，里面袅袅生着紫檀香，香气扑鼻，用金橡木雕刻，镶嵌着许多珍珠的椅子上坐着那位蒙古王爷，左右两排站立着身着华丽服饰的蒙古贵族将领和高官贵人。王爷见二冬和红儿进殿，忙让身边一位管家模样的人将二冬和红儿迎到面前，这时有两位蒙古姑娘为他们献上哈达和一杯圣洁的青稞酒。王爷热情地说了一通蒙古话，借助蒙古翻译他们明白了王爷说的话：“蒙古儿女是草原的雄鹰，蒙古骏马是草原的云朵，蒙古骑士是草原的风雷，可以排山倒海，征服一切。前几天我看到了，我们最崇高的恩都力天神让我们大开眼界，让我们见识了人外有人，天外有天！二位是天神给我们送来的英雄，让我们长了见识，我们用蒙古人最高贵的礼节欢迎您！请喝下这杯香醇的美酒，喝美酒即是对你们的欢迎，也是洗尘。”

二冬和红儿听后，谢过王爷，第一次品尝了蒙古香醇的美酒，草原的酒度数很高，像草原人的性格一样，刚烈、勇猛。二冬躬身施礼：“请教这位首领，怎么称呼您呢？”旁边翻译赶紧说道：“这是雍正皇帝的额驸，我们蒙古温德沁贝勒，我们十分敬佩你们二位的绝世武功和高贵的品德。昨天把二位带回营地后多有慢待，其实这是我们王爷有意要试探、考验你们一下。你们不但不贪恋我们蒙古人的财宝、兵器，而且还能同情老弱，你们的心就像草原太阳一般给人温暖！我们王爷很是感动，相信你们是好人，不是什么寇贼，更不是刺杀皇上图谋不轨的叛民，所以我们王爷想真心结交你们西达特护做胡尔（朋友）。今后你们在草原上有什么难处和困难，尽管找我们。”

随后，王爷专门设了全羊宴，热情地招待二冬和红儿。二冬和红儿非常庆幸这次偶遇，他们意识到，有了这位王爷的关照，他们在蒙古草原上便可畅通无阻，这是多么好的天赐良机，这是陈吉海大哥的在天之灵在保佑着他们。于是二冬深深地向王爷鞠躬致谢，说道：“蒙王爷错爱，这是我们二人偌大的荣幸。”王爷笑了笑说道：“这次陪同乾隆爷和太后在木兰围场行猎，多少满蒙的英雄好汉，都在跃跃欲试地大显身手，一展他们的武功，可是昨天你们的身手还是令我们大开眼界，叹为观止啊！还是请两位表演一下你们的绝世武功，让我们蒙古族的巴图鲁[①]也长长见识，和你们学上几招，这才不辜负天神恩都力的赐予。”

众人纷纷叫好，用期待的目光看着他们。二冬和红儿知道这时候该真正地亮一亮自己的本事了，这样才能取得王爷的完全信任。于是他们俩将自己的平生所学一一展示出来，红儿的少林剑法，二冬的一指禅功夫，以及护手双钩和绝世轻功，当然还有他的看家本领——百步穿杨的飞石暗器，令王爷和蒙古好汉看得如醉如痴，交口称赞。

在接下来的日子里，二冬在王爷的草原营地又住了一段时间后，他和红儿商量，如今知道了王爷的身份，也知道他这次是陪同皇帝打猎的，可以通过王爷来接近皇帝，要比尾随皇帝更稳妥安全，便不着急追赶皇家队伍了。随后几天，他们与蒙古武士互相学习，切磋武艺，教给他们

① 巴图鲁：满语，勇士之意。

少林武艺，也向他们学习骑射技艺。二冬还学会了使用套马杆，追逐捕捉驯服野马，在草原上策马飞奔，那种风驰电掣般的感觉，是二冬从来没有体验过的。

二冬在温德沁草原上结交了不少蒙古族朋友，其中包括那晚他们救过的老夫妇，那位老汉是当地很有经验的老猎人，在当地很有名气。他们的儿子纳琴就在贝勒府里面当差，是蒙古骑卫营的督军牛录，当知道二冬救了他的温格（父亲），非常感谢，特意去拜访感谢二冬，还给二冬送来新打来的狍子，两人相处甚密，后来成为最要好的朋友。纳琴的母亲看二冬他们穿着单薄，便送来了蒙古袍，草原早晚都很凉，怕他俩着凉。红儿也经常过去帮助纳琴的父母干活，她也学会了挤马奶、做奶酪、晒肉干等。他们相处得像一家人一样，纳琴格外喜欢草原上的骏马，经常带他们去草原，教他们如何辨别蒙古马的优良。蒙古马性子生烈，很难驯服，轻易不让人骑，见到人就踢。蒙古马还非常欺生，所以二冬刚开始骑马的时候吃了不少苦头，经常被蒙古马掀翻在地，摔得鼻青脸肿。在蒙古草原有句俗话，没有驯不好的野马，只有训不出来的猎手。二冬非常佩服纳琴，多么刚烈的野马，到了他手上很快就能驯服得乖乖的，他向纳琴请教这驯马的诀窍，纳琴说："马是通人性的，你不要总是想着去驾驭马，而是要和马建立感情，和马有情感交流，敬重它、爱护它，把它当成好伙伴。我们蒙古人对马的依赖性特别强，在茫茫草原上野兽出没，根本没有路，还会经常遇见暴风雪，连东西南北都分辨不出来，这时全靠自己的坐骑，免除灾难，化解困难，所以马才是蒙古人最好的朋友。"二冬懂得这个道理后，从内心深处对马有了新的认识，不再把马当成单纯的牲口，而是把它看成有血有肉的朋友看待。说来也怪，自从那以后，那些烈马也似乎变得和他亲近起来。每当他走近马匹时，那些马不再踢他了，而是用鼻子蹭他、闻他，围着他转来转去，仿佛很依恋他。没过多久，二冬就能像真正的骑手那样在蒙古草原奔驰，像牧民那样和蒙古兄弟融到一起，亲如一家，他还学会了不少蒙古话。草原的马还有一个特点，就是它们的记性非常好，无论它们走多远，都能记住最初的家乡，能够分辨最初主人的声音和气味儿。它们也和人一样，有着童年的伙伴，长大后，分别多年，再遇到，也能互相认出来，相互鸣叫和嬉戏，那句成语"耳鬓厮磨"最初就是说马与马之间的亲密行为。凡是蒙古骏马，被带到他乡，只要听到蒙古马群的呼叫声，都会脱缰而出，这是蒙古骏马迷恋故土，向往无忧无虑自在生活的性格，就像蒙古人的性格一样。纳琴在和窦二冬的相处中，无意中传授给二冬蒙古文化方面的知识，二冬觉得受益匪浅，十分欣喜。了解一个地区的风土人情，最快的办法就是了解他们的风俗习惯，纳琴也十分敬佩二冬的侠义精神和高超武功，也经常向二冬打听白洋淀一带汉人的生活习惯和风俗。二冬和红儿来到温德沁草原后，始终未向蒙古兄弟袒露自己内心的秘密和真实的目的，所以他们知道满蒙亲如一家，两个民族虽然在历史上经常争斗，但自从大清朝以来，通过采取通婚和赏赐、封爵位的方式，彻底改善了两个民族的关系，满蒙关系已经十分融洽。如果二冬他们据实相告，以蒙古人刚烈的性格，他们会怎么处理呢？所以一直跟他们说去青海走访亲戚，在草原迷失了方向才来到这里。二冬凭借他的忠厚、热心和高超的武功，赢得了蒙古人的尊重和爱戴，二冬也非常喜欢蒙古人淳朴、直爽的性格，与他们一见如故，成了朋友。

一天，二冬来见温德沁，想和他道别，说这段时间，非常感谢王爷和众位兄弟的照顾。贝勒王爷再三挽留，希望他们夫妇多住些日子。但是，红儿和二冬经过商议后，觉得应该是与这片草原和蒙古兄弟告别的时候了。因为接下来的事，他们不想连累贝勒王爷和蒙古兄弟，大丈夫一人做事一人当嘛。贝勒王爷见他们去意已决，只好率众人与二冬夫妇一一话别，纳琴更是扑上来与二冬紧紧相拥而泣，贝勒王爷还派人挑选了数匹最上乘的好马、十只山羊赠送给二冬夫妇。

贝勒王爷拉着二冬的手说，此去甘肃路途遥远，这些马匹就给你们留作备用，这些羊平时可以挤奶喝，危难时也可以在路上宰了吃。王爷想得非常周到，令二冬和红儿感动得不知道说什么好，这段草原情缘在他们二人心中刻下了深刻的烙印。纳琴代表众位蒙古兄弟，一直把他们送出了温德沁草原，还将自己随身佩戴的蒙古腰刀送给二冬留作纪念。草原猎人向来是刀不离身，尤其是这种蒙古腰刀，既是防身的武器，也是吃烤肉的工具，因此，蒙古猎人轻易不会将腰刀送给人。这把腰刀镶嵌着红玉玛瑙，十分的漂亮，二冬知道纳琴送这把刀的情意和分量，所以格外地看重。二冬为了回赠，将随身携带的匕首送给了纳琴，这把匕首也是跟了他二十多年，是用精钢铁砸制的，也是二冬的心爱之物。

告别了纳琴后，二冬和红儿并没有一路向西奔甘肃而去，而是折返回来向温都尔木兰围场走去，他们还是执着地想向皇上诉说直隶百姓的苦难，让朝廷知道事情的真相，还有那些贪官们的真实面目和嘴脸。事实上红儿和二冬的想法有些过于单纯和简单了，他们没有想到在等级森严的封建王朝体制下，高高在上的帝王，岂是一介平民想见就能见到的。且不说皇帝身边的御林军、御前侍卫、八旗兵，这层层关卡，还有皇帝身边的文臣武将、太监等层层阻隔，所以二冬他们到了木兰围场，就像老虎吃刺猬——无处下口，偌大的木兰围场，实际上就是个辽阔的茫茫大草原。

“木兰”原意在满语中是鹿哨的意思，草原上母鹿春秋两季发情，靠呼叫声寻找雄鹿交配，维持着鹿群生生不息，这种鹿哨就是猎人为了捉住雄鹿，依照母鹿发情时的叫声制作的，呈长筒锥形，一头大一头小，后来“木兰”一词逐渐演变成按一定季节狩猎的意思。木兰围场是皇帝按照传统，每年春秋两季大型捕猎的场所。每次狩猎都举行十分盛大隆重的仪式，随行的护卫、朝臣、后宫，包括杂役，有数千人，还有当地护驾的王爷贝勒和他们的手下，当地的州府官员，也要派重兵护驾，所以每到木兰围场狩猎季节，木兰围场内到处都是八旗兵勇和一队队巡防与运送物资的马队，有许多临时哨卡，严防外人擅自闯入。二冬和红儿赶着贝勒王爷送给他们的马匹羊群，穿着纳琴母亲送给他们的蒙古袍服，看起来就和当地的牧人一样，因此在木兰围场的外围他们可以随便行走，并没有引起巡兵的注意，可是要靠近，走进木兰围场内，却比登天还难，刚一接近就会被清军护卫赶走，所以他们根本无法得知皇帝在围场的住处究竟在哪儿。

二冬绞尽脑汁也无计可施，只能仰天长叹，红儿看见二冬满脸垂丧的表情，也十分心疼，说：“二冬哥，咱们这么乱闯也不是个法子，时间久了弄不好还会引起清军的怀疑，要是被他们捉住了可就误了咱们的大事，我看皇帝打猎也不是一天两天的事，我们还是找个地方躲起来，以静制动，只要皇帝出行打猎，他们一动起来，我们才有机会接近皇帝。”二冬觉得红儿说得在理，说：“就照你说的办吧，你可真是我的贤内助，也是我的好智囊，总是在我一筹莫展的时候帮我想到法子。”于是他们便在木兰围场外围假装放牧，选了一处背风的地方，搭起了窝棚，暂时住了下来。

他们通过一段观察，这些护卫对草原上的汉人十分的警觉，经常详加盘问，稍有疑问，或者关押几天，或者遣散逐走，而对当地的牧民却习以为常，也很友好。如今二冬、红儿不但衣着和蒙古猎人一样，而且这段时间在草原上生活，在草原上风吹日晒，脸上挂着草原上特有的高原红，二冬也留起了满脸的络腮胡子，所以看上去更像当地的牧民。清军见到他们，都热情地打招呼，红儿也经常把他们挤的羊奶送给清兵们喝，那些清兵有时候还帮他们驱赶羊群，做些力所能及的事。每次二冬都用蒙古语和他们打招呼，做得惟妙惟肖，天衣无缝，也得到了清兵的信任和好感。

一天，二冬和红儿刚放羊回来，就来了两个清兵护卫，向他们问安后，说道："明天一早，御林军要护送皇帝去北边围场打猎，你们就不要随便走动了。要出去放羊，也不要走得太远了。那些御林军可是不讲情面的，任何人胆敢近前，他们可都是有先斩后奏的权力。"夜里，二冬和红儿商量说："如今到了皇帝出来打猎的时候了，可是我们依然没办法接近啊，我们接近不了皇帝，不如做出一些惊天之举，引起皇帝的注意呢。我听贝勒王爷说，乾隆皇帝最喜爱蒙古骏马，每年各地的蒙古王爷都要进贡蒙古草原上等的好马，数量很多。乾隆从中挑选了十几匹留作自己的御驾，剩下的都颁赏给身边的文臣武将。我们就想法子把皇帝身边的御马偷出来几匹，看他乾隆皇帝着不着急。"

红儿一听也非常赞成，若是真能盗出皇帝的御马，可定会惊动圣驾的。这样他们才有机会向皇帝告状。于是，第二天一早，二冬让红儿骑马去放羊，二冬则按照清兵所说的方位预先潜伏在那里。乾隆皇帝每次打猎都要骑上它心爱的蒙古宝马，除了他骑的宝马外，御马监还要另外准备几匹宝马作为备用，都是由乾隆皇帝亲自选定的。乾隆的蒙古宝马，都是用烈性的野马训练成的，统一由御马监登记造册，每匹马都有自己的名字，像"赛龙驹""吉祥来"，还有的叫"如意"等等，都是祥瑞的名字。平日里这些御马由御马监细心照料，每匹马的马鞍、龙头、缰绳、绑腿，颜色式样，各不相同，上面镶嵌的珠宝饰物也各异，而且每匹骏马的马屁股上都印有火印，都是满文的吉祥图案。

贝勒王爷送给二冬的那几匹也是上乘宝马，在他们刚离开温德沁草原的时候，这些马也非常的躁动，整天嘶鸣，想念家乡的马群，经过二冬的细心照料，这些马才渐渐安静，适应了环境。那些日子，二冬几乎天天陪着它们，和它们说话，抚摸它们，替它们刷身子，所以这些马匹都和二冬建立了深厚的感情，二冬和它们说话就像能听得懂似的，打着响鼻儿回应着。二冬为这次盗御马详细策划了行动方案。他打算就用这几匹蒙古宝马做诱饵，在皇帝打猎出行经过时，将他随行的几匹备用宝马引过来，然后出其不意地盗走。草原上的马都喜欢群体待在一起，马的血统家族观念意识非常强，离群索居的马匹只要听见家族马匹的鸣叫就会飞奔过来。他想到这个办法，可谓是煞费苦心，既达到了目的，吸引皇帝，又不会连累贝勒王爷等人。

二冬先将这几匹马放在皇帝准备打猎的南山坡上吃草，他则施展轻功攀上了一个常人不能到达的陡峭的山崖上，躲了起来。二冬这些知识还是在纳琴那里学来的，一般打猎都是在南山坡。因为那里阳光充足，而且植被茂密，草长得茂盛。在乾隆时期的蒙古草原，飞禽走兽非常多，像东北虎、金钱豹、黑熊、鹿、野猪等大型动物经常出没。窦二冬想最大限度地接近皇帝，如果实在见不到皇帝，就偷走他的骏马，引起皇上的注意，还必须全身而退。所以二冬思考着每一步的走法，包括盗走御马后怎么脱身，他都实地侦查好了，尽量做到万无一失。

草原大多数是一马平川，但也偶尔出现一些山岗、丘陵，格外醒目，就像鹤立鸡群。二冬埋伏的这个地方就是一道大山梁，当地人叫它温都尔山岭，在这里他可以居高临下，一览无余。四周是三个围场区，互相连通，这里是必经之路。过了两个时辰，他听见从南面山下传来了马蹄声和嘈杂的声音，紧接着便看见成排的旌旗招展，皇帝的狩猎队伍来到山下的围场附近。有御林骑兵打着旗帜，他们在马上来回穿梭奔跑，这是皇家狩猎的常用办法，每到一个围场，皇上先不动，由御林护卫军骑着马在外围穿梭奔跑，摇旗呐喊，从不同的方向将猎物驱赶到事先布好的口袋阵，就像一个瓶口，动物只能沿着一个山口向前奔跑。皇上和众臣便可居高临下射击猎物，皇帝每射中一头猎物，埋伏在四周的护卫兵便一扑而上，抓住猎物，并高声呼喊“皇上有福！射到马鹿两只”等等。旁边还专有笔帖式要立刻记录，载入史册。

如果皇帝打猎累乏了就会暂停狩猎，旁边的卫兵便会像接力似的喊话，停步稍事休息。外围的清兵听了，便稍能喘口气。其实打猎最辛苦的就是这些打外围的，他们不但要奔跑驱赶动物，而且还要对猎物进行甄别，不能将凶禽猛兽过多地驱赶进来，而要在他们手里驱赶走或射杀，以免危及皇帝。皇上如果有兴致，想要猎射凶禽猛兽，则必须做好万全准备，皇上身边要层层设立侍卫守护，一只猛兽出现时，皇上射第一箭，不管射中与否，众将士必须紧接着成排地放箭，不管是谁射中，最终都算是皇上射杀的，不能记载将士们射中。

二冬见山下鼓号齐鸣，旌旗摇动，策马呼叫，树林里的苍鹰和乌鸦都被惊得在空中盘旋，忽而向东，忽而向西。二冬经过仔细观察，看到除了在围场外围驱赶猎物的御林军外，在外圈还有一层侍卫，全都面朝外，持刀而立，他们并不负责驱赶动物，而是负责拦截所有企图进入这个围猎场的闲杂人等，这之外还有骑兵负责来回巡视，真可谓戒备森严，围得水泄不通，窦尔敦根本就没办法接近皇帝狩猎的核心区域。

就在这时，窦二冬听见策马驱赶猎物的御林军都在不断地高声喊道："安班扎卡[①]！安班扎卡！"这表明他们在往围猎场地驱赶一头大型猎物。二冬仔细一看，树林里一只棕熊在拼命奔跑，后面还跟着两头野猪也在狂奔，穿着黄色战袍的御林军打马追赶，三面合围，拼命往皇上那个方向驱赶。这种猛兽受到惊吓后，就会狂奔乱撞，是极其危险的，二冬看见皇帝的马队也朝这边赶来，护驾骑士搭弓持箭，御前侍卫个个手持长矛、大砍刀，如临大敌，紧张地护卫在皇帝周围，有人在高声喝道："大物过来了！护驾！护驾啊！"

窦二冬一看机会来了，他发现跟随皇帝身边的所有护卫侍从全都紧紧盯着狂奔过来的棕熊和野猪，根本无暇留意周围，而此时牵着乾隆皇帝备用御马的御马监也落在了后面。二冬赶紧一纵身，运用轻功从山崖上飘落下来，翻身上马，勒紧缰绳。那匹马像是明白了主人意图似的，仰头一声长啸嘶鸣，附近皇帝的三匹御马听到后也跟着长啸起来，它们也听出来是自己血统家族的马叫声，便不顾一切地循着声音就奔跑过来。御马监猝不及防，他正全神贯注紧紧追赶皇帝的马队，皇帝狩猎时，一般会随时传命他牵过来某匹御马，他要立刻递给皇帝这匹马的缰绳，不影响皇帝的狩猎。可是这次御马闻声挣脱缰绳狂奔而去，把御马监重重地甩出老远，半天也没爬起来。这一幕没有人注意到，大家都一心扑在护卫圣驾捕猎动物上面。

二冬看三匹御马跑过来，和他的马群耳鬓厮磨地亲热着，赶紧拢过缰绳，拨马迅速离开。回到他的临时窝棚，红儿也迎过来把三匹御马混在他们的马群里一起圈进了马圈，又撤去了御马身上的所有金鞍、笼头、缰绳等皇家专用行头，二冬还用泥草糊住了马屁股上的御马烙印。一切收拾停当，他俩便快速离开了温都尔草原。附近的清兵和蒙古人谁也没注意到他们的马群里面多了三匹御马，还以为他们就是拔营到别处游牧去了呢。

乾隆皇帝此次围猎大获成功，满载而归。共计猎获棕熊一头、大小野猪七只、獾子一对、草原大青狼五只、野兔八只，乾隆皇帝龙颜大悦，

---

① 安班扎卡：指大型凶猛动物。

一一赐赏众臣和侍卫。其中赶仗的五位温都尔蒙古族佐领加官一级，尤其是驱赶棕熊的时候，被咬伤不治身亡的骁骑校巴布岱，赐记名佐领衔，授佐领俸禄，世袭罔替，其子来小承拨什库衔，军前效力。乾隆皇帝传旨，即刻班师回銮木兰大营。

次日，大学士傅恒匆匆见驾禀奏：昨日木兰围猎时，不知何故，皇帝三匹备选御马突然鸣叫而去，御马监摔成重伤。御林军和侍卫在温都尔草原四周遍寻未果，不见踪迹，后又前往温都沁八旗营地见到温都沁贝勒，那三匹御马皆为他们所贡，也说未见御马跑回，众位蒙古旗主也报没有发现御马的下落和踪迹。细查各路护卫军、领侍卫，除了附近草原当地游牧民外，均未发现有可疑人等进入。今晨，领侍卫内大臣来保率人整夜巡查，回来路上，在围场外的一棵落叶松下发现树枝上面垂挂一皮褡裢，取下一看，里面装有书札一封，别无他物。书函在此，请皇上阅览。

乾隆接过展开一看，上面书道：

隶白洋淀，冤魂死何惨！寻皇评天理，民贱苦难见。
偌大穹宇间，谁聆申冤案？吉祥盗马者，问冬当自然。

乾隆阅后龙颜大怒，拍案怒斥道：“此次奉太后来避暑山庄为众位蒙古王公贝勒赐宴，并行围猎，皆大欢喜。不料竟然有此等匪夷所思之事，盗御马、申冤诗，想朕已躬政十余载，承继大统，虽未有圣祖之美德，亦有雍乾之政绩。日前闻直隶少数冥顽者作乱，朝廷业已勘定，何来冤魂？何来谁聆申冤？朕临朝以来，莫不是以民为重，安有此种怨情之事？公然盗御马，与皇家明目张胆对立。直隶叛匪，如何竟然闹到承德木兰这等偏远之地！”乾隆一通暴怒申斥，傅恒众臣慌忙跪倒，战战兢兢，汗流浃背。

乾隆皇帝痛心疾首，半晌，忽然问傅恒：“直隶冤情知否？”傅恒忙奏道：“臣知晓。高斌此前确有勘剿，重创叛匪，然乱未尽平，臣又委那苏图继任料理，想必已经安定。”乾隆说道：“你不必隐晦，看来此案未定，民心更是未平！否则怎会追到这千里之外的木兰来找朕申冤诉苦？诗中的‘问冬当自然’做何解释？冬系何人？”这可把傅恒问住了，慌忙禀奏：“臣等即刻查清再禀奏圣上。”

傅恒连夜把留守在承德的高斌召来，开门见山地说道：“你惹下的好事！如今圣上震怒，我等实难诿过。”说着将那封信札扔给高斌，高斌看后大惊失色，慌忙跪倒，把不久前设擂比武，暗中下手之事一一据实禀告给傅恒。并且告诉傅恒，据他掌握，这个窦尔敦大家都叫他“窦二冬”，这个“冬”字，肯定就是窦尔敦，他也是直隶之乱的始作俑者。傅恒听后，马上去面见乾隆皇帝，禀奏道：“业已查明，盗御马者，乃直隶献县人士窦尔敦!”

第九章　囚车抵瑷珲

前段书中讲到窦尔敦在木兰围猎场用巧妙的计谋盗得皇上御用的吉祥宝马，当即惊动了数万护驾的朝臣、将军和八旗勇士。大庭广众之下，就在众人的眼皮底下，三匹珍贵的蒙古马却不知了去向，这盗贼究竟是如何做到的？这也太令人匪夷所思了！

原来，都以为傅恒等人先前奏请的直隶一带乱事早已平定，此番，盗马事情一出，现场还留下了三四十字的书信，更加令人玩味，众人方知事态的严重。

此事已经惊动了圣驾，乾隆皇帝龙颜大怒，下旨说："朕不知直隶地方已经动乱到如此地步，这还了得！已经快闹到京畿之地了，长此下去，家国何安？又怎对得起列祖列宗。朕一向以为康雍乾盛世令人欣慰，竟不知民怨已生，不知居安思危者，悲哉！"乾隆皇帝命傅恒等人速与兵部商议，火速缉剿。傅恒大学士慌忙禀奏："臣下已经命黑龙江将军发兵入关清剿，不日即可到京。"乾隆帝说："此事不可久拖，务必擒拿窦尔敦一伙叛民！"随后，朝廷又发文下令各地协助清剿作奸犯乱的窦尔敦等人，从此，窦尔敦的名声在大清国各州府便传开了。

当时又逢皇太后身边要选贴身侍奉的宫女，乾隆皇帝已经答应从傅恒家族推荐一女，这便是正黄旗富察氏，瑷珲副都统阿思哈之女，如此一来，乾隆帝便准了傅恒大学士的奏议，由他的长子和嘉额附和御前侍卫福隆安陪同卢公公亲去黑龙江齐齐哈尔，面见傅森将军，并且一同赶往瑷珲，与他的同窗师弟瑷珲副都统阿思哈共同办理选聘之事以及发兵京师协助剿灭直隶叛匪窦尔敦。

自从发生盗御马事件后，乾隆皇帝日夜寝食难安，他几乎天天能梦到窦尔敦，在梦中，窦尔敦几乎成了神通广大的孙悟空，能够七十二变，在木兰围场戒备森严的严密防护之下，竟然神不知鬼不觉地把他在内蒙古亲自挑选的上乘骏马给弄走了，神奇的窦尔敦简直就像会奇门遁甲，会大小搬运幻术似的。这还了得，此人不除，还不把朕的社稷江山都搬了去？乾隆皇帝是越想越后怕，甚至是茶不思饭不想。

乾隆皇帝自登基以来，还从未受过如此强烈的震动。他痛定思痛，思来想去，把事情的来龙去脉前因后果都做了个透彻的反思。乾隆皇帝越想心情就越沉重，他亲笔草拟了“罪己诏”，感到有辱列祖列宗和各位贤王的圣德，在大清朝首次出现了民心叛乱，积怨造反，实乃朕之过失，对民心失之体恤而生乱象。

乾隆十年深秋，针对窦尔敦之乱专门召开了御前会议。乾隆语重心长地说：“朕心爱民体民恤民，不料顺天京畿之地却生变故，民叛乃责朕也，朕心痛乎哉！朕意下罪己诏，体察万民归心，诚谢于天，要对贪官污吏必除之，对爱民体恤者必颂之，扶正驱恶，江山正义，国家永固矣！”御前会议上还作出了几项重大决定：乾隆皇帝为使民心向背转变为民心归一，亲自下诏削减御用縻银交于户部，拨给直隶、山西两省，作为去年水患灾害的补偿，同时减免两地的一切苛捐杂税；乾隆又命拨付国库帑银万两，用于修浚白洋淀下游水域灌溉工程，修导沱沱河上游水利工程及河堤固土的车马工费；再命吏部赶赴河间、顺天、直隶州府督导各级官吏，严查私设税馆，强征暴敛，勒索民财，霸占河道，强占渔业资源的种种恶行，要让耕者乐其农，渔者顺其捕。

对于窦尔敦之乱剿灭也做了部署。命大学士傅恒身佩尚方宝剑统领讨逆大军，福隆安为先锋统领，阿思哈为副统领，诺伦格格五姐妹也封为御前先锋，随军出征，率领直隶府军队和瑷珲副都统健锐营的八旗兵，迅速赶赴直隶总督衙门，各下辖州县军队一律受节制指挥，尽快平定窦尔敦之乱。乾隆皇帝又叮嘱道，务必以捉拿为重，切忌滥杀无辜，凡追随的叛民要以教化为先，以感化为主。乾隆皇帝的几番旨意一经下发，万民欢悦，奔走相告。

经过数月的变革图治，民心渐暖。到了乾隆十一年，春正月，顺天府一带的叛迹已经基本肃清，百姓生活也趋于稳定。傅恒大学士见时机已到，便命福隆安、阿思哈将军、诺伦格格五姐妹发兵围剿固守在杨柳青镇良王庄钱府大营内的窦尔敦的最后势力，在这里与窦尔敦共同坚守的还剩下大老黑和钱强等百余人。

到了春末夏初时节，一天，诺伦格格巾帼英雄五姐妹率大批清军层层包围了钱府大院。诺伦命人向府内射入一函：“限定三日之内，开门投降，否则强攻进去，擒拿不赦。”面对清兵的强大攻势，钱强有些动摇了，便找到窦尔敦、大老黑商议。窦尔敦早已打定主意，他深知凭他们目前的力量，已经很难与朝廷对抗了。他对二人说：“你们都是人过中年了，应该有一个安稳的下半辈子，不要再跟朝廷对抗了，你们放心地去投诚吧！一切罪过都由我一人来承担。”大老黑和钱强含泪说道：“二冬兄弟，我们自打跟了你起事就没有怕过死，如今为了剩下的弟兄们有个出路和着落，我们暂且投了朝廷。你放心，日后你到了哪里，我们的坟墓也会跟随你到哪里。”三位患难的兄弟执手相泪，相拥许久。窦尔敦便带红儿趁着夜色的掩护施展轻功逃匿而去。第二天，大老黑与钱强便率领余下众人向清兵投降。

阿思哈听说窦尔敦与红儿已经逃匿，便率一队兵马赶到献县窦乡町，捉拿了窦尔敦的父亲窦大善人和一家老小，并收缴了他家族的全部房产田地，并且在河间府一带布下重兵把守。此招果然奏效，没过几天，阿思哈和女儿诺伦格格便与赶来营救父亲的窦尔敦夫妇不期而遇。清兵迅速将窦尔敦夫妇团团围了起来。阿思哈说：“窦尔敦，你已经无处可逃，你的手下已经众叛亲离，识时务者为俊杰，还是乖乖束手就擒吧，免得祸及家人。”

窦尔敦正为此事怒发冲冠，狭路相逢，当即也不答话，抡起自己的护手双钩杀奔过来，阿思哈赶紧抡起剑招架，两人越战越勇，杀了五十多个回合也没分出胜负。此时诺伦格格五姐妹也一起杀了出来，红儿见状也迎了上去，与五姐妹中的三个姐妹打在了一起。窦尔敦与诺伦格格厮斗，诺伦手使银钢双刃锋，非常锋利，剑光闪闪，窦尔敦丝毫不敢大意，舞动护手双钩，也非常勇猛。两人你来我往，打得不可开交。窦尔敦打着打着，暗中思忖，两人兵器虽然不同，招法却如出一辙，都是用的少林功法。包括阿思哈将军，难道他们都是少林派的弟子吗？窦尔敦虽然不是正宗的少林弟子，但也精通少林功法。窦尔敦边打边想这半生武林生涯，还从未遇到过正宗的少林门派的对手，今日遇见定要和他们好好地切磋切磋，一决胜负。此刻，他心中早已有了主意，只见他虚晃一招，跳出圈外，对红儿使了个眼色，便与红儿互换对手，让红儿与诺伦格格对阵，并暗地里叮嘱红儿，万不可懈怠，拿出你的看家本领，制服这个诺伦格格。

窦尔敦心里知道，红儿是少林派自在禅师的嫡传弟子，必能斗过诺伦格格。红儿心中明白，便冲了过去，手中的利剑舞出一道寒光，直奔诺伦格格杀去。诺伦格格也不示弱，使出银钢双刃锋，迎了上去。这两位女侠可谓是棋逢对手，她们把各自的利剑舞动出一团光罩住自己，从外面看就像两道银色的光环。更为奇特的是，诺伦格格的双刃锋在舞动之中能发出嗡嗡之声，足见剑锋舞动速度之快。红儿见此情形，不但没有惊慌，反倒暗自有些惊讶，这位女将怎会使出如此剑法，这不是我们少林派独特剑法吗？她也来不及细想，便也使出全力，舞起白刃剑接住对方的招数。这边诺伦格格一边厮杀一边也觉得疑惑，这两人的剑法完全是一个路子，互相出招拆招格挡，竟然配合得天衣无缝，却谁也占不了任何便宜，一时难分高下。

两人打过一段时候，诺伦格格突然跳出圈外，两人都互相愣怔怔仔细打量着对方，发现彼此并不认识。终于，诺伦格格忍不住问道：“这位女将，敢问你的师父是何人？”红儿这时也感觉到两人的剑法如出一辙，其中定有隐情，见诺伦格格问便自豪地说：“要问我的恩师那可大有来头，他便是少林寺高僧自在老禅师。”诺伦格格一听便愣住了，赶忙收起宝剑，并对几位正在苦战的姐妹说道：“姐妹们快住手！先别打了，待我问清缘由再做打算。”众人一听便都收起招式。诺伦格格走上前，向红儿施礼问道：“你何时在老禅师身边学艺的？他老人家现在身体可好？”红儿见她如此问道，便说：“难道你也与恩师有缘吗？”

诺伦答道：“我八岁那年突然患了一种怪病，请了很多郎中看过，都说从未见此病症，对我父母说此女凶多吉少，必死无疑！就在全家人一筹莫展的时候，顺江来了一位老和尚，进屋就说：‘我听见你们家一片悲痛之声，定是有人得了不治之症吧，让我来瞧瞧。’说着径直来到里屋，为我搭脉诊治，然后便从怀里掏出一个精致的八宝小葫芦，此时，我已经不省人事，老和尚让母亲撬开我的嘴，往我嘴里灌进十多粒红色的小药丸。不大一会儿，我就醒了过来，醒后便呕吐起来，足足吐了小半盆黄褐色的水。老和尚又嘱咐我母亲烧了热水，给我喝下去并且用热毛巾擦身子。我恢复过来后，就听到老和尚在一旁叨念着：‘浊水换清水，小命换回家，大吉大利！大吉大利！’老和尚最后含笑说道：‘这孩儿命大，就起个名叫小贵人吧，将来怕是要伴着凤凰的。’

老和尚在村里住了一段时间，待我身体完全康复后便将我收为弟子。我虽然未去过嵩山少林，但老人家在我们那里修行了五年多，就在黑龙江畔三架山的小窝棚里，教会了我拳法和剑法。直到临别时恩师才告诉我，他的法号叫自在禅师。”红儿听到这番叙述，当即唏嘘不已，原来竟然是同门姐妹。红儿告诉诺伦，她是乾隆七年时认识的恩师，当时父亲将她送到少林寺，托付给了自在禅师，这之后便随老人家在嵩山佛门圣地修身诵经学习剑法，去年夏天才离开少林寺。

“听你如此说来，你应该是师父云游东北时收的弟子，那你应该是我的师姐啊，请受我一拜！”红儿施礼过后，红儿便拉过二冬说：“二冬哥，你是否还记得咱们在嵩山与恩师临别前，恩师曾经送我一句谶语？”二冬说怎么不记得，叫“遇贵封刀”。红儿这时便问诺伦格格：“你有几个名字？叫过贵儿这个名字吗？”诺伦格格一听大吃一惊：“你怎么知道？从小家里人都叫我小贵人，诺伦是京师大学士傅恒大人到瑷珲巡视时，为我测卜取的名字。诺伦的满语意思是明月升天之意。”

红儿一听，惊愕地对窦尔敦说原来还真是应了恩师的谶语了！窦尔敦方才与阿思哈、诺伦三个姐妹过招时，不知怎么的，没有对他们有特别强烈的敌视和反感，而且这一年来窦尔敦经历了很多生离死别，大起大落，从陈吉海总舵主的惨死到钱强兄弟的无奈，他觉得一切都由自己而生，况且还连累了村中许多无辜的百姓枉死，想起自在禅师的谶语“遇贵封刀”，难道这就是天意吗？看来我窦尔敦也不能再继续逆天妄为了。他痛定思痛，与红儿又商议决定，放弃抵抗，归顺朝廷！

于是二人来到阿思哈将军面前，双双跪在阿思哈面前，将护手双钩、双刃剑扔在地上说：“罪人愿降，一切罪责皆由我二人承受，甘愿受朝廷惩处。”于是，乾隆朝的心腹大患、白洋淀大盗终于降了朝廷！延绵了三年之久的顺天府之乱，也终于由瑷珲副都统阿思哈将军和诺伦格格他们画上了句号。

依照大清律，阿思哈将军仍将窦二冬和红儿押解到直隶总督府。次日，京师刑部急命：即刻押解犯人到京师刑部大堂听审。窦尔敦被擒之事，立刻震动京师。傅恒大学士也即刻上奏乾隆皇帝，乾隆闻讯大悦，颁旨命刑部速审速决。

顺天之乱起于乾隆八年末，结束于乾隆十一年春，历时近三年，共波及了顺天、直隶大小数十个州县，参与者近万人之多。大清国自定鼎中原，从顺治朝到乾隆朝一百三十年间，这还是第一次农民反叛起义，这极大地震动了清政府。清初以来，清政府一直以为歌舞升平，百姓安居乐业，这次的叛乱也让乾隆皇帝在震惊之余有了自省，他还为此专门颁发“罪己诏”，并且锐意改革弊政，减免税赋，使民众休养生息，为清朝的复兴奠定了基础。

没过几日，刑部已呈上判决书。判窦尔敦斩立决！窦尔敦在刑部审讯时，将一切罪责独揽一身，一切叛乱杀戮皆由窦尔敦蛊惑而成，一切刑罪由窦尔敦承担，与跟随他起事的乡里之人无关，百姓只是由于无衣无食而起事反叛，因此朝廷杀伐皆由他自受。窦尔敦乞求朝廷不要罪及他人，祸及无辜，望朝廷念及拯救苍生，不要再追究起事叛乱的责任。窦尔敦还为此咬破手指写下血书，以示决心。

傅恒大学士得知这一切情况后，沉思良久，随后便给皇上呈上一奏折，认为，窦尔敦叛逆初衷源于官吏的横征暴敛，尤其是河间府贪官污吏草菅人命，招致民怨甚大。窦尔敦及其随从乃是官逼民反，虽造成恶劣后患，然终能自悔投诚，且窦尔敦深得民心，立斩恐伤民意，对朝廷安抚之策不利。如今，黑龙江俄军屡屡犯禁，瑷珲副都统衙门正急需有武功之将，何不为我所用，以此固边？乾隆闻听，深以为然，说道："我朝应少生杀戮，多结善缘，凡与本朝利国利民之士就应褒奖给予机会。"于是，乾隆皇帝命人拟旨，就按傅恒大学士奏请，批旨照办。黑龙江将军傅森、瑷珲副都统阿思哈也联名上奏《窦尔敦押赴北疆戍边报国疏》，乾隆阅后，批道："此疏语词恳切可行，刑部准其议，窦尔敦囚戍瑷珲，北徙三千里，以拒罗刹，创功入籍。"刑部、兵部、户部依照圣谕即刻办理了批文等手续，并铸囚车将窦尔敦与红儿押赴瑷珲，并且永不准回直隶或京师之地。

乾隆皇帝感念其侠义之心，又听阿思哈、诺伦等介绍窦尔敦武功超群，极擅水性，愿前往北疆建武馆，训练水师，以固边陲。便又颁旨免了献县等随从起义之人的罪责。

于是，乾隆十二年夏末，由瑷珲副都统阿思哈率兵押解窦尔敦出山海关，直赴边陲瑷珲古城。一路上，阿思哈念及窦尔敦侠义正直，便命人解去二人枷锁，给予诸多方便。与此同时，被朝廷免了罪责的众位乡亲故友也为感念窦尔敦的侠义精神，不顾北方极地的严寒冷酷，自愿追随窦尔敦，报效边陲，同甘共苦。因此，在押解窦尔敦的官兵队伍里还尾随着另外一支队伍，自愿跟随窦尔敦赴北疆的民众队伍，足有一千多人。

瑷珲副都统与黑龙江将军傅森呈报朝廷恩准，允许献县直隶等慕名投奔窦尔敦的人在黑龙江开垦土地，固守北疆。这些人当中有许多人是感激窦尔敦代他们受罪受罚，有的是仰慕窦尔敦的仗义执言，为民做主，包括大老黑、钱强、商勇等和他们的下人都携眷来到东北瑷珲充差。阿思哈副都统特批了离瑷珲城北八里之遥一处山清水秀之地，作为他们的聚居地，当地人叫作头三道沟，后来因窦尔敦窦氏家族历代居住此地，便改为窦家屯，一直延续数百年。

各位阿哥、色夫，朱伯西讲述窦二冬的故事，朝廷特封他称号为“窦尔敦大义士”，还得到了乾隆爷的嘉许，赞扬他有侠义之气，所有罪责承揽一身，一应忤逆之罪一人承担，救河间信安、霸州之民众于水火，千刀万剐，无怨无悔，因此深得民心。何况当时因白洋淀风波，直隶州府县衙许多贪官，已被陈吉海、窦尔敦等义军诛杀，朝廷本应以逆民之罪严惩不贷。

当年窦尔敦叛乱是高斌等人进京面圣，恳请朝廷剿灭叛乱，说对刁民姑息必助长邪恶之念，日后定酿成大患造成不可挽回之事。弄得乾隆帝手提御笔犹豫再三，不知如何下旨为好，因为乾隆一直不忍杀罚过重。幸亏当时在皇帝身边的大学士傅恒站出来奏道：“皇上不可听高斌等人蛊惑，白洋淀之乱之所以闹得沸沸扬扬，皆因治理总督不顾渔民之苦，强征苛捐渔税，百姓无法生计而成民怨。而所征捐税又有多少进入国库，中饱私囊之罪刑部而今正在核查，此必有隐私之情。所以说冤有头债有主，这个账皇上就要向为官者来算，黎民之罪，不可指责，不求起因，此非我朝历代圣君之心耳！”

乾隆帝被傅恒的一番话说动，点头赞同，在奏折上批阅：“朕谕，户部、刑部，免叛民之罪，激情可恤。责直隶所辖诸县官宦，严察己过，勿可粉饰，呈报。”高斌还想争辩几句，见傅恒正在瞪眼盯着他，心中一颤，低下头去，知道皇上已有定论，别再自找没趣，便跪拜领旨，灰溜溜地下去了。

说来刑部本拟判窦尔敦斩立决，乾隆皇帝不但免去囹圄之罪，还免了所有人的胁从之罪。这在封建社会历朝历代实属罕见之事，难道说乾隆皇帝真的是以人为本宽宏大量吗？其实也不尽然，应该说窦尔敦幸运的是正赶上朝廷内外交困，多事之秋，许多棘手之事都赶到一起了。从乾隆初年，河北、甘肃、宁夏回族起事始终未息，甚至一度闹到京师；另外，天理教率民众也以“反清复明”的口号聚众起事，更令乾隆不安的是乾隆十二年二月大金川吐司又夺小金川吐司印信，并进一步侵城略地，朝廷命大将张广泗进剿。总之各地天灾人祸，一波未平一波又起，国外俄罗斯屡犯协定，从东西两县对大清朝侵扰，特别是东线派哥萨克骑兵从水路侵犯我黑龙江海口长驱直入，进入内地建筑卫所，引诱当地土著居民加入俄国国籍，逐渐蚕食大清疆土。正因为在此背景下，乾隆皇帝认为像窦尔敦这样武艺超群、有侠义之心、顶天立地的汉子是朝廷不可多得的人才，如能驾驭，乃国之幸事，所以才有了免其死罪，让其戴罪立功的结果。

大清国历代皇帝都很重视疆土社稷大事，都把守疆拓土视为至高荣誉。康熙帝便曾先后两次东巡，继顺治皇帝大败沙俄入侵后，直接发动和领导了击退入侵的俄罗斯哥萨克[①]骑兵的再度进犯，史称“雅克萨战役”，最终迫使俄方与大清朝签署了《尼布楚条约》，这可是大清朝签订的为数不多的平等条约。雍正至乾隆朝一直按照康熙朝所签订的《尼布楚条约》章程处理东北边疆事务，每年都要派地方官员率兵按条约所画疆界进行实地勘察，并且将勘察结果上报盛京、京师。一年一小查，三年一大查，从未间断过，而且为防止俄罗斯违约犯我疆土，在雍正七年开始正式成立了军机房，并设军机大臣，专门研究商议边防一切事务，军机房后来又升级为军机处。

清朝在中俄边界组建了八旗精兵，建立了哨卡，哨官之职最高为四品，相当于佐领衔，专门统领哨卡职务，组织招募忠勇之士作为哨兵。哨兵要求会地方方言土语，尤其谙熟俄语及俄军情况，以方便打探俄军情报。最高时北方边境所下辖的各哨卡官兵人数达一千人数。雍正七年第一任军机大臣张廷玉，到雍正十一年由纳亲将军接任，他们都是大清朝的栋梁之材，足以说明清朝统治者对处理边疆事务的军机大臣之职的重视。傅恒大学士早在乾隆十年六月便以户部右侍郎的身份在军机处行走[②]，后升为军机大臣，直到乾隆三十五年病逝一直担任军机大臣之职，后来傅恒的长子福隆安、次子福康安也都先后曾在军机处“行走”。

富察氏家族的后裔成员一直长期居住在黑龙江流域，非常关注北疆的安宁，尤其是俄罗斯官员和军队的一举一动，都在他们的掌握之中。正因如此，自雍正至乾隆朝以来，瑷珲一带的边疆哨卡哨官都由富察氏家族任职，他们不但身先士卒现场勘查，还常常密访各个哨卡，查看哨丁是否到勤查哨，交接是否及时记载于册，以备日后查询。正是由于瑷珲副都统衙门的励精图治以及富察氏家族成员的勤勉不懈，使得瑷珲一

---

① 哥萨克为突厥语音译，意为“自由人”。哥萨克人原是东欧草原游牧民族，后成为沙俄在西伯利亚东扩的一支重要军事力量。早在顺治年间就开始不断侵入达斡尔居住区，疯狂抢掠，烧毁村庄，攻占雅克萨，野蛮屠杀当地人。顺治九年七月，清廷决定抗击沙俄入侵，沙尔虎将军奉命驻军宁古塔，经过长达五年多精心准备，反复较量，数度重创敌人，终于在顺治十五年打败敌兵，击毙首领斯捷潘诺，收复哥萨克城，拆除哥萨克人强建的堡垒村寨，烧毁他们的大本营呼玛城堡，取得了抗击沙俄的阶段性胜利。

② 这里所说的“行走”并不是指一般的走动，而是指参与并决策该机构的重大事项。

带的防务始终处于最佳状态，受到朝廷兵部和军机处巡视官员的多次认可和嘉奖，成为黑龙江将军检验地方忠于职守尽职尽责的一个榜样。瑷珲自康熙二十一年之后就成为大清朝的最前哨阵地，被称为重要的“卫国锁钥”之誉。

瑷珲副都统衙门所统领的大小哨卡达四百多处，分为四条主线，一为西线，即从瑷珲逆江而上，一直到黑龙江江源之地，包括的重要哨卡有十余处，每个哨卡相距三十至五十华里不等；二为北线，由黑龙江入海口逆水北上，进入精奇里江，全程千余里，通过鄂霍次克海湾和乌苏里江山谷之地，重要哨卡也有十余处，每哨卡之间相距也是在三十至五十华里之间；另外一条东北线在逊克之下，豆满江口逆水北上，直抵千里江源，也靠近鄂霍次克海湾，重要哨卡也有十余处之多；再有一条东线重要哨卡，是从瑷珲顺江而下，直抵黑龙江入海口，进入鞑靼海峡，渡海到达库页岛，沿途重要哨卡有四十余处。这条线之所以重要，一是沿岸物产丰富，居民众多，民事繁杂，二是沿江兵情与民情错综复杂，俄军经常会派遣间谍混入民众，极难辨别，军情复杂棘手，瑷珲副都统衙门配置官员兵丁衙役并不多，绝大部分都配备给了边疆哨卡和巡卡兵丁，马匹、车辆、军火等都要齐备，所需花销靡费甚巨，康熙朝以来因需靡费甚大，各哨卡也经常出现人员空缺情况，一旦有警便会手足无措。

傅恒向乾隆皇帝上奏说：“我朝历代亦用犯人戴罪立功，参与边事，优者可免其罪，甚可提升为平民，甚可抬旗，重塑新人。举凡一心仇本朝者，甚显，俗言，官逼民反民不得不反，凡是皆由贪枉之官而惹后患，多数子民而一心向善，实为我用也，故言劣滴入海化为水，仍可为人引用，此理皆然。”

乾隆皇帝素来喜欢傅恒的聪慧睿智，对他的此番言论甚是同意，便说道：“朕甚悦汝言，凡罪民可融入本朝仁义之海，化为利水为万民所用，岂不上乘之策！可行之。”因此从乾隆朝初期开始，朝廷颁旨，允许各地用轻罪之人恕其罪过，充塞边兵，戴罪立功，瑷珲等地便大量采用狱犯，并以功劳大小定时评核裁定，不少罪民后来成为正式平民或旗丁。

窦尔敦等人之所以为朝廷赦免，正是在这种大的政策背景下，由傅恒等朝臣向朝廷争取来的结果。窦尔敦与红儿夫妻来到瑷珲之后，与一般狱犯不同，一是阿思哈与窦尔敦同是少林门派，相互间有种亲切感，各种隔阂也就烟消云散了，再加上诺伦格格与红儿师从同门，更有了姐妹的情谊，诺伦多次向阿思哈要求要善待他们夫妇，说既然他们弃暗投明了，便不会再敌视朝廷的。

所以到了瑷珲之后，窦尔敦夫妇就被安排住在瑷珲副都统衙门院内，并专门给他们夫妇拨了四间房子，一间是卧室，一间作为练功房，一间作为他们随身带的衣物兵器堆放的库房，还有一间原来是马夫们的休息房间，现在腾出来给他们做灶房。阿思哈将军想得很周到，考虑到他们都是中原河北人，初来北方可能不习惯，还专门拨给了他们牛羊肉和米面、蔬菜等，由他们自己起火做饭，令窦尔敦和红儿十分感动。阿思哈将军内心是十分高兴的，他早就想向傅森将军申请，为他们瑷珲副都统衙门派一位武林教师，尤其是能够擅识水性和懂得训练水师的教官，但苦于难觅贤良之士而作罢，此番终于来了一位武功高擅水性的人才，况且又是武林同道之人，他心里怎能不高兴呢？这些天乐得是心花怒放。

傅森老将军对他手下的这几位副统领甚是喜欢，不但年轻朝气蓬勃，而且上进心极强，许多事都想在前面，每次将军衙门议事时，气氛最为热烈，议到高潮甚至争论不休。但是老将军从来不嫌烦，他总是眯着眼咧着嘴笑，听各位年轻将军申明良策，集思广益，最后才拍板。故此傅森将军任职期间的黑龙江衙门很有作为，对北疆的治理很有起色，使朝廷上下都很满意。

大清国的朝臣大都愿意去南方或西北地区巡查，因为条件舒适，山珍海味，接待条件都很好。而北疆苦寒，条件有限，因此谁也不愿去北疆巡视。北疆路途遥远，山路崎岖，河道密布，根本不能坐轿，只能骑马，一走就是半个月，纵然马背上垫着厚厚的鞍垫，也会被硌得满裤子是血，到最后马都下不来，还得被人搀着或抬进驿馆安歇，所以京官们一听说要去北疆巡视都吓得直往后缩，就像要上断头台一样恐惧。

瑷珲、墨尔根副都统衙门在培训兵丁方面一向都是由副都统本人承担的，由于事务繁杂，很难做到专心，因此，兵丁们全靠自己苦练。到了一定时期便举办比武擂台，公选能人，阿思哈就是以这种办法，将瑷珲健锐营、水师营等官兵培养起来的。傅森老将军曾多次赞扬瑷珲的治军之策，并上奏朝廷嘉奖。乾隆九年，他们还得到了军机处褒奖的赏银六百万两，阿思哈将军就是用这笔经费搭建的健锐营驻地营房，并打造了一批武林常用的兵器。

如今窦尔敦武师的到来可谓是锦上添花，阿思哈将军还专门在副都统衙门举办了隆重的授兵刃典礼。在武林中有一个传统的规矩，武林中人因故退出或受某方之邀重新出山，就由邀请方一位德高望重的老者亲授兵器，受邀方接过兵器，并洒酒祭拜天地神灵，然后武师与众师门弟兄共同歃血为盟敬天跪拜，意味着肝胆相照，精诚团结，驱逐邪恶，扶危济困，同生共存。

这一天，瑷珲副都统衙门为窦尔敦、红儿择了良辰吉日举办隆重典礼。在副都统衙门大院，各路兵丁整齐肃立，傅森将军特命黑龙江将军衙门副都统绰尔多将军由卜奎赶来，亲自出席典礼。典礼由阿思哈将军主持，他命人将一个上了锁的大木箱抬了出来，里面放的就是窦尔敦和红儿曾使用的兵器——护手双钩和双锋剑。按大清律，凡戡乱剿匪缴获的兵器一律封存在兵部，并登记造册，上面详细记载了时间、地点及事由。那些被处死的盗匪兵器便永久收存，故以兵刃的收存便可验证朝廷平乱功绩。窦尔敦夫妇来到瑷珲副都统衙门后便提出希望朝廷归还他们的兵器，得到了傅恒大人的恩准，命兵部将兵器交予黑龙江衙门，转交给窦尔敦。于是，绰尔多此行就是要代表黑龙江衙门郑重地将兵器授予窦尔敦和红儿。绰尔多将军打开木箱，双手捧出用红绸子包裹着的护手双钩和白刃剑，窦尔敦和红儿双双走上前，接过兵器，真是心潮澎湃，两人激动得泪流满面，终于又见到了陪伴自己半生的心爱武器。自从那日他们二人拜倒在阿思哈将军和诺伦格格面前，并交出兵器，窦尔敦就以为从此告别了武林生涯，告别了他钟爱的护手双钩，可能今生今世再也见不到了！哪承想天地合作，因缘际会，在来到北疆重镇瑷珲之后，竟然又能与心爱的兵器重逢。窦尔敦倍加感激，这是对他的信任，也是傅森将军、阿思哈将军对他的器重，看来朝廷还真是磊落，真心求才，诚心待我，希望我能为国出力。窦尔敦含泪双手接过兵器，双膝跪倒，仰望苍天说道："罪民窦尔敦叩拜朝廷大恩！感谢各位将军的再造之德。"绰尔多将军赶紧将窦尔敦扶起郑重地说："窦义士，朝廷已赦免你的一切罪过了，不必再妄称罪民了。当今，正逢国家用人之际，窦义士身负少林盖世武功，又擅识水性，今到北疆瑷珲衙门，正是你大展身手报效朝廷之时，勿要辜负圣恩及傅恒大学士的期望，希望窦义士不要拘泥河北直隶之罪，放下包袱，轻松上阵，一切荣耀从今日揭开！"绰尔多的一番话真切感人，让窦尔敦感到热血沸腾，感激不尽。绰尔多将军又从箱子里拿出一个长盒打开，里面是用白绢包裹的一柄宝剑，正是红儿使用的白刃剑，阿思哈将军朗声说道："请陈红儿上前领剑。"红儿万分激动，忙走过去，刚要跪倒接剑，绰尔多将军忙扶住她说："女英雄，我知道你是诺伦格格的师妹，这繁文缛节就免了吧，快收回你的宝剑，希望女侠为国挥剑除妖。”

当晚，窦尔敦与红儿带着失而复得的护手双钩和白刃剑回到房间，如获至宝。他们拿着绸布反复擦拭着兵器，将兵器擦得锃亮，然后两人便迫不及待地来到练功房，武起了各自的兵器，还饶有兴致地对打了起来，直到两人累得大汗淋漓坐在地上。红儿意犹未尽地对窦尔敦说：“二冬哥，真没想到咱们到瑷珲就像回到家里一样，从阿思哈将军到兵丁差役，见了咱们都非常友好热情，言语中非常敬重，从未把咱们当作流徙的罪犯看待，如今还把兵器还给了咱们，看来当初咱俩的选择还是明智的。”窦尔敦说：“的确如此，如今他们还要聘我做衙门的武师，让我负责操练水军。可是咱们在这副都统衙门里面住还是不方便呐，但事情得慢慢来，等我们做出了功绩，取得他们的完全信任之后，我再向他们提出，给咱们在外面安排个地方住。我们便可以自己种园子，养些鸡鸭什么的。”因为阿思哈将军嘱咐明日早起还有其他的事情，所以两人晚饭后便早早睡下了。

次日清晨，天刚刚冒亮，阿思哈就派他的得力助手英福顺佐领去请窦尔敦和红儿一起用早餐。饭后，他们便出发前往江边。路上阿思哈将军说：“今天邀请二位和绰尔多将军一起游览一下黑龙江，看看我们的哨卡，并带你们去认识一些哨卡的首领和当地居民的穆昆达，因往返路程太远，所以要早些出发。”阿思哈将军怕东北早晚天气寒冷，还让手下特意为他们准备了两件崭新的大斗篷。这种斗篷是用蓝布面做的，里面镶的是水獭皮，这是东北江面上驶船人们常备的御寒衣物，由于东北江风凛冽，一般的布面或皮衣都顶不住凛冽的北风吹打。

阿思哈率领窦尔敦、红儿和福顺佐领等众位瑷珲副都统衙门官员陪同着绰尔多将军一起来到东下坎码头，这里是瑷珲衙门专门的军用码头，渔民打鱼的船一般都在另一处中街码头。这里停靠着大小五艘帆船和快船。他们登上了一名叫“坚强”号的战船，船名是由傅森将军题名并亲自书写的，这个船名源自《老子》中的一句话：“人之生也柔弱，其死也坚强。”“坚强”战舰船身四周都用铁皮包箍着，两侧的船舷各有六个空洞，空洞的形状如葫芦形，上小下大，四周也用铁皮包箍着，这些孔是船手划桨用的。行船时，船手们将船桨由两侧伸入江中，船舱内设有六排长凳，桨手们便坐在长凳上划桨前行。因为划桨是非常费力气的活，因此桨手们分为两班轮流替换。在船舱的后端还有两排座位，等待替换的水手就坐在这里。由此可见双帆大桨船下面空间是很大的，这也是当年人工动力船的核心部分。当年聪明的建筑设计师们在船的后部还建有瞭望楼和操作室，指挥者可以观察江面情况和航道情况，操控船舵。更令人惊奇的是在船里还设计了传声筒，一般是用木桶，后来用铁桶，从指挥舱一直延伸到船的底舱，传音效果非常好，尽管有风声、水浪声的干扰，但是声音传递得仍然清晰响亮。在船底舱的桨手看不见江面上的情况，只能凭借指控者传来的命令进行划桨动作，如“开划、慢划、速划、连划、左旋划、右旋停、右旋划、左旋停、双旋反向划、停手”等命令。只要勤于练习、配合默契，便能使舰船操控灵活自如。此外这种舰船的行驶还要凭借风力，双帆的升与降，帆的朝向调配得当，便能使帆船借助风力控制船速，因此战船上还有数名专门的“扯帆手”，他们也都要听命于船舵手之命，因此说船舵手是整个船的灵魂和大脑。福顺佐领就是此次航行的总舵手，而指挥这次航行的船长是瑷珲副都统衙门六品骁骑校，名叫福尔唐阿，四十多岁，在黑龙江上驶船已有年头，对黑龙江流域的所有河道、河湾、暗礁、水深等情况都了如指掌，他还曾几次航行到黑龙江出海口。乾隆九年，傅恒大人率队巡视黑龙江出海口，便是由他担任的指挥船长。

福顺佐领带领众人进入船舱，船舱内有配有皮垫子的靠椅和茶水，当时的茶是从大兴安岭上采来的榛子和松子等制成的。众人落座后，福顺佐领说道：“绰尔多将军，此次我奉阿思哈副都统之命陪同您和窦师父航行，目的地是先到官屯大五家子，那里是阿思哈将军的故乡，然后再到沿江下游的哨卡查看，将军有何吩咐请告诉我便是。”绰尔多笑说：“好，好，我也想看看你们新造的这只舰船如何，能否经得住风浪的考验，往返数百里进入江下游速度怎么样。战船征战重要的是速度，进退灵活自如，这样才能立于不败之地。”绰尔多将军说着，呷了一口茶，转身向窦尔敦夫妇说道：“窦师父，从今以后，你可就是咱们瑷珲副都统衙门的总教头了，过一段我们还要举行仪式，正式授给你名册。这回你可有用武之地了，要大胆行事，毫无保留地传授你的武功。我们满洲人心都是坦荡的，既然重用你便会相信你，过去那些旧事我们都把它抛到脑后去吧，你也不要再有戒心，我们对你也是没有任何隐瞒的，今天让你看的这艘船也是我们水师最新最好的战舰了。我听说对岸沙俄人的战船都使用了一种叫燃煤发动机的东西，在江面上像飞似的，目前咱们大清国还没有，不过我相信早晚有一天我们也会有的，即使我们装备不如人，但是我们也不能当孬种，我们靠的就是勇敢和拼劲，要守好我们的家园。

今天请你们夫妇上船，就是要你们感受一下我们军营的气势，大家要上下同心协力，让朝廷放心，让皇上安心，守疆护土可来不得半点马虎。”绰尔多一番话情真意切，令人心动。阿思哈也感慨地说道：“绰大人称呼你们为师父，这是尊贵的色夫了，很好，就这么称呼吧，我们瑷珲副都统衙门缺的就是像你这样武功高强的大师父。我们这天天都和罗刹人打交道，他们身强力壮，而且都善于技击搏斗，野蛮好斗。往往见面不说话，先把你打倒在地，还叫嚣说：‘你们还敢见到我们吗？谁也不准挡住俄罗斯人向前迈的脚步。’所以我想在我们副都统衙门正式设立比武擂台，选拔武功高强出类拔萃的人士，组成健锐营。以后八旗兵中不但要练习骑马、练剑，排兵布阵，还要练习与俄国人拳脚抗击的能力，我们要的是既会弓马剑又会拳脚搏击的布库。窦师父，你我都是少林禅人，对拳击术也都在行，我们要多培养弟子，这方面的事就多拜托你和红儿大侠了。”绰尔多将军说：“阿思哈啊，你一说起武功便滔滔不绝，我们今天还是好好陪着窦尔敦夫妇欣赏一下黑龙江景色吧，这可比窦师父你们家乡白洋淀的沱沱河、子牙河要雄伟壮观得多，甚至比黄河更加汹涌澎湃。民间有许多关于黑龙江的传说，最著名的是秃尾巴老李的故事，等过几天我讲给你们听。”窦尔敦和红儿还是第一次来到黑龙江，看到和听到这么多新鲜事儿，听得都快入迷了，眼睛也像看不够似的，看着窗外江水滔滔的景象。说着福顺引众人来到船的甲板上，窦尔敦和红儿发现这艘船的甲板非常宽阔，船面上有两根粗大的桅杆，用粗麻绳系着的粗大布帆，几个扯帆手头上裹着方巾，身穿甲胄，笔挺站立等待号令。甲板两侧肃立着两排水师营的兵丁，清一色的盔甲搭工配刀，煞是英武。船的前端有一尊系着红绸子的将军炮，炮位上也站立着几位炮手。福顺佐领说，我们瑷珲的水师营由雍正年间的两艘已增加至五艘，单桨的小扎卡船有十几艘，主要用于传信儿巡查之用，我们这五艘大船每月要上下江巡游一次，上至额尔古纳河，下至入海口，每次往返巡视都需要两个月左右，每次出行都是由两艘或三艘相呼应巡视。这时手持黄龙旗的甲兵来到福顺佐领面前，单膝跪地：“舰船一切准备完毕，请示扎布抬达是否扩多里博沙兰必（扬帆远航）？”甲兵将龙旗一挥，船上便鼓声响起，伴着鼓声，桨手开始划桨，舰船驶出江面。福顺佐领又发出第二道命令：“拖拖哈（开航）。”命令由传声筒传到各处，这时船上的鼓声更加激烈，舵舱里的桨手也伴着节奏划动大桨，只听见船桨有力的击水声，哗哗哗水浪泛起，舰船冲入江心疾速行驶。窦尔敦和红儿头一次见到大江中的战船，水师营的八旗水兵们个个健勇，纪律严明，分工明确，这阵势他们二人还是头一次看到，看来阿思哈将军的水师训练有素，窦尔敦心中暗暗赞佩。

福顺佐领指挥的舰船顺江而下，经过了富拉尔基坤河口，不到两个时辰就来到阿思哈将军的家乡，舰船缓缓靠岸，停在码头。这里就是大五家子，满语叫呼鲁嘎拖克索，当时被称为“骏马之乡”。众人一上岸，只见岸边有众多的男女老少列队欢迎。呼鲁嘎拖克索是康熙二十二年为抗击罗刹入侵奉旨由宁古塔、吉林等地八旗劲旅的后裔建成的，最初有五个大姓，分别是吴、关、齐、福、何，这五个姓氏共同建成了官屯。到乾隆年间已经增加了十个姓氏，还有十余户汉人加入，另外还有一户蒙古人和一户艾米人（达斡尔人）加入，大家称为大五家子嘎珊（村落）。大五家子嘎珊男女老少都非常好客，只要来了外姓人到村里，各家都要招待，拿出家中最好的食物、果品款待客人，不分彼此。听说阿思哈将军带人回来了，乡亲们便都向江边赶来，远远地听到舰船的鼓声，便在江岸列队迎候。船上的给养是需要随时补充的，大五家子齐暾码头就是补给码头之一。人们上岸后，只见岸上站着一位鬓发斑白的老者，将辫子盘在脑门上，身穿蓑衣的老玛发，一看便知是头领，他就是大五家子嘎珊的穆昆达、其统塔库老玛发。阿思哈老将军赶紧迎上前去，施礼请安：“阿古，我这次带着贵客来看望你们了。”这么一说，岸上的男女老少都热烈地鼓掌表示欢迎。这时，舰船稳停，抛下锚剑，停靠稳当，船缆已经拴好在岸上的木桩上，几名甲兵已经将大跳板放下，绰尔多将军、窦尔敦、红儿等人陆续下船，在男女老少的簇拥下上了岸，来到村里。村里的街道十分整洁，他们穿过几条街道便来到中街富察氏大院，这里就是塔库老玛发的家，是一座二进四合院，大门打开着，通过用河卵石铺的甬道走进月亮门便进入内院正房客厅，家人们给每人献上一碗忽拉茶（这种忽拉茶是用高粱米和小米炒制的，喝起来非常清香甜美，是满族用来招待贵客用的）。

阿思哈作为主人，向众位乡亲介绍了绰尔多将军和远方来客窦尔敦和红儿等贵客。其实托克苏等人早就听说瑷珲衙门从京师请来了著名武师窦尔敦大侠来传授武艺，人们都在翘首企盼着这位大侠。

当时虽然信息不够发达，但是像持续了两年之久的白洋淀起义早就传遍了大江南北，所以大五家子全屯上下老小都知道这档子事。塔库老玛发还事先嘱咐大家，说话要注意分寸，特别是那些直来直去的愣小伙子，别说出叛民、强盗之类的话语，要表现出咱们东北人的豪爽热情，不能瞧不起人家。塔库老玛发还严正地嘱咐不论是谁，若有半点轻率过格的举动，我定重责不饶。这时，阿思哈将军向塔库和众人介绍道：“阿古，这位就是我向你说的直隶有名的大侠窦尔敦，旁边是他的妻子红儿，皇上恩准他们到咱们瑷珲副都统衙门做武师，咱们这回请的可是风云人物啊！”

阿思哈又指着绰尔多将军说：“绰尔多大人我们早就熟悉了，他来到呼鲁嘎珊已经不下三次了，他对我们嘎珊子弟应招去墨尔根当八旗兵多年来一直是赏识提携的，给了不少关照。”阿思哈接着又介绍红儿：“阿古，这位女将是窦大侠的妻子，沙里甘这可是有名的女侠啊！她是曾在瑷珲漠北修行三年的少林寺自在禅师的高徒，说起来还是咱们家诺伦格格的师妹呢。”塔库和众人一听都发出了一声感叹，都上下打量起红儿，大家顿时情绪热烈起来，塔库老人更是高兴地说道：“真是千里有缘啊！你和我们家诺伦格格还是同门师妹，真是太巧了，欢迎你到我们这里来。”众人正说着，门外一阵骚动，有人喊道，夫人来了。不大一会儿，进来一位身穿绣花红缎旗袍，头上梳着小佛头发髻，上面插着一个银簪的满族贵妇，这位便是阿思哈将军的夫人，也是刚入选进京的诺伦格格的亲生母亲，她笑容可掬地先向绰尔多将军、福顺佐领道了个万福。塔库老人便招呼她见过窦尔敦和红儿，说红儿是诺伦格格的师妹，阿思哈夫人见过了自己女儿的师妹，显得十分亲切，她双手扶着红儿的肩膀说：“红儿姑娘，欢迎你到我们家来，你既是我诺伦格格的师妹，也就像我的女儿一样，诺伦走了这么多日子，没有一天不想念的，今天见到你就像见到我们家诺伦一样亲切，今天晚上你们就住在她的闺房吧。”然后，转身向阿思哈将军说道，爱根你们先聊着，我领红儿姑娘去诺伦的闺房看看。红儿听了也十分高兴，忙向众人道别后，便拉着夫人的手向后府去了。

窦尔敦第一次来到满族传统的家族院落，对满族的生活起居民族礼仪都感到十分的新奇，他和众人一边攀谈着，一边听着塔库老人讲述富察氏家族的历史，一边不时地四处打量察看着，从屋内的家具摆设到人们的穿着打扮、言行举止，还不时地问着各种问题，塔库老玛发和众人一一向窦尔敦介绍了富察氏家族从康熙朝北戍瑷珲城至今，始终保持着萨布素老将军当初组建的“哈哈朱子营”(哈哈，满语即男儿之意，朱子意为复数，多的意思，也就是男儿营地)。八旗的每个嘎珊都将男女组织起来，女子称“赫赫营”，主要负责采集、放牧、生儿育女、料理家务，有战事时，也可跃马出征，技高者不亚于男儿。

哈哈朱子营为首者布特哈达，也叫乌诉达，即主理农荒开垦，拓建营地，管理牲口，搭建草房。满洲人在农忙之际，就在田间地头搭建土坯草房，称作“地窨子”，也叫乌琪包。每个嘎珊的地窨子远近大小不等，数量甚多，可埋锅造饭，随着迁徙，这些地窨子便被废弃，所以在东北各地至今还留着许多当年地窨子的遗址。还有一种形式就是尼玛哈呐即渔场，一般设在河口、江汊子、湖泊水草之地，供打鱼人栖息之所，可以埋灶、停船，大五家子与下马场的下游在顺治康熙年间就设有伊勒哈渔场，就是在三架山一带建起的渔场房子。

据记载，这些渔场在当年十分兴盛，是捕捞马哈鱼、鳇鱼的最佳场所之一，一网下去可打捞数百斤鳇鱼。乾隆年间，当地用马拉爬犁为京城送过鳇鱼，所走路线经同江入依兰，过呼兰进入伊通河，再越过浑江，最后用长挂大铁车一直运进京师，献给皇上。后设吉林打牲衙门，便由此机构负责运送，以上这些都是哈哈朱子营的主要业务。即凡是十岁以上男丁便组织起来练习弓马武技，由族中选出的师傅传授武艺，数十年从不中断，所用的学费用具等由旗下嘎珊共同摊派，同时也延请先生教授识文断字，只有具备文武本领、经考试合格者才可入旗档册，随时入选八旗正丁。

黑龙江将军衙门负责掌管武科，都喜欢从大五家子嘎珊选将征兵，因为他们不但个个武术功底好，还具备一定的文化素质修养，就连齐齐哈尔墨尔根也都抢着来这里征招。塔库老玛发笑逐颜开地向窦尔敦说道：“窦师父，你来到北疆我们大家可都早就盼着了，欢迎你有时间常来我们嘎珊，多给我们子弟传授些功法，这些孩子报效朝廷，守边护土，那可都是一片赤子之心啊！”窦尔敦自打进入大五家子早就被这里的一片热情打动，他感受到这里的人们个个生龙活虎，充满激情，而且待人真诚热情，这些都是他从京师来之前根本想不到的，这里的一切都感染着他，使他有一种兴奋和上进的力量。

话说红儿跟随着夫人，来到正房中间诺伦格格的闺房，不由得眼中一亮，房中的墙壁都是由江南绣花彩纸贴成的，满屋清新敞亮，四周挂着诺伦格格剪纸和绣花的小作品，各式各样的香囊荷包上面还缀着驻穗彩线，包含着主人的审美趣味，墙角还摆放着几盆珍贵花草，花朵绽放碧绿莹莹，更增添了满屋的优雅。更让红儿觉得兴奋不已的是在墙正中挂着一张人物肖像，慈眉善目，飘逸如神，正微笑着看着世人，这正是自己的师父自在禅师的肖像，画得惟妙惟肖，栩栩如生。红儿当即跪下，叩拜恩师，心中默默念道："恩师，徒儿谨遵师命，已和二冬师兄归顺朝廷，现在来到北疆为朝廷效力，祈求恩师护佑我们。"阿思哈夫人也心领神会，忙让下人取来香炉，贡香，红儿忙给师父上了三炷香，诺伦格格如此虔诚地供奉师父的画像，还日日祷告，这份情义令人感佩，想到这儿，红儿不觉潸然泪下。

夫人见红儿凝望着老禅师的画像泪流满面，便说道："当年老禅师曾在我家住过几年，那时诺伦格格还是个小丫头，因为得了一场怪病，全仗老禅师救了她一命，因此从那时起，她终日素食便皈依了佛门，今日蒙圣恩，皇太后收诺伦格格为净身修女，这也都是造化修来的福啊！"红儿听后说："夫人有所不知，我在少林寺入佛门，听禅师说起过诺伦格格的坎坷经历，我早就知道在东北有一位师父的得意门生，也是我的师姐呢！"正说着阿思哈将军进入闺房，听到她们说到这一段，便接过话茬儿，把当时在武场相互认宗师的事说了一遍，夫人惊奇地说："竟然有这么巧的事情！"

红儿和众人说着话，眼睛却一直盯着师父的画像，她终于忍不住问道："夫人，这幅画像不知是出自哪位画师之手呢？"夫人笑着说："哪来的画师呀，这幅画是我感念老恩师，是我花数日时间画成的。当时自在老禅师看到也非常认可，红儿姑娘要是喜欢，我可以给你再画一张。"红儿心中又惊又喜，原来这么传神的画像竟是出自夫人之手，还以为是当世哪位高人所绘呢，因此对夫人更敬慕万分，忙谢道："这对我来说可是无价之宝啊！若能供奉师父的画像，便如恩师在身边一样，可朝夕跪拜，重温恩师的教诲。夫人呐，你可是对我送了一份大礼啊。"夫人回道："哪有你说的那么严重，日后我画好，交给阿思哈将军，转交给你。"阿思哈将军过来催促夫人和红儿回到大厅，众人还都在等着她们呢，便一同出了府院，去参观富察氏家族的哈哈朱子营。此营共分三处，一处在屯西，是专门练习马术剑法的；一处在江边不远的下马场，专门训练水师；还有一处在大五家子以北，小五家子，是专门负责给吉林乌拉打牲衙门运送贡品的晾晒和陈放之地。自清初从顺治康熙直至雍正乾隆朝，满洲八旗各官屯子弟，每户至少出一人一马，人多的也有数人数马，暂时归入朝廷临时调配。平时无事时，采集渔猎，因此家家户户都显得很忙碌，有事做。窦尔敦来到北疆之前，曾经以为满洲是清朝的发源之地，那里的人必是人人尊贵，游手好闲，衣食无忧，此次出关才知晓满洲旗人的真实生活状况。旗人的生计是统一由旗务衙门管理，旗人也要承担国事兵务，如有战事，必须应征出战，不可违背，平时还要负责兵丁的训练，所以每旗的强弱皆由旗务决定，窦尔敦通过了解哈哈朱子营，知道了这种体制是满洲旗人自强不息的内在动力。

窦尔敦原来真不知道下马场水师营日夜辛劳的情况，他从小生活在河北直隶，那里是江湖密集的鱼米之乡，所以窦尔敦水性极好，有惊人的耐力，能在水下长时间地潜伏，白洋淀起事中正是凭借着武艺绝佳水性超人才被选为义军旗主。他做梦也没想到，来到天寒地冻的黑龙江畔，遥远的北疆，竟也有水产丰富的渔业之乡，因此，他便向阿思哈要求午饭后去下马场的水师营参观一下，会一会当地的水上豪杰。绰尔多、阿思哈等人互相看了一眼，会心地笑了起来，他们打心里高兴，这是他们期盼窦尔敦来的原因。除了帮助他们训练官兵的武功之外，更能在水师训练方面下些功夫，与俄军除了在陆地较量，还要在水上较量，因此北方急需既擅水性又懂武功的人才。

午饭后，窦尔敦随着福顺佐领一起兴致勃勃地来到下马场。他们登上了一个江中岛，只见那里有二十多人正在进行水上游泳训练，领头的是一个年长者，人称他毕拉达爷。他是专门组织年轻人水上训练的色夫，他平时训练很严厉，此刻他正在对一帮年轻人的泳技做指导。毕拉达爷见福顺佐领带着一队人过来，便老远向他们打招呼问好，福顺佐领把窦尔敦介绍给毕拉达爷，一番客套后便迫不及待地向毕拉达爷讨教，问他们正在做什么训练，毕拉达爷答道："正在做一项老母猪过河的潜水技能比赛。"窦尔敦听得丈二和尚摸不到头脑。毕拉达爷见窦尔敦一脸迷惑，便笑着说：老母猪过河是很普通的潜水技能，名字听起来是很土的，但是这是潜水技能中最硬的功夫，必须是潜水技能过硬的人才能顺利过关，我们满语叫"嬷嬷乌里夫毕拉鸭来"，这项比赛的要领是在规定长度的河里潜入后不准露出头，用四肢在河底爬行，最终在比赛终点爬上岸，最先露出头和身子的是胜利者，在水里爬行时，许多人因为闭气不够，必须露出水面换气，按换气次数多少评判等级。这是锻炼人在水下屏住呼吸的高强度训练，用这种方法来刺探敌军情况，接近敌船，破坏敌军军船，这是必备的潜水隐身技能。窦尔敦一听，顿时来了精神，他想探个究竟，忘了自己是参观者，一时兴起脱下衣服，便跃入水中，加入其中。福顺佐领见状，本想劝他，他深知这项水上运动是颇有危险性的，见窦尔敦脱衣跃入水中，便想试探一下窦尔敦大侠水性究竟如何，就叮嘱毕拉达爷照顾好窦尔敦，别出意外。毕拉达爷心领神会，高声向众人喊道："诸位，我们欢迎贵客加入比赛，你们诸位好向窦大侠讨教。"众人情绪激昂，高声齐呼叫，请窦大侠赐教。窦尔敦又向毕拉达爷详细询问了一些比赛的具体规定，众人都准备好了，可以开始了。只见大家在岸边一字排开，毕拉达爷手握令旗，一挥，旁边一名兵丁用力敲了一下铜锣，比赛正式开始。只见众人纷纷跃入水中，水面顿时泛起波浪，不一会儿水面便风平浪静，参赛者都已经潜入河底。福顺佐领和岸上的人都屏住呼吸，紧张地盯着河面，只能看到微微波浪，却看不见一个人的影子。人们转而看向河对岸，看看谁最先露出水面。大约过了一袋烟的工夫，河面上陆续有人露出头换气，比赛的河道是从江心小岛向一个小河汊子，距离有三四十米远，两三米深，据说河底十分平坦，随着时间的推移，露出水面换气的人越来越多，督赛者会记录每个人的换气次数。岸边人们一阵欢呼雀跃，只见河对岸有人露出河面，此人正是以客人身份参赛的窦尔敦大侠，更令人称奇叫绝的是窦尔敦自始至终竟然没有换过一次气。毕拉达爷赞佩地说道："尊贵的客人哪，您真是神了，我带兵足足有两年了，还没有一个人能从河底一口气潜行过来呢，您究竟是怎么做到的呢？"窦尔敦笑着说："这在我们家乡潜水并不算是最长的，在白洋淀上猎取白天鹅需要长时间潜伏，因为白天鹅这种动物生性敏感机警，只要一点点动静，它便飞走了，所以这也是被逼出来的。要想真正训练出打仗的本领，那可得比这更较劲，最好能练得在水下潜水至少要更长时间，这样打起仗来才能出奇制胜。潜泳就是水下的隐身术，要做水中的鱼，水中的蛙，才能有战斗力。"窦尔敦的话令阿思哈副都统不禁眼前一亮，绰尔多将军等人也连连叫好，阿思哈拉着窦尔敦的手说："窦大侠，您这话真有大将的气派，您可说到了点子上，我们就盼望着把我们的水兵都训练成水中的巴图鲁。"阿思哈副都统也颇识水性，不过他从小练的是口含柳哨的换气法，最多也就能潜水半个时辰，他自己还从来没潜水过一个时辰呢。这次他在京师参加清剿白洋淀反清叛乱时就听说窦尔敦等人水性极高，他率领的义军在江河纵横的白洋淀个个如水鸭子一样，真的是如鱼得水，所以高斌率兵始终未能清剿。如今窦尔敦在瑷珲不仅亲自参加潜水比赛，还谈起训练水军的奥秘，因此阿思哈对窦尔敦的好感进一步加深了，觉得窦尔敦真的是侠肝义胆的正义之士，对大清国和满洲并未仇视，只是因为官府体恤不当、横征暴敛才激起他的起义之心，如今事情过去了，他仍能把大清国的北疆视为己任，义不容辞，单就这份热情和坦率就令人赞佩。阿思哈接着说："窦师父，我们练习水性就是为了北疆的防御，罗刹的水兵可都是精英，他们的舰船比我们的先进，炮火也比我们的猛烈，我们和他们硬碰硬肯定是不行，只能采取潜伏破坏这样的战术，因此我们瑷珲副都统的水师营和北方各个部落嘎珊达都要求训练出有过人本领的水兵，八旗水师还要经常举行擂台赛，选拔出色的水兵，授予水中巴图鲁的称号，以此激励大家，窦师父你可要毫无保留地传授这门独家绝技啊。"阿思哈的一番话说到大家的心坎上了，众人热烈鼓掌，纷纷要求窦尔敦给大家演示一下水中绝技。窦尔敦自来到瑷珲一直受到热情款待，心中也颇为感动，所以他很豪爽地一挥手说："好吧，大家请随我来。"说着窦尔敦领着众人来到河汊的尽头，越过江心岛，便来到黑龙江又宽又深的主航道。窦尔敦只穿了一件背心和短裤，身上还斜挎着一个小布囊，便走进江里，当江水没腰身时，他回头对众人说："我现在要水遁了，你们大家不要担心我，过几个时辰我可能在很远的地方出现，也可能直接就到了对岸。"说完，他身子一蹲，水面出现一波漩涡就又恢复了平静，随后过了几个时辰也没看见窦尔敦的影子。因为窦尔敦之前向众人有过交代，所以也不用担心，只能静心等待，有些好奇的人，找来船划向江对岸，想察看一下窦尔敦是否已经藏在对岸的草丛中，附近找遍了也没发现窦尔敦的身影。又过了一两个时辰，绰尔多、阿思哈等人也不免焦急起来，怎么这么久还没有一点动静？江面只是偶尔有几条鱼蹿出水面，还有几只水鸭在水面上觅食，绰尔多将军有些坐不住了，说窦尔敦不会是借水遁之名逃走吧？阿思哈将军笑着说，您过虑了，窦尔敦也是江湖中人，最讲究的是侠义，绝对不会的。众人边说边等待，这时毕拉达爷说："大家别在这干耗着了，也别瞎猜了，咱们把他喊出来吧。"于是毕拉达爷和众人齐声喊道："窦师父您快出来吧，我们知道您的能耐了。"这样一喊，突然听见身后江心岛对岸，岸边的大石头上坐着的窦尔敦笑着答道："各位，我在这儿呢。"众人明明见他潜进江水里，不知什么时候到江对岸的，就连阿思哈、绰尔多将军都连连称好说："窦师父，你可真是神了，让我们大开眼界，长了见识了，这回你可得给大伙说说潜水的门道。"众人也七嘴八舌地说着："是啊，窦师父，你快给我们讲讲吧。"看着众人期待的眼光，窦尔敦说道："各位将军，水师营的兄弟，我是打鱼出身，水中的这点能耐，也算不得什么，只是一些雕虫小技，但能对水师营的训练有利，我愿意传授给大家。我自小便在白洋淀练习打猎天鹅和水鸭，要想捕到这样的飞禽，必须练习水中的‘蹲坑术’，也叫‘泅水术’，因为白天鹅生性机警，稍有一点风声水动，就飞走了，必须在水中潜伏，悄悄等候，才能捕获它们。我刚才潜在江底，出水时，见你们在岸上观望，江面上的水鸭分散了你们的注意力，我便快速蹿出水面来到对面的柳林中。由于我使用了一些轻功的技巧，并没有引起你们的注意，在武林中讲究出其不意，我刚才便是用了转移视线法，来到了江心岛对岸的柳林中。”大家听到后，仍然觉得有些不可思议，觉得窦尔敦怎么能在水下待那么长时间，“当你们的视线被引向对岸时，我就从你们的身后出现了。”大家顿时就像一瓢凉水倒在了油锅里一样炸开了，七嘴八舌地问窦尔敦，你在水下潜伏，如何换气的？有什么绝技吗……这时窦尔敦微笑着把贴身的黑褂子脱下，众人发现窦尔敦身上有一个气囊用布条裹在身上，紧贴在胸间和腋下，他在水下，就是用气囊中的空气呼吸换气的。窦尔敦说在他的家乡，水性好的，都会绑着这样的气囊，绰尔多将军说：“看来这泅水技能各地都有独特的招法啊，我们今天可算是长见识了，窦师父，这个招法我们水军可以使用，这样的话，我们的水军在水下可如虎添翼了。”此次，窦尔敦展示水下绝技，并传授给了水军，给瑷珲水师上了生动的一课，更加深了瑷珲当地人对窦尔敦的敬佩与喜爱，人们对他最初的疏远陌生感也渐渐消失了，彼此的心也越走越近了。

次日凌晨，双帆舰船要驶离呼鲁嘎拖克索大五家子嘎珊。塔库总穆昆达和毕拉达爷等呼鲁嘎拖克索满洲诸姓首领在旗务房子设盛宴欢送尊贵的客人。一大早，天刚蒙蒙亮，人们便到小依拉哈鱼房子用了两只威呼[①]拉回一条足足有七百多斤的大鳇鱼，这儿的满族人最讲究的就是鳇鱼宴，吃鳇鱼馅儿的饺子，用呼鲁嘎自己酿造的“米酒”和依尔哈木克以及瑷珲田家烧锅的阿勒给[②]款待客人。酒宴期间，阿思哈将军夫人率领沙里甘居[③]们还为客人表演了“满洲乌春”[④]《霍绰珊延萨哈连[⑤]》，并且讲述了一段富察氏家书：“萨宁姑安班尼亚比特嘎”[⑥]。

宴席过后，塔库总穆昆达率领嘎珊中挑选的两男两女在院子里摆起

① 威呼：满语，北方民族用原木雕刻而成的独木舟。
② 阿勒给：满语，意为老白干。
③ 沙里甘居：满语，指姑娘。
④ 乌春：满语，满族说部中的一种说唱形式。
⑤ 萨哈连：满语，黑龙江。
⑥ 满族说部《萨大人传》中的“老将军受任黑龙江将军”内容。

了香案，并请绰尔多将军、阿思哈副都统、福顺佐领等嘉宾坐在上席，塔库总穆昆达作陪，众旗人很快便围满了一院子。那景象还真是好久没在旗务房子里出现了，这意味着嘎珊要举办重大事项哪。众人在院子里设好天地院，摆上香案供果糕点和米酒，供案下手右侧放着一条宽板凳，上面铺着狼皮褥子。塔库总穆昆玛发恭恭敬敬地走到窦尔敦、红儿面前，打了个千，说道："窦大侠、红儿师父，今日我兄弟副都统绰尔多将军带你们二位来到我们嘎珊，这是我们嘎珊的荣耀和幸事。我代表我们嘎珊的父老真诚地欢迎你们的到来，今后二位就把这里当成自己的家，有事尽管提出来。过一段，你们居住地址定下来，我们去帮助你建房舍，开垦种地，咱们富察氏家族与你们关内来的窦氏汉族兄弟今后就是亲兄弟。方才，我恳求黑龙江将军傅森大人的代表绰尔多将军允许您这次来收我们嘎珊四个弟子。窦师父，这事事前也没和您打招呼，但是这可是我们嘎珊父老的一片真心实意，还望您应允下来，在你们走前正式举行拜师仪式，把他们收为您来北疆的第一批徒弟，让他们跟着您二位学习武功本领，您就把他们几个当作自己的孩子，严加管教吧！"说着，塔库玛发把四个青年男女叫过来，在场的人顿时欢声雷动，掌声四起。窦尔敦、红儿也被这热烈的场面和嘎珊父老的真诚所感动，当即应允了下来。

拜师仪式由绰尔多将军亲自主持，窦尔敦、红儿坐在供案下面刚才摆好的狼皮凳子上，四位青年男女跪在对面。绰尔多将军朗声说道："拜师仪式正式开始！"行过三拜九叩之礼后，绰尔多将军又高声说道："礼成！下面师徒互换礼物。"窦尔敦闻听略有尴尬，他们还真没有什么准备，一时也拿不出什么像样的礼物。塔库总穆昆达走过来说："二位，此事有些唐突，也没事先和你们商量，你们没有准备礼物，以后再补也不迟。这四个孩子的名牌你们先收下，也算是认识一下。"而这四位青年早已有所准备，纷纷从脖子上摘下一个精致的小木牌，恭恭敬敬地献给两位师父。

当年，满洲旗人从一生下来便要登记入册，旗务房要给每个人制作一个特制的"号牌"，上面写上姓名和旗籍，一来掌握人口增减，二来也可据此享受朝廷的旗人俸银。这是塔库总穆昆达事先安排好，专门复制了四个用来拜师用的。窦尔敦、红儿接过名牌后，心潮澎湃，激动不已。窦尔敦站起身来，向众人深施一礼说道："感谢绰尔多将军和塔库嘎珊玛发对我们的厚爱和信任！我们夫妇俩能够来到北方瑷珲边塞全凭圣上和朝廷的再造之恩，也仰仗富察氏家族的从中调停斡旋。今天能够在阿思哈将军的故乡收四位弟子，这是我窦尔敦和我们窦氏家族的荣幸！我们夫妇定当用心传授技艺，共同切磋，弘扬我中华武功，为大清子民谋福祉。既然绰尔多将军已经宣布了要互换信物，我岂可违拗，虽然事前没准备，既然拜了师，那我就送他们四人每人一块我家乡直隶滹沱河的石头子。大家可别小看这看似普通的小石头，这可是我的宝贝暗器。我从小就用它打飞鸟卖，我叫它飞蛋子，在我手里它可比任何弓箭都厉害！”说着窦尔敦从裤兜里摸出一把石头子，颜色有些发红，小巧玲珑的，摸在手里格外坚硬沉重。窦尔敦抬头望天上瞄了一眼，正巧飞过一群麻雀，说时迟那时快，只见窦尔敦把手一扬，一把石子便飞射出去。随着几声鸣叫，就见扑棱几下，天空便落下三只麻雀。众人一阵惊呼，跑过去捡回来一看，有的击中了翅膀，有的打折了小腿，大家啧啧称奇，真是神技啊！窦尔敦又拿出四颗石子分别给四位徒弟留作见面礼。

拜师仪式结束后，阿思哈副都统对窦尔敦语重心长地说：“窦师父，这四个孩子可不是普通的孩子，他们都是英雄子弟啊！他们的父亲都是雍正以来瑷珲副都统衙门为国殉难的八旗将士的后裔啊！包括一、二、四道沟的旗务房子档册上的这十几个遗孤，都是我们瑷珲城最受关爱的、最让人牵肠挂肚的……这数十年间，在北疆哨卡巡逻中殉难的八旗兵勇不下百人，他们的孩子都很有志气，决心替补父兄，继续做哨卡甲兵到衙门充差，为国效力。您收的这四个孩子的先辈都是赫赫有名的功臣，一位是吴氏哈喇长泰佐领，雍正二十三年，在豆满江哨卡被一伙犯境偷渡者乱箭射死在卫所，他的墓至今仍在豆满江松林谷中；一位是祁卡尔哈喇福来骁骑校，乾隆二年率兵巡视黑龙江口，遇到龙卷风，全船十二人悉数葬身江底，到现在尸首也没找到；第三位瓜尔佳哈喇宁常佐领率骑兵巡洛右河，勘查界碑，夜宿界碑石砬子下面，清晨遭遇不明身份者入帐袭击，杀死后又放火焚烧，仅有三人逃脱，宁常佐领等只留下被烧焦的骨骸；第四位富察哈喇德永参领殉难在精奇里江上游，在侦察记录绘制地形图时遭遇沙俄袭击，敌众我寡，惨遭屠戮，尸骨被烧成灰烬。这四个孩子，吴英玉是长泰之孙女，祁永阿乃是祁福来孙子，关小莲是宁常之长女，富保柱是富察德永的次子，也是我的亲叔伯侄子。”一席话说得窦尔敦感慨万千、唏嘘不已，他望着这四个孩子，感慨地说道：“阿思哈兄弟，我会好好照顾他们的，把我浑身技艺传予他们，对得起故去的英烈！从今往后我一定和师弟你携手并肩，共御外敌，把北疆防务做好，不负朝廷重托！”

第十章　初建窦家屯

到了分别时刻，绰尔多将军、阿思哈副统领和窦尔敦、红儿都上了船，福顺一声令下，大船起锚驶离。江岸上，塔库嘎珊达及众乡亲挥手相送，依依惜别。只听得手摇令旗的甲兵拨什库高喊道："扎乎台，拖哈！"船舱里鼓声大作，船舷两侧大桨挥舞，伴着号子声，大船快速驶离了大五家子码头。窦尔敦站在甲板上，向渐渐远去的呼鲁嘎珊眺望着……此番令他激动不已，永生难忘。这时阿思哈走过来说道："窦师父……"看见窦尔敦转头嗔怪的目光忙说："叫你窦师兄总觉得不如叫窦师父顺口，看来我心中对你的敬佩之情难掩啊！"窦尔敦笑了笑说："那你怎么顺口就怎么叫吧。"阿思哈说："下一站，我与绰大人请示了，打算逆水往上游走一走，让你领略下瑷珲以北到精奇里江的这段航道，精奇里江口，即俗称的'黄河口'，然后，我们再沿江看看景色。"窦尔敦、红儿点头答应，说道："一切就听从阿思哈将军安排吧。"对他们来说这一路都是陌生的，充满新奇，北疆沃土真是别有一番风光啊！那么粗犷、壮美。黑龙江上波涛浩渺，宽阔无比，顺江而下可以直通东海，令人产生无限遐想！

双帆舰船按照福顺佐领的指挥，逆水而上，行至精奇里江口，这里是黑龙江著名的北线支流，发源于千里之外的鄂霍次克海南部山麓，因其江水呈黄色，故称作黄河。两岸当年并没有太多房舍，或有一些零散的开荒人和渔民搭建的网房子和地窨子。双帆船驶入黄河口后，便折转回来，直奔瑷珲城顺江而下。阿思哈和绰尔多将军介绍说："这一带黑龙江西岸从五道沟到头道沟是一片宽阔平畴的沃野，黑黝黝的平坦土地，都是瑷珲副都统衙门管辖的地界，所建的官屯多是在康熙朝戍边过来的各族百姓开辟建设的。我们打算你们的营地就建在这一带吧，既靠近瑷珲城和副都统衙门，又靠近江河，生活起来很便利，也适合以后人口壮大发展的需求。你们俩留心看看，选一处屯址，副都统衙门就为你们办理专开地亩档册和建屯落的地照。”

窦尔敦夫妇感激不已，在阿思哈副都统和绰尔多将军的参谋建议下，最终选定了头道沟与二道沟之间一大片平畴沃野作为落脚地。随后不久，副都统衙门便委派兵丁，加上大五家子嘎珊过来帮忙的屯民，打地基、建房舍，很快一个屯落便有模有样地建立起来，这便是窦集屯的最初来历。这个屯落主要是为了窦尔敦而建，后来又陆续迁入了不少住户，大都是跟随窦尔敦过来的家族亲属和当年白洋淀起事时候的追随者，慢慢形成了一个汉族直隶地区人聚居的村落，一直延续至今。

按照满族说部传讲，窦集屯兴建始于乾隆十二年秋末初定，乾隆十三年夏开始挖沟壕、树栅栏、打土坯、建房舍，秋末落成入住。初时五大间房舍、三大间仓房，外加碾坊、马圈各一处。此后，不断有窦尔敦亲属或当年追随者从河北直隶等地投奔来，经黑龙江将军衙门和瑷珲副都统衙门特许签批，一律不受流民禁律，这样陆续迁来几十户，形成了以窦氏为主的窦集屯寨。屯寨里没有一户是当地满洲人，都是河北直隶一带迁来的民众。这在清朝历史上是非常独特的现象，按照大清规制，流放之地，那些被贬待罪之人是不得独立建屯寨居住的，一律编入当地满洲官屯之中，并且受到严格管制，不但随时查勘登记入档，外出也必须随时登记入册，窦集屯的民众则一概皆免，由此可见朝廷对窦尔敦家族的优待礼遇。

不过这一切都是后话，从窦集屯的建成到享受朝廷的这般优厚礼遇，其间也是经历了许多波折和坎坷的，接下来我朱伯西将为大家细说个中缘由……

瑷珲城本来是一个小渔村，早年是达斡尔人的托尔加古城，后被沙俄入侵大火焚毁。因为这一带的黑龙江江面开阔而且笔直，故有“十里长江”的美誉。多少风光无限且不必说，这地方还是人杰地灵、人才辈出的风水宝地。康熙二十四年，由江东迁来的黑龙江将军衙门，便在此建起了新城，即闻名的黑龙江江城。初建时，就选址在江西一处平地，建起了衙门雏形，后经康熙、雍正、乾隆三朝不断扩建修葺，才形成了现在的瑷珲副都统衙门格局。二进院落，四周围墙，前庭东西两侧各为三间，前门是五间，正门有影壁墙、索罗杆，经过一道花墙相隔就是后庭，正厅五大间，带有回廊，东西厢房各三间。建得很精致，都是青砖房草苫的建筑。

窦尔敦和红儿自打到了瑷珲以后，心里一直觉得非常敞亮，特别舒心，就像前世有缘似的，一点也不觉得生分，仿佛回到了阔别已久的家一样。此番跟随绰尔多将军和阿思哈副都统去黑龙江沿岸巡查回来后，那边为他们以后定居准备的村屯已经开始着手建了。阿思哈将军心思细密，他还特意嘱咐手下，要多多关照两位贵客，不要亏了嘴儿，隔三岔五给弄些猪肉、鱼什么的。阿思哈还特意安排了两位衙役铜锤、铁锤负责照顾窦二冬两人的生活起居。

说起铜锤、铁锤这两人，还有一段故事。两人是兄弟俩，以前是江东人，在曹大炉的铁匠铺当伙计，两人干活卖力气，手艺也学得好，深得曹大炉师父赏识、喜爱。这位曹大炉名字叫曹庆，祖上是山东蒙城人，来到黑龙江已经好几代了，今年已经六十多岁了，连他自己都说不清自己老家是山东哪个村的了，膝下拉扯着两个女儿，一个十五岁，一个十七岁。曹大炉的打铁技术高超，在瑷珲一带远近闻名，阿思哈也经常在他那里打造一些急需的兵器什物。有一年，阿思哈率几个拨什库去江东巡查，途经西泡子屯，看到曹大炉的铁匠铺前面围了好多人，就上前一看究竟。发现曹大炉倒在地上昏迷不醒，连忙走上前招呼人扶起来问道，他这是怎么了？周围人告诉他，曹大炉干活时突然晕倒口吐白沫。阿思哈将军久经沙场，常年在外带兵打仗，军中缺医少药，回来阿思哈就自己琢磨学了些医术，遇到轻伤和身体不适，自己也能调理一下，待回城后再找郎中诊治抓药。阿思哈凭经验觉得曹大炉的病症挺严重，就吩咐手下人先把他抬进铁匠铺旁边的耳房，这是曹大炉平时干活歇息和晚上打更看摊的临时住所。把曹大炉放在床上后，有人解开他的衣衫，阿思哈过去翻开曹大炉的眼皮看下眼睛，摸了摸脉象，又趴在胸口听了听，断定曹大炉是中风了，而且很严重，脉象很微弱，心跳也几乎听不到了。阿思哈赶紧让人找来一只大江龟，扣上一个大铜盆使劲敲，乌龟受到震动惊吓就会撒尿，把收集的龟尿滴到中风人的舌头上面，就能有效缓解中风，这是民间的土方子。可是曹大炉发病太久了，有点来不及了。看着奄奄一息的曹大炉，阿思哈问道：“他的两个闺女和两个徒儿哪？怎么都不见人哪？”旁边一老者说道：“副都统大人，曹大炉突然发病，徒弟也吓坏了，掐人中、拍胸口，折腾半天也没醒过来，就慌了神，一个跑回去找他闺女报信，一个去找屯里的万大仙了，这会儿都还没回来哪。”阿思哈知道这个万大仙，没什么真本事，看个头疼脑热的，拔拔火罐、掐掐捏捏的还可以，真遇到这种重症大病就无济于事了。过了一会儿，铜锤、铁锤带着曹大炉的两个闺女和万大仙急匆匆地赶了来，而此时，曹大炉已经仅仅剩下一口气了，两个闺女顿时扑到曹大炉身上嚎啕大哭起来。曹大炉似乎用最后的气力动了动手，吃力地睁开眼睛，盯着两个闺女看了一会儿，便脑袋一歪，撒手人寰了！两个闺女见老爹咽气，一下子瘫倒在地，放声哭叫：“爹呀！爹呀！你老就这样走了，把我们姐俩撂下可咋活啊……”阿思哈一看情况，赶紧吩咐手下去棺材铺买一副棺材，又到成衣铺买来装老衣裳，叫众人帮忙趁着曹大炉还没僵硬，赶紧穿戴上。然后，也顾不上选日子了，让铜锤、铁锤叫来西泡子屯里的众位乡亲邻居一起把曹大炉葬到了后山。一切停当，阿思哈来到哭得死去活来的两个闺女面前说道：“闺女们啊，你爹人已走了，不要哭了。别怕，以后本将军就收养你们了！”然后又对铜锤、铁锤两兄弟说：“你们哥俩也跟我到副都统衙门去吧，把曹大炉铁匠铺搬到瑷珲城去，到时候看看还缺啥少啥都来找我。”

就这样，阿思哈带着曹大炉的两个闺女和两个徒弟，把铁匠铺的一应家什用具都装上了船，回到了江西瑷珲城。安顿好四人，第二天就和铜锤、铁锤带领衙役兵丁在副都统衙门北边山坡地伐倒一些松树，平整出一块土地。接着就开始脱坯烧砖，打桩锯木，没几天就建起来一个新的铁匠铺子，还叫“曹大炉铁匠铺”。铜锤、铁锤两兄弟负责掌锤，又在当地招了两个打下手的伙计，两个姑娘负责做饭，管库房和记账簿，很快就开起张来。过去副都统衙门的兵器损坏或急需打造什么用具，都得跑省城卜奎，一来麻烦，二来也不赶趟，这下子可方便了，俨然变成了瑷珲副都统衙门的小兵器坊。阿思哈将军真是有心之人啊！既做了善事，又解决了副都统衙门在兵器和家什方面的不时之需，可谓一举两得！

后来，随着日子久了，阿思哈将军发现铜锤、铁锤两人办事都很机灵，心地善良，手艺又精，心里更加赏识这两兄弟了。他还了解到这兄弟俩早就和曹大炉的两个闺女互生情愫了，于是，就由他做媒，撮合了四个人的婚事。曹大炉活着的时候也看出来两个闺女喜欢这兄弟俩，也想到时候给他们办了，招两个上门女婿养老，这件事也算让曹大炉的在天之灵得到了慰藉。

铜锤、铁锤两兄弟一边用心照料着铁匠铺的生意，一边尽心竭力地完成阿思哈将军吩咐的差事，照顾窦尔敦夫妻俩的伙食。可是近一段日子，两兄弟却有了心事，整天吃不下、睡不好，就惦记一件事，那就是怎么想法让窦尔敦大师收下他们俩做徒弟，跟着窦尔敦拜师学艺。他们俩不敢贸然提出，怕窦师父不答应，可是他俩拜师这个念头却是越来越强烈，就连做梦都想着这件事。原来，这兄弟俩从小跟着曹大炉学手艺，晚上就和师父睡在一铺炕上。一到晚上就磨着师父给他俩讲《童林传》。曹大炉从小就喜欢听说书，那一年，从江西瑷珲城过来一对说“河北乐亭”的老两口，开了一间说书的茶社，专门讲《童林传》。一到晚上，不大的茶社里面挤满了人，座无虚席，实在挤不进来的就在门口挤着听，那叫一个热闹啊！老头拉弦，老妇扮得花枝招展，描眉擦粉，头上还插着一朵红牡丹，那模样还真是徐娘半老，风韵犹存，还真有几分美艳姿色哪！何况夫人嗓子好，唱起来清脆婉转，就像黄鹂鸟般迷人心醉，光是听声音，简直分辨不出是来自一位老妇人之口。一时间，听老两口唱戏说书成了江东百姓一大乐事！

这一唱就是大半年，把个洋洋洒洒的《童林传》全部唱了一遍。转眼天气又要开始入冬了，老夫妻俩却因为受不了北方的阴寒天气，得了气管病。说什么也不待了，要回关内老家。众位乡亲怎么劝说挽留也没留住。两位老艺人虽然最后走了，却把《童林传》留下来了。曹大炉就成了当地土生土长说《童林传》的人。平日里，打铁人满脑子都是升炉打铁，乍一听到这么有趣的武林传奇故事，感到特别新鲜好奇，加上他天生记忆力好，所以他听过一遍后，随口就能说出这位英雄好汉的名字和里面的故事段子。尤其是对童林这个人他敬佩不已，他还特意带着两个徒弟锻造出书中威震八方、紫面昆仑侠童林童海川使用的那把钢刀兵器！一来二去，这曹大炉铁匠铺就成了人们继续回味《童林传》的去处，人们总是能在曹大炉干活歇息的时候听上一段过过瘾。铜锤、铁锤不但白天听师父讲，晚上还觉得不过瘾，还要央告师父再给讲上几段。耳濡目染，这哥俩也成了“童林迷”，满脑子都是上山拜师学艺、学会武功、行侠仗义、除暴安良的想法。

此番受到阿思哈将军垂怜，来到瑷珲城，当得知他们每天照顾伙食的人就是名扬天下的武林豪杰窦尔敦，曾经威震京城，连当今皇帝的御马都被他在千军万马中盗走，这可是比当年的童林更武艺超群名扬四海啊！两人激动得什么似的。可怎么能够让窦尔敦收下他们俩呢？两兄弟一合计，眼下首先要侍候好窦师父，讨得他的欢心。正因为如此，他俩开始想方设法给窦尔敦大师张罗肉食、鱼虾等。窦尔敦也是正值壮年，平时也喜欢吃肉食和鱼类，整天忙着钻研武艺，向瑷珲衙门官兵传授武功，也没顾上细问这些鱼肉的来历，还以为是副都统衙门例行的伙食哪。一次还对铜锤、铁锤哥俩说：“你们这里伙食不错啊！顿顿有鱼有肉的。

这北方的鱼肉还真的比我们那里的好吃哪！”铜锤、铁锤忙说：“窦师父，我们这里的鱼都是从黑龙江里捕捞的，是冷水鱼，好吃着哪！猪也是屯子里人喂残羹剩饭臭鱼烂虾什么的，肉也好吃！”刚开始时，铜锤、铁锤看着窦尔敦吃肉的样子也吓一跳！一顿竟然能吃下二大海碗肥肉也不觉得腻。铜锤、铁锤也一心要面子，想尽量讨好窦尔敦，想讨得他的欢心收自己为徒，这样自己也能成为武林高手。所以，他俩也没敢和窦尔敦说这是他俩特意给窦尔敦弄的猪肉，正赶上这些天副都统衙门的伙房老厨师有病了，所以就由铜锤、铁锤两兄弟忙完铁匠铺里的事后，抽空承担起窦尔敦和红儿的伙食。

一天，两人正要做饭，忽然想到还没到中街的白家肉铺去取肉。因为前几次已经赊欠人家的肉钱了，所以白家的女掌柜就没给铜锤、铁锤两兄弟好脸，还挖苦说：“没钱吃什么肉，管住自己的馋嘴巴子！”铜锤、铁锤没拿到肉心里也很火，心里说：“这白掌柜夫妇也太小气了，忘了当年他们老家的浑河发大水，淹得颗粒无收，从沈阳城逃难来到瑷珲的时候，还是我们哥俩给找的房子，才办起了肉铺生意。现在就这么不讲情面，欠几次肉钱没给，就数落起我们，真是太没良心了！”两人一有气，就偷着来到白家的后院跳进一个猪圈，选了一头大肥猪，掏出随身的铁锤用力一敲，猪没来得及哼一声，就倒在地上，两人往身上一扛就背回伙房。心想先宰了再说，以后再还他银子不迟，若是有错也是我们哥俩的错，怎么处罚都成，就是不能让窦师父吃不上肉！

没想到这次铜锤、铁锤兄弟碰上了茬子，哥俩正要举刀杀猪时，突然窜进两个人，猛喝一声，就挥起木棒打倒了铜锤、铁锤。这一棒打得还真重，把两个人疼得躺在地上哎哟、哎哟地大叫，趴在地上坐不起来。两人咧着嘴，仔细看闯进来的两个活阎王，都不认识，看来是外地人。一个是黑脸大汉，满脸的络腮胡子，像黑旋风李逵，另一位是白面书生模样，长相慈善，就大声问道：“敢问两位壮士何方人士，无冤无仇，为何打我们？我们只是借老白家的猪，过些日子准保把银子还上，我们并不是强盗劫掠，我们也是副都统衙门当差的人。”这两人一听说他们是副都统衙门的人，更是火冒三丈，厉声叫道：“好啊，我们正要找你们副都统衙门的人，你们横行霸道，圈住我们大哥，不让我们见，安的是什么心！”说着，又抡起拳头打他们俩，说道：“还敢偷我们养的猪，真是无法无天了，我们哥俩长这么大怕过谁，阎王老子我们也敢反。”

这时，还是那个白面书生出来劝住了黑脸蛮汉，铜锤、铁锤听他们说的，开始也犯糊涂，什么困住他们大哥，什么他们养的猪，心想这其中肯定是有误会，便冷静下来向二位说道："二位兄弟你们不要动怒，详细说一下究竟是怎么回事，大家见面就是缘分，跟我们俩好好说说，也许我们能帮上忙。"这两个汉子听他们这么说也消了点气，便告诉他们两个人。原来他们都是河北直隶的，也是当年跟随窦尔敦起事的义军，他们的大哥就是窦尔敦，这次是一起被送到北疆瑷珲来的。不过朝廷在把他们送往黑龙江齐齐哈尔途中多了一个心眼，怕他们人多聚众闹事，毕竟都是武林中惹是生非的人，所以，黑龙江将军傅森便密令押解人，将窦尔敦夫妇与其他跟随的人分别遣送，避免他们通气。

所以窦尔敦根本不知道有当年一起起事的人跟他一同到北疆。而同被送往黑龙江的另一伙人，也不知道他们的旗主被送往哪里。所以，到了齐齐哈尔后，他们千方百计才打探出旗主窦尔敦在瑷珲，便强烈要求去瑷珲衙门，傅森将军无奈，只好也将他们遣送到瑷珲城，但要求瑷珲衙门将他们单独看管，不能够与窦尔敦在一起，所以他们来了瑷珲近半个月了，不但没有见到旗主，而且连一点消息也没有。

这两个人就是窦尔敦义军中的钱氏兄弟的保镖，一个绰号叫"大马勺"的丘贵，就是那位黑脸大汉，另一位就是钱氏兄弟的大管家，名叫王忠。两人都非常敬佩旗主，窦尔敦被捕后，他们一直惦记劫牢营救。没想到承担全部罪责后，朝廷开恩，没有杀窦尔敦，只是将其遣送到北疆瑷珲，终生不准再回原籍。丘贵和王忠第一批随其北上，决心与旗主生死与共，哪知道辗转各地却始终见不到窦旗主。他们可不像窦尔敦到瑷珲后受到了那样的特殊优待，他们这些人就像囚犯一样，只能在固定的区域居住，不许远走，外出要报告，晚上要随时禀告一天的行踪，就和当时的流放犯是一样的待遇。丘贵、王忠乍到瑷珲，先是买了房东老白家的一个小猪仔，精心喂养。他俩在临来时，主人钱强一再叮嘱他俩，北疆冰天雪地的，要照看好窦旗主。他俩就想怎么照看好呢，就先买了头猪养活着，等见到旗主后，可以杀猪给旗主补养，他们都知道窦旗主最爱吃猪肉。这些日子，见不到窦旗主，几次去副都统衙门都被门差拦着不让进，更可气的是当晚他们发现，自己养的猪还让人给偷了。两人真是气坏了，他们循着脚印找了过来，把满肚子的怒火都发泄到铜锤、铁锤身上了。

铜锤、铁锤一听才明白事情的原委，也知道了两人的来历，很是同情，觉得傅森将军做得也太不近人情了！朝廷都同意了让窦尔敦师傅来北疆报效朝廷，又何故如此多疑地防着人家。铜锤、铁锤把这事禀告给阿思哈副都统，阿思哈将军听后叮嘱他们千万别让窦尔敦夫妇知道这件事，以免对朝廷、对咱们北疆生出离心情绪，那样我们这些日子对窦师父所做的工作就白费了。此事，阿思哈事先也是知道的，他也有自己的看法，曾经向傅森将军禀奏过自己的想法，应该重用窦尔敦，疑人不用，用人不疑嘛。

可傅森将军却坚持说："朝廷自有朝廷的安排，现在皇上颁布旨意，由我们黑龙江将军衙门负责安置当年直隶起义的义军们，目的是用其所长，抗击沙俄，报效朝廷。但这过程绝不能草率行事，我们黑龙江将军衙门所属地界，流放犯众多，一旦出了闪失，若有人蛊惑，很容易形成燎原之势，酿成祸患，那我们又如何对得起朝廷和圣上啊，这个险是绝不能冒的。"阿思哈副都统觉得傅森将军的做法不妥，但就是无法说服老将军，于是就写了一封密函，差人送给身在京城的自己的女儿诺伦格格，让她转呈给皇太后和皇上。乾隆帝收到此函后，便让傅恒大学士妥善处理。傅恒大学士才思敏捷，深得皇帝宠爱，为朝廷办理过许多棘手的事，满朝文武也都非常敬重他。他经过仔细思考便拟了一函，请皇帝批阅，乾隆帝看完后，大为赞许，便命军机处火速发给黑龙江将军傅森。

傅恒大学士给傅森的信函抄录如下：

黑龙江将军傅：

伯严公敬启者。夫天下之安，在于民心顺，民心顺则在于朝野治政者多谋善断，为主殚思竭虑，奉民为父母，视己如劳奴。纵览历朝，民不顺犯上，揭竿而起，其罪不在民，皆治政者颠倒是非，视己为父母，则民为劳奴。故有隋炀之乱，黄巾之举耳。公乃叱咤疆场之肿，安庙堂之勋臣，宜常思治世安民之道义也。俗语有云，疑人不用，用人不疑。公遵春知之策行之，圣主尚允奏，公何岂为梗耶？

春知　手敕　顿首

乾隆十二年丁卯秋月吉旦

傅森自收到傅恒大学士的信函后，态度大为转变，不再恐惧窦尔敦这些放逐之人有作乱不轨行为。他饬令瑷珲副都统阿思哈等允许不断由河北直隶来投奔窦尔敦的义军兄弟可允与窦尔敦相聚，由瑷珲副都统衙门自行安置其生计，因才施用，皆由阿思哈自行斟酌之。阿思哈为此很高兴，还特地夸赞铜锤、铁锤两兄弟做了一件好事。并破例由副都统衙门拨银两偿还了欠白家掌柜的肉钱。阿思哈还特意为窦尔敦、红儿夫妇与王忠兄弟相聚重逢设宴相贺，丘贵、王忠终于见到了旗主窦尔敦和红儿，这才知道窦尔敦夫妇并没有受到瑷珲副都统衙门的圈禁慢待，而是被奉为上宾，心中十分感激，更加对阿思哈将军和铜锤、铁锤等八旗将士心生好感，相互间也消除了许多猜忌和隔阂，感情开始融合在一起了。

一波未平一波又起。单说现在的河北直隶地方，高斌虽然早已晋升入京，当了文渊阁大学士，其羽翼势力甚强。对于陈吉海、窦尔敦等人白洋淀起事，以及窦尔敦火烧总督府、杀其子并将头颅挂在旗杆上，包括后来在总督府擂台上伤及诸多手下大将，这些都让他耿耿于怀、刻骨铭心。后来朝廷却将窦尔敦大赦，免于死罪，遣送黑龙江戴罪立功，这让他因没有机会报仇雪恨而感到十分愤懑。后来他想到一计，制造谣言蛊惑民众，说义军余党仍“僵虫不死，余孽在白洋淀重竖反旗”，他又指使当年设擂台的几个亲信假扮义军作乱者，杀害百姓，掠夺民财，并诬陷于窦尔敦余党所为。此事一时闹得沸沸扬扬，很快传到京城。

傅恒大学士闻知此事大吃一惊，速召来兵部尚书刘云商议，必迅速扑灭这股叛军余党，以免生出更大祸端。此事传到皇太后宫中，诺伦格格听闻此事后，觉得其中必有诈，她深知窦尔敦和红儿发起的义军绝不会滥杀无辜伤及百姓，更不会抢掠百姓，所以她一再禀奏皇太后，此事绝不是窦尔敦义军所为，乞求皇太后奏明皇上详查。

乾隆帝得到奏报后也甚感蹊跷，并下旨由傅恒大学士会同兵部查明上奏。傅恒大人接旨后，即命其子福隆安额驸速去瑷珲，面见阿思哈副都统，一同密查窦尔敦及随从在北方的动向，并查明窦尔敦等人是否与这股反叛势力有关。福隆安受命查明后以八百里快骑，五日内返京奏明皇上，说窦尔敦等人在北疆恪己遵法，忠实朝廷，丝毫没有反清的举动，此举必是仇人陷害。窦尔敦还让自己的亲信丘贵、王忠随福隆安回京，协同查明此事。丘贵、王忠回京后便向钱强、大老黑汇报此事，一致认为是有人从中作祟，便组织起原来的义军人马，由钱强率领进入直隶白洋淀，捉住了孙半仙、徐瞎子、牛老歪等假扮义军的高斌手下，他们也都是当年设擂企图暗害窦尔敦的那伙歹徒。被俘后，因惧怕死罪，便一一交代了他们的罪行和主要指使者。

原来这些人受高斌指使趁夜赶到河间府，纠集一伙人作乱，又到献县窦乡町杀死了窦尔敦的家人，窦尔敦的父亲窦大善人也被杀害，家里的房屋都被烧毁。只有窦尔敦的二哥逃脱，至今下落不明，而这伙歹徒却假扮成朝廷官兵，想以此举激怒义军，重新反叛朝廷。此后又竖起“为窦大侠一家报仇雪恨”的旗帜，招揽民众，反叛朝廷。

钱强等人将这伙歹徒交给了朝廷，经过傅恒大学士和兵部、刑部诸位大人三堂会审，罪证确凿。一切叛乱皆由高斌指使属下所为，高斌听说这些人被抓受审后，知道事情已败露，急忙到傅恒府上起誓发愿地辩解说自己确实不知，都是属下胆大妄为，傅恒只是淡淡地说：“一切交由皇帝定夺吧。”

乾隆皇帝听到傅恒的审讯奏报后，本打算严惩高斌，但是念及高斌数年来治理永定河、大清河以及黄河水患有功，便没有深究高斌的罪责，只是下旨将高斌贬到江南治理长江水患，不准再插手直隶诸事务，其下属一律革职回籍，永不叙用。高斌总算保住了身家性命，便灰溜溜地去往江南。

此事之后，白洋淀的众兄弟都知道了窦尔敦的消息，也都挂念窦尔敦。除了丘贵、王忠以外，钱强、大老黑及商家兄弟等都变卖了家产，整理好行装，一起共赴瑷珲投奔窦尔敦去了，决心与窦尔敦同舟共济、同甘共苦。此时正值九月重阳之时，众人共饮了重阳酒，吃过了红枣饭，便告别了河北直隶故地，向北疆进发。傅恒念诸人平乱有功，又愿意追随窦尔敦栖居北疆，为国立功守边，特命户部尚书，发帑银万两为众人一路资费及北疆安家费用。

诺伦格格蒙皇太后特允，也出宫相送，福隆安额驸、福康安侍卫等也前来送行。此次赴北疆的人近百口，男人骑马，家眷老少都坐马拉轿车，足有四十余辆，一字长蛇排开，非常壮观，引来不少京中百姓前来观看。人们纷纷打听这么浩浩荡荡的队伍是要开往哪里，一打听方知是前往黑龙江畔戍边的人马。

依照傅恒大学士和兵部、户部之意，此行北上的队伍不按惯例称为“奉旨流徙人等”，而是名正言顺地称为“京师固边人等”。一路上受到州府县邑的热情款待，都说朝廷又为北疆派去了生力军，百姓可以安居乐业，免于边患之忧。行进的马队走在最前头的就是丘贵和王忠，他俩成为此次北疆之行的向导。丘贵、王忠还将自己的家眷也都带来了，其中“大马勺”丘贵的妻子田氏，是在京城开染坊的，她把各种染料、染衣架、染缸全都搬来了，打算在瑷珲开一个染坊，准保生意兴隆。

王忠的妻子早已过世，钱强府中有一位侍女看上了王忠为人忠厚老实、古道热肠，钱强便做媒，临行前给他们主持了婚事，随行队伍中就有一辆王忠的新婚轿车。王忠快五十岁的男人又娶了娇妻，自是喜笑颜开。钱强、丘贵等人还用朝廷拨下的银两购置了农具、粮种及牛马骡驴，分发给各家。他们经月余行程，终于来到瑷珲地界。

他们来到一处叫辰清小镇的地方。“辰清”之名，相传为康熙朝彭春公率军讨北，与萨布素、瓦里祜、马栓众将在雅克萨之战获大捷，扫清恶气，班师回京。途经此处，见满天乌鸦落在枝头齐声鸣唱，恰逢东方一轮红日升腾出云霓之端，彭公视为吉兆，便即兴吟道：“鸦阵鸣天，红日欲出，四野廓清，吉日良辰之瑞也。”后人为纪念此次征程，便以“辰清”二字命名此处，以纪念彭春公在马上的即兴感慨，此后这里便沿用了“辰清”这一地名。

大队人马刚到辰清，只见前方早有民众在列队欢迎他们，更让他们没想到的是，老将军傅森，副都统绰尔多、阿思哈等德高望重的将领都在欢迎的队伍当中。更让他们欢呼雀跃、热泪盈眶的是他们想念多时、亲如手足的窦大侠和红儿夫人正站在迎接队伍的前列。众人激动之余也感慨大清国胸襟博大、不计前嫌，真把他们当成了自家人、亲兄弟，也把他们看成了定国安邦的生力军！

钱强、大老黑、商家兄弟等人忙跑上前去抱着窦尔敦痛哭不止，并跪地叩拜。窦尔敦急忙将众人扶起，对众人说：“来了就好，来了就好，我也很惦记众位兄弟啊。我在这边一切都很好，来，咱们快给各位老将军磕头谢恩吧。我窦尔敦能有今天，全仗他们对我的关照和看重，包括这次我们兄弟能够相聚，也都是朝廷和这些将军们的功德啊。他们是咱们的大恩人，从今往后我们就拨开乌云见青天，重新开始我们的生活了。”说着，窦尔敦率领大家一起给以傅森将军为首的众位将军跪下叩头，紧接着，随行的所有人都齐齐地跪倒谢恩。

傅森将军等人没想到窦尔敦会有这个举动，他们原来都是骑在马上，赶紧跳下马，傅森将军年岁大，由拨什库搀扶着也下了马，赶紧搀扶起众人。阿思哈副都统急忙说道：“众位英雄，咱们现在已经是一家人了，要共同相助扶危！我瑷珲副都统衙门非常欢迎众位英雄！我们一直都敬重窦大侠，你们是追随窦大侠而来，支援我们北疆的守备，你们的义举也同样令我们敬重。这次老将军特意赶来，就是要和你们一道去踏查一下为你们选定的新的村址，将在这里共同建造一个新的窦乡町。这里山川秀丽、土壤肥沃，我们一定会建成一个比你们故里更为美好的鱼米之乡！”

大老黑、钱强、商勇等众人听到阿思哈将军的这番话后，满脸惊喜地望着窦尔敦，问窦尔敦究竟是怎么回事，窦尔敦点头说：“是的，前段阿思哈将军带我去巡查了黑龙江一带的风光，包括他的家乡大屋子嘎珊，从前我们在直隶只知道河间府周围的河流，这次可算开阔了眼界，也让我领略了大清北疆的壮观景象，了解了傅森等众位将军肩负着保疆卫国的责任是多么重大，这些将军才是真正的大英雄啊，人的一生就应该做这样轰轰烈烈的大事，才不枉来到世上走一遭啊！”

窦尔敦接着说：“上次巡查的时候，阿思哈将军允我在瑷珲以北选一址，建一新家，这对我们来说可是一份殊荣啊。”阿思哈笑着说：“诸位英雄，今天你们到我们瑷珲来，正巧赶上我们一件大喜事呢，正所谓来得早不如赶得巧。”众人一听，都兴高采烈地想问个究竟，想知道到底是什么喜事。阿思哈说：“众位英雄都别急，会让各位英雄大饱眼福的，大家请上马跟我们进村寨。”这时，傅森将军向负责此次北上行程的总管兵部的巴艾将军拱手说：“将军一路辛苦了，现在众位英雄好汉已经来到我们地界了，接下来的事就交给我们来处理吧，感谢兵部的众位大人又给我们北疆送来了精兵强将，也给我们添人进口了，请巴大人回去向兵部大人们转达我们的谢意。”巴大人在阿思哈将军的安排下受到了热情款待，在辰清驿馆休息了两天后，便带着轿车和马队的人辞别傅森等众位将军返回京师去了。

单说傅森、阿思哈等迎接了从京师来的众位英雄，送走了巴艾将军后，便带领大家往瑷珲方向去了。傅森老将军就是这种性格，办事喜欢较真，只要朝廷交办的差事，他从来都是一丝不苟地办妥，老将军常说这么一句话：“办事要精勤，不管别人怎么样，到我这一亩三分地，我就得管好它，绝不能在我的治下出半点闪失。”乾隆皇帝和傅恒将军都喜欢老将军的这股执着劲，也知道他有点拗脾气，要是不把事情说通了，八头老牛也拉不回来他。傅恒大学士可算把傅森大人琢磨透了，遇事不用多费口舌，往往只要几句话的点拨，老将军就像上满了发条的钟一样动起来。

傅森等人回到瑷珲衙门喝茶休息后，厨房早已备好饭菜，这时院子里来了不少男男女女，都穿着彩衣彩裤跳起了满族遇到喜事才跳的蟒式舞。在当地各村屯都有自己的蟒式舞班子，有老有少，相互之间还经常举办歌舞比赛，彼此都会拿出自己的看家本领和绝活，力争夺魁。

这种习俗，还是康熙朝时，彭春公在雅克萨战役时倡导起来的，到了雍正、乾隆年间，规模越来越大，已经成为瑷珲当地的一种民风民俗了。酒席已开，众人边吃边欣赏着舞蹈，窦尔敦和钱强等被北方民族特有的舞蹈深深地吸引了，陶醉在舞蹈独特的风情之中。这时，阿思哈起身向前，举起酒杯说道："受傅森老将军嘱托，宣布一件喜事，为表示对诸位好汉的欢迎，我们黑龙江衙门拨银五百两，作为给各位营建新屯的费用，现在新址已选定，今天又是吉日，正赶上老将军也在，宴后我们便一同去新址为新屯开工奠基！"

在众人热烈的欢呼声中，窦尔敦起身向众位将军表达了感激之情，深情地对钱强等各位兄弟说："如今家父已经不在了，众位兄弟也把你们的家眷、家资都带来了，从前的窦乡町已经没有我们牵挂的了。今后，这里就是我们的安身之处，也是我们重新开基立业之地！"大老黑、商勇兄弟等都纷纷赞同。

按瑷珲当地的习俗，有三种事被视为最吉祥的人生大事：一是娶妻生子，二是建房立基，三是喜迎鱼汛，尤喜秋汛。因为这是大马哈鱼最肥美的时期，只有这个时期才会出现大马哈鱼跳跃上岸的壮观景面。这次瑷珲副都统衙门迎来了第二种喜事——建房立基。阿思哈蒙傅森将军准允，拨银五百两，为窦尔敦筹建官屯之用，但上次巡查时，绰尔多将军一同陪窦尔敦考察地址时，并没有告诉他，而是打算奠基的时候再给窦尔敦一个惊喜。在大清国拨官银建房，是八旗军旅和他们的家眷，一般人不会给这种资助。窦尔敦因有傅恒大学士说过"凡用人必先安起居、充其食、安衣食以增其勇气"，故瑷珲衙门才特拨筑房专用银两，给窦尔敦做建屯之资。阿思哈副都统便依照傅恒大学士的意思，特别精心地选择了村屯的新址，位于瑷珲城以北约三十里处。

酒宴之后，众人簇拥着老将军来到瑷珲以北的新址，窦尔敦和阿思哈商量是否还按照河北旧俗，要有童男童女开路，杀乌牛白马，祭拜西王母娘娘，立即打桩。于是阿思哈将军一一照允，在当地找了童男童女各六人，又请来吴扎拉氏的一位女萨满负责祭奠之事，场面十分热闹隆重。立桩祭奠后，傅森将军亲自手书了"窦集屯"三个大字，并让人刻在了松木板上，又着了色，竖立在奠基之地。阿思哈副都统又宣读了由副都统衙门户司师爷手写的"地亩契约"，上书：

本衙门特颁发地亩书契，拨发窦尔敦房宅地亩，位于二道沟与三道沟之间，南起西獾子洞，南下坎至松林三百九十丈，北至三间屯，南坡至松林五百七十六丈，在此间之地亩，赏与其建宅筑居，设立屯堡。经瑷珲副都统衙门户司丈量核实，特发此地亩契约永久使用。

瑷珲副都统衙门

从此在北疆瑷珲的大地上又多了八旗官屯之外的汉人屯寨“窦集屯”，后人也称“窦家屯”，满语称其为“窦哈拉嘎珊”，亦称“窦包衣拖克索”，现位于瑷珲北十余华里的地方。

前书说过，因傅森将军办事谨慎，心存戒虑，不准副都统衙门所属官兵向非八旗人透露瑷珲城城垣与兵营部署情况，特别是对那些遭贬流徙的人士，无论是流民或受旗内监管之人都必设固定居所，严加管束。老将军一直强调瑷珲自圣主朝便是与犯境的罗刹兵冲突的前沿要地，非同一般的内地州府，是军中前哨，应常持御敌之志，常怀御敌之心，切不可因疏忽酿成事端。故此，傅森老将军对窦尔敦初来瑷珲也心存芥蒂，只是由于朝廷圣谕和大学士傅恒书函，才渐有改变，准予窦尔敦与跟随的旧部相聚，并辟址新建村寨。话说大老黑，此人前文说过，他从小是木匠出身，技艺高超，陈吉海大师就是全靠他雕刻的身躯，才可以完整地安葬。当年在河间府一带，和庞大姑经营过许多行当：木匠、铁匠、锔锅锔碗等。由于他俩不但心灵手巧而且心眼好，不管经营什么都是顾客盈门，生意兴隆。现在，新屯寨的建设可为大老黑这一身的技艺提供了用武之地。

开工立基之后，大家一起送走了傅森老将军，阿思哈副都统对窦尔敦等人说：“建屯的沙石木料都已备齐了，我把铜锤、铁锤兄弟俩也派给你，如还有什么需要，尽管到衙门来找我，我就先行回衙门处理公务了，你们众兄弟难得相聚，也好好叙叙旧吧。”自从踏上北疆的征途，大老黑就非常挂念旗主窦尔敦的情况，如今看到当年起事的义军兄弟能够在此团聚，内心充满了无限感慨。

窦尔敦招呼众人说：“大家上马，一同去看看我们的新家园吧。”他们边骑马边看着沿途的景色，只见到处草木茂盛，宽阔平坦，土地肥沃，虽是深秋，却仍然是一片盎然生机，许多野兔在草丛中奔跑，遍地开满了各种颜色的野花，这景象在白洋淀的家乡是难得一见的。不远处的工地上，衙门的兵丁正在运送木材石料，为他们的新家忙碌着，尤其让他们感到惊诧的是衙门署拉来的七根大红松原木，他们从未见过如此巨大的树木，两人合抱都搂不过来，这是为他们做房梁用的，可见北疆真是个物华宝地啊！见到此情此景，众兄弟的心情也都豁然开朗起来，心中的不少疑虑也都烟消云散了，也都感慨朝廷敬重人才和傅恒、傅森、阿思哈将军的诚实厚道。

他们一边看着一边谈论着，这时铜锤、铁锤走了过来，和各位行过见面礼打过招呼，向窦尔敦禀道："窦师父，按照当地习俗，盖房上梁要选择佳期吉日，还有一些其他讲究，就请窦师父先选个日子吧。"窦尔敦看了看身边的大老黑，让他选个日子。大老黑认真地掐算了一下时日，说道："二冬兄弟，后天就是九月十九，九九是吉数，位列上乘之数，九九归一，一顺百顺，大吉大利，诸事皆成，我们就定在后日吧。还得让人去买九尺红布，宰一只大红公鸡，还要一坛烧酒用来敬天神、土地神和宅神等几尊神，按我们河北直隶的习俗，立柱上梁还要选一人当支使人，来统一指挥吆喝。"众人一听都笑着说："好啊，黑大哥说得头头是道，就按你说的办，你就来当这个支使人吧！"铜锤、铁锤说："好的，我们这就去禀告将军，准备一应物品，再去找七八个兵丁马甲来做帮手，人多好办事嘛。"说完，哥俩去了。

事不宜迟，众人只用了七天工夫，一趟七间大瓦房的房架子就竖起来了。在东北地区，满族先民盖房子的习惯是先立起房架子，然后再砌墙安门窗立户。立房架时亲朋好友都要前来祝贺，并用红布系于房架横梁上面，俗称"上梁"，上完房梁后，要燃放鞭炮，洒酒祭祀，请来萨满祭天祭神，众人还要吟唱上梁歌，以求吉利，众神保佑。

房子有了雏形，大老黑又带人将打造好的门窗安上，铜锤、铁锤从山上拉来了两棵粗大的空心倒木，正好做了两个大烟囱。满族人的烟囱不是附建于房山上部，而是在房西侧地面建，上细下粗，呈方塔形，与炕内烟道相连，高逾房檐。满族当地人称为"呼兰"。早期这种烟囱一般是用森林里的自然倒木，天长日久树心被虫子蛀空，在树干外面缚以藤条，用黄泥涂抹在上面，以防开裂，后来才逐渐改用泥坯或砖石砌筑。房舍建好，烟囱开始冒烟了，也下了头一场雪，大地一片洁白。窦尔敦等人在窦集屯有了第一幢新房，他与众位兄弟在推杯换盏的欢庆声中，正式开始了他们在北疆的新生活。

当时在头道沟屯和二道沟屯中的满族关姓、吴姓、杨姓、张姓还有袁姓、祁姓，都是康熙朝以来陆续戍边而来的旗人，在窦集屯落成的时候，他们都纷纷赶来，有的挑着宰杀好的肥猪，有的敲着锣打着鼓，扭着秧歌跳着蟒式舞，为建成的新屯祝福贺喜。阿思哈副都统也率领着副都统衙门的户司、堂司、兵司、刑司、工司及水师营各个方面的首领齐来祝贺。窦尔敦、大老黑、钱强、商勇等众位兄弟大为感动，都远远地迎了出来。这地方民风淳朴，人们热情好客，只要到北疆来就像对待自己家人一样，让人迅速融入这个和谐温馨的大家庭中。

钱强那是河北闻名的钱府二房东，他与其兄长钱刚都曾在运河上行船贩卖，也曾是富甲一方的人物，他这次追随窦尔敦到北疆来，也带来了不少金条银锭。来到北疆后，他便有心舍银建庙，于是就交给丘贵、王忠二人去办，从屯寨奠基开始就派人在西山坡开基采石，并请来河北的能工巧匠，很快建起来一座颇有气势的九神庙，有三间神殿，供奉着元始天尊、地祇地母、药王爷、马王爷、山神、水神、星神、子孙娘娘、十不全消灾神。这类九神庙过去在关内普遍存在，香火都很盛，因与民众生活密切相关，深受民众敬畏和供奉。第二年春天建成，并请人开光迎接香客。周围的旗人和汉人都来供奉、进香。从窦家屯建九神庙起，瑷珲等地竞相建起九神庙，仅乾隆朝就有十余座之多，此乃后话。

第十一章　北疆巡哨官

在险恶的北疆棕熊小路上，永远都镌刻着窦尔敦兄弟们的足迹。

乾隆十二年腊月，京师兵部发来令函给傅森将军，命瑷珲副都统阿思哈速进京面圣，拟任兵部侍郎。此令傅森将军和绰尔多早有耳闻，阿思哈十月间曾给京师呈报："中俄界碑自圣主康熙朝至今，历年虽有勘察，然积年日久，荒草枯树掩映，大多已踪迹难觅，俄方多有私闯越界者，故朝廷应加紧重新勘察边界之碑，以固北疆疏。"圣上阅后，龙心大悦，责成阿思哈入兵部，负责此奏疏的办理。阿思哈接到令函后，当即拜别傅森、绰尔多，又安顿了瑷珲副都统衙门的诸多事务后，起身赴京任职。乾隆十三年正月十五，接任阿思哈任瑷珲副都统的绰尔多将军在省城迎来了新任兵部侍郎、前任瑷珲副都统阿思哈将军和当朝额驸福隆安大人。他们此行就是要到瑷珲巡查以及勘界之事，此行他们还带来了窦尔敦之兄窦大冬。

窦大冬自那年高斌派人诛杀窦尔敦家人后就逃离了故乡，一直颠沛流离在直隶、河南等地，后被直隶巡查水师的那亲大人发现，经带回馆驿详细询问，确认为窦尔敦之兄，就向他通告了窦尔敦已被朝廷赦免，现在北疆瑷珲戍边，卫国立功，并告诉他，朝廷已经免了窦氏家族的一切罪责，所有家人皆可返乡，从事农渔行当。大冬听完后，激动得痛哭不已，并向那亲将军提出想去黑龙江看望窦尔敦。那亲曾任户部尚书，与傅恒关系甚密，便并告知了傅恒。傅恒闻知此事后，便在府上召见了大冬，询问其日后的生计，特拨帑银六百两，让其安置家产，处理后事，莫要荒废了窦家的祖业。大冬万分感激，叩头谢恩，并将去北疆看兄弟的愿望暂且放下，返回祖籍，重新厚葬了老父亲窦大善人，又接回了逃散各地的儿女及岳丈武强，让他们重操家业，好好生活。

安排好这一切，他便又返回京师，叩见傅恒大人，恳求到瑷珲看兄弟窦尔敦。傅恒见其诚恳，又惦记北疆诸事，不知诸事进展如何，便与兵部、军机处商议后，奏明皇帝，委派兵部侍郎阿思哈将军和自己的儿子福隆安额驸，带着他的亲笔书函，专程去一趟瑷珲，督办那里的一切事情，顺便了解掌握窦尔敦等人的安置和调用情况。另外他从军机处为北疆瑷珲调拨去二十四从俄罗斯购置的“雪地小马”。此种马是由雅库特人、塔温克人、鄂伦春人培育饲养的良种马，此马个头虽小，有一人之高，但鬃毛很长，呈黄色和乳白色，尾巴很长，行走如飞，此马性格凶烈，极不易驯服。可一旦驯服后，却是脚力惊人，可日行八百里不必歇息，负重能力也很强。傅恒为瑷珲北疆特意选购此种宝马，就是为了便于在勘察边疆各驿站哨卡时用上力。

瑷珲副都统衙门的人得到这批宝马后，非常感激傅恒大人的关怀，并让铜锤、铁锤为这批马打造了全套的装备，又特地修建了专门的马厩，好生饲养着这批雪中飞宝马。朝廷的赏赐真是及时雨啊，解决了瑷珲哨卡路途遥远、运送给养和巡查不便的难题。窦大冬到了瑷珲，便被送到窦集屯，与窦尔敦、小红相见后，又见过大老黑、钱强和商勇等兄弟，大家纷纷向大冬打听直隶家乡的事。众人亦免不了把酒言欢，欢畅痛饮。

次日晨，绰尔多副都统率领衙门的各兵司负责人和窦尔敦众兄弟在衙门西厢房议事，特请兵部侍郎阿思哈将军宣读皇帝的旨意和兵部的军令。阿思哈说：“当今圣上，还有傅恒大人，均心系北疆，关注北疆的防务，目前瑷珲副都统衙门人才济济，群英荟萃，正是报效朝廷，立功建业的大好时机。我大清朝自圣主康熙朝中俄签订《尼布楚条约》至今已经五十多年了，当务之急是要给界碑情况详细建档，每两个界碑相距多远，其间有几处哨卡，哨卡驻守情况，以及界碑的损毁程度都要形成详细疏文汇总呈奏上去。第二件事是应迅速组建训武堂，请窦大师和众位师傅系统传授武功，训练兵勇，强化哨卡，固我北疆，我等众人应勤勉努力，以不负圣恩。”众人均附议了阿思哈将军的提议。绰尔多将军传达了朝廷兵部的另一道旨意，朝廷兵部已准黑龙江将军傅森奏议，委任富僧阿为新任瑷珲副都统，即日由墨尔根赴瑷珲任职。绰尔多将军还向诸位介绍了富僧阿的情况，此人为满洲正黄旗人，佐领衔出身，曾在吉林将军水师营任佐领，水性极佳，通晓航船技术，此人到任后必会对瑷珲防务起到巩固作用。

富僧阿是一位很有气魄的满洲爱国将领，长期在北疆做护卫工作，还兼任兵部“启心郎”[①]之职。他通晓许多民族语言，包括俄罗斯语，他经常乔装打扮成普通猎户，在黑龙江两岸与各族民众接触，解惑化疑对大清国的种种顾虑，使其心向大清，不为沙俄所蛊惑或震慑，功勋卓著，深得朝廷和兵部的赏识，曾获蓝领顶戴，授正三品衔，在副都统职衔中那是佼佼者。其祖父是色楞额副都统，康熙朝十五年曾任吉林水师营副都统，康熙二十二年奉命率吉林八旗兵勇百余人由水路经三姓[②]与从宁古塔而来的黑龙江副都统萨布素将军所率二百人相会合。经同江进入黑龙江，逆水行驶在额苏里驻扎，建起嘎珊，史称旧瑷珲，后迁入到新瑷珲城，即黑龙江江城，与富察氏、吴姓等家族分别驻扎于瑷珲城的周围，其中富察氏家族在大五家子、四季屯设官屯，色楞部在大五家子西八里处，原来的粮穿子沟小东坡地方建起了正蓝旗的官屯，命名为蓝旗沟。

富僧阿就出生在蓝旗沟，阿思哈是生在大五家子，他们从小就在一起玩耍，练习骑马、射箭。那时在大五家子和蓝旗沟交界处有一个天然的演武场，供人们进行骑射训练和切磋。当时，萨布素将军也常到这里与他们在一起玩布库[③]，不分高低贵贱，有的只是力量的角逐，酣畅淋漓。这里也是八旗劲旅抵御罗刹入侵的最前沿。从此，色楞额与萨布素、扎礼枯三人结下了生死与共的深厚友谊，共同抵御罗刹入侵，取得过雅克萨战役的辉煌胜利。色楞额也从那次战役后，成为黑龙江将军手下的一员战将。黑龙江将军衙门最初在瑷珲，萨布素将军在康熙二十九年将将军衙门署迁往墨尔根，康熙三十八年又迁往卜奎[④]。

色楞额为瑷珲副都统，在雅奇纳将军手下协同治理瑷珲，康熙二十四年，负责统御瑷珲水师，康熙二十六年卒于军中。其子拉资为副都统，也是位颇有名气的一员虎将，雍正初年，调任宁古塔，任正黄旗副都统。富僧阿始终跟随其父拉资，由马甲、拨什库升任佐领，现调入瑷珲任副都统，与阿思哈都是常寿和觉罗玛希纳的得力助手，在水师营内外发挥了重要作用，制造战舰去过黑龙江出海口，到过库页岛、堪察加等地巡查，曾从北海[⑤]带回三只海豹驯养。富僧阿能听懂兽语，懂得其心理，知道它们的需求。海豹护子甚切，宁可自己饿死，也要把幼崽

---

① 启心郎：清初各部院置，其职略次于侍郎，掌沟通满汉大臣语言隔阂。

② 三姓：今黑龙江依兰县。

③ 布库：摔跤。

④ 卜奎：今齐齐哈尔市。

⑤ 北海：鄂霍次克海。

喂饱。海豹能与人建立深厚的感情。后因他去湖广地区参与平定尚可喜作乱，由属下代为照顾海豹，结果在更换海水时不慎将水弄浑浊，导致三只海豹相继死去，后来富僧阿为此伤心了很久。富僧阿和阿思哈是莫逆之交，两人志趣相投，他们曾在雍正末年惹下一个乱子，还惊动了傅恒大人。起因就是富僧阿和阿思哈两人联合上了一个奏疏《瑷珲为将军衙门辩》，大意是说瑷珲要地乃“自圣主二十八年中俄订立界碑之后，实为要冲重埠，其间江河险要，江东三千里之阔与强邻相峙。邻里之间本应兄弟相谊，然强邻日夜苦思吞我之心，瑷珲乃京师耳目，应有重兵守护。将军衙门宜在瑷珲而非卜奎，此乃惧寒畏敌之腐识耳”。疏文直接对康熙朝以来的萨布素治边存有非议。此疏文传至军机处后，立刻引起震动，被视为蛊惑军心，傅尔丹将军经过仔细思忖认为情有可原，致函傅恒，傅恒从中斡旋，平息了这场风波。所幸两人并未受到处置，只是口头警示，傅恒还抚慰、勉励两个年轻人爱国戍边之志。

绰尔多将军陪同富僧阿由嫩江的墨尔根到瑷珲副都统衙门上任，两人轻装简行，只带了两名巴雅喇[①]随同。瑷珲副都统衙门的五位掌司印大人皆在门前恭迎，进了衙门后，简单听了众位的禀报之后，便一同来到了一架山水师营，看望他熟悉的江防舰船和水师营的佐领官兵们，不少人都曾是他的旧部，都亲切地称他为“老豁达”[②]，水师营用最高的礼遇鳇鱼宴款待他们的副都统大人。富僧阿回来后，没顾上休息，又由户司、兵司主管陪同，送绰尔多将军回省城，绰尔多将军临别前嘱咐他说：“将军应速速思谋，巡勘北疆之事，以安老将军傅森之念。”富僧阿紧握好友绰尔多将军的双手，说：“请转告老将军，卑职一定尽心竭力办好差事。”

富僧阿目送绰尔多将军离开后，便拨转马头回到衙门，将铜锤、铁锤唤来。这兄弟俩也是阿思哈将军向他举荐的，说他们办事扎实牢靠、机灵能干，便决定把他们留在衙门，做他贴身的巴雅喇。铜锤、铁锤见到富僧阿，上前施礼。富僧阿说：“你二人陪我去窦集屯，拜会窦大师父。”铜锤、铁锤即刻骑马带路，很快就到了窦集屯。窦尔敦家很热闹，挤满了人，红儿有喜了，大家都在祝贺窦尔敦夫妇。

富僧阿是头一次见到窦尔敦，但是对他的大名早有耳闻，早就有心

① 巴雅喇：满语，护卫之意。

② 老豁达：满语，老朋友之意。

拜望，没想到此次上任和他心目中的英雄一起共事了，这样他由衷地感到兴奋。铜锤、铁锤将富僧阿将军介绍给窦尔敦后，窦尔敦夫妇躬身施礼，说道："请将军恕罪，将军初到，本应是我们去拜见将军，怎敢劳烦将军来看我们！"富僧阿笑着说："我心中久慕师父大名，早就有心来拜会，所以上任第一天，简单处理手头之事，就来拜会，你这里可是真热闹啊！"旁边的钱强说道："我们都前来庆贺窦师父即将添丁。"富僧阿一听连忙说："那可是要恭喜啊，窦大侠后继有人了，真是可喜可贺啊！"这时红儿说道："我们别在这儿站着聊了，快请将军和铜锤、铁锤兄弟入席吧。"

富僧阿终于见到窦尔敦兄弟，酒也喝了很多。但是他常年在北方生活，酒量很大，喝个三四斤仍然能谈笑风生。人逢喜事精神爽，今天他越发地兴致勃勃。富僧阿是位实干家，对北方军务非常熟悉，在兵部和理藩院都是赫赫有名的人物，还身兼兵部的"色克"[①]和理藩院的"启心郎"职务。

这时钱强起身给富僧阿将军敬酒，说道："富大人，我们早就从阿思哈将军口中得知您的大名，您通晓各民族语言和风俗，我们早就盼着您来，给我们介绍介绍黑龙江北边的军情，需要我们干什么，您敬请吩咐。自打我们来到北疆瑷珲后，从傅森老将军开始，列位将军都对我们恩宠有加，让我们众兄弟都非常感动，无以为报，唯有为北疆的安宁赴汤蹈火，在所不辞。我就用这杯酒向将军表达敬意。"说着，钱强将杯中酒一饮而尽。

富僧阿将军也站起身，兴致盎然地说道："钱大英雄说得好啊，我们瑷珲副都统衙门，自康熙二十二年建立伊始，一直是大清国朝廷关注的要地。如今有了你们各位英雄好汉的加入，真是如虎添翼，你们个个都是身怀绝技，在这里肯定会大有用武之地！眼下我们最重要的任务就是巡视勘察北疆的界务情况和北疆的巡防重任，你们各位都已经得到了老将军的批准，并蒙皇上的恩允，已经都编入瑷珲副都统衙门哨官行列，从现在起，你们不再是普通的大清国民了，而是兵部备案立档上册的北疆九品哨官了。窦尔敦师父则授予了七品骁骑校哨官之职，我本人也蒙皇上恩宠，新授了正三品副都统衔。朝廷的批文已经到达，过几天我们就将在衙门举行隆重的授衔仪式。今后，朝廷会依各位的功绩论功行

① 色克：密探。

赏，升迁职衔。望众位英雄为国效力，我们黑龙江将军衙门和瑷珲副都统衙门绝不会埋没各位的功劳的。来，我在这里敬大家一杯。”说着一饮而尽。

话说《尼布楚条约》是北疆界务的核心所在，是在康熙二十八年七月二十四日，在俄国尼布楚城签订的中俄东段边境的边界条约，此条约避免了两国猎户越境捕猎，相互劫杀，滋生事端。在该条约中商定从黑龙江支流格尔必齐河到外兴安岭，岭南属于中国，岭北属于俄罗斯，西以额尔古纳河为界，南属即右岸为中国，北属即左岸为俄罗斯。外兴安岭与乌第河之间，双方待定另议，此条约当时用满文、俄文、拉丁文共签署了三种文本，双方约定以拉丁文本为准，勒石立碑。当时的碑文是用满、汉、俄、蒙、拉丁五种文字刻成。

自康熙朝至今，瑷珲副都统衙门每年都要巡查一次界碑，一年一小查，三年一大查，从未中断。可是近些年由于内地征调兵勇频繁，北巡之事有所忽略，特别是雍正以来渐有松弛。由于沿途哨卡相距甚远，山高险峻，林木茂密，道路崎岖，人马难行，有的地方根本就没有路，只能靠舟船行渡，边界发生越界抢掠，杀人案件有所增多，有的至今悬而未破。而瑷珲副都统衙门的哨官兵源奇缺，特别是身强力壮、武功高超的人，很难找到。富僧阿向窦尔敦等人展示了黄绫布包裹，里边展露出一个黄绢纸卷成的官样文书。待他把文书全部展开，原来是一张用木板刻成的蓝色条框，用墨迹行文盖有红色朱砂大印的兵部火票[①]。这可是朝廷中最重要最机密的军令火票，左上角画着一个大红圈，里边用红字写着“特密”两字。只见上书：

> 大清乾隆兵部急令火票，特颁命各隶属州府县城一应官弁军功人等，见令速行事不过夜，组建边事哨卡执事者，持火票通知各地，严禁其查核、稽办、扣押，有权裁断，此令。
>
> 兵部尚书印

兵部的朱砂大印十分的清晰醒目，为了便于携带，不至于遭到风雨侵蚀，用的都是柔软的丝绢纸，能够长时间保存。窦尔敦等兄弟还是头一次见到这种最高机密的朝廷军务文书。富僧阿将军说：“众位师父，这

① 清代递送紧急公文的凭证。

就是朝廷兵部的火票，持此火票会被赋予很大的权力。它可为各位哨官执行军务，查访各地提供一切方便，可畅通无阻。今后还要仰仗各位在哨官之位上尽心尽力卫国立功。”窦尔敦和众位兄弟闻听，更加感受到强烈的责任感和紧迫感，以及朝廷对他们的信任。告别时，富僧阿将军说道：“各位英雄明日黎明请到衙门议事，分派任务。”

次日晨，瑷珲副都统衙门十分热闹，后院的议事大厅仿佛成了英雄聚义厅。按照富僧阿将军之命重新做了布置，正堂正中条案上放着将军衙门的文书和那份兵部火票，正前方放着三把太师椅，两侧是两排大座椅，非常的整齐肃穆。窦尔敦、钱强、大老黑、商家兄弟等七人被铜锤、铁锤引入正厅，依次坐在左侧的大座椅上，右侧座椅坐的都是副都统衙门的五大司掌管和众位笔帖式们。众位坐好后，大家才发现进来的三位官员原来是朝廷兵部侍郎阿思哈将军、黑龙江衙门绰尔多将军、瑷珲副都统富僧阿将军，他们依次坐在三把太师椅上。窦尔敦还真没想到阿思哈将军这么快又回到瑷珲了，与他多日不见，也很挂念，但眼下二人只能点头示意，用目光交流了一下问候。此时富僧阿将军首先站起来，抱拳向大家拱手说道：“各位英雄和文武同僚，今日是我瑷珲副都统衙门的一个重要日子，圣上和朝廷洪恩浩荡，关怀北疆的社稷安危。前段日子，傅恒大学士特委派福隆安和硕额驸来瑷珲巡查治理北疆之事，兵部侍郎、前任瑷珲副都统阿思哈将军此次受圣上委托和兵部的安排，又带来了新的兵部火票，算起来这已经是兵部给我们下的第二道兵部火票了，足见兵部对迅速组建精干哨官巡查北疆之事的重视。现请黑龙江衙门绰尔多副都统传达傅森老将军的军令。”

绰尔多将军起身，先向窦尔敦众兄弟抱拳问候致意说道：“傅老将军近日因身患哮喘病，无法亲自莅临，特派我传命。说来我们黑龙江将军衙门此事办得有些拖沓，兵部火票早已发下，因这期间恰逢阿思哈将军受命调任兵部侍郎，正处于新老交替之际，因此耽搁了，还望众位将领、众位英雄精诚团结，共担大任，具体事宜还请阿思哈将军和富僧阿将军发布吧。”阿思哈将军站起身，展开火票，朗声说道：“特命黑龙江将军傅，急速安排瑷珲副都统衙门，着即组建哨官营，巡查北疆诸军情兵务，不可拖沓延误。北地边陲，人迹罕至，危机重重，岂可懈怠，或生警示乃酿成不可弥补之过失，亡羊补牢，固国之本。特遵圣命，发布火票，迅而行之，不可拖误。”阿思哈宣布完兵部下发火票事宜后，即交给瑷珲副都统富僧阿将军，这是瑷珲副都统衙门数日来接到的第二道火票，可见朝廷对此事特别关注。

富僧阿接着阿思哈将军说道："为了落实朝廷兵部的急命，我们瑷珲副都统衙门即刻组建哨兵营，正式任命窦尔敦师父为哨官副统领。兵部已经正式立档上册，加封窦尔敦为七品骁骑校哨官，诸位英雄皆为九品哨官。恰逢兵部侍郎阿思哈将军来此，就请阿思哈将军为众位将军颁布授衔。"阿思哈将军颁发兵部委托黑龙江将军盖印签发的官员任命文书，郑重其事地为窦尔敦等人举行了授衔仪式。

从即日起，窦尔敦等各位英雄就正式加入了八旗军旅。在阿思哈侍郎和绰尔多将军的见证之下，瑷珲副都统衙门北巡哨官营正式组建了，而且还宣布特别委任窦尔敦大师父为巡哨官营副统领。红儿因身怀六甲，此次没有列入哨官营，待生产后，亦加入哨官营，专司女武师之职。

继而，又举行了瑷珲副都统衙门官印交接仪式。首先，由新任副都统富僧阿正式登堂接受阿思哈交给他的黄裱大印，这是一方上面雕有坐虎的松花石玉印。在康熙朝时，在吉林江城刻制的，此方印重达一斤多，上面用篆体刻着"瑷珲副都统衙门正印"九个大字，四周镶有金箍，与黑龙江将军的卧虎松花玉印形制相近，在众多副都统衙门官印中是分量最重的一个。

康熙皇帝曾为瑷珲副都统衙门颁过谕旨："瑷珲乃朕之锁钥，御北先锋，巍兮大清。"凡受此印，时刻铭践圣谕，拜受大印后，按衙门行辕惯例，从康熙二十二年十月黑龙江副都统衙门第一任大人，正白旗温岱起，便照行不逾。首行之事，由俄籍笔帖式师爷教习俄语，每日半个时辰，勉励上下官员必通俄语，后来由俄文绝佳者担当此任，萨布素将军就曾亲授俄语，此风承袭，后来多由副都统亲授俄语。

雍正十一年起，常寿、玛希纳、阿思哈等历届副都统都自担此任。富僧阿将军也不例外，任副都统后，也自担此任。富僧阿又命瑷珲副都统衙门的刑司和兵司两位掌印大人正式向哨兵营通报自乾隆九年以来在北疆巡查中累存的案件情况，先由兵司大人来喜通报了一下案件：

甲：雍正末年。巡查人：小宝和依山。在精奇里江东巡时发现五具尸首，其中两具已遭饿狼撕咬，面目已毁，右臂已被吃掉，尸身上只有银票十张，并无其他凭证，属无名之尸，至今尚未结案。

乙：乾隆二年春四月。在黑龙江上游，逊克河口发现两具无名尸体，一男一女，似为越境溺水而亡，从其走向可断定，系由北疆而来，具体来自何处、欲往何处均未查明。男子因头部曾遭钝器击打而亡，至今尚未结案。

丙：乾隆二年冬腊月。巡查人：哨官前锋保柱、楞格里和伊塞三人巡逻。在洛古河口时突闻枪声，赶去察看，原来俄方十四人逾境，不知因何发生械斗。保柱等赶去时，俄罗斯人已逃遁，只留下三具尸体，一人是俄罗斯人，两人是中国人，此一案一直未查清，恐与越境偷猎走私有关。

丁：乾隆五年夏。哨官前锋保柱等五人，在巡查格尔必齐河沿途发现有处界碑早已丢失不见，在当地蹲守三日未发现可疑迹象。返回副都统衙门禀报，并重新筑碑运去。可是又过数日，九月底，碑石再度被盗走，又再重复筑碑。此碑先后丢失三次，盗碑之人至今没有擒获。

戊：乾隆九年冬腊月。哨官先锋保柱在豆满江河谷巡查时遇害，同行人色楞阿头部被铁器击伤，昏迷不醒，幸被鄂伦春狩猎人及时发现，背回了撮罗子保全了性命，此凶手至今尚未擒获。又据当地百姓孙忠阁老人讲，当地牛沟子嘎珊常出现几个武功高强的人，会夜行术，会蝎子倒爬墙，行踪诡秘，至今查无下落，近几年他们常出没在精奇里江一带，与偷猎者来往甚密。因我部巡查人武功不及，虽曾多次遭遇，却终不能查其下落。

己：乾隆十至十一年，尤为我焦虑者，俄罗斯袭扰我域之人数、次数倍增。俄罗斯领地专设有武校，颇类我之武馆，拨给大量卢布和金条，广招我国之流民，予以优厚待遇，到其武校习武。武校有俄人武师善拳斗者为校师，又高金收买中华武林名手为其校师，传授中国拳脚刀枪技艺。出校后潜入中国境内，竟有来黑龙江以北各地专门从事刺探、劫掠、创设哨卡与我对峙，更精于暗杀，暗地焚毁我方文库档案，销毁我朝历代哨卡要冲历史户籍资料文册，令我方对当地情况无迹可考。

来喜介绍完案情后，富僧阿将军说道：“以上诸案件已严重侵扰我北疆的安危，故此哨官之职绝非只有防巡、侦察、救援、守护诸务，尤应时时警觉，严防以中治中，混入我境，销毁文库、档案，杀害我边陲知情要人，让有边陲哨官知历史重任者销声匿迹。悲惨恐怖，无所不用其极。乾隆十年秋，瑷珲副都统衙门前院文牍房纵火案至今未破获，幸亏我方更夫发现较早，健锐营武士奋力扑救，避免了损失。然而更夫吴家哈拉拜塔和臧家哈拉罗全昌老玛发却为救火报信惨遭杀戮。乾隆十一年冬，海兰泡对岸的一个哨卡被焚烧，纵火者疑为用火药引燃，马甲哨官鲍珍、前锋官刘君、骁骑校班布泰，包括厨师、马夫等共计七人，无一幸免，至今凶手逍遥法外。”

这时绰尔多将军也起身说道：“各位英雄听后想必已经心中有数，我们可谓重任在肩啊！与强邻对峙，如尖刀在喉，不可丝毫松怠。俗语讲要学猛虎安卧之时，一眼睁一眼闭，常思危机在，时时要有反击之念，哨官应为捍国之门神，尽显秦叔宝、尉迟敬德之威武！”绰尔多将军说到此，平复了一下情绪，又接着对窦尔敦说道：“窦大侠，自你来到黑龙江地界，我与阿思哈，包括墨尔根副都统富将军都热切真诚地欢迎你们的到来，到瑷珲安家落户。我们从未把你们当作外来人，而是以守卫国门的武士、大师傅相待。我们称你为大师傅，完全是出于敬重之心，刚才你们也听到了来喜的案情通报，眼下瑷珲之地可以说是风口浪尖，惊涛骇浪之地，众位英雄就是咱们大清国的秦琼、尉迟恭，我倒是想听听窦大师傅你们有何高见，我洗耳恭听！”

窦尔敦到瑷珲算起来已近半年有余，这期间的所见所闻，无不令其感慨万分，众旗人从将军到平民对他没有丝毫的慢待轻视，而是真诚、热情地待如亲兄弟，尊为大师父，如此求才若渴之心令人感动！自大清立国，从顺治以来，凡是由关内发配来东北的汉籍人士，加入关外各地八旗旗屯，都要经过朝廷的兵部和户部，两部尚书签字盖印核定后才能生效，方可入户。因为关外东北乃满洲之故乡，大清龙兴之地，一般人都不准来关外旗民地区安家落户。如今瑷珲专门为窦尔敦一流徙之人辟地建村落，并以其姓氏命名村名，这对窦尔敦来说是莫大的殊荣，怎能不让窦尔敦感激万分，又怎能不让跟随他的兄弟感激涕零？他们甘愿为瑷珲防御赴汤蹈火，同仇敌忾。

窦尔敦站起身抱拳说道：“三位大人，窦尔敦生为渔民，在直隶闯下逆天之祸，蒙皇恩浩荡，受傅大学士拯救于水火，于我有再造不杀之恩，流徙北疆，又获此莫大殊荣，我终生难忘！将军们所言北疆防务，我自当尽心竭力，在所不辞！此情亦非我一人如此，我的诸位兄弟无不与我感同身受！关于北疆防务之事，我与众兄弟也曾商议多次，现在就由钱强向众位将军禀报一下，请众位大人审视。”

钱强在黄河口长大，是位足智多谋的智多星，窦尔敦说完后，钱强站起身，也躬身抱拳施礼，走上前去向众人展示了一个鹿皮板，众人仔细一看，原来是在鹿皮上画的地形图 ，看来他们做过一番详细的实地考察，画的是黑龙江流域的治理形势图。

钱强向众人说道：“三位大人，我们兄弟非常感激众位大人的知遇之恩，尤其是对我们二冬兄的格外关照和优厚礼遇！在来北疆之前，我们都合计着朝廷将我们发配到天寒地冻的边塞之地，肯定是要像囚犯那样严加看管，然而到瑷珲之后，所见所闻，所经所感，让我们感慨万千，你们从未把我们当作罪犯，而是奉为英雄，敬如贵客，待如上宾，我们感受到了朝廷和众位大人心系大清，志在卫国，一心想为国家延揽栋梁之材。我等也彻底打消了抵触情绪，打算全心全意地在北疆安身立命，不负朝廷和众位大人厚望！因此我们经过详细考察瑷珲防御情势，在铜锤、铁锤兄弟以及各位师爷、笔帖式的帮助下，绘制出一幅瑷珲周边地理舆图以及我们的防御治理方案。请各位大人端详审度。"

兵部侍郎阿思哈将军、黑龙江衙门绰尔多将军，还有瑷珲副都统富僧阿将军三人看后都大为赞叹，并且连连称奇。阿思哈将军问道："你们是怎么想到绘制防御地理舆图的啊？"钱强回答说："兵书所云，知己知彼，百战不殆，在北疆我大清与沙俄的对峙中，要想化被动为主动，就必须做到心中有数，这江防舆图之事必不可少，所以我们特将自绘绘图献于诸位大人。仅仅是个草图，日后，在我们巡防勘察时，再逐步充实研究细部，标清哨卡、关隘及要冲之地，既可让朝廷、瑷珲衙门掌握总体布防情况，也可使各个哨卡指挥官做到心中有数，了如指掌，万一有事也可以互相照应。"

钱强走到画着北疆山水形势的舆图前，接着说道："纵观瑷珲，确实是大清朝北疆锁钥之城。江河纵横，有'外八内二'之说。'外八'指与邻国的八条水系和岛屿：黑龙江、豆满江、精奇里江、额尔古纳河、逊克河、格尔必齐河、乌第河和库页岛。'内二'是指两条境内河流：乌苏里江和松花江。这些水系绵延千里之遥，而且外兴安岭一带，沟壑险阻，可谓暗藏杀机，朝廷和傅恒大人屡言设立哨官边卡之必要，吾等亦深晓其虑。实乃固北良策、精远之谋！概览黑龙江沿岸平原沃壤，强邻一旦用兵，循江而渡，我朝便无天险可御。毗邻骑兵强大，蓄势已久，飞渡过江便可直捣江南，瑷珲孤城很难坚守。正所谓覆巢之下岂有完卵？故凡事应有预设，巡防远涉千里之外，一遇有警，可提早防备，以绝后患！"

窦尔敦也走上前来说道："各位大人，钱强兄弟所言，正是我等所系念尔！我有一计谋，还望大人们斟酌采纳。兵法常言：兵宜内蕴，不宜张扬。我们众兄弟来到瑷珲，已经为世人所知，亦必传入北邻。我意可不必外宣我等已被委任瑷珲哨官之事。我们兄弟就在窦家屯韬光养晦，自设习武会馆，广招弟子，瑷珲衙门官兵皆可以个人身份入馆学习。名为习武健身，实则为瑷珲北疆防务培育训练有用之才，一旦有战事，我们与瑷珲城互为犄角，相互支援照应。平时我们也可以秘密进行北疆巡防之事。长此以往，习武之风必会在瑷珲普及兴盛，生根开花。如此既可为瑷珲训练急需的深谙武技的巡哨官，更可培养武林后生，到时何愁北疆缺少武林高手!”

窦尔敦一番话让阿思哈、绰尔多和富僧阿将军听得连连颔首称赞，确实是绝好的上佳良策啊！当即议定授权窦尔敦设立“习武会”，传授武林弟子，扩大瑷珲的兵力后援，壮大瑷珲健锐营的兵力和声威。

说来，瑷珲的武风源远流长。早在康熙朝，当年彭春公、马拉、萨布素就倍加重视习武练功。瑷珲副都统衙门的八旗兵曾经在京师的射箭比武中夺过魁首，享誉京城。多年来也一直开设布库场、演武厅，延请知名武师传授武艺，因此瑷珲副都统衙门的健锐营一直以来都是大清八旗兵的一支重要力量，朝廷十分看重。每有重大军情都会抽调瑷珲劲旅入关，参与平叛戡乱，驱剿盗寇等，屡建奇功，素有“塔斯哈绰哈”[1]之美誉。绰尔多、阿思哈、富僧阿也都是有武功之人，都曾经拜过武功高超的名师传授技艺，因此他们都十分看重八旗兵丁的武学训练。此次，窦尔敦等众位武功大师的加盟无疑是雪中送炭、锦上添花，也令墨尔根、卜奎、呼兰等地的将领兵士们格外羡慕。

众人商定，就在窦尔敦所在的屯寨北部开设习武会馆和演练场地，那里四周林木茂密，十分隐蔽僻静。说干就干，一声令下，众人伐木平地，围起木栅栏，并且在场地两侧建起了两趟土坯草房供休息和切磋武艺之用。没用几天，一切准备妥当，便选择良日吉辰，正式开科拜师。武馆正面竖起了一个高杆，上面是大老黑亲授绣制的一面蓝色三角旗，上书“习武会”醒目的白字。按照江湖武馆规矩，凡是武馆开张都要升旗，代表正式开宗立派，收徒授艺，闭馆或歇业时便降下旗帜，寓示偃旗息鼓之意。

武馆开张后，大老黑负责操持日常管理事务，接待报名人员，登记造册，忙得不亦乐乎，干脆就搬到武馆的会舍住了。习武会除了招收瑷珲军营的将领兵丁之外，附近的汉人、栖林人、达斡尔人等也都慕名来入会习武。根据年龄段，分别开设了“童子班”“青年班”和“壮年班”。主要习练拳脚功夫、各种刀剑兵器，以及潜水游泳技能等。经过一段时

① 塔斯哈绰哈：满语，意为虎军。

日，瑷珲之地便出现了“窦家双钩”“窦家拳”“钱家脚”“商家棍”等武术流派，一时间，蔚然成风，成为人人竞学、个个追崇的武学典范。

瑷珲自从设立以来，就一直吸引着东西方各国人的目光，尤其是北邻沙俄，早年他们有许多商人到访，进行远东交易，人们都以到过远东瑷珲为傲，相互夸赞炫耀。因此小小的瑷珲古城，当年也可谓藏龙卧虎之地，商旅繁华，饭店兴隆，各种商品叫卖声十分热闹，包括江南的丝绸、云贵的红茶、京津的布帛以及俄罗斯的铁银器皿，应有尽有，顺治朝，在瑷珲城的南门里还有一家红火的青楼妓院。

这一天，在窦家屯的演武场，众弟子分成两伙进行对抗训练拳法，窦尔敦正在给他们讲解双方对弈的优劣和技巧，大家都在聚精会神地听着。忽然富僧阿差遣铜锤、铁锤二人传召窦尔敦前往衙门商议重要军情。窦尔敦一听，赶紧交代让大老黑继续给弟子们授课，叫上钱强、商武随着铜锤、铁锤二人匆匆骑上马回瑷珲衙门。

一进门就见富僧阿将军正在表情严峻地和两个哨官模样的人在交谈。见窦尔敦等人进来，富僧阿将军起身招呼，二位哨官也躬身施礼。富僧阿将军示意窦尔敦坐在他身旁，并介绍说：“这二位是刚刚从精奇里江赶回来的色克有紧急军情禀报，特请窦师父来一起听听。”其中一位高个头的色克起身禀告道：“副都统大人，窦大师父，在下名叫车其格，是绰尔多将军手下的色克哨官，这里有绰将军给大人们的一封密函。”说着便呈上绰尔多的信函，富僧阿打开一看，只见上面写道：

> 富僧阿副都统台鉴：今车其格、扎尔班在核桃沟一带有重大发现，可能与黑龙江自雍正以来的命案有关，特命他向你等禀告，望翔实核查。并敦请窦尔敦大师父参与此案的侦办，追踪访查，力争早日破获，缉拿凶手，以解边关多年疑案。二位色克哨官亦归你统领调配。
>
> 绰尔多 手书

富僧阿仔细阅后，收起信函说道：“车其格、扎尔班，你二人再把详细案情禀报一下，越详细越好。”车其格和扎尔班两人身穿达斡尔人的蓝布长衫，腰上扎着红色宽腰带，脚蹬高筒牛皮靴，完全是一副当地猎人的装束打扮。当年黑龙江将军衙门设立色克哨官，授“启心郎”官衔，属于兵司管辖，专门从事北疆宣教差务，不但要求武功高强，还要精通当地各个民族的方言土语。负责笼络当地百姓心向朝廷，为朝廷提供一切有价值的情报信息。二人原来在墨尔根副都统衙门就曾经跟随富僧阿，是他的得力助手，也是色克哨官中的佼佼者。

车其格走上前来躬身施礼道："富僧阿将军、窦师父二位大人，我兄弟二人前些日子奉绰尔多将军之命，去查访精奇里江的核桃沟嘎珊包子铺刘罗锅全家被杀一案。我们与嘎珊穆昆达走访了附近几十家住户，也没找到一点凶犯的踪迹，初步估计是流寇所为。在我们查访期间，一天夜里，有人突然看到刘罗锅家的包子铺里面有灯光，我们很吃惊，便悄悄赶去一探究竟。到了那里，发现灯火是从包子铺后院发出来的，等我们追到后院，灯火却突然不见了，人也消失得无影无踪了。经过仔细勘察，包子铺四周都有一人多高的木栅栏，从留下的脚印痕迹来看至少两个人，能如此迅速敏捷地翻过木板栅栏从院子里逃脱，而且一点踪迹也没留下，足见这些人轻功之高，定非等闲之辈。我们又经过仔细察看，发现在院子一角落有一处挖掘的土坑，我们断定这些人是为了取走埋在这里的某样东西。于是我们赶紧去追踪这两个人，趁着月色我们发现了这两人的踪影，行走如飞。我们拼命紧紧追赶，一路追过黑龙江，渡江后他们窜入了海兰泡嘎珊便不见了踪影。我们想大概这伙贼人在当地有窝点，由于天色太黑，也无法挨家挨户搜索，我们就在海兰泡嘎珊外的杨树林中蹲守。直到天明，我们又进入嘎珊搜查，也未找到这两人的下落，估计他们发现了我们在追踪，所以隐藏起来，我们便找来当地嘎珊的穆昆达，让他们组织人力严密看守，避免他们外逃。事情紧急，我二人即刻赶来瑷珲衙门向富僧阿将军禀报！临行前绰尔多将军嘱咐我们有情况即来瑷珲禀报求助，并且给了我们这封密函面呈将军。"

听完禀告，富僧阿和窦尔敦相互对视了一下，沉吟片刻说道："此伙贼人很可能与数年前黑龙江一带发生的几起命案有关联！"窦尔敦等人又向两位色克详细询问了精奇里江附近核桃沟和海兰泡等村寨的情况，便对富僧阿说道："副都统大人，此案就交给我们兄弟来追索查办吧，我们一定查个水落石出，给大人一个满意的交代。"富僧阿说："如此甚好！这事就全靠窦大师父了。几年前我在墨尔根时就曾经追查过此案，可惜牵涉头绪纷乱，人手有限，终未有果。此番有你窦师父出马，我的信心和劲头也足了，咱们同心协力，定要将这伙恶人一网打尽，才好进一步打开北疆防御巡察局面，否则这伙恶势力就像网绳似的，捆住了我们手脚，根本无法施展我们的巡察防御计划。扫平这股进犯势力，我们就能乘胜追击，化被动为主动，大展护国固边之伟业。”

富僧阿将军随后率领众人详细商议部署了对策和分工。决定此案由富僧阿副都统坐镇统领，窦尔敦为承揽办案主帅，钱强、商勇为副帅，铜锤、铁锤和车其格、扎尔班等为具体办案的巴雅喇①。窦尔敦对众人拱手说道：“众位推举我为主帅，我也就不谦让了。好在有富僧阿将军担纲统帅，我等心中也有了十分把握。从现在开始我们要多多留意访查精奇里江一带的动向。我带车其格、扎尔班今日就动身赶往海兰泡嘎珊，力争找到那两个可疑人的下落，钱强率领其他人随后赶来，明察暗访，扩大搜索范围，要把精奇里江一带的村屯都详查一遍，看看还有没有其他线索，绝不能放过任何蛛丝马迹！”

这是窦尔敦来到瑷珲后正式接受的第一个差事，所以格外重视。他是一个心思缜密的人，自打上次在瑷珲衙门和三位将军听取了兵司来保的案情介绍，他就隐约觉得在黑龙江流域必定存在一个反叛朝廷的团伙，而且肯定与境外势力勾结有关，人数众多，且具有一定武功，他们肯定有暗藏的训练基地或大本营，在有预谋地实施侵扰大清北疆的行动。这次两位色克哨官禀报的情况很可能就是这些北疆连环凶杀案的重要线索，绝不能放过，抓住这条线索就能顺藤摸瓜，追本溯源，厘清头绪。

窦尔敦和车其格、扎尔班仍旧化装成当地猎人模样，一路疾行。很快来到精奇里江，渡船过江来到海兰泡。精奇里江当地人又称“黄河”，其宽度、深度和流速都很像窦尔敦家乡的大清河、滹沱河，只不过这里两岸树木更加茂密，也更荒凉原始，不时有野兔、野猪和马鹿出没，各类水鸟也很多，精奇里江是北疆动物和禽鸟的乐园，到处都是一片生机勃勃的田园景象。窦尔敦站在船上看着眼前的景色，不禁为这里的林海秋色、群山大雁，以及蜿蜒似一条银带般的精奇里江水深深迷醉了，好一派北国风光啊！

精奇里江发源于外兴安岭的崇山峡谷之中，向南流经近一千七百多里汇入黑龙江，沿途支流众多，哺育着数万顷丰茂的林海莽原，是天然的北方围猎场。精奇里江的江源支流，因有外兴安岭的阻隔，其南坡为发源地。在外兴安岭的南坡，有一条东西横亘八百余里的老龙岗，当地满语称其为“木都里达拉”②。在其北面有乌第河、塔纳河、小蔚河等流入

① 巴雅喇：指随从人员。

② 木都里达拉：满语，意为龙脉。

鄂霍次克海，大清国当时称为“北海”，那里盛产小蓝鲸、海豹、鲑鱼和金盆蟹，素有大清国海仓之誉，当地满族人都管北海叫“莫得道哈代”，意思是“缺什么到这个海里都可以取到”。

在铜锤、铁锤两位衙役的陪同下，窦尔敦终于来到了精奇里江流域一带。他流连忘返、如醉如痴地领略着北方壮美山河的景色。他长期生活在白洋淀的江河湖泊地带，对河流山川的地形十分熟悉，他经过对精奇里江一带河域地势仔细观察，发现核桃沟屯寨是精奇里江上游三岔路口的咽喉要道。

从外兴安岭有三个方向可以由精奇里江进入黑龙江流域：从西面的巴林沟跃过山岭，便可进入核桃沟；北面从乌第河上游通过滚鹿坡小道南下，也可到达核桃沟；还可以从东面享滚河穿过一片白桦林，从盘肠沟进入核桃沟，总之，从这三个方向去黑龙江都必须进入核桃沟这个林中屯镇。由这里可以直下黑龙江到达瑷珲一带，便可窥探、洞察大清国的水师布防情况。

窦尔敦忽然意识到，正因为核桃沟的重要地理位置，才会引起外界的格外关注，他这次奉命来到核桃沟，侦察精奇里江一带连续出现的命案。他由此想到这一切绝非偶然，这些案子肯定不是普通的凶杀案。背后定有隐情和阴谋，他必须要详查清楚，顺藤摸瓜，找到这些案件的关键之处。这么一想，窦尔敦心中便有了一个主意，他对铜锤、铁锤说：“我们这次就不到核桃沟村里住了，就在这江边的林地里搭个窝棚，临时住下。这样一来不打扰当地人的生活，二来也可以方便观察村子里面的可疑人的行踪，还不易被察觉。我看这片林子里的山葡萄、山鸡、野兔遍地都是，我们随便采摘捕猎些，应该足够我们在这里待上几天。”

铜锤、铁锤一听，窦师父要在这荒山野岭住宿，便有些急了，他们担心窦尔敦的安全，因为这里熊瞎子、虎狼经常出没，便劝道：“这一带的山林经常有虎狼、熊瞎子出没，你不熟悉他们这些动物的性情，非常不安全的。我告诉你一个真实的故事吧，前年有几个沙俄人乔装打扮，偷渡过境来到这里，还没等我方巡逻的哨兵发现，就先让林中的熊瞎子给吃掉了。当时这三个沙俄人可能是走累了，在林中休息，发现河边的草丛中有三只小熊崽在玩耍嬉闹，争抢着吃几只大马哈鱼。他们不明真相，就想过去捉住小熊，结果招来杀身之祸。原来这是大熊为了训练小熊捕食专门开立的临时嬉戏场地，那些鱼也是大熊从江里捉来，扔给小熊的，那些大熊都躲在旁边林子里，乘凉歇息呢。听到有动静，那些熊一声吼叫，都从林中冲了出来，连拍带坐地就把这三个沙俄人弄死了。等后来我们巡防的哨兵赶到，只剩下三具尸骨了，还是从现场的遗留物和粗大的骨骼特征上判定出是沙俄人。当时瑷珲副都统衙门的巡防日志还记载了这件事，上面写着：‘有俄方三人擅越入境，于精奇里江核桃沟一带被勒付[1]抓获坐死。’窦师父你说这有多悬啊！”

窦尔敦听后笑着说：“你们两位放心，有我在，保管虎狼熊豹伤不到咱们。”铜锤、铁锤又问道：“窦师父你已经派出车其格、扎尔班去附近的村屯调查，并且约好在核桃沟碰头，如果我们住在这里，他们回来找不到咱们怎么办啊？”二冬说：“你们两人长期做内差，你们不了解常年巡防的哨官都有相互联络的方法，例如放信鸽、拢起火堆、用数量不同的烟火等传递信息。”

铜锤、铁锤见说服不了二冬，又见他一副胸有成竹的样子，便也就作罢了。他们在山坡林地中选了一个隐蔽之处，砍来一些粗大的树枝和浓密的树条搭起了一个简易窝棚。窝棚的前方就是一片开阔的草地和江边柳塘，江边来往的行人和船只都可一览无余，都在他们的视线之内。

在精奇里江上，当地的达斡尔人、鄂温克人，捕鱼、行船用的都是独木舟，当地人称为小威呼，使用当地的粗大原木制成，两端锯齐整，削平一面，中间凿空，削出船尖。这种船行驶速度很快，用一根长杆和双手就能在江面上自由行驶。铜锤、铁锤看着窦尔敦饶有兴趣地盯着江面上往来行驶的小威呼，便说：“窦师父，你要是感兴趣，我们兄弟俩可以给你做一只这样的独木舟，反正我们在这里观察有的是时间。”

二冬一听，饶有兴致地问：“你们现在就能做？是不是很耗费时间啊？再说到哪里去找工具呢？”二人得意地笑着说：“窦师父，你知道我们兄弟曾经是铁匠铺的伙计，那些工具我们可都是随身带着。”说着铜锤从腰间解开一个宽大的腰带，腰带里面插着凿子、锛子、锤子、小斧子等工具，样样俱全。

二冬也来了兴致，说干就干，他们砍倒一棵粗的树木，连锯带刨，用了不到半天工夫，就做成了一只一丈多长的小威呼。他们兴高采烈地抬着长长的小威呼，打算放进江里，让二冬体验一下。他们刚到江边，突然发现了一个意外情况，铜锤指着上游不远的方向说：“窦师父，你快看，那边江湾处的树林中好像露出一只小威呼，那边肯定有人躲藏。”

---

① 勒付：满语，意为熊。

他们连忙放下船，藏在丛林中，悄悄地向那边观察，果然在茂密的丛林中隐隐约约地露出一只小威呼的船尖。这让他们立刻警觉起来，是什么人住在哪里呢？如果是打鱼的或者狩猎的当地人，这里离核桃沟实在是很近，根本没有必要在这里歇息停留或者露宿，而且也没有点起篝火做饭。这些情况都非常可疑。铜锤、铁锤说："窦大师，我们先过去看看，如果可疑，我们就把他们带回衙门详细查问。"

二冬连忙摆手说："千万不要惊动他们，我自有办法。我断定这些人一定不是核桃沟当地人，匿藏在这里肯定有什么阴谋，我们再走近一些，看看他们到底有多少人。"于是他们三人便沿着一人多高的柳塘悄悄地向那里摸过去。正走着，突然前面的柳丛中传来动静，紧接着突然窜出一只大猎犬，两眼闪着寒光，正警惕地盯视他们。铜锤、铁锤吓了一跳，赶紧掏出兵器，就要冲上去，二冬迅速地用双手按住他们，示意他们不要动。随即掏出他的一枚石子暗器，打了出去，只见一道流星般的白光射出，那只竖着耳朵、呲着尖牙的凶猛猎犬，还没叫出声，就瘫倒在地。随后二冬的身影"嗖"的一下扑了过去，按住猎犬，麻利地用绳子捆住四肢，然后掏出一根长长的银针插入狗的后脖颈。回头向铜锤、铁锤说道："没事了，危险解除，这只狗已经不能再叫了。"

铜锤、铁锤被眼前的情形惊得目瞪口呆，二冬的这一系列动作看得他们眼花缭乱，大约也就只用了几十秒，就将这只凶猛的猎犬制服了。原来，二冬的这一暗器正好打在狗的脑门，一下子将他击晕倒地捆绑，银针扎入喉咙，狗便无法吠叫。动作要是稍有迟疑，或者拿着兵器捕杀，都会让狗狂吠，他们的行踪也就暴露了。

二冬他们仔细检查这只高大的猎犬，发现他脖子上套着一个皮圈，皮圈四周镶嵌着尖锐的铁针。这是北方猎人狩猎时，通常给猎犬佩戴的护具，为的是猎犬与凶猛动物撕咬时起到防护作用，不至于遭受致命攻击。他们发现这只狗的颈圈制作很精良，样式也很别致。铜锤、铁锤过去在铁匠铺时就常常给人打造这样的东西，他们看了看说："这绝对不是咱们这边做出来的东西，肯定是沙俄人做出来的。窦师父，看来这些人是沙俄那边派来的密探色克啊。"铁锤也接着说道："窦师父，现在狗已经被我们制服了，赶紧冲过去，将他们捉了带回衙门审问，可不能让这些人跑掉啊。"

二冬对他们说："你们两人就守在这里，看住这只狗，我从水下潜游过去，悄悄接近他们，再见机行事，一旦交手打起来，你们再赶去接应。”说着，窦尔敦脱下衣服，露出一身紧身衣，这是他常备的潜水衣。还没等铜锤、铁锤看清楚，就见二冬像条鱼似的，哧溜一声钻进水中，没影了。

此时，天色已晚，江面上已隐隐地蒙上夜色，江水也已经凉了。二冬无声无息地在水中潜游了过去，距离并不远，很快便游到了小威呼的地方，然后，他顺着船帮慢慢地露出头来。只见江边的柳丛里，用绿色帆布支着一个小帐篷，他慢慢靠近帐篷，老远就闻到一股浓浓的酒味，看来帐篷里的人在喝酒，从声音判定，里面至少有三个人。二冬一个箭步猛地窜了过去，想出其不意捉住三人。二冬猛地一把将帐篷连同下面的木橛子一起拔起，扔了出去。帐篷里露出的三个人虽然大吃一惊，但也都没乱方寸，都很机灵。他们敏捷地来了个旱地拔葱，一下子跳了起来，然后纷纷掏出兵器，与窦尔敦对视着。

窦尔敦一看，这三个人都是中国人，突袭恫吓并没有震住他们，从他们的机敏程度看，也是久经沙场的老手，而且从刚才的动作反应看，也都是武林高手。二冬不敢怠慢，赶紧掏出护手双钩迎战，他们俩持刀，另一人手拿双节棍，在跳起和落下的同时，将各自的武器一起向二冬劈头盖脸地砍杀过来。二冬早有准备，将头和右臂一闪，身子一纵，向右边窜出一丈多远。

那三个人铆足力气想给二冬致命一击，结果扑了个空，由于用力过猛，三人一起滚倒在地，发现二冬已经闪到右边，便忙腾身就地翻滚，向二冬的腿部、腰部和下三路拼命攻打过去。二冬在向右闪出的同时也早做好了准备，见对方来势凶猛，如果一味躲闪，必然陷入被动局面，所以在向右腾挪躲闪的同时，早已扬起右手，射出一把石弹，这些石弹像一个扇面射了出去，杀伤力很大，最适用于以少打多的局面。

果不然，就听见“噗噗”两声，他们三人中有两人被击中扑倒在地，其中一人被击中太阳穴，当场脑浆崩裂而亡。另一人，右肩膀被石子击穿，露出一个血窟窿，手中的兵器也飞了出去，捂着肩膀，疼得满地打滚。第三个人因为动作稍稍迟缓，石子擦着他的头顶将将飞过，把他头上戴的鹿头小帽一下子打飞了，见势不妙，他撒腿向丛林中跑去，正好与赶来接应的铜锤和铁锤撞了个满怀，两人将这人按住五花大绑起来，押了过来。

二冬给那个被击穿肩膀的人简单止了血，捆了起来，然后审问二人道:“你们是什么人？为何要在此隐藏？看架势你们是想将我置于死地啊，咱们无冤无仇的，你们为什么出手如此狠毒？”两人一看窦尔敦和铜锤、铁锤穿着衙门制服，忙跪地磕头说道：“官兵爷饶命，我们也是一时被你们袭击受惊吓，自卫而已。”

铜锤和铁锤走过去，仔细在他们身上搜查，结果在他们身上找到了一块腰牌。清初以来，凡是在北疆居住的人，只要一出生便要登记入旗册，按人发给腰牌，以便官兵巡防时作身份识别。一般旗人用的是铜腰牌，汉民和迁徙来的流民发的是木牌，登记入籍或颁发腰牌凭证都由副都统衙门的户司长官负责。人员迁出或死亡也都由户司迁出和消档，收缴腰牌。所以为了及时掌握和管辖区域的人口变更情况，户司每半年要核查一次旗民档册和腰牌情况，管理是十分严格的。

这三个人身上既然有衙门颁发的腰牌，就说明他们是大清子民。这枚腰牌是木制的，上面烙印着文字：“刘中玉，汉人，头道沟嘎珊，齐家烧锅库房义工。”那人承认腰牌是他的，他就叫刘中玉。问另一个人是从哪里来的，他们说是从宁古塔来的，因出门匆忙，忘记带腰牌了。

铜锤呵斥道：“你在糊弄小孩呐，从宁古塔那么远来，沿途有无数个关卡，你不带腰牌怎么可能走出这么远？你们老实交代，为什么大老远跑到精奇里江这边境之地？”这两人干脆来了个死猪不怕开水烫，接下来不管问什么就是不说了。二冬见一时半会儿问不出什么了，便让铜锤和铁锤在附近仔细搜查，看看有没有什么线索，结果很快在不远的山坡里发现了一个隐蔽的地窨子。

他们进去发现里面除了行囊、被褥外，还有纸墨和书写的册子，这些纸墨都不是瑷珲当地所用的物品。当年笔墨是非常稀有珍贵的，大多来自京师、盛京等地，而且不是普通人能拥有的。他们经过仔细察看，见那些纸张书册上画的全是地形舆图，有山谷、平川、河流，一看便知，画的都是精奇里江一带的地域图。这更加引起窦尔敦和铜锤、铁锤的格外注意，他们决定将这两个人先押回到瑷珲副都统衙门，向富僧阿将军禀告后再详细审问。这时那只黄狗已经苏醒过来，在不停地狂吠着，二冬让铜锤、铁锤拴好，一起带回衙门去，作为物证。

窦尔敦让铜锤、铁锤二人迅速赶到核桃沟镇去，找来马匹和车辆，押送这些人和查获的物品。随即窦尔敦也放出飞鸽，向车其格、扎尔班发出信号，让他们二人速速赶来会合。铜锤、铁锤二兄弟在核桃沟镇弄来马匹和车辆后，在回来的路上，忽然听见不远处的山林小路中传来几声叫卖的吆喝声：“卖红豆腐，新鲜的豆腐”，叫声非常清脆。

这种红豆腐是当地人最喜欢吃的一种食物，是使用猪血、鹿血加入调料后制成的块状的血糕，非常的清香好吃，在当时的村屯集市上，都有人挑着挑子叫卖。在山林中叫卖，多数是卖给打鱼人和猎人的，铜锤、铁锤听见后，高兴坏了，这不就是窦尔敦事先告诉他们与车其格、扎尔班哨官的联络暗号吗？两人赶紧迎了过去，一看，正是车其格、扎尔班，他们俩化装成叫卖的商贩赶到这儿来与他们会合。

他们一起来到林中隐蔽的地窨子里，向窦尔敦禀告查探的信息情况。车其格、扎尔班这次到核桃沟和附近的村寨调查，十分顺利，收获很大，他们俩简要地向窦尔敦汇报了情况，说："在核桃沟嘎珊，我们走访了几十户人家，他们都对包子铺刘罗锅一家被杀感到惋惜和同情。大家都说刘罗锅这人老实厚道，心地善良，又肯施舍帮助穷人，人缘极好，因此仇杀的可能性不大，而且也不像是为了打劫财产而杀人灭口，因为包子铺的银两一应物件都还在，并未丢失。"

窦尔敦又问两人在现场有没有发现其他可疑的线索，两人回答说："除了后院被挖掘取走的东西外，还没有发现可疑的东西，不过，我们打探到，包子铺除了刘罗锅一家人居住的房舍外，还有一间屋子是用来出租的。而且附近居民证实了，出事前那间出租屋有两人居住。这两个人有些古怪，平时不愿意与人搭话，其中一个人特征明显，走起路来一条腿有些僵硬，像是有残疾似的，出事后这俩人便没了踪影。我们怀疑这俩人与这桩命案可能有关系，我们又对那间出租屋进行搜查，也没有发现什么，所以这两个人是来干什么的，从什么地方来的，目前都不清楚。"

窦尔敦听到这个情报后非常重视，觉得这两个人就是这桩命案的突破点。事不宜迟，他们将那两个人的所有物品都装上车，赶回到瑷珲副都统衙门。见到富僧阿将军后，详细禀告了这几天的收获，富僧阿非常满意，说："案件侦破有了重大进展，你们这趟差事没白去！也都辛苦了，你们先都回去休息一晚，明天一早我们当堂审问这两个人。"

第二天，在瑷珲副都统衙门的正堂上，富僧阿和窦尔敦等人正襟危坐，两旁站立着众多衙役，手持刀威严站立着，先是押上来那个叫刘中玉的人，问他，为什么要画精奇里江的地形图，这是受谁指使的？那些东西笔墨纸张都是从哪里来的？刘中玉交代说："他只是包子铺的义工，这次是和朋友一起到精奇里江游览北国风光，那些图是他们喜欢丹青彩绘，随便画来留作纪念的，绝无歹意，更无人指使。至于说到那些纸张笔墨的来源，他也一口咬定说是在边境集市上与沙俄人以物品换来的。”又审问了另一个人，他交代说是从宁古塔来的，与刘中玉是朋友关系，他学过绘画，这些画也是刘中玉让他画的，说是为了留个念想。

审讯过后，富僧阿和窦尔敦等众位哨官一起商议，他们觉得这两人身上的疑点很多，一个烧锅店的杂役，扔下自己的活不干，跑到百里以外的精奇里江，说是去浏览风光作图留念，有些不合常理，其中必有隐情，而且他们察觉到刘中玉走路时的姿势有些怪，一条腿好像是有点瘸，他会不会就是车其格所说的刘罗锅出租屋里的其中一个人呢？窦尔敦说道：“将军，这两个人绝不是那么简单，我在核桃沟森林中蹲守时，和他们交过手，这些人都有武功，一个杂役怎么能会武功又会画画，甚是可疑，这些人嘴皮子又硬，估计就是用刑他们也不会老实交代啊！我倒是有一计策，可以试探他们的身份，让他们露出马脚。”说着窦尔敦在富僧阿耳边悄声耳语了一番，富僧阿连连点头赞许。

当晚，富僧阿喝了很多酒，似乎兴致很高，叫来衙门里的三个巴雅喇（侍卫）说：“看来刘中玉说的都是实话，我们可能是小题大做了，现在也没有什么证据，你们去把他们从牢里提出来，今天太晚了，就让他们住在衙门的小客厅，明天就可以让他们回去了。”这三个巴雅喇其中一个绰号叫“歪辫子”，因他头上有疤，后脑勺子辫子只梳在一侧，他腿脚很勤快，听将军吩咐后，立刻带人到衙门外西门角的牢狱中。狱卒听说是副都统大人的亲口指令也未敢阻拦，歪辫子见到刘中玉后，把将军的话详细地一五一十地说给他们，并带他们来到副都统衙门客厅。刘中玉听后，心中窃喜，表面装着很委屈的样子，哭丧着脸对富僧阿说：“我们真是冤枉啊！我们就是随便画点山水，哪知道什么地域图啊，那些哨官竟说我们图有所谋，这不是往我们身上扣屎盆子吗，将军您老可要为我们做主啊。”富僧阿说：“别怕，我相信你们，今晚你们可以在这里住下来，明天你们就可以回去了。”说罢，富僧阿带着侍卫走出去了，只留下歪辫子，让他照管他们。

夜已经深了，只剩下歪辫子、刘中玉和宁古塔的那个人。刘中玉走到窗前和门外察看，见没有异常动静，便走到歪辫子跟前说道：“你那天晚上回来甩开尾巴没有。”歪辫子说：“没事，放心吧，早就甩开了，我把东西放在酒窖大缸底下了，保管谁也发现不了。”

原来，这就是窦尔敦向富僧阿说的计谋，两人商议，给他们来个欲擒故纵，既然他们嘴硬不说，就给他们制造假象迷惑他们，让他们不打自招，露出狐狸尾巴。其实窦尔敦早就发现衙门内，富僧阿身边有内奸，但只是怀疑歪辫子，因没有确凿的证据，便没有惊动，此次他们假意相信刘中玉，故意安排歪辫子单独接近他们，看看他们之间有没有什么瓜葛和猫儿腻，而此时窦尔敦带着车其格和扎尔班就潜藏在西客厅房的顶棚上，在监视着他们的一举一动，结果发现他们果然露出了马脚。

此刻，窦尔敦在房梁上听见了他们的对话后，便悄悄地离开顶棚去见富僧阿将军。窦尔敦说："他们说的这个东西看来很重要，我这就亲自带人赶往海兰泡，找到这个证据。"窦尔敦又让铜锤连夜赶往海兰泡，去烧锅店刘中玉的住处寻找证据，让铁锤去到歪辫子的家中去搜查，三方面一起动手，终于揭开了刘中玉的真实面目。富僧阿将军又加派人手，严密看守西客厅，防止他们连夜逃走。

话说窦尔敦带人连夜直奔海兰泡兴记烧锅铺子，找到店老板，让他带着进入酒窖搜查。进去一看，酒窖里有几十口大酒缸，他们便分头挨个地仔细搜查，最后终于在一口大缸底下找到一个大包裹，打开外面包着的防水油布，里面是一个蓝色的布包，里面是数十幅画好的地形图，画的都是精奇里江、豆满江和额尔必齐河的河流情况，流域的村屯和道路、哨卡、布防非常详细。

富僧阿将军看到这些后，心中不免大吃一惊，对窦尔敦说："我们大清国自设立瑷珲以来，在北疆防护上，都没有这样详细的山川河流地貌，刘中玉这伙人秘密干的这等大事，看来肯定是和北边的沙俄人有关联，他们可是从康熙朝以来一直都觊觎着我们大清北方沃土，这事可非同小可，我们必须禀报黑龙江将军傅森大人，此事若是朝廷皇上知道都会震惊，说来这也是我们北疆瑷珲衙门的失职啊。"窦尔敦见富僧阿将军心情沉重，安慰着说："我们一定会顺藤摸瓜查办清楚这件案子。这之后，我们也要着手绘制我们大清国的北疆防御图了，此事也是迫在眉睫的大事。"

窦尔敦接着说道："上次我与您和绰尔多、阿思哈共同商议北疆防御一事时，就怀疑近年来的多起凶杀案，背后必有隐情，可是始终没有找到解决的办法，今天终于有了重大收获，能够在您的任上破获这个重大案件，这是大清国的幸事啊，也是您富僧阿将军的造化。"

此时，铜锤、铁锤也都各自完成任务，返回了衙门。铜锤在海兰泡找到了刘中玉的住处，是一个三间青瓦房，用木板栅栏围成的院落，院子里堆着像小山似的劈柴，北方人家家都用劈好的木柈当柴火烧。翻过大门，正好从屋内走出一个中年男子小解，铜锤将那人截下，亮明身份，说明来意，那人见是衙门官差，手持兵器，吓坏了，赶紧一五一十地交代，说我是刘中玉的家奴，现在刘中玉老爷出去了，一时没回来，具体去哪儿了，我也不敢问。铜锤接着问："家里现在除了你还有什么人？"管家交代说："屋中还有刘中玉的七旬老母和十九岁的女儿，他媳妇去年投江自尽了。"铜锤又问："你是什么时候到刘中玉家的？他到烧火店干活几年了？"管家说："我和刘中玉是老乡，都是吉林饮马河人。"

就这样，铜锤从管家口中了解了很多情况，他回来还向窦尔敦禀报了一个重大线索，刘中玉原名叫刘中宇，当年在吉林市的牛马行的一家拳艺馆当教师爷，很有名气。他早年曾在五台山拜师学艺，最擅长铁布衫功夫，他的一条腿就是在练功时受的伤。可是别看他小腿有伤疾，却非常善于奔跑纵跳，一丈宽的战舰他都能纵身跳过去，所以想跟他拜师学艺的人很多。后因酒后斗殴打架，一脚踢死了一个叫单贝子的满洲旗人，闯下了大祸，当时就躲藏在那位管家家里，官府到处画图缉拿他，他花银两买通了守城的校尉，逃到了宁古塔牧马场，又因为和牧马场的达爷起了冲突，那位达爷是瓜尔佳满洲旗人，祖上是宫廷中有名的侍卫，曾被授予巴图鲁头等侍卫衔，很有实力，他在宁古塔也待不下去了，就跑到了瑷珲一带，隐姓埋名，改叫刘中玉。他早年学过一些酿酒的技艺，就来到兴记烧锅铺子混了个差事，一晃儿也干了十几年了。

在刘中玉家中没有搜查到有价值的物证，铜锤便把这位管家带到了衙门，方便窦尔敦审问，进一步深入了解案情。窦尔敦满意地夸赞铜锤办事办得好，想得很细致。窦尔敦找来管家对他说："你是个明白人，你说的这些对我们侦破案件很有用，现在你告诉我，刘中玉到兴记烧锅铺子这么多年，你知道他背地里在做什么？"管家摇了摇头叹了口气，说道："这些年来，我跟着他真是提心吊胆啊，他这个人心狠手辣，这些年来手里不少命案，我曾劝过他，但他根本不听，念他当年有恩于我，当时我在德胜布庄当学徒，因盗贼入室，偷走十多匹江南绸缎，我被诬陷与盗贼勾结，蒙冤入狱。正赶上老母有病，只靠刘中玉接济照料，后来。那个盗贼被吉林将军衙门捕获，才洗清了我的不白之冤。从那以后我便视刘中玉为恩人，母亲病故后，我便来到瑷珲跟随他，帮他照料家里的活计，因为这段情分，他做的那些伤天害理的事我没有向官府禀报。"

窦尔敦说："按大清律明文规定，知罪不语，与犯共罪。你现在讲出来也算识时务者，是聪明的做法。"于是管家向窦尔敦等人详细供述了刘中玉自雍正朝以来，十多年受沙俄人雇佣，为他们绘制大清北疆的地形图，为此不择手段，重金收买官府人，甚至不惜杀人灭口的种种罪行。窦尔敦对他说：“现在必须帮我们拿到他的犯罪证据。我向你保证，我会从轻发落你的。”管家说：“我早就盼着有这么一天，我就解脱了，不再用担惊受怕的了，这些证据我的屋子里就有，在我住的屋子床铺下面有个大木箱，里面就是你们要的证据。”

于是，窦尔敦马上派铜锤带人速去管家那里，取出木箱，抬了出来。窦尔敦等人打开一看，里面有许多档册，都是官府衙门和各个村屯噶珊被偷盗和劫掠走的户籍人口和土地的档案，箱子里还有一些官府的文书和通行证、令牌等等，这些都是刘中玉这些年来劫掠来的。

窦尔敦把这一进展情况向富僧阿作了禀告，富僧阿一拍案头，非常高兴地说：“这下好了，人赃俱获，人证、物证俱在，困扰我们多年的这桩疑案，也该是拨开云雾见青天的时候了。”窦师父你这就安排人开堂大审。

开堂审理十分庄严，副都统衙门的各路人马全都到场，衙门兵丁将刘中玉、宁古塔的画匠、管家押上大堂，富僧阿将军威严正坐，将惊堂木重重一拍，厉声喝道，刘中玉你知罪否，速速将你这些年来的罪行一一交代。刘中玉故作镇静疑惑地说：“将军大人，昨日您还说相信我的控诉，我是冤枉的，今儿怎么又突然变卦了？小人不懂，我何罪之有啊？”富僧阿将军也不愿和他多费口舌，便命人将衙门差役歪辫子带了上来。窦尔敦说道：“刘中玉你不要再抱着侥幸，蒙骗过关了，昨晚你们之间的密谈，我都带人听到了，你们说的藏匿的东西，以及家中的罪证我们也都查获了，你的管家也一一交代了你的罪行，现在人赃俱获，你还有什么要说的？”

刘中玉一听，顿时惊慌失措，他对管家大声骂道：“你这个吃里爬外的东西，这么多年我是怎么对你的，竟然出卖我！”管家这时也顾不得那么多了：“刘大哥，这俗话讲，浪子回头金不换，多行不义必自毙，您还是别和朝廷拧着劲对着干了，你这些年来做的这些事，既对不起列祖列宗，又伤天害理，都是不可饶恕的大罪啊！”刘中玉被管家说得恼羞成怒，趁旁边的兵丁不注意，拔地而起，举起旁边桌案上一个瓷花大胆瓶，便朝向管家脑袋砸去，瓷瓶被砸得粉碎，管家也当场毙命。刘中玉的这个动作来得非常突然，待众人还都没来得及反应，可见此人武功之高。破碎的瓷片弄得满堂都是，众人惊醒后，车其格、扎尔班冲上去，将刘中玉双手反背，用脚牢牢地踩在地上。富僧阿大怒，斥责道："大胆狂徒，大堂之上，光天化日之下，你竟敢行凶灭口，来人，将他推出去，斩了！"刘中玉一听，见势不妙，趴在地上求饶："大人，我全招，小的有罪，刘罗锅一家十八口人都是我杀的，我这些年是给沙俄人办事，拿了他们一些钱财，偷偷绘制了我们大清北疆的地形图。"富僧阿将军见他终于肯开口交代，边说："你们先把他拉下去，让他一五一十详细交代清楚。"刘中玉将这些年来一桩桩罪行都一一交代出来。

最后他说："将军大人，在我家中还藏着一个账簿，记载着我和沙俄人往来的账目和一些重要事务，你可否允许派人随我去家中取来？"富僧阿将军一听，竟有如此重要的证据，便命铜锤、铁锤押着刘中玉去家中取账簿，并嘱咐他们速去速回。

铜锤、铁锤押着刘中玉刚走出没多久，院内就听见一声惨叫，窦尔敦惊呼，糟了，出事了，赶紧冲出院内，众人也一起跟着出来，只见铜锤满脸是血倒在地上，急匆匆地说："大人，不好了，刘中玉趁我们不备，突然跳起来，用脚袭击我们，铁锤也受了伤，

但还跑得动，他朝那边追过去了。"窦尔敦一听，急忙命手下分头去追，说："一定要在他逃到树林中和江边之前捉住他，否则就不好找了。"众人便开始围追堵截，一路追查。钱强在一户人家的院外发现了刘中玉的踪迹，他正要蹿上房顶跳过院子逃脱，钱强纵身一跃，也来到了房顶，截住了他的去路，厉声喝道："刘中玉你好大的胆子，竟敢打伤衙役，快快束手就擒，跟我回去。"刘中玉见有人追来，已是穷途末路的人了，说道："我刘中玉早把生死置之度外，怕死就不干这差事了，你们当年不也是朝廷罪大恶极的通缉犯吗，现在却要替朝廷卖命，我倒要看看你们有什么本事能抓我回去。"

钱强一听大怒："你这个不知好歹的家伙，我们当年反朝廷那是为了百姓，你却甘于为沙俄人卖命，你这是卖国求荣，我劝你还是别要横了，乖乖伏法认罪，兴许还能有活路。"钱强这边正说着，冷不防，只见刘中玉突然抬起左脚，弹射出一个暗器，嗖的一声，射向钱强的命门而来。钱强毫无准备，心中一急，坏了，遭到这家伙暗算了。就在这危机的一刹那，只听咔的一声，飞射来的暗器被一枚石子打落在地，原来是窦尔敦赶了过来，见刘中玉使出暗器，将其截住，这时刘中玉趁乱纵身一跃，一个跟头翻落在地上，蹿入旁边的小巷逃走了。

二冬和钱强也急忙追了上去，刘中玉对这一带的地形非常熟悉，加

上他腿上的轻功十分了得，一路穿墙过院，跑到了江边。窦尔敦等人也追到了江边，刘中玉翻过江边的护栏，扑通一声跳入江中。窦尔敦赶紧吩咐钱强去找人划船堵截，他自己一个猛子也跳进江中。窦尔敦在水中发现了刘中玉的身影，便急速向他游去，二冬的水性极佳，只见他赶过去，身子一挺，双脚猛蹬，整个身子便蹿了出去，窜到刘中玉前面。刘中玉见状大吃一惊，没想到窦尔敦的水性这么好，连忙从腿上拔出一把尖刀向窦尔敦刺去。窦尔敦赶紧侧身躲过，同时顺势用一指禅朝刘中玉的背上点击，刘中玉吓得急忙身子一缩，慌乱中刀掉入水中。

两人你一招我一势地在水中打斗起来，刘中玉渐渐地有点招架不住了。就在这紧要关头，突然在不远处传来青蛙呱呱的叫声，窦尔敦心想，在这江水深处怎么会有青蛙呢？刘中玉一听，乐坏了，心中暗喜，他知道这是接应他的人发出的暗号，他赶紧深吸一口气，一个猛子潜入江底。窦尔敦正要追赶，突然看见右后方有两个黑影向他袭来，他并没有惊慌，而是顺势迎了过去，抓住其中一人的腿，用力一拧，将那人的腿生生拧断，那人忍不住号叫着，被划船赶来的钱强大老黑等人捉到船上，反手绑住，随后，钱强也跳入水中，和窦尔敦将另外一个人制服，二冬将那人用渔网罩住，带到船上。而此时，窦尔敦发现，刘中玉已经趁机逃到江对岸无影无踪了。富僧阿将军下令，命水师营和健锐营的八旗兵在江两岸严密布防，搜查刘中玉的下落。

这次刘中玉逃脱，窦尔敦心中有些愧疚，心里暗暗责怪自己，有些太轻敌大意了。从核桃沟捕获刘中玉并带到瑷珲衙门审问，刘中玉像个绵羊似的，一副可怜相。窦尔敦也就以为他们不过是为钱财卖命的乌合之众，没有想到竟是身怀绝技的武林高手，而且行动都有计划，甚至还有人暗中接应，这时他想到，朝廷上为何如此重视北疆的案情，看来真是很棘手，不可轻视。

回到瑷珲衙门后，富僧阿将军决定立即审讯江中被抓获的人，富僧阿将军也感到非常气愤，刘中玉此人竟然如此狡猾奸诈，看来是被罗刹人收买了，铁了心和朝廷对着干了。两人被五花大绑地押上来，他们交代说，是受刘中玉的收买，替他传送情报和画好的地形图。两人都是宁古塔人，一个叫范四，一个姓牛，也学了一些武艺，原来在山中以打猎为生，刘中玉见他们身手不错，便拉他们俩入伙。富僧阿将军严厉地问道："你们这伙人究竟有多少人，还有什么人参与？"范四交代说："具体人数我们也不清楚，但是刘中玉还有一位他最信任的人，是他的拜把兄弟，叫孙福，重大事情都是他们俩商量，各个联络地点、营地也只有他们两个人来掌握。”两人还交代了在核桃沟抓住的那个号称是宁古塔画匠的人，就是孙福。

富僧阿和窦尔敦知道这个情况后，十分重视，他们觉得孙福是个关键人物，决定马上提审。孙福见身份已经暴露，开始很是蛮横，无论怎么问，就是一问三不知，闭着眼睛，一副死猪不怕开水烫的架势，可把富僧阿将军气坏了，心想我倒要看看你嘴有多硬。他走到孙福身边，见孙福闭着眼睛丝毫不理会他，突然掏出一把匕首，揪住孙福的右耳朵咔嚓就是一刀，便将他的耳朵割了下来，孙福疼得哇哇直叫，满脸是血，他没有想到富僧阿将军会下此狠手。富僧阿将军不顾孙福的惨叫，又伸手揪住他的另一个耳朵，这下可把孙福吓瘫了，他拼命地躲闪，大声喊道：“将军饶命，将军饶命，我服了，还是给我留一个耳朵吧。”

他心里知道，富僧阿将军是真的动怒了，如果再挺下去，他非把我一刀刀凌迟割死不可。富僧阿将军见他求饶服软了，便放开手说：“敬酒不吃吃罚酒！想要保住性命，你就如实招来，你和刘中玉都干了哪些勾当？为何要将刘罗锅全家杀死？你们手里还有哪些命案？要有一句不实之词，我不但要割了你的耳朵，还要剁了你的双手双脚。”孙福是真的吓坏了，如今，刘中玉逃之夭夭，还打伤了衙役，惹怒了将军，看来若是不交代，怕是过不了这关了，我也别顶罪充愣，当那个大头鬼了。

于是，孙福将事情的经过一五一十详细地交代了，原来他和刘中玉在精奇里江核桃沟一带秘密绘制地形图，便租住在刘罗锅家的客房，作为活动据点。他们是受沙俄尼布楚远东情报局之命干这事儿的，有一个叫尼古拉 · 巴巴耶柯夫的人与他们联系，此人是个少将，“他给了我们许多银子和所有纸、墨、笔等工具。有一次，因偶然间刘罗锅看到了我们画的地图，我们担心他报官，连夜杀死了刘罗锅全家，便连夜逃往海兰泡，因逃走匆忙，忘记把藏在后院画好的图纸带走，所以过了一段时间，风声稍稍平静了，我们连夜潜入刘罗锅家中，从后院挖出藏好的地图，也就是那一次，我们俩被你们的哨官盯上了，我们的行踪也暴露了。

我们在海兰泡的秘密据点又躲藏了一阵，直到前几日才划着小船到核桃沟森林中与手下会合，打算取走剩余的图，逃到沙俄人那边去交差，没想到被武功高超的窦尔敦大师父把我们制服捕获了。”在富僧阿将军的愤怒之下，孙福还交代了，自雍正朝以来的十几年来，在精奇里江瑷珲一带出现的命案，包括哨卡被焚毁，档册被窃走，村屯被劫掠，都是沙俄这个远东情报局所实施的。他们在远东还成立了一支哥萨克马队，在这支队伍中，不仅有哥萨克人，他们还招纳咱们大清国人加入，不但管吃管住，还发给卢布作为酬劳，都是些会武功的人或者是有技艺的人，组成了一支“远东派遣队”，作为侵扰、蚕食、破坏大清国北疆的先锋队和一支重要的武装力量。

富僧阿将军对孙福说道：“你们做的这些事儿，就是在挖自己的祖坟！你们都是大清子民，如此行径，上对不起祖宗，下对不起后代，本将军觉得，你和刘中玉有所不同，他是主谋，你是同犯，如果你认罪醒悟，浪子回头，并且帮助我们捉住刘中玉，侦破此案，戴罪立功，本将军可向朝廷保你性命，还可获得嘉奖。如果冥顽不化，顽抗到底，不但你会人头落地，你们全家上下老小、亲戚朋友都会受到株连，何去何从，你自己掂量着办吧。”

孙福仔细掂量着富僧阿说的话，他心中也明白，有了刘中玉的逃脱，衙门必定戒备森严，自己的武功不如刘中玉，要想逃脱比登天还难，如果不听从将军的话，等待自己的只有死路一条。尤其是想到，在沙俄人面前，他们根本瞧不起你，把你当成奴才，狗一般看待，想到这，孙福小心翼翼地问富僧阿将军：“将军大人，我也不愿当千夫所指的罪人，我知道自己罪孽深重，现在我要是回心转意，跟着你们干，帮助你们抓住刘中玉，朝廷真的能赦免我的死罪吗？”

富僧阿将军说：“只要你是真心悔改，洗心革面，并且戴罪立功，我们肯定给你重新做人的机会。你也知道，你眼前这位鼎鼎大名的窦尔敦师父就是一个非常好的例子，窦大师父能够深明大义，弃暗投明，能够加入我们保卫自己家园的大业中，用自己的武功报效朝廷，这才叫男子汉大丈夫！”一番话说得孙福很受触动，他也曾非常仰慕窦尔敦的事迹，钦佩他的侠义之气，他决定用自己的余生来为自己赎罪，洗脱自己的罪恶。

最后他一脸坚定地对富僧阿和窦尔敦说：“我决定跟着你们干，为朝廷做事，将功补过。这些年来，我跑遍了黑龙江的上上下下，刘中玉和沙俄人建立的所有联络点我都知道，我会毫无保留地告诉你们，我一定会争取将功折罪，帮助朝廷捉拿刘中玉。”

富僧阿和窦尔敦都是爽快之人，他们当即一锤定音，同意接纳孙福，并给他在瑷珲副都统衙门以后备哨官的名义，正式编入档册。他们也愿意相信孙福改过的诚意，觉得为了抓住刘中玉，侦破这个案子，值得冒一次险。所以，衙门中很多人，包括伤愈后的铜锤、铁锤，对吸纳孙福加入瑷珲哨官营颇有异议，都被富僧阿和窦尔敦一一挡了回去，他们坚持认为用人不疑，疑人不用。

富僧阿将军还语重心长地告诫大家："在防御北疆的大业中，最重要的就是要广交同道，争取民心，只要我们北疆百姓人人都有御敌之心、御敌之志，我们的北疆御边治理工作便大有希望！"

第十二章　火烧偏脸坡

自从刘中玉的得力干将孙福洗心革面、投奔朝廷以后，还真没让富僧阿、窦尔敦失望，在接下来的几十场大大小小的搜捕当中，瑷珲衙门都大获全胜，清除了十几个沙俄远东派遣队的联络点和据点，收缴了大量武器、枪械和重要文书档案，还抓捕了一大批派遣队成员和受雇于他们的歹徒，彻底扭转了多年来清朝北方御边的被动局面。

自雍正朝以来，沙俄在远东地区便开始密谋、监扰、破坏大清北疆的计划。他们不惜成本，花大力气，重金收买和招募一些身怀武功，对大清不满的亡命之徒，在边境地区，密设训练营地，对他们进行从事情报搜集、暗杀、破坏活动的训练。这些人行事诡秘、敏锐、灵活，而且心狠手辣，他们捣毁一个哨卡，便把所有的哨官和兵丁全部杀害，从不留活口。他们潜入各个村寨、衙门盗取重要机密档册文书后，便一把火烧毁，不留任何痕迹。使得官府衙门常年疲于奔命，只听见轱辘把响，就是看不见井在哪里。我们在明处，敌人在暗处，一直遭到他们的侵扰，既找不到线索，也抓不到人。现在，有了孙福做内应，窦尔敦率领瑷珲衙门的八旗兵丁连续奋战，终于将沙俄在我大清北疆的破坏活动基本肃清，控制了局面，瑷珲衙门官兵自上而下都感到扬眉吐气。

这一天，富僧阿将军找来窦尔敦商议。鉴于孙福弃暗投明，投靠朝廷以来，屡建奇功，瑷珲副都统衙门特向黑龙江衙门和朝廷兵部奏请，一是嘉奖窦尔敦及属下剿匪有功，官升一级，并赐予“巴图鲁”称号，二是破格准予孙福正式编入瑷珲副都统衙门哨骑哨官营，并授七品启心郎官衔。办完一切程序后，手捧朝廷敕令，孙福感激涕零，表示此后更加忠心耿耿地报效朝廷，抓紧围剿刘中玉等最后残余势力。

一天清晨，刚刚吃过早饭，孙福便来面见富僧阿和窦尔敦，他从怀里掏出一张用桦树皮画制的地图，有巴掌大小，上面用火烙成了密密麻麻的山川地图，但看起来却非常清晰。孙福用手指着桦树皮图说：“两位大人，这张图也是刘中玉为沙俄绘制的地图，这是豆满江上的重要联络点，他们也叫补给站，像这样的站点，在外兴安岭、尼布楚以东直至库页岛西海岸，大大小小有几十处，大的有几十人，小的只有几个人，根据需要随时变化，相互照应，流动性极强，但效率却很高，能聚能散，进退自如，在稠密的大森林当中极难发现。这些都是沙俄窥视和袭扰大清北疆的重要基地和据点，使大清的军队被动挨打，就像漫天打苍蝇一样。”

孙福指着图上的一个显著标志说：“这处的联络点相当于据点的指挥中心，有几十号人，设施非常完善，不但有充足的给养，还有军械部，这就是闻名的豆满江偏脸坡补给站。”富僧阿将军和窦尔敦相互交换了一下眼神，赞赏地说道：“孙福哨官，你提供的这个情报太有价值了，这俗话说，打蛇要打七寸，只要我们捣毁这处据点，其他的便首尾不能相互。”窦尔敦也连连点头说道：“这些个据点，就像个连环套，以往我们捣毁一个，并不能伤其要害，这回有了这张图，我们便能直捣他们的老巢，偏脸坡其他据点便会不攻自破。在北疆苦寒之地，没了给养支持，恐怕两三天都支撑不过去。”

富僧阿将军赶紧召集众将领前来商议，大家都群情振奋，摩拳擦掌，争先恐后地请求出战，担任先锋官，杀向偏脸坡。钱强、大老黑等人还是头一次看见这种用桦树皮绘制的地图，这是用白桦树脱落了的内层薄皮，呈灰褐色，质地十分细腻柔软，过去北方人常将其当作纸张来用。

窦尔敦看到众人十分兴奋，便示意大家冷静。他表情严峻地说道：“富僧阿将军和众位兄弟，今天我们商议的这个情报极其重要，对于我们，沙俄常年来在我们北疆设置的这些据点意义重大，大家首先要做好保密，千万不能泄露出去，以免打草惊蛇。我估摸着，上次逃走的刘中玉就藏匿在这个据点，那里肯定也有许多有价值的情报和重要的物证。我们要是能成功地捣毁这个据点，便能让我们瑷珲副都统衙门的防线就如铜墙铁壁，如此我们便大功告成，高枕无忧了。”

富僧阿将军也说道：“我们一定要制订一个周密详尽的攻打方案，豆满江和精奇里江是我们瑷珲北部两个重要支流，就像头上的两只犄角，也是多年来沙俄侵扰最频繁的流域。今日查明沙俄出资雇佣我大清子民，暗设据点，让我们如芒在背。此番，我们更要将他们彻底铲除，各位将军务必同心协力，日后我为大家向朝廷请功请赏。”孙福也向各位鞠躬施礼说道：“诸位大人，偏脸坡的地形十分复杂，大家一定熟记这些地图，为了便于大家熟记，我根据这张小图，画了一张大图，大家便可一目了然。”说着他便在墙上挂上一块白色麻布，上面就是他根据桦树皮上面的图画出来的放大图。

从地图上看得十分清晰，精奇里江和豆满江等几条支流的确是瑷珲北防的前哨。豆满江俄国人称为布里亚河，精奇里江俄国人称为结雅河，两条江皆发源于北海，流经外兴安岭南部，沟壑纵横，地形险峻，林木繁茂，极难行走，很多地带人马难行，只能攀岩而行，交通十分不便。

富僧阿将军听完孙福的介绍，便说：“兵贵神速，我们速速商议如何攻取此寨，窦师父你意下如何？”窦尔敦说：“将军，现在敌情已明，我愿意率领众位兄弟攻此寨，必定马到成功，铲除这些北疆毒瘤，将军你坐镇指挥便可。”

富僧阿将军听后连连摆手说：“不可，不可，窦师父和众位，你们来到北疆时间不长，对北疆的地形还没有完全掌握了解，我相信你们诸位名扬天下的功夫绝技，可以胜任。可眼下已进入小雪，隆冬季节，豆满江一带早已白雪皑皑，雪深数尺，在北疆雪原，不论是行兵打仗还是狩猎捕鱼，全凭着经验，如果不熟悉地形，不但容易迷路，完不成任务，还很容易发生意外，造成伤亡，况且我身为副都统，遇到这样千载难逢的战事，理应身先士卒，一马当先。我看这样吧，根据孙福说的情况，偏脸城地势险要，易守难攻，那些人的武器也都很精良，此役定是一场殊死的硬仗，我们衙门官兵只留少许人值守，其余人全体出征，共同剿敌。”

紧接着他们又进行了人员的详细分工，由富僧阿将军和窦尔敦担任统帅和副帅，钱强、车其格、孙福为左先锋，铜锤、铁锤和扎尔班为右先锋，因大老黑年纪偏大，便让他坐镇瑷珲衙门，负责接应。大军开始向豆满江出发，他们一边前行一边仔细搜索着各个据点。他们从精奇里江中游穿过一道山脉，遇到一处绝壁悬崖，孙福说：“这前面就没有路了，下面有一个棕熊打出来的洞，可以穿过，进入豆满江河谷，河谷里有他们的两个小据点。我们可以先捣毁了这两个小据点。再向前便是偏脸城的所在地，叫吾斯曼山地，吾斯曼这个地方，是一片开阔的平地，千百年来人迹罕至，地面堆积着深达一米多的落叶植被，人踩上去绵软如被，当地人称之为吾斯曼，意为像厚厚的棉被。猎人们都喜欢在这里宿营、搭寨，睡起来又避风寒又保暖。”

话说刘中玉自从逃出瑷珲城，便一直躲藏在偏脸坡。吾斯曼山地位于豆满江上游的一座高山上，四周是松林密布，十分隐蔽，由于居高临下，视野开阔，要是晴好天气，可以遥望见黑龙江上的舟船和水鸟，所以的确是一处观察瞭望的要塞之地。偏脸坡的三面都是立陡的悬崖，十分光滑，树木也很少，就连动物也很难上得去，只有在东坡有一处裂开的山谷，刘中玉派人凿出了几条登山的石阶，两侧下了一条绳索，这是一条唯一上山的路。就是因为山石很光滑，就像女人的脸蛋，所以被当地人取名为“偏脸坡”。

这个密营已经开发十几年了，是在雍正初年沙俄人发现的，出资雇佣民工兴建的。此处密营和其他据点一样，都是招募的大清国人，包括当地猎人还有流民，盘踞在这些据点，为他们刺探情报和运送物品。在据点干待遇优厚，每天都发五两白银，所以很多人都愿意为他们卖命。沙俄在东北始终用这种金钱诱惑的方式来蚕食大清国土，许多据点表面上都伪装成猎人的栖息地，以免被清军捣毁或抓获，也不会留下任何证据或口实。富僧阿将军常年在北疆巡守，知道沙俄人的这些伎俩，但是像这样如此大密度地在我大清国内建立联络点和密营尚属首次，所以富僧阿将军也感到十分震惊。

富僧阿和窦尔敦带领大军，一路行进速度很快，他们都是身怀绝技的武林高手，许多常人难以逾越的地方，他们便施展轻功，纵身飞过。一路上他们注意到，偏脸坡并没有派出密探和哨兵，这伙人绝没有想到瑷珲副都统衙门的八旗军旅会出现在这里，他们侥幸地认为，如今大雪已封山，清军怎么可能冒着风险前来剿灭他们？按照惯例，清军都是等到春暖花开乘船沿着豆满江巡查，由于偏脸坡在高山之地，周围林木茂密，所以这么些年来始终未被清军发现。

刘中玉做梦也没有想到，他的得力干将会投靠朝廷，也绝没想到将密营的地形图呈现给朝廷。窦尔敦率领先头部队已经悄悄地来到了吾斯曼附近，他们在豆满江河边发现两个凿冰捕鱼的人，估计是营地中负责做饭的伙计，便将两人截获，捉来审问，才知道吾斯曼分为大吾斯曼和小吾斯曼，大吾斯曼就是孙福所说的偏脸坡，而山下还有一处营地，叫小吾斯曼，是比大吾斯曼稍矮一些的山脉，若想攻进大偏脸坡，必先拿下小偏脸坡。

这两个打鱼的人就是小偏脸坡的隐秘的伙夫，他们交代营地中共计有二十多人，都伪装成当地的渔人和猎人，就像当地的普通山庄一样，只是没有户籍，这些年来也都是养儿育女拉家带口，已经慢慢地形成三个自然屯落，每屯有四五家人口，他们的日常生活用品都由沙俄人提供和购买，平时为沙俄运送重要物资等。

富僧阿将军听到这个情况后，非常愤怒，在自己管辖的地盘中，竟然有这么多的无籍流民，从事着与大清作对的图谋不轨之事，若不是深入北疆土地，怎么会知道竟有如此之咄咄怪事。盛怒之下，富僧阿将军心中也在暗暗惊叹，沙俄蚕食我领土，手段之高超、缜密，看来此事需尽快禀告将军衙门，奏报朝廷，吃一堑长一智，我大清边防，当以此为戒！

摸清所有情况后，窦尔敦向富僧阿将军建议，目前至关重要的是要尽快攻打下小偏脸坡，还要保证无漏网之鱼，否则，偏脸坡便难攻取。而若要速战速决，无漏网之鱼，最好是在三更半夜下手。富僧阿将军完全赞同，下令所有人就地休息，不准生火做饭，只是啃着冻馒头，嚼着咸鱼干，暂且充饥。

窦尔敦又吩咐扎尔班先头部队，每人准备几个掺了蒙汗药的馒头，在攻略前先把猎狗放倒，以免狂吠惊扰敌人。富僧阿将军还嘱咐道："这些人大多数都是亡命之徒，攻入时遇到抵抗，可不要手下留情，就地处斩！"一切准备妥当，到了三星东出时刻，窦尔敦一声令下，率先冲向了敌营，左右先锋，钱强和扎尔班等人也一跃而起紧紧跟上。营地里巡逻的哨兵正要交接岗，忽然看见两个黑影，还没等他们叫出声音来，就被窦尔敦和钱强打晕在地。他们冲进屋内，点燃火把，正遇到几个听见动静持刀冲出来的歹徒，便毫不犹豫地将他们砍杀，其余人还在被窝里，就被统统缴了兵器绑了起来。他们就这样干净利落，不到半个时辰攻下小偏脸坡，将七座房屋内的二十几人全部抓获，斩杀七人，捕获十五人。富僧阿将军和窦尔敦命人押上来一名哨兵，进行审问，窦尔敦用匕首抵在那人脖子上厉声说道："你老实交代，便饶你不死。"那人惊慌地说："好汉饶命，我不知道你们让我交代什么。"窦尔敦挥刀在他脸上划了一下，顿时血流了下来。窦尔敦说："你们这里谁是头领？山上的偏脸坡一共有多少人？刘中玉是不是在山上？若有半句隐瞒，我立刻送你去见阎王！"那位哨官吓得魂不附体，也顾不得疼痛了，赶紧老老实实地交代。

原来大小偏脸坡据点共有四位首领，其中三位住在山上，山下只有一位，刚才在混乱中已被杀死，刘中玉是他们的总头领，前几日才从精奇里江赶回来，也一直在山上。这位哨官还交代了一个情况，令窦尔敦和富僧阿颇感忧虑，偏脸坡山上驻扎的不但人数众多，而且还有沙俄军队提供的火枪。二人都担心方才进攻时，火光冲天，人声嘈杂，肯定会惊动偏脸坡的哨兵，如是贸然硬攻，恐怕伤亡会很大。此时，绰号小诸葛的钱强向两位统帅献了一计。

钱强说："既然两位大人有所顾忌，钱某倒是有一计，不知可否采纳？那偏脸坡四面陡峭，只有一条山路可以攀爬，强攻硬打这种地形是兵家大忌。俗话说，一夫当关万夫莫开。既然如此，我们何不采取火攻，山上都是恶贯满盈之徒，我们也无须顾虑他们的性命，这里冬季林木干燥，燃烧起来，这些人便无处可逃，必会全部葬身火海，如此一来，偏脸坡便不攻自破。"窦尔敦也说火攻的确是个好办法。

他们又仔细询问了大偏脸坡的防御情况，制定了火攻的详细办法，窦尔敦和钱强先摸到山门处，将五个看守山门的哨兵解决掉，其他人事先埋伏好，带好火种干柴，见到信号后，便一起放火进攻。窦尔敦和商勇对手下人说："山门几个哨兵我们用暗器解决掉，以免惊扰他们，有机会向山里面报信儿，使清军遭受他们的火枪攻击。"他们来到山门前，眼前是一片开阔地，那五个哨兵正在山门前的火堆烤火。

窦尔敦和商勇觉得距离过远，暗器不足以让五个哨兵同时毙命，窦尔敦便和商勇慢慢向山门靠近。窦尔敦对商勇说："使用暗器保持面对面才最有效，我们就直接走过去，吸引他们的注意力。"这时五个哨兵也发现了他们，有的人端着枪，有的人持着刀，高声喝道："什么人？"乘着夜色笼罩，窦尔敦机智地说："我们是山下小偏脸坡的。"哨兵又问："刚才听到山下有火光和呼喊声，究竟是怎么回事？"窦尔敦答道："是有几个流窜的匪徒袭扰我们，已经被我们捉住了，我奉命特地来向你们报信儿，看看你们这边情况如何。"说话间，窦尔敦和商勇已经走近了这几个哨兵，距离五六米的时候，突然，两人射出暗器，二冬擅长使用飞弹，商勇擅长使用飞刀，都是百发百中，威力极大。他们俩运足气力，同时发出，当即让五个哨兵闷吭一声，便纷纷见了阎王。

随后，二冬率领人冲到山门处，将他们的篝火熄灭。这是事先约定好的信号，以山门篝火熄灭为号，说明他们已经解决了山门哨兵。此时，富僧阿将军带领其他众将领，已经埋伏在偏脸坡的西北处，因为北方冬季都是刮西北风，他们在上风口点燃干柴放火，效果才最佳，也不会伤及自己。富僧阿将军看见山门篝火已经熄灭，知道窦尔敦等人已经得手，便命人用火把点燃干柴抛向偏脸坡山脚。顷刻间，火苗向山上烧起来，火光冲天，照亮了星空，也惊醒了林中沉睡的雄鹰、乌鸦等，鸣叫着漫天飞舞，很快大火就将偏脸坡吞没。窦尔敦命令手下围住东面的下山口，凡是有突围逃脱的人就地捕杀。大火很快漫延到山顶，山顶的几处瞭望哨塔和几座木板土房也被烧毁，落了架。

由于偏脸坡树木杂草不是很多，所以天快亮时山火已基本烧尽，只有四处冒着浓烟。富僧阿与窦尔敦会合后便一起冲上山顶，在废墟里，他们共发现了几十具尸体。富僧阿将军命孙福将烧焦的尸体堆放到一起，仔细检查辨认，看看里面是否有刘中玉。孙福带领人仔细辨认，却始终没有发现刘中玉的尸体。他们对抓到的几个幸存者进行审问得知，大火烧起来的时候，刘中玉从北面的山涧跳了下去，生死未卜。于是，富僧阿将军命令几名军士带着当地猎人下到山底进行搜索，他们在山上继续清理现场。经过确认，山上的三个首领，都已经在大火中丧生，山上的弹药和火枪等也都在大火中焚毁。

于是，富僧阿将军命人押着俘虏来到山下，并嘱咐明年春天开春儿，在这片烧焦的土地上多栽些树苗，不能让这些败类玷污了我们大清大好的山河。下山后，将所有的俘虏都关押在一起，富僧阿让人们开始准备庆功，杀猪宰羊。这个据点储备非常丰富，仓房里还有两个大酒篓，他们都连续几天没有吃上热乎的饭菜了，富僧阿将军打算好好犒劳一下大家。大家一起举杯庆贺，终于铲除了偏脸坡的密营和这附近的几十个联络站。

回到瑷珲衙门后，窦尔敦和孙福就对抓获来的人进行审理，这些人大多数是刘中玉在吉林宁古塔等地招募来的，对那些罪行累累的重犯，全部收监看押，听候朝廷处理，而那些被欺骗来的，没有什么前科罪行的，一律赦免，发给他们耕牛和农具，编入各地旗录衙门，登记入籍，只要他们不再受蛊惑，安心务农，纳粮纳税，便可成为大清的入旗子民。

第十三章　踏平洛古堡

时光穿梭，转眼已进入乾隆十八年秋，在捣毁吾斯曼据点后，富僧阿将军和窦尔敦率领众位兄弟，乘胜追击，肃清沙俄在北疆的残余势力，连续数年奔波在黑龙江两岸，行程数万里，上溯黑龙江肯特山脉，下抵黑龙江入海口，包括库页岛。这期间，窦尔敦和他的兄弟们不但领略了北疆的壮丽山水，也学会和掌握了当地人抓鱼捕猎的本领，在黑龙江河流中，捕捉数十斤重的大马哈鱼，学会了像当地猎人那样蘸上辣酱吃生鱼片儿，不但清香可口，营养丰富，还易于消化，是北方不可多得的珍馐美味。在库页岛，成群结队的大海雕和大雁漫天飞舞，似乎欢迎远方的客人，这一切让窦尔敦、钱强、大老黑等开阔了眼界，领略了大清北疆的辽阔。

在黑龙江山林中常年奔波，他们也学会了凿木做筏，穿江而行，在各地部落村寨中，与当地人一起生活，向他们传授武艺，也跟他们学到了登山、爬树、越涧的技术。当地人可以像棕熊那样从一棵树纵跳到另一棵树上，连续跨越，便可跨过山谷，而要是到山下行走，则需要好几天的行程，而且道路崎岖难行，用这种棕熊腾跃的本领，只用半天便可跨过两座山峰。钱强感慨地说："武功再高强，也得尊称北疆的猎民才是最高境界的武功能人。"窦尔敦等人还和当地人学会了采集药材，挖陷阱，捕捉大型猛兽，在北海抓海豹、海象等技能。来到北疆六七年后，他们已经彻底融入北疆的生活，成为瑷珲副都统衙门最得力的哨官卫士。

话说这之前，黑龙江衙门傅森老将军于乾隆十三年调任吉林将军，接替他的是由大金川调来的傅尔丹将军，绰尔多继任黑龙江将军副都统，乾隆十四年，傅尔丹奉调回京师，绰尔多将军升任黑龙江将军。傅尔丹将军临走时，将身边一员猛将留在黑龙江，他名字叫三格，是喜塔腊氏正白旗人，也是将门之后，其父是当朝的军机大臣来喜大人，三格素来仰慕窦尔敦的大名，便来到瑷珲，拜窦尔敦为师学艺。这是窦尔敦来到北疆后，正式收的嫡传弟子。乾隆十八年春，又收了大五家子镶白旗唔使哈拉雅图为第二个弟子。

乾隆十八年冬，傅恒大学士发函急调富僧阿将军回京，出任御前侍卫总管，三品顶戴。富僧阿将军常年以来谙熟北疆防务，治疆有功，率窦尔敦等人扫平长期以来盘踞在北疆的据点三百余处，培养了一支精干的北疆防御力量。与此同时，在清除沙俄据点之后，还相继建立了百余处大清的边防哨卡，有效地防范了沙俄势力的侵扰。近五年来，黑龙江瑷珲一带，边事安宁，民心稳定，很少再发生凶杀命案，是雍正朝以来罕有的平安景象，深得乾隆皇帝的赏识和器重。

此番，调富僧阿进京，加官晋职还有一个重要原因，那就是乾隆帝打算在第二年春冬巡，奉皇太后、带皇子皇孙前往盛京拜谒祖灵。于是，傅恒便把富僧阿推荐给皇上，做御前侍卫总管，使乾隆皇帝更多地了解北疆防务的情况。接到调令后，富僧阿依依不舍地与朝夕与共的窦尔敦等众位兄弟拜别。窦尔敦说："将军请放心，窦尔敦不忘知遇之恩，定以将军为楷模，竭诚报国，为北疆安宁，马革裹尸，在所不辞。"朝廷还升任窦尔敦为瑷珲副都统四品佐领，执掌哨官营和水师营事务。

乾隆十九年，发生了一件令窦尔敦无比伤心的事件，他的好兄弟、常年忠心耿耿陪伴他的大老黑不幸辞世。大老黑已被委任为瑷珲水师营的六品管带，其心灵手巧，还被授予了将士之衔。水师营所在地位于一架山下，条件艰苦，大老黑日夜操劳，打造战舰，训练水师，突患绞肠痧症，郎中赶去，也未能保住性命。其实，大老黑数日前就觉得肠胃不适，手下也劝他去瑷珲城找郎中诊治，大老黑因忙于军务，也没有在意，结果酿成大祸。窦尔敦闻讯赶到时，见大老黑已双拳紧握，闭着双眼咽了气。窦尔敦哭倒在地，抱着大老黑声嘶力竭地说："老黑哥，不等我见最后一面就走了啊……"钱强、商勇、丘贵、王忠等兄弟也都纷纷赶来，众兄弟抱头痛哭，悲痛不已。大老黑来到北疆后，一直没有再娶，身边就他一个人，几年前，他在瑷珲街头收养了一个流浪儿，叫小拜。

此时，小拜也哭诉着向窦尔敦说："窦叔叔，我爹在病危时，嘱咐我转告窦叔叔，他十分惦记顺天府霸州老家，想念葬在那边的庞大姑妈，托付你一定将他的棺椁运回顺天府，与庞大姑妈合葬，这是他老人家临终的最后请求。"窦尔敦觉得心中无限的悲痛凄凉，他满口答应说："小拜，你放心，窦叔叔答应一定将你干爹运回顺天府，完成他的遗愿。"此时，拟出任黑龙江将军的绰尔多闻讯也特意从齐齐哈尔赶到瑷珲，来凭吊大老黑。大老黑生前就与绰尔多将军来往甚密，两人经常在一起喝酒谈天，绰尔多常说大老黑见多识广，心灵手巧，人又厚道，是位不可多得的能人。

当绰尔多将军得知大老黑的遗愿后，也当即应允，便和窦尔敦商议，打算派丘贵和王忠两人护送其回顺天府霸州，与庞大姑合葬。王忠和丘贵向绰尔多将军禀奏，说二人年事已高，体力不支，也打算退隐回乡。绰尔多将军念及王忠和丘贵来到北疆数年，功劳可嘉，经黑龙江将军衙门户司兵司合议并奏请朝廷，同意他二人带品衔回乡，两人此前为七品先锋哨官，归乡后，仍可领原俸禄。朝廷还赏赐大老黑安葬费用两千两，还赏赐王忠和丘贵回乡安家费用各一千两。

丘贵、王忠万分感激，叩头谢恩，并择日启程，带大老黑棺椁启程回乡。窦尔敦率众人一路送行五十多里，直到墨尔根才分手，挥泪而别。此后，大老黑的儿子小拜仍留在北疆，窦尔敦和红儿将他接到家中，他也拜了窦尔敦和红儿为师，学习武艺，到了十八岁那年，红儿还给她娶了满洲关姓家族中的一女为妻，并在窦家屯新盖了房舍，逢年过节，小两口都来拜见师父师娘，很是亲密。

又过了几年，商武、商勇兄弟因常年在北疆生活，也因水土和地方气候原因，患了咳嗽得了肺病，也打算回乡养老。窦尔敦为他们奏明绰尔多将军，绰尔多非常理解，也很同情，说："当年他们这些人来到北疆，都是来追随你窦尔敦师父的，如今北疆太平，这些人也都居功至伟，提出告老还乡合情合理，朝廷定会优厚抚慰。"商武、商勇平生就愿意游走江湖，仗义助人，这次也如他们所愿，回乡后，不领朝廷俸禄，云游江湖，安度晚年。

钱强自来到北疆后，与窦尔敦同心协力，同生共死，为北疆的防御做出了很大的贡献，他足智多谋，善于用计，故有诸葛军师的称号。数月前，钱强带人在野外巡防考察哨卡时，酒后中风，卧床不起，至今，还在家中休养。他虽然不能动，但是头脑是清醒的，他深明大义，派人将家乡良王庄的钱府大院变卖了，变卖成银两，并拿出其中的一万两捐献给黑龙江将军绰尔多，用于黑龙江哨卡的增设与修砌。

数年来，窦尔敦众位兄弟相继去世和返回故里，虽然心中也有离别愁绪，但是他对瑷珲北疆的山山水水、一草一木都产生了感情，把这里看成了自己的第二故乡，已经融入其中，难分难舍。如今，窦尔敦身边，除了大老黑义子小拜，还有窦尔敦的兄弟窦大冬一家也住在窦家屯。前些年特意来投奔他们，帮助窦尔敦打理窦家屯的一应事务。窦尔敦因常年忙于北疆防务，家中的开垦种地都是由窦大冬来料理的。

窦尔敦和红儿来到北疆后，也生育了一个女儿，如今已经六岁了。取名叫花英儿，寓意他们的爱女长得像花儿一样美，同时也为纪念他的家乡。窦尔敦从小在献县与沱河的支流长大，在那里捉虾捕鱼，嬉戏玩耍，还学会了游泳，家乡的英水河畔，留下无数美好回忆；还有就是窦尔敦一生追求英豪侠义之气，为女儿取名英字，也是时时刻刻鞭策自己，做个堂堂正正的英雄好汉，上可告慰祖先，下可教诲后人。

女儿长到六岁后，就交于家中的嬷嬷照看，红儿便协助丈夫一起投入北疆边防的大业当中。红儿一向喜欢穿红装，披着一件红色斗篷，就连胯下坐骑都是一匹枣红马，跑起来像一道红云掠过。她性格果敢刚毅，扶危惩恶，爱憎分明，喜欢帮助穷困的人，在北疆们都称她为红衣女侠，她也成为窦尔敦北疆事业的得力助手。

前书说过，富僧阿将军奉调回京，成为御前侍卫总管，并随驾冬巡。这之后，瑷珲衙门副都统之职便由绰尔多向朝廷举荐，由三格担任，他是军机大臣来喜之子，前任黑龙江将军傅尔丹在北疆的第一位嫡传弟子。

三格上任后，对北疆的巡防事务更加依赖窦尔敦，无论大事小情都要求教于窦尔敦，师徒二人又将瑷珲八旗军营进行了一番整顿、扩编，委任车其格和扎尔班执掌哨官营；铜锤、铁锤掌管健锐营，他的另外两个徒弟雅图、小拜负责掌管水师营。并分别为他们招募训练了精明能干、武艺高超的精兵强将，总人数已达二百余人，其中水师营就有五十多人，在窦尔敦和红儿亲自传授调教下，这些人个个水性极佳，善打水战。

经过数年的苦心经营，瑷珲副都统衙门的八旗兵旅成为兵强马壮、颇有声威的一支虎军，也成了黑龙江流域一支生气勃勃营造北疆的防御劲旅，让觊觎大清领土的远东沙俄闻风丧胆，多年来未敢越雷池半步。

三格和窦尔敦治理瑷珲衙门时，最看重的还是八旗中的哨官营，哨官在满语中被尊称为“色克”，是指那些身怀绝技，武功高强，勇敢无畏，具有献身精神的哨官密探。长期以来，他们在北疆防务中发挥着巨大作用，这也是一个高度危险的职业，他们中的许多人都在任上为国捐躯，有的甚至连尸骨都不能回归故土，所以大清朝自康熙朝以来，面对哨官格外尊崇，不仅瑷珲副都统衙门设有正义坊，将功勋卓著和为国捐躯的哨官英名镌刻上去，朝廷兵部也曾发下文书命令，要求各地边官厚待殉国哨官的后人，往往都是加官晋封，其子孙后代世代享受，此惯例一直延续到清朝末期。

各位阿哥，说到瑷珲八旗劲旅，在北疆防御中的赫赫声名，我朱伯西在这里还要着重介绍一位，他就是现任黑龙江将军绰尔多。在大清史书中，对绰尔多的介绍很少，这大概与他一向行事低调有关，他在历任黑龙江将军衙门副都统将军时，从不向朝廷上奏邀功，也从不夸耀自己的功勋，虚怀若谷，他常将傅恒大学士的一句诗词当作自己的座右铭："黄牛恋耕耘，仓丰乃欣慰。"这也恰是他一生的写照。

绰尔多是满洲钮祜禄氏，其先祖杨古里将军曾是努尔哈赤手下的爱将，皇太祖还将自己的爱女下嫁给他，算起来，他也算是清初额驸，杨古里统领满洲正黄旗。绰尔多将军就是杨古里大将侄女的后人，他先后在宁古塔、瑷珲、齐齐哈尔、墨尔根等地为大清效力，他从披甲、骁骑校、佐领一步步升任到将军，从青少年时代一直到老年始终是黑龙江衙门一员不可替代的虎将，对北疆的军政事务均为熟悉，特别是瑷珲的富察氏家族关系亲密，亲如一家人。从京师的傅恒大学士福隆安、福康安到瑷珲的阿思哈、诺伦格格，都与他交往甚密。傅恒大学士在出任兵部尚书时，也一直提携重用他。从雍正朝开始，先后在那苏图、傅森、傅尔丹三位将军手下担任副都统，后被任为黑龙江将军。

这一年，是乾隆二十年，正月初三，家家户户都在欢度新春佳节。瑷珲副都统三格率领车其格、雅图和小拜来到窦家屯，给窦尔敦和红儿拜年，同时也带来了一个不好的消息，在落谷河口巡视边关的五品孙福被人杀害，而且手段极其残忍，不但开膛破肚，而且还将尸体悬挂在一棵高高的松树上，尸体旁还留下了一封文书，署名竟然是刘中玉。窦尔敦一听拍案而起，怒道："这个罪孽深重的恶人，果然还没有死，书信中都说了什么？快拿与我看。"三格将军忙说道："师父，师父，那刘中玉留下的书信，内容极其恶毒，我怕辱没了师父家祖上的清洁。也担心您老看后生气，于是先过来向师傅禀告。师父不如随我回都统衙门再看，也好商议下一步如何抓住这个罪大恶极的人。"窦尔敦二话不说，带着红儿便随三格将军赶回到瑷珲衙门，见大厅里铜锤、铁锤和众将领早已在恭候。众人拜见了窦尔敦和红儿后，三格将军忙从案上取过那封书信递给窦尔敦。这是一块用白色细麻布，沾着鲜血写着两行字：

"窦大师，不当清国满洲人看家狗，凡螳臂当车者就是这个下场！"

刘中玉　儆语

窦尔敦看后，将它交给红儿，然后站起身来，冲着众人淡然一笑地说："这个刘中玉命可真够大的啊，我和众兄弟找了他三年多，没想到他竟藏在洛古河，我和他的仇怨也该有个了结了。三格将军，你们在家中坚守，我和你师母去走一趟洛古河将他擒获。"

三格将军忙说："师父请少安毋躁！之前我已派车其格率人先去洛古河打探刘中玉的下落，刘中玉也是棘手的老狐狸，几次围剿都让他漏网了。师父，这次您老就放心在家，我亲自将他捉来正法，给师父将军偿命。"

窦尔敦摆了摆手说："三格，你对此人还不够了解，此人不但心狠手辣，而且武功也很高强，是个亡命之徒，我与他单打独斗都没有必胜的把握，这次我必须和你师母联手将他擒获，为我们北疆除掉这心腹大患。"三格见一时说服不了窦尔敦，便退一步说："师父，您和师母若是要去，也必须让我率众将士一同前往，也好有个照应。如此我才能放心。"窦尔敦担心大队人马声势浩大，一旦惊动了刘中玉，先让他逃脱了，便很难再发现他的踪迹。

最后众人商定，由三格、雅图、小拜三个弟子陪同窦尔敦和红儿先行前往洛古河，扎尔班、铜锤和铁锤率领八旗大军随后接应。窦尔敦临行前，还告诫他们，不要跟随太近，小心被敌人发现通风报信儿，一定要隐蔽而行。窦尔敦和红儿还有三个弟子五匹快马昼夜前行，赶往洛古河。到了洛古河境内，二冬和红儿下马，换上了当地猎人的打扮，并将随身的暗器藏好，然后将马匹交给三格他们，让他们等待后援部队，二冬和红儿走山路，与车其格在接头地点会合，查明情况后，再做下一步打算。窦尔敦和红儿身子一纵，跃进了旁边的松树林中，转眼间消失得无影无踪了。

窦尔敦和红儿很快来到车其格事先安排好的会合地点，在一片黄玻璃树林中，两人藏在浓密的树上，等待车其格，果然很快车其格便出现在接头点。窦尔敦和红儿看见他的身影，便从高处翻身落地，把车其格吓了一跳，定神一看是窦大师父和红儿女侠，忙躬身施礼，说道："没想到你们这么快就赶来了，我还以为我要在这儿等上一两天呢，你看我这干粮和水都准备好了，你们简直是地行仙啊，太神速了！"窦尔敦说："军情紧急啊，这次机会可千万不能错过，我和你师母一刻也没敢耽误，昼夜兼程一路赶来，快说说你打探的情况怎么样？"于是，车其格便向窦尔敦和红儿详细讲述了这两天他查获的情况。

原来在洛古河上游山谷丛林中有个驼腰岭，沙俄人在那里又修建了一处秘密据点，他们利用西山峡驼腰岭的险峻地势，用柞桦木搭建了三排半山地窨子，周围都是丛林密布，山峦起伏，非常隐秘。他们招募来一些流民，形成了一个小规模的山寨，给他们提供粮食物品，让这些人为他们卖命，搜集情报，袭扰边境，他们还给这个村寨起了个名字叫“乌拉斯卡”。对那些有功人员和愿意加入俄罗斯国籍的，发给更多的银两作为奖励，并答应他们，事后可迁入贝加尔湖附近的沙俄地区，并通过这些人的亲属朋友的宣传诱惑，吸引了不少人过来。与此同时，他们还用武力胁迫来一些人，逼他们为其效力，更改国籍，对那些不愿顺从的人，就把他们关入地牢殴打折磨，生不如死。

窦尔敦和红儿听到这些情况后，愤怒不已，这简直是一个魔窟！窦尔敦又问车其格：“对了，你探听到刘中玉的下落没有？”车其格说：“我化装成收山货的人，潜入村寨里，并没有见到刘中玉，但是，在和当地人攀谈中，打听到刘中玉就住在此，就在最西边的那个独立的地窨子里，听说他这两天刚刚回来，我怕被他认出来，也没敢接近那个地方。”

窦尔敦让车其格速去通报后面赶来的三格副都统，让他率领大军先去江畔的松树林悬挂孙福尸体的地方，把孙福安葬，然后到乌拉斯卡会合，一起踏平这个魔窟。窦尔敦则要和红儿先去抓捕刘中玉这个魔头。于是他们开始分头行动，窦尔敦和红儿悄悄摸进了村寨，按照车其格说的路线，很快便发现了刘中玉住的那个地窨子。窦尔敦让红儿在外面看守接应，他自己一脚踹开门，冲了进去，高声喊道：“刘中玉快滚出来！我窦尔敦来也！”

刘中玉迷迷糊糊的还没睡醒，被这一嗓子吓得惊醒过来，慌忙抄起身边的腰刀，跳了起来。这时窦尔敦早已跳到身前，举起护手双钩便砍了过来，里面的光线很暗，刘中玉就觉得一道寒光向自己刺来，见势不妙，刘中玉使出浑身解数，将身子一缩，将将躲过了这致命的一击，然后就势翻滚，一个鹞子腾空，从地窨子上方的通风口蹿了出去。刘中玉这个人简直太狡猾了，在他的栖身之处也没忘记留逃生的后门。窦尔敦一愣神的工夫，见他三纵两蹿地逃了出去，刚想要跟上追击，却发现刘中玉跳出去后已将通风口用旁边的大石堵死。

窦尔敦赶紧从地窨子正门追了出来，发现刘中玉已经向洛古河河套的密林深处逃去，窦尔敦心中着急，赶紧运气轻功在后面追赶。此时，逃入密林的刘中玉长出一口气，正在暗自庆幸，总算又逃过了一劫。突然前面闪出一道寒光，一位青衣女侠从天而降，挥剑向他刺来，口中大声喝道："逆贼刘中玉，这次你休想逃走，你的死期已到。"原来红儿守在外面，见刘中玉从后窗跳出，猖狂逃窜，便紧紧跟了上去。进入密林中后，红儿利用轻功蹿上树顶，然后从一棵树飞纵到另一棵树上，很快追上了刘中玉，以迅雷不及掩耳之势向他发起了袭击。

刘中玉见状，大吃一惊，他没有想到在密林深处还有人在此埋伏，向他偷袭。他不敢怠慢，赶忙举刀招架，两人便剑来刀往，纠缠打斗到一起。此时，窦尔敦也从后面赶了上来，不容分说，冲入阵中，与红儿一起围攻刘中玉。那刘中玉轻功过人，刀法也算上乘，若是和窦尔敦、红儿单打独斗，也许还能抵挡一阵子，可是在两人的白刃剑和护手双钩的全力攻击下，就显得力不从心了，只剩下招架之力，绝无还手之功，累得呼哧带喘，满头大汗。

他心里知道，这样下去，他凶多吉少，小命非丢了不可。忽然他大叫一声："伙计快来救我！"他这用诈一喊，窦尔敦和红儿以为他有援兵到了，稍微一愣神的工夫，刘中玉趁势双脚一蹬，一个跟头跳出很远。高手过招往往机会就在转瞬之际，胜负也就在须臾之间。刘中玉骗过两人脱身后，本打算从旁边沟塘的密林中逃窜，窦尔敦和红儿哪里还会让他再次逃脱，只见窦尔敦敏捷地掏出一把他最拿手的石子飞弹，像扇子一样散射出去，红儿也甩手射出三支袖箭。

窦尔敦前番在地窨子里让他逃脱，一是光线黑暗，再有空间狭小，不熟悉地形，而在这旷野林子中，刘中玉企图通过蹿跳逃脱，绝对不是明智之举，他一下成了两个人的空中活靶子，窦尔敦射出的五颗石子飞弹准准地击中了他的后脑勺，红儿的三支飞箭也正中他的后心窝。刘中玉当即脑浆迸裂，口喷鲜血，惨叫一声，从高空坠落，一命呜呼了！

窦尔敦和红儿赶了过去，将刘中玉的首级割下，扔下尸体，便直奔乌拉斯卡而去。作恶多端、恶贯满盈的刘中玉终于落得了个尸体被饿狼野狗撕咬，死无葬身之地的悲惨下场。

窦尔敦和红儿赶回乌拉斯卡时，见三格已经率军将村屯团团围住，那些负隅顽抗者已被当场斩杀处决，其他人均已缴械投降。三格命人将他们聚拢在一起，蹲在地中央，大声喊道："我们是瑷珲副都统衙门的官兵，来到此地，捣毁沙俄秘密居住点，清剿无籍山民，凡我大清子民，均要立即配合登籍上册。经过查明凡无恶行者，遣送原籍，凡罪行累累者，必受到朝廷惩处。"众人听后，战战兢兢地跪地求饶，前去登记。

经过清点，此次围剿共抓获男女老少二百一十多人，马匹二十四，牛十五头，粮食二十余石，以及军械武器等大量物资，彻底捣毁了沙俄在我北疆设立的又一处秘密据点。尤其是剿灭了沙俄袭扰北疆的得力干将刘中玉，将其消灭，也就除掉了北疆安宁的一大祸患！

三格奏报朝廷后，得到了黑龙江衙门和兵部的奖赏和勉励，在抓获的人中，经审讯，有五十余人收监关押，其余人遣送回原籍或就地安置。

大清自乾隆朝初年，在傅恒等人的倡议下，便在黑龙江中俄交界之地建立哨卡，置地勘察建档立册，摸清人口情况和具体山川地理形势，以防沙俄蚕食边境，侵扰北疆。北疆边塞衙门均应勤边护民，翔实记载，充实哨官之职。窦尔敦自乾隆十二年受命来到北疆后，已近十年，侦破疑案，铲除恶瘤，建立哨卡，绘制地图……边防建设，成绩斐然，其间历经了数任黑龙江将军。

此时，绰尔多将军已年近六旬，仍时刻惦记大清北疆的安危，他曾多次写信给窦尔敦，嘱咐一定替他完成未了之愿，完成绘制“大清北疆防御地图”。这期间，瑷珲副都统衙门也经历了多位副都统，从阿思哈到富僧阿再到三格，他们个个都是治理北疆的能臣重将，为北疆建设鞠躬尽瘁。曾有人这样评价黑龙江地区的防务情况：“朝中有傅恒坐镇，运筹帷幄；黑龙江将军衙门有绰尔多指挥，调度有方；瑷珲有富僧阿担当大任，群贤毕至，英雄会聚，共驱沙俄。”

这一时期的瑷珲副都统衙门也被视为沙俄人的克星，这其中窦尔敦、红儿等众位兄弟立下了不可磨灭的功绩，但因种种历史原因，特别是清朝统治者顾虑和碍于面子，担心对窦尔敦白洋淀起事后的处理若公之于众，会扰乱朝廷纲纪，辱没朝廷威严，所以在清朝当时的官方记载中，均无窦尔敦在北疆功绩的任何记载，反倒是任由江湖中流传的种种附会之说。在这些传说演绎故事当中，窦尔敦均死于朝廷镇压白洋淀起义之后。

乾隆十九年冬，到了腊月二十三小年了，瑷珲也是最热闹的时节，家家杀猪宰鸡，包酸菜馅儿的冻饺子，满语叫“阿吉格饽饽扎发哈”。北方民族过去从小年开始全家便一起包许多饺子，然后放到室外冰冻起来，留作节日期间食用。这种习俗相传是在康熙年间，保卫雅克萨之战时候留下来的。当时为了支援前方将士，各个村屯将包好的饺子冰冻起来送到前线战场，将士们便能够吃到煮好的热气腾腾的饺子了。当时满族、汉族、蒙古族、索伦族、栖林族、达斡尔族和回族等从四面八方会聚一堂，共同参与保卫北疆的雅克萨之战。清军大胜，凯旋！各民族人民与八旗兵一起欢庆胜利，一起唱起乌孙（歌曲），跳起马克沁（舞蹈），共同痛饮美酒佳酿，吃着“阿吉格饽饽扎发哈”。八旗兵班师回京后，这种风气便流传下来。

每逢腊月二十三一到，家家户户便开始炸馓子、蒸黏豆包、包冻饺子，热闹异常。各家包饺子还要请邻里一块儿来帮忙，图个热闹，到时候各家早已准备好几大盆调好的各种饺子馅、和好的面，大家团聚一起，高高兴兴地从夜晚一直包到天亮。包好的饺子放置在盖帘上面，拿到外面的仓房冻起来，然后掺着雪面子装进面袋子里，还要煮上一锅，请帮忙的人一起品尝，算是答谢。然后第二天再一起去到另一家包。最后，大年前各家都要包上几面袋子冻饺子，这样全家就可以尽情欢度正月新春，而不必为吃喝忙碌了。一般各家的冻饺子正月里都吃不完，有的人家甚至能一直吃到开春化冻呐！

窦家屯刚开始仅仅有窦姓和钱姓两大户人家，后来丘贵、王忠等人陆续迁来，便开始热闹起来，也有了不少生气。再后来窦尔敦大侠和“红衣女侠”红儿为瑷珲当地青年和孩子传武习文，开武馆，办学堂，附近屯寨包括头道沟、二道沟许多人家慕名而来，送子学习。他们与红儿相处甚密，为了方便，也陆陆续续迁来一些住户。窦尔敦夫妇都把这些邻里当作亲人一般对待，相互间十分融洽和睦。

乾隆年间，瑷珲各村屯部落人口较少，多是以姓氏为核心，周围住户也多为同姓氏的人，每村屯最多就六七户人家。不过由于瑷珲属于平原沃野之地，各村屯之间鸡犬相闻，炊烟可睹，遇到急事呼喊一声，便可尽人皆知，故一向往来频繁。

红儿出身于书香门第，祖父是河北著名秀才、师爷，她自幼受到祖父熏陶，读了不少诗书字画。来到瑷珲之后人们非常喜欢这位文武双全、性格贤达爽快的女中豪杰。除了窦集屯的武馆之外，窦尔敦夫妇在屯西又建起了一个私塾，红儿亲自给孩子教授《三字经》《百家姓》《幼学琼林》和《大学》《中庸》《论语》《孟子》等，因此窦家屯成为瑷珲之地人们争相前来的迷人之处。后来读私塾的孩子越来越多，有的村屯大人也来习读古文，瑷珲衙门便出资相助，各旗营衙门也大力协助，建立起瑷珲最早的塾学。

瑷珲之地塾学之风蔚然，精奇里江的孔扎色、洛古河乌西哈嘎珊都相继办起了私塾，各民族都把自己的孩子送来读书识字，红儿隔三岔五就要骑马去这些地方巡回授课，也因此结识了许多各族朋友和穆昆达。

红儿其实也是在用这种特殊方式，了解瑷珲各地的风土人情以及各旗营嘎珊的动向。这不在洛古河乌西哈嘎珊教课期间，红儿就发现了一个不寻常的情况，附近来私塾学习的孩子和大人数量总是变化不定，她便好奇地询问，然而这些人却是搪塞支吾。红儿回来把这一情况告诉了窦尔敦和三格副都统，也引起了窦尔敦和三格的注意。三格、窦尔敦与红儿商议，三格说："师父、师母，还是劳烦您二位想法暗地里打探一下，顺藤摸瓜，找出原因所在。"

窦尔敦便带着车其格、扎尔班等人经过一番调查走访，终于发现了在乌西哈嘎珊百里之外的山谷里有一处不明据点，瑷珲衙门并没有登记造册，属于非法的定居点。通常这些建在黑龙江沿岸的秘密定居点，一经发现便即刻捣毁，可总是有居心叵测的沙俄势力心存侥幸，不断地在我北疆继续修建，变着法儿地从事不轨之事。

绰尔多将军一直心系北疆防务大业，经常亲自率领手下实地踏查，强调边关哨卡的重要性，还特别嘱咐三格将军和窦尔敦一定要尽早完成绘制大清北疆地域舆图，这样疆防事务才能做到心中有数，了然于心，对于沙俄的渗透、蚕食和破坏活动也能随时掌握，及时应对。绰尔多将军还多次上疏朝廷，有《合力做好瑷珲边关哨卡疏》《绘制北疆边关舆图档册，御敌稳操胜券疏》等等，奏请朝廷重视北疆防务建设，深得朝廷兵部的赞赏和肯定。

绰尔多将军不顾年事已高，经常与窦尔敦等人实地踏查核实绘制的北疆地理舆图，终于累得积劳成疾。一次，窦尔敦陪同绰尔多将军在豆满江上游一个嘎珊踏查，绰尔多将军突然昏厥，众人急忙抢救，绰尔多才渐渐苏醒，窦尔敦命人即刻乘船护送绰尔多将军赶回瑷珲城。一路上，绰尔多再次陷入昏迷状态，回到瑷珲后便口吐鲜血，没有抢救过来，这位对大清北疆防务做出重大贡献的一代名将。

三格将军、雅图等人急速禀告朝廷。兵部立即委派满洲镶红旗国多欢将军继任黑龙江将军。国多欢曾为文渊阁一等笔帖式，他此次接任绰尔多出任黑龙江将军，一个重要任务便是继续完成绰尔多将军的未竟事业，绘制黑龙江中俄边界舆地图录，以慰绰尔多将军之夙愿。傅恒大学士还提议委派满洲正黄旗富僧阿将军作为黑龙江将军衙门副都统，协助打理此项事务。富僧阿累任御前头等侍卫，由三姓宁古塔副都统之任调往黑龙江将军衙门。

富僧阿上任后不久，便来到瑷珲副都统衙门面见窦尔敦夫妇，面陈朝廷兵部和黑龙江将军国多欢对绘制完成黑龙江中俄边界舆图的期待和重视，请窦尔敦务必竭尽全力担纲此大任，并且要尽速完成，窦尔敦当即慨然应允。此后数年时间，窦尔敦率领手下便全身心地投入此事当中，实地勘察、测量数据，摸清人口村屯情况，标注哨卡状况。与此同时还要时刻防范沙俄不断的干扰破坏活动。

时间来到了乾隆三十二年丁丑年七月，窦尔敦率领十余人正在洛古河上游巡查，最后核定该地区的舆图数据，突遇暴雨连连，山洪暴发，他们被洪水阻隔围困二十多天，粮米皆空，仅能依靠野菜、野果维持，还要对付山野里因洪水困得饥肠辘辘的各种野兽。终于等到暴雨停歇，洪水消退。三格将军急派红儿、小拜率队前往洛古河救援接应窦尔敦等人，可是红儿等人心急如焚地到了洛古河却始终找不到窦尔敦他们的下落。红儿一行发疯似的在漫山遍野寻找了半月有余，还是终无结果。

最后，他们扩大搜寻范围，在洛古河以北的一片茂密丛林中发现了踪迹，在一处山崖下面的篝火灰烬中找到了窦尔敦的一支护手双钩，上面已经锈迹斑斑了。红儿见到此物，顿时哭得晕死过去，连日来的奔波劳累，尽管她心中已经隐隐觉得事情不妙，窦尔敦等人凶多吉少，可是她内心始终不愿意相信，她心中挚爱的二冬哥，与她相濡以沫的夫君就这么不辞而别，阴阳两界。现在看到了遗物，残酷的现实让她霎时万念俱灰。众人百般劝慰，好容易才让红儿放开紧紧搂在怀里的双钩，同意先和大家一起返回瑷珲再做下一步打算。

黑龙江将军国多欢、副都统富僧阿闻讯后放下手头事务即刻赶来瑷珲衙门，好一番宽慰红儿和家属，又命瑷珲副都统三格张罗丧葬之事，他们还在窦家屯为窦尔敦设立祠庙，并制作绣像供奉，准予世人和其后代永祀不衰，以彰显窦尔敦的忠勇！

在后世写的富僧阿将军传记中，鲜有地概略记述了窦尔敦在大清北疆防务和中俄边界舆地图录中所做的巨大功绩。自乾隆年开始，一直到后来几任瑷珲副都统都致力于绘制黑龙江流域地理舆图，最后直到呼里奇副都统在前任基础之上，加以整理汇总，绘制刊印，传于后世。

从黑龙江发源地至格尔必齐河口，全程一千六百九十七里，自河口行陆路二百四十七里，至荒无人迹处，精奇里江源流汇入黑龙江之托克河口，水路全程一千五百八十七里，豆满江进入西递河流入黑龙江入乌鸦勒河口，水路全程一千六百一十五里，这一切都凝聚着窦尔敦等北疆将帅和哨官们的毕生心血。此版《大清中俄北疆地舆图》一直沿用到清代咸丰、光绪年间。后来因为沙俄强迫大清朝与其签订了《瑷珲条约》，沙俄侵吞了大清黑龙江以北、乌苏里江以东大片领土，黑龙江也成了中俄界河，瑷珲也由大清北疆要塞、重镇一下子变成了中俄对峙的边界门户之城。造成了隔江而治、瑷珲沿江千余里与邻敌强国遥相互望的窘迫局面！此乃后话。

傅恒大学士惊闻窦尔敦将军已经为国捐躯，感慨万千，叹息不止！他默然地坐在那里，久久不语，一动不动，注视着案前铺放着的《大清瑷珲北疆地舆图》沉吟许久，唏嘘不已。许久之后，傅恒老泪纵横地喃喃自语道："如此忠勇良将，万古难觅啊！"最后沉浸在无比痛惜悲悼情绪中的傅恒老人，还颤抖着双手为窦尔敦书写下了一副挽联：

何谈渔家揭竿起，一腔忠骨化英魂！

傅恒大学士命人将挽联及白银万两交给富察诺伦格格带去瑷珲，以示其对窦尔敦亡故的祭奠慰藉之情。朝廷颁旨黑龙江将军衙门，准予拨库帑银，为窦尔敦设立祠庙，筑建衣冠冢，准其子孙后代年年供奉，祭祀不衰。

诺伦格格蒙皇太后恩允，奉着傅恒大人的挽联和万两白银回到故乡瑷珲，参加窦尔敦的丧葬建祠之事，顺便回家省亲探望老祖母和父母大人。她急匆匆来到窦家屯，见到红儿师妹时，两人紧紧相拥，抱头痛哭！

建祠开光，祭奠厚葬，一应诸事完毕后，红衣女侠红儿已经哭得死去活来，晕死过去好几次了，众人把她抬回家里，诺伦格格和红儿的女儿花儿一直在悉心照料着。苏醒缓过来后，红儿把爱女花儿叫到床前叮嘱道："闺女啊，你也长大了。要勤于习文学武，也要精于女工。好好善待邻里，跟随你大冬伯伯家的两位兄长打理好窦家的一切。为娘过些日子要和你诺伦姑姑去少林寺拜望老禅师，料理完一些事情，会回来看你的。"

守灵"三七"之后，红儿便将家事托付给窦大冬之子窦长生夫妇和窦尔敦前妻李氏之子长勤，他们都是这些年陆陆续续从河北献县老家投奔过来的。红儿又与瑷珲副都统衙门的众位兄弟、弟子们以及窦家屯的邻里乡亲们一一道别，收拾好行囊，便和诺伦一起踏上了返京的路途。

窦尔敦的突然罹难对于红儿的打击实在是太大了，她痛不欲生，几番动了想追随丈夫一起去了的念头，都被诺伦宽慰劝住了。生命的脆弱和世事的无常让她感到迷茫困惑，所以诺伦一提出陪她一起去少林寺探望拜见自在老禅师的建议，她便立即答应了。一来想念记挂恩师，再就是希望大师能为她再次指点迷津，寻找生命的意义和价值。

据后世相传，自乾隆三十九年红儿再次登入少林寺山门后，尘世间就没有关于她的任何记载了。

富育光　讲述

朱立春　整理

二〇一四年五月二十五日

后记

窦尔敦是位家喻户晓的传奇人物，数百年来，关于窦尔敦的民间传说、故事、戏曲非常多。京剧中就有《窦尔敦盗御马》《连环套》等著名传统剧目，窦尔敦也成为京剧中的脸谱化人物。他的脸谱主要是“净角儿”，也就是京剧行当中人们通常所说的“花脸”。脸谱上不同的色彩能够显示出不同的人物性格。红色表示忠勇义气，如关公；黑色表示粗犷直率，如张飞、包公；白色表示多谋狡诈，如曹操；蓝色表示勇猛刚烈，如窦尔敦；绿色表示倔强执着，如程咬金；此外还有神鬼形象，多勾金银色，如玉皇大帝是银脸，二郎神是金脸。

窦尔敦生于清乾隆三年癸卯年，直隶河间府（今河北省）献县窦乡町人。原名窦开山，乳名二冬。他上有长兄窦大冬，排行第二，长得虎背熊腰，故又叫窦二敦、窦尔敦。他出身贫苦，其父窦志忠系明朝末年农民起义军李自成部下的将领，晚年归乡后因乐善好施，人称“窦大善人”。窦尔敦是雍正朝乡试秀才，然几经乡考举人皆落第，便弃文习武。加之自幼受到乡间尚武之风熏陶，当地有大小武馆十多间，习武之风蔚然。他曾经多次南下嵩山少林寺，拜师学艺。直隶地方江河纵横，水系丰沛，民众皆习水性，窦尔敦也像《水浒传》里的阮氏兄弟那样，有水中蛟龙的功夫。窦尔敦就是在这样一个环境里成长起来的。他又善交天下英雄，广结人缘，因此，在当地不仅武功超群，而且闻名遐迩。

乾隆年间，因不满直隶河间府苛捐鱼税，揭竿而起，率领民众在白洋淀与清军对抗。被清军镇压后又率余部火烧直隶官府，大闹擂台，木兰围场盗御马申冤，最终被官府围剿受缚。

在记述整理窦尔敦后传过程中，我们发现了一个值得注意的现象。在当地一些流传故事中，都把窦尔敦写成死于起义后，例如一种流传版本说他起义后清军捉了其母，要挟他自首，他救母负伤被擒，后被清廷秘密杀害。《顺天府志》曾有记述：“乾隆年间受伤被俘，在押送途中卒于永清。”还有一种流传版本，是根据《施公案》记述，窦尔敦与黄三太、黄天霸父子有恩怨，被黄天霸擒获献于朝廷，后来被手下救出，获释后，看破红尘，出家麒麟峪，在寂寞中度过余生。

本故事讲述的是，窦尔敦白洋淀起事失败后被俘，最后发配至黑龙江瑷珲充军戍边，而之所以能够来到漠北要塞瑷珲，确是当时形势所迫促成的。当时沙俄罗刹频繁犯境，北疆急需武功之人，时为黑龙江将军的傅尔丹游说朝廷，朝廷大学士、军机大臣傅恒从中斡旋，也是为了替北疆瑷珲重镇物色英武盖世、正义超群之能人来巩固北疆效力，加强戍边力量，以抵御罗刹侵犯。最后乾隆皇帝下旨，着窦尔敦瑷珲北疆苦寒之地充军戍边，永不准回籍。

之所以会出现这种现象，一方面大量官方记载和民间传说他死于乱后，另一方面鲜有他到北疆的记述。我们分析是因为清廷碍于面子，不愿意承认窦尔敦在蛊惑民心，聚众反叛，犯下死罪后，朝廷却因为北疆吃紧，急需武功和善于水性之人，用其所长而不治其罪，从轻发落到北疆戍边，这对清朝统治者来说是个冒险举措，为了朝廷威仪，以儆效尤，刻意在官方记载乃至授意民间传播，说成是窦尔敦死于朝廷平乱。而对于他到瑷珲北疆后的一切消息都秘而不宣，在清朝史书中没留下任何记载。

在一年多的整理过程中，我们收集现有资料，尽量试图勾勒出窦尔敦完整的经历，然而所能够见到的资料实在是少之又少。我们还实地踏查了窦尔敦当年在北疆的主要活动区域，包括现在的窦集屯（窦家屯）、瑷珲古城、大五家子乡和呼玛县等地，凭吊了窦尔敦祠庙残存遗址，走访了窦集屯中窦尔敦的后人。在窦集屯原乡村学校教师窦胜祥的家中，看到了保存并不算完整的窦氏族谱和一些遗留的文物器皿等，切身感受到了当年这位叱咤风云的侠义人物的北疆峥嵘岁月和荣辱一生。

黑龙江瑷珲是满族聚居地，其中以富察氏家族规模较大，最有影响力，传承保留说部的内容也较丰富。富育光先生的祖辈从康熙二十二年以后就世代居住在瑷珲大五家子，他的父亲富希陆一九三三年在大五家子当书记员，一九三七年开始在孙吴县四季屯当小学老师，一九三八年参加了富察氏族在大五家子富臣山家举行的续谱礼仪。这一阶段，讲唱满族说部在各地比较风行，满族说部的搜集处于断断续续零散的情况。满族说部讲唱的盛行培养了很多对其感兴趣并有志于传承的年轻人，为下一阶段的搜集奠定了基础。在近代瑷珲涌现出富希陆、吴纪贤、程林元、郭荣恩、郭文昌、吴明久等一大批满汉酷爱乡土文化的有识之士，以采录民瘼里俗为己任，凭着聚沙成塔、敝帚自珍的毅力和境界，为后世留下了《富察哈喇礼序跳神录》(富希陆整理富察氏满族祭礼索要与掌故)《吴氏我射库祭谱》(吴纪贤整理其本姓家传萨满词汇)《瑷珲十里长江俗记》等文本记录的北疆文化生活实录资料。此部《傅恒大学士与窦尔敦》即为富希陆传讲并且以卡片记录手稿传于富育光，后又经过富育光于二十世纪八十年代数次深入河北献县、河间府、天津直隶，调查走访大量文献记载和民间第一手资料，最后完善而成。

在这本说部的整理记述过程中，也让我再次深深感受富育光先生，这位国家级非物质文化遗产传承人的治学严谨和博闻强记！已近耄耋之年的他仅凭先辈的口传记忆，便能滔滔不绝如数家珍地把窦尔敦的事迹娓娓道来，其间还包含了大量的民俗事项、民间技艺的描述，难能可贵。尤其是富先生自悟丹青，绘画了许多山川风物的图例，更是弥足珍贵。

黑河市人大常委会原秘书长祁学俊先生和窦胜祥先生为我们的田野考察工作提供了诸多便利，毕业于吉林大学艺术学院的赵雪协助我为整理记述工作做了大量文字和资料工作，吉林省社会科学院民族研究所的助理研究员于春英、明阳也参与了部分文字整理和校对工作，在此一并致以谢忱！